SUSANNE RUBIN

Alsterglanz

LOTTES HOFFNUNG

Roman

WILHELM HEYNE VERLAG
MÜNCHEN

Penguin Random House Verlagsgruppe FSC® N001967

Originalausgabe 11/2023
Copyright © 2023 dieser Ausgabe
by Wilhelm Heyne Verlag, München,
in der Penguin Random House Verlagsgruppe GmbH,
Neumarkter Str. 28, 81673 München
Redaktion: Christiane Wirtz
Umschlaggestaltung: t.mutzenbach design, München,
unter Verwendung von: Historische Museen Hamburg/Museum
für Hamburgische Geschichte, Trevillion Images (Ildiko Neer),
Shutterstock.com (PollyW, NikaMooni, Svetlana Moska)
Satz: Uhl + Massopust, Aalen
Druck und Bindung: Nørhaven, Viborg
Printed in Denmark
ISBN: 978-3-453-42692-4

www.heyne.de

Für meine Mama,
in Liebe und Dankbarkeit.
Du fehlst mir noch immer jeden Tag.

Prolog

Ein letzter Blick, ein letztes kaum wahrnehmbares Nicken, dann wandte sich Charlotte ab und spazierte langsam auf die lange Reihe mit den hölzernen Umkleidekabinen zu, die oben an den Dünen standen. Charlotte spürte den Schmerz in ihrer Brust. Er hielt an, begleitete sie auf ihrem Weg, während ihre Füße im warmen Sand versanken. Der Abschied von Hertha tat weh. Wenn in den nächsten Minuten alles so verlief, wie sie es geplant hatten, würden sie sich vielleicht niemals wiedersehen, und das wussten sie beide. Der Drang, sich noch einmal zu der Frau umzusehen, die sie kannte, solange sie denken konnte, war stark, doch letztlich gewann die Vernunft, und Charlotte widerstand. Schließlich stand sie vor der Kabine mit der Nummer, die sie gesucht hatte, und klopfte leise. Sofort wurde der Riegel von innen geöffnet, und sie konnte hineinschlüpfen.

Mit der jungen Frau, die dort auf sie wartete, wechselte sie kein einziges Wort. Sie sahen sich nur an. Die fremde Frau nickte und schenkte ihr ein Lächeln, das aufmunternd wirkte. Alles wird gut, sollte das wohl heißen. Jedenfalls interpretierte Charlotte es so. Die Frau wartete noch einige Sekunden, dann griff sie nach einem bereitliegenden Badetuch, verließ die Kabine, und Charlotte verriegelte von innen die Tür.

Als sie allein war, sah sie sich um. Alles war so, wie sie es erwartet hatte. An einem der beiden Haken in der Kabine hing ein schlichtes dunkelblaues Sommerkleid, daneben eine leichte blassblaue Jacke und ein kleiner unauffälliger Sommerhut. Auf der schmalen Bank lagen neben einer hellblonden Perücke ein paar Strümpfe, eine kleine Handtasche, und darunter standen auch passende Schuhe bereit. Charlottes Blick fiel auf ein weißes Blechschild mit schwarzer Schrift an der hinteren Wand der Kabine. Der Benutzer wurde gebeten, nicht zu vergessen, auch den vorderen Riegel zu öffnen, sobald man die Kabine auf der anderen Seite verließ. Dort befand sich die Straße, das wusste Charlotte.

Rasch setzte sie die Perücke auf, zupfte sie zurecht und warf sich das Kleid direkt über ihren Badeanzug. Es war ihr etwas weit, aber das spielte keine Rolle. Die Schuhe passten gut, und die tiefe Krempe des Huts beschattete den gesamten oberen Teil ihres Gesichts, während die blonden Locken der Perücke fast bis zu ihren Schultern reichten. Von draußen hörte sie bereits die aufgeregten Schreie von Hertha. Es war schneller gegangen, als sie gedacht hatte.

Charlotte atmete noch einige Male tief durch, bevor sie die Kabine auf der Straßenseite verließ. Ein großer dunkler Wagen stand dort und wartete auf sie. Schnurstracks ging sie zu dem Automobil und stieg ein. Der Fahrer begrüßte sie kurz, aber freundlich und fuhr sofort los, hinein in ein neues Leben.

1. Kapitel

Hamburg, Ende Oktober 1928

Blanke Angst, grauenvolle Hilflosigkeit und entsetzliche Schmerzen – all das waren Gefühle, mit denen sich Lotte Kelling sehr gut auskannte. Die Schmerzen waren inzwischen verschwunden, doch ein hartnäckiger Rest der Angst war ihr bis heute geblieben. Er wollte ebenso wenig weichen wie der üble Nachgeschmack der tiefen Demütigung, die ihr einst widerfahren war. Nein, es war noch nicht wirklich gut, so wie es war, aber sie war in Sicherheit, nur darauf kam es an.

An jedem neuen Morgen, sobald sie aus einem kaum erholsamen Schlaf erwachte, schwor sich Lotte, dass sie alles dafür tun würde, ihr Leben schon bald wieder in geordnete, wenn auch neue und ungewohnte Bahnen zu lenken. Doch bis dahin würde es ein langer Weg sein, da machte sie sich nichts vor. Wenigstens hatte sie sich inzwischen an die Vorstellung gewöhnt, dass ihre Zukunft völlig anders verlaufen würde, als sie es einst erwartet hatte. Die Gedanken an diese Veränderungen machten ihr nicht mehr ganz so viel Angst wie noch vor einigen Wochen, denn die Alternative wäre ungleich schwieriger zu bewältigen gewesen, und einen Weg zurück gab es ohnehin nicht mehr. Die Brücken, die dorthin führten, hatte sie selbst eingerissen, und sie bereute es keine Sekunde. Denn nun erahnte sie zumindest einen Hauch von Freiheit, und in manchen Momenten war dieses Gefühl fast schon berauschend. Dennoch …

Die unruhigen Nächte der vergangenen Wochen forderten immer stärker ihren Tribut. Auch heute Morgen fühlte sie sich wieder einmal wie erschlagen. Fast schon taumelnd schleppte sie sich hinüber zu dem Waschbecken in ihrem Zimmer und wusch sich großzügig mit eiskaltem Wasser das Gesicht, um endlich richtig wach zu werden. Für eine Weile presste sich Lotte einen kalten Waschlappen auf ihre geschwollenen Lider, das half ein wenig. Schließlich zog sie sich an, verließ ihre Kammer, ging die ausladende Treppe hinunter und zum Frühstück in den Salon. Schon auf der Treppe hörte sie das Geplapper und Gekicher der Mädchen, die ebenfalls hier im Haus wohnten. Die meisten davon waren ungefähr in ihrem Alter, dennoch hatte sie mit ihnen kaum etwas gemein.

Schließlich saß auch sie an ihrem Platz und trank voller Genuss, ja, fast schon gierig, den ersten Kaffee des Tages. Sie war kein Morgenmensch, war es noch nie gewesen. Ihre Mutter hatte sie ständig damit aufgezogen, und sie konnte sich sehr gut daran erinnern, dass die kleinen Frotzeleien sie meist noch unwilliger gemacht hatten. Wenn sie heute an ihre Kindheit zurückdachte, schienen diese Erinnerungen aus einem anderen Leben zu stammen.

Hier im Haus ärgerte sie niemand, zumindest nicht direkt nach dem Aufstehen. Alle wussten inzwischen, dass sie stets eine Weile und mindestens eine Tasse Kaffee brauchte, um eine annähernd vernünftige Unterhaltung führen zu können. Die anderen Mädchen akzeptierten einfach, dass sie nur nickte, sobald sie den Salon betrat, und sich an ihren Platz setzte, um dann schweigend ihren Kaffee zu trinken. Ihre kleine morgendliche Antriebsschwäche nahm ihr hier niemand übel, auch wenn dann und wann eine von ihnen eine Bemerkung fallen ließ, die andeutete, dass nicht alle ihre Anwesenheit guthießen, doch das konnte sie sogar verstehen.

Während sie also bei ihrem Kaffee versuchte, so gut es eben ging, das Stimmengewirr auszublenden, ließ sie ihren Blick durch den großen und recht prachtvoll gestalteten Salon gleiten. Wären da nicht die tiefroten Samtportieren mit den dicken goldenen Kordeln an den Fenstern, die riesigen Kandelaber und das auffallend pompös anmutende Mobiliar gewesen, hätte man das Haus um diese Zeit fast für eines der Mädcheninternate halten können, auf das sie einst gegangen war. Junge Frauen in schlichten Baumwollkleidern saßen zusammen mit ihr an einem mächtigen Esstisch aus glänzendem Mahagoniholz und genossen das stets reichhaltige Frühstück, das vorwiegend aus frisch gebackenem Weißbrot, selbst gemachter Marmelade, Käse und Eiern in verschiedenen Variationen bestand. Es saßen noch nicht alle am Tisch. Manche der Mädchen schliefen länger und kamen erst nach und nach hinzu. Einige wenige verhielten sich ebenso still wie Lotte und starrten vor sich hin, während die eine oder andere bereits aufgegessen und es sich in einem der weich gepolsterten und mit rot-goldenem Samt bezogenen Sessel gemütlich gemacht hatte. Die Sessel waren in mehreren Gruppen jeweils um einen niedrigen Tisch angeordnet und schienen auf diese Weise kleine Inseln einer vermeintlichen Abgeschiedenheit im großen Salon zu bilden. Auch Lotte hatte sich schon häufiger in einen dieser Sessel gesetzt und dabei ihren manchmal doch sehr unruhigen Gedanken freien Lauf gelassen.

Inzwischen waren es acht Frauen, die sich zusammen mit Lotte im Salon in einem der berühmtesten Bordelle Hamburgs befanden, im Etablissement von Olga Rennsteig. Bereits kurz nach ihrer Ankunft hatten die Mädchen ihr während ihres ersten Frühstücks erzählt, dass das Haus über die Grenzen von Hamburg hinaus bekannt war und meist nur von sehr reichen und vornehmen Kunden aufgesucht wurde. Natürlich wusste Lotte inzwischen sehr genau, worin die Arbeit der Frauen hier bestand, doch es hatte eine ganze Weile gedauert, bis ihre anfängliche Scham und die innere Abscheu darüber sich nach und nach in Luft aufgelöst hatten. Sie war schlicht in den üblichen Konventionen und Moralvorstellungen gefangen gewesen, mit denen sie aufgewachsen war. Inzwischen hatte sie einige der Mädchen besser kennengelernt, und sie wusste auch um manche Lebenswege, die sie hierher zu Olga geführt hatten. Die Geschichten der Frauen waren so unterschiedlich und nicht selten so berührend, dass es kaum möglich war, auch nur über eine von ihnen den Stab zu brechen. Eines stand jedoch fest: Fast alle waren froh, dass sie bei Olga arbeiten durften. Auch wenn es strenge Regeln gab, hier fühlten sie sich sicher und gut behandelt, das hatte Lotte immer wieder von den Mädchen zu hören bekommen. Nach und nach hatte sie sich mit den Abläufen im Haus arrangiert, denn durch die Gespräche hatte sie auch gelernt, dass die Arbeit der Frauen durchaus ihre Berechtigung hatte.

Jeden Tag am späten Nachmittag verschwand sie in ihrer kleinen Kammer unter dem Dach und verschloss sorgsam ihre Tür. So hatte Olga es ihr aufgetragen, nachdem sie hier eingezogen war, und sie hielt sich daran. Sie wusste, es war aus vielerlei Gründen wichtig, um ihre Sicherheit zu garantieren. Jeden Nachmittag zogen sich auch die anderen Mädchen in ihre Zimmer zurück, um sich für den Abend zurechtzumachen. Danach waren sie allesamt grell geschminkt und trugen aufreizende Kostüme, die oft nicht mehr sehr viel von ihren Körpern verbargen. Einmal war Lotte etwas später als üblich nach oben gegangen, deshalb wusste sie das. An dem Tag hatte sie auch mitbekommen, dass später noch drei weitere Mädchen eintrafen, um hier ihre Arbeit zu tun. Im Haus durften nur die Frauen wohnen, die Olga selbst ausgesucht hatte und gut kannte. Verlässlich am frühen Abend wurde dann das Etablissement geöffnet, und schon kurz darauf drang ein seltsames und für Lotte immer noch kaum erträgliches Konglomerat der verschiedensten Geräusche zu ihr herauf: die Musik aus der Bar und dem Salon, das aufgesetzte, schrille Gelächter der Mädchen und die speziellen Laute aus den Zimmern im ersten Stock. Obwohl sie nun schon fast zwei Monate hier im Haus lebte und vieles mit anderen Augen sah, sehnte sie sich angesichts dieser nervtötenden Mixtur vor allem nach Ruhe und mehr Abgeschiedenheit.

Sie hatte ihr Frühstück schon fast beendet, als Olga Rennsteig schließlich den Salon betrat. Die Gespräche verstummten, und alle Mädchen, auch Lotte, sahen unweigerlich zur Tür. Die Besitzerin des Etablissements verharrte kurz, lächelte in die Runde und wünschte allseits einen guten Morgen, bevor sie an den Tisch kam und sich an ihren angestammten Platz an den Kopf der Tafel und damit direkt neben Lotte setzte. Die Chefin frühstückte jeden Morgen zusammen mit den Mädchen. Alle hier wussten, dass ihr dieses Ritual sehr wichtig war, deshalb zog sich auch keine von ihnen zurück, bevor Olga im Salon auftauchte, egal, wie spät es bereits war. Die jungen Frauen ließen sich Zeit und warteten geduldig ab, ob ihre Chefin ihnen etwas mitzuteilen hatte, Fragen stellen wollte oder einfach nur, bis auch sie ihr Frühstück beendet hatte. Anfangs hatte Lotte sich noch darüber gewundert, dass Olga jeden Morgen zusammen mit den Mädchen frühstückte, doch sehr schnell war ihr dann klar geworden, dass Olga dieses Ritual nicht nur half, jedes ihrer Mädchen gut im Blick zu behalten, sondern dass es vor allem dazu beitrug, den Frieden im Haus sicherzustellen.

Olga Rennsteig führte ein strenges Regiment. Sobald es Unstimmigkeiten gab, wurden diese während der gemeinsamen Zeit hier im Salon geklärt. Lotte hatte inzwischen auch erlebt, dass Olga dabei mitunter sehr rigoros vorging. Sie duldete nicht den kleinsten Anflug einer Rangordnung unter den Mädchen, denn das sorgte auf die Dauer nur für Unfrieden und Missgunst untereinander. Jede junge Frau, die das Privileg ergatterte, hier im Haus wohnen zu dürfen, musste sehr schnell verinnerlichen, dass allein Olga das Sagen hatte, ansonsten gab es hier keine Zukunft für sie.

An diesem Morgen wandte sich Olga sogleich Lotte zu, kaum dass sie neben ihr Platz genommen hatte.

»Wie geht es dir, mein Lottchen?«, fragte sie mit dem sanften Unterton in der Stimme, der allein Lotte vorbehalten war.

Sie versuchte sich an einem Lächeln. Alle hier wussten, dass sie nicht für Olga arbeitete, doch vor den anderen Mädchen war es ihr dennoch immer ein bisschen unangenehm, dass Olga ihr so offensichtlich eine Sonderstellung zugestand. Es war nicht verwunderlich, dass Lotte sich an manchen Tagen auch äußerst zynischen und neidvollen Bemerkungen der Mädchen ausgesetzt sah.

»Danke, Olga. Mir geht es gut.«

»Das sollte ich dir wohl glauben, doch ich tue es nicht.« Der Blick aus den blassblauen Augen der älteren Frau wirkte zweifelnd, doch Lotte erkannte auch die Besorgnis darin. Das war nicht neu für sie. Sie wusste sehr genau, dass diese Fürsorge nicht gespielt war. So unterschiedlich sie auch sein mochten, zwischen ihr und Olga war innerhalb kürzester Zeit eine tiefe Freundschaft entstanden, die Lotte in stillen Momenten erstaunte und für die sie zugleich unendlich dankbar war. »Nach dem Frühstück würde ich gerne allein mit dir sprechen«, teilte Olga ihr mit.

Lotte nickte. »Soll ich hier warten oder später nach oben kommen?«

»Trink doch noch einen Kaffee, mein Kind. Der wird dir guttun, du siehst müde aus. Wenn ich mit meinem Frühstück fertig bin, können wir zusammen nach oben in meine privaten Räume gehen. Dort haben wir Ruhe.«

Kaum eine halbe Stunde später waren sie in Olgas Wohnzimmer. Es war ein behaglich eingerichteter Raum, den Lotte sehr mochte.

»Setz dich, Lotte. Mach es dir gemütlich.«

»Danke.« Lotte nickte und ließ sich auf einem der beiden dunkelblauen Samtsofas nieder. Automatisch strichen ihre Hände über die Sitzfläche der Couch, denn sie liebte es, den weichen Samt unter ihren Händen zu fühlen. »Worüber möchtest du denn mit mir sprechen, Olga?«, fragte sie.

Olga setzte sich ihr gegenüber und lächelte. Aus einer prachtvollen Kristallkaraffe, die mit vier dazu passenden Gläsern auf einem Tablett zwischen ihnen auf dem niedrigen Tisch stand, schenkte sie Wasser in zwei der Gläser und schob ihr eines davon zu.

»Meine Liebe, du hast mir ja schon vor einigen Tagen gesagt, dass du nun bereit bist, dich um eine Arbeit zu kümmern, die dich ernähren kann. Für den Anfang wäre es wichtig, dass du ein neues Zuhause findest. Da sind wir uns doch einig, nicht wahr?«

»Ja, das wäre schön.«

»Dann habe ich eine gute Nachricht für dich, mein Lottchen. Ich habe nämlich inzwischen eine Lösung für dich gefunden, die dir sehr gefallen wird und für dich einen wichtigen Schritt in die richtige Richtung bedeuten könnte.«

»Du hast eine Unterkunft für mich gefunden?«

Olga nickte. »Eine alte Freundin von mir betreibt ganz

in der Nähe des Rathauses eine kleine Pension. Sie ist gerne bereit, dir für unbestimmte Zeit ein Zimmer zur Verfügung zu stellen, das gerade frei geworden ist. Die Miete ist nicht zu hoch, aber die Zimmer sind sauber, gemütlich eingerichtet, und du hättest sogar eine eigene Waschgelegenheit in deinem Zimmer. Ein großes Badezimmer und ein Wasserklosett gibt es auch im Haus. Dort kann man es wirklich gut aushalten, das kann ich dir versichern. Du könntest praktisch sofort einziehen und tatsächlich so lange dort wohnen, wie es dir gefällt. Na, was sagst du?«

Lotte holte tief Luft. »Das klingt wundervoll.« Sie zögerte kurz. »Aber du weißt, dass ich deine Hilfe …«

Olga hob ihre Hand. »In diesem Fall ein schlechtes Gewissen zu haben wäre wirklich nicht angebracht, mein Kind. Schon gar nicht mir gegenüber. Ich weiß sehr genau, dass es eine Belastung für dich sein muss, hier im Haus zu wohnen. Es war uns doch beiden klar, dass deine Unterbringung hier nur eine Übergangslösung sein konnte, bis du dich zumindest annähernd … nun ja, von all dem erholt hast.« Die ältere Frau hob ein wenig das Kinn. »Ich kann dir versichern, dass du auf meine Gefühle keinerlei Rücksicht nehmen musst, Lotte. Im Gegenteil. Es ist mir wichtig, dass du jede Chance auf ein gutes Leben bekommst. Ich wünsche dir von Herzen ein Dasein, das dir zusagt und dich bestenfalls sogar glücklich macht. Du hast es wahrlich verdient, meine Süße.«

Olga stand auf, kam um den Kaffeetisch herum und setzte sich neben sie, dann legte sie ihre Hand auf Lottes.

»Versteh mich nicht falsch, ich bin sehr stolz auf dieses

Haus und kann mir für mich überhaupt kein anderes Leben vorstellen, aber ich halte es wirklich für besser, wenn du alsbald ausziehst. Ich möchte vermeiden, dass du unter meinem Dach doch noch in einen … nun, sagen wir mal, unguten Sog gerätst, der dich für ein normales Leben, so wie du es dir vorstellst, ein für alle Mal verdirbt. Ich habe so etwas immer wieder erlebt, und du würdest so ein Leben sicherlich nicht sehr lange aushalten, so gut kenne ich dich inzwischen. Dieses Haus ist nicht die richtige Umgebung für dich. So gut wir beide uns auch verstehen, *du* gehörst hier nicht hin, das wissen wir beide doch sehr genau. Du, das wohlerzogene Mädchen, und ich, die alte Puffmutter. Ha!«

Olga lachte auf und atmete tief durch, bevor sie weitersprach.

»Ich habe natürlich mitbekommen, dass einige der Mädchen dir ständig alle möglichen Fragen stellen. Sie tun das sicher nur, weil sie sich darüber wundern, dass du hier wohnen darfst, obwohl du nicht für mich arbeitest. Das ist schließlich keine Selbstverständlichkeit. Die Erklärung, dass du eine Nichte von mir bist, glauben die wenigsten von ihnen, da brauchen wir uns nichts vorzumachen.«

Als Lotte etwas einwerfen wollte, hob Olga erneut die Hand und gebot ihr Einhalt.

»Ja, ich weiß, wie wortgewandt du sein kannst. Aber ich kann mir auch gut vorstellen, wie lästig es sein muss, wenn du andauernd diesen Fragen und Anspielungen ausgesetzt bist und dich den Mädchen gegenüber rechtfertigen musst.« Olga schmunzelte. »Außerdem ist mir sehr wohl zu Ohren gekommen, dass Judith, diese kleine Schlampe, dir gegenüber ganz schön frech geworden ist. Sie hat sich offenbar ziemlich aufgespielt.«

»Das war halb so schlimm.« Lotte winkte ab.

»Oh, wenn ich mich nicht irre, hat sie dich eine widerliche Zecke genannt, und das ist nicht unbedingt nett. Tu gar nicht erst so, als würde derlei an dir abperlen, Lottchen. Du bist momentan noch recht dünnhäutig, das weiß ich.«

»Du kennst mich wirklich schon sehr gut«, erwiderte Lotte. »Du weißt, du bist mir eine liebe Freundin geworden, Olga, und ich werde dir für alle Zeiten dankbar sein und dir niemals vergessen, was du für mich getan hast. Wer weiß, vielleicht hast du mir sogar das Leben gerettet.« Lotte musste schlucken, und ihre Augen füllten sich mit Tränen. »Sehr wahrscheinlich sogar, wenn ich darüber nachdenke. Mir ist es wirklich sehr wichtig, dass wir diese Freundschaft aufrechterhalten.«

»Ich werde auch weiterhin deine Freundin bleiben, mein Kind, das verspreche ich dir.« Olga legte den Kopf schief und tätschelte noch einmal ihre Hand. »Natürlich im Rahmen unserer Möglichkeiten. Vielleicht ist es für dich gar nicht so gut, wenn man uns zusammen sieht. Ich bin recht bekannt in dieser Stadt.«

»Meine Freundschaft zu dir wird mir niemals peinlich oder unangenehm sein, das kann ich dir schon jetzt versichern. Ich werde für immer in deiner Schuld stehen.«

Olga winkte ab. »Sag so was nicht, du bringst mich nur zum Heulen. Im Ernst, ich glaube fest an dich, Lotte. In meinem Leben habe ich jede Menge Mädchen kennengelernt, die es nicht leicht hatten, leider aber niemals die nötige Kraft aufbringen konnten, um sich selbst aus ihrem Elend herauszuziehen. Manchmal denke ich, die Stadt ist voll von diesen armen Geschöpfen.« Sie stieß ein tiefes Seufzen aus, bevor sie fortfuhr. »Doch bei dir bin ich mir sicher, dass du diese Kraft besitzt. Obwohl du bei unserer ersten Begegnung noch ein Häufchen Elend warst, habe ich das sofort gespürt. Die Natur hat dir diese besondere Stärke mitgegeben, und du solltest und wirst sie nutzen. Nun liegt es an dir. Du musst es wollen, mein Lottchen, aus tiefstem Herzen. Geh also deinen Weg. Du wirst es schaffen, das weiß ich. Eines solltest du jedoch niemals vergessen: Du kannst dich jederzeit an mich wenden, wenn du noch einmal Hilfe brauchst. Ich werde für dich da sein, egal, was auch passieren mag. Der Himmel weiß, warum, aber du bist mir in der kurzen Zeit fast wie eine Tochter ans Herz gewachsen. Dabei weiß ich gar nicht, wie es ist, eine Mutter zu sein. Doch dieses spezielle Gefühl für dich war sofort da, seit unserer ersten Begegnung.«

Lotte nickte. »Ja, das weiß ich, und es tut gut, das zu hören. Du weißt hoffentlich auch, wie lieb ich dich inzwischen habe, Olga.« Sie zog ihr Taschentuch aus der Rocktasche und schnäuzte sich.

Die ältere Frau nickte, auch sie tupfte sich eine Träne von der gepuderten Wange. »Siehst du, nun heule ich doch noch.« Sie lachten beide. »Ach, bevor ich es vergesse …«, kam Olga noch einmal auf das eigentliche Thema zurück. »Selbstverständlich ist die Miete für das Zimmer bereits für drei Monate im Voraus bezahlt. Elsbeth Kruse, so heißt meine Freundin, weiß, dass du erst Arbeit finden musst, bevor du zahlungsfähig bist. Sie wird dich gut versorgen und sich liebevoll um dich kümmern, das hat sie mir in die Hand versprochen. Ich weiß, dass man sich auf Elsbeth voll und ganz verlassen kann. Sie ist eine großartige Person, das wirst du sicher bald merken. Sollte das mit der Arbeit nicht so schnell klappen, wie du es dir wünschst, sag mir einfach Bescheid, ich regle das dann mit der Miete für dich. Solange es dir recht ist, werden wir regelmäßige Treffen vereinbaren, damit du dich nicht so allein auf der Welt fühlst. Das klingt doch nach einem guten Anfang, findest du nicht?«

»O ja, aber ich werde dir das alles niemals zurückzahlen können.«

»Darüber mach dir bitte keine Gedanken. Das Geld ist mir nicht wichtig. Ich habe genug davon und gebe es nur selten für eine wirklich gute Sache aus. Dir zu helfen war das Beste, was ich in den letzten dreißig Jahren getan habe. Ich bin mir sicher, dass mein Geld bestens investiert ist. Du musst mir nichts zurückzahlen, Kindchen. Es wird mir Belohnung genug sein, wenn du deinen Weg gehst und ich ein wenig dazu beitragen konnte, dass du es irgendwann geschafft hast.«

Lotte musste schlucken. »Darf ich dich etwas fragen, Olga?«

»Natürlich. Du darfst mich alles fragen.«

»Du sagtest, ich bin wie eine Tochter für dich. Das glaube ich dir auch, und ich weiß, dass wir zumindest sehr gute Freundinnen geworden sind, dennoch habe ich das Gefühl, das ist nicht der einzige Grund, warum du das alles für mich tust.«

Die Miene ihrer mütterlichen Freundin veränderte sich nur leicht, doch ihr Blick wirkte plötzlich wehmütig, wenn nicht sogar traurig. »Vielleicht tue ich das alles für dich, weil ich gut nachempfinden kann, was du gerade durchmachst, Lotte.« Olga seufzte erneut tief auf. »Auch ich habe meine Geschichte, weißt du.«

»Aber du möchtest nicht darüber reden. Auch mit mir nicht?«

Olga schüttelte den Kopf. »Genauso wenig, wie du über deine sprichst, wenn es sich nur irgendwie verhindern lässt, habe ich recht?« Nachdem Lotte genickt hatte, fuhr Olga fort. »Ich bin eine erfolgreiche Geschäftsfrau und sehr stolz auf das, was ich geschafft habe. Meine Vergangenheit habe ich schon vor Jahren irgendwo tief in meinem Inneren fest verschlossen, und das solltest du auch tun. Es bringt nichts, immer wieder aufs Neue darüber zu grübeln. Das belastet nur. Dunkle Erinnerungen heraufzubeschwören hat noch nie irgendwem geholfen.« Ein leichtes Lächeln huschte über Olgas Gesicht. »Hör auf meinen Rat und löse dich von der Vergangenheit. Lass sie los und geh neue Wege. Die Welt da draußen wird dir offenstehen, daran glaube ich fest.« Olgas Hand schloss sich noch etwas fester um ihre. »Eins kann ich dir schon jetzt versichern, Lotte, es ist ein wunderbares Gefühl, den eigenen Lebensunterhalt zu verdienen, ohne auf einen wohlwollenden Vater, einen mildtätigen Bruder oder gar einen Ehemann angewiesen zu sein, dem du ständig über alles Rechenschaft ablegen musst. Versprich mir einfach, dass du dein Leben in die eigenen Hände nimmst und etwas daraus machst, genau so, wie wir es besprochen haben.«

Der Blick der älteren Frau löste sich kurz von Lottes Gesicht und glitt durch den Raum. Ihre Miene war nun ernst.

»Nach dem Krieg habe ich selbst erlebt, wie sich die Zeiten für uns Frauen zu verändern begannen«, fuhr sie fort. Sie sah Lotte wieder an, und das leichte Lächeln kam zurück. »Es geht zwar langsam, aber es geht voran, und es ist eine große Chance. Vergiss nie, wenn du als Frau dein eigenes Geld verdienst, hat das jede Menge Vorteile, mein Kind. Du hast einen klugen Kopf und bist verflucht gut in dem, was du gelernt hast, aber das weißt du selbst am besten. Sobald du umgezogen bist, kannst du dir Arbeit suchen. Vielleicht hast du ja sogar irgendwann dein eigenes Geschäft, wer weiß?« Olgas Lächeln vertiefte sich. »Wenn du einverstanden bist, hast du also schon morgen eine Adresse, die du überall angeben kannst, ohne vor lauter Scham im Boden zu versinken«, fügte sie hinzu und lachte kurz auf.

Lotte musste ebenfalls lachen. »Nun, da hast du allerdings recht. Und natürlich bin ich einverstanden, Olga. Ich freue mich sehr.«

»Dann geh und pack schon mal die Sachen, die du heute nicht mehr benötigst, Lottchen. Morgen, gleich nach dem Frühstück, bringe ich dich zu Elsbeth. So habe ich es mit ihr abgesprochen.«

Nach dem Gespräch mit Olga ging Lotte wieder nach unten, um nachzusehen, ob es etwas für sie zu tun gab. Sie fühlte sich einfach besser, wenn sie nicht ständig untätig herumsaß. Um diese Uhrzeit wurde im unteren Stockwerk für Ordnung und Sauberkeit gesorgt, und in der Küche bereitete die Köchin das Mittagessen vor. Normalerweise half Lotte den beiden Dienstmädchen, wenn diese den Frühstückstisch der Mädchen abräumten und den Salon für den Abend vorbereiteten, damit alles wieder blitzsauber für die Gäste war. Das Mittagessen wurde erst am frühen Nachmittag serviert, damit die Frauen über den Abend kamen und nicht so früh wieder Hunger hatten. Im Gegensatz zum Frühstück wurde das Mittagessen nicht im Salon eingenommen, denn dort wollte Olga keine Essensgerüche haben. So aßen die Mädchen jeden Nachmittag an einem langen Holztisch in der Küche, die sich im hinteren Bereich des Hauses befand.

Die Dienstmädchen waren bereits fertig mit ihrer Arbeit, als Lotte nach unten kam, doch damit hatte sie schon gerechnet. Das Gespräch mit Olga hatte ihren üblichen Tagesablauf eine gute Stunde nach hinten verschoben. Lotte schaute noch kurz in der Küche vorbei und fragte Helga, die strenge Köchin, ob sie etwas für sie zu tun habe. Helga winkte jedoch nur gewohnt mürrisch ab und scheuchte sie wieder hinaus.

Während sie überlegte, ob sie vielleicht einen Blick in den *Hamburger Anzeiger* werfen sollte, der sicherlich schon im Salon bereitlag, schlenderte sie langsam durch den langen Flur, der den Küchenbereich mit dem Rest des Hauses verband. Als sie schließlich wieder im Salon ankam, saß Käthe, ein Mädchen, mit dem sich Lotte ein wenig angefreundet hatte, in einem der roten Plüschsessel. Käthe sprang erfreut auf, als sie Lotte erblickte.

»Ich hab dich schon gesucht, Lotte. Ich war vorhin oben bei dir, aber als du nicht dort warst, dachte ich, ich setz mich einfach hierhin und warte auf dich.«

Lotte musste lächeln, als sie das blau gemusterte Kleid sah, das Käthe über die Sessellehne gelegt hatte. Nachdem sich herumgesprochen hatte, dass sie Schneiderin war, kam immer mal wieder eines der Mädchen mit einem Kleidungsstück zu ihr, um sie um ihre Hilfe zu bitten. Manchmal war es eine Naht, die aufgegangen war, hier und da hing auch mal ein Stück Saum herunter, doch meistens hatte sich nur ein Knopf gelöst. Auch wenn es sich oft nur um banale Reparaturen handelte, freute sich Lotte jedes Mal darüber, wenn sie endlich wieder zu Nadel und Faden greifen konnte, und die Mädchen waren ihr dankbar, dass sie die kleinen Malheure des Alltags schnell wieder in Ordnung brachte.

»Es ist so gut, dass du da bist«, sagte Käthe gerade und unterbrach so ihre Gedanken. »Ich schwöre dir, dass jeder Knopf, den du annähst, ewig hält, während die kleinen Biester sich bei mir schon nach wenigen Tagen wieder lösen.«

»Ich könnte es dir beibringen, das weißt du.«

Käthe winkte ab. »Das hat keinen Zweck und wäre vergebliche Liebesmüh, das habe ich dir schon mal gesagt. Ich kann so was einfach nicht, dafür bin ich viel zu ungeschickt.«

»Du willst es nur nicht lernen«, erwiderte Lotte lachend. Sie mochte Käthe sehr. Das hübsche, sehr zarte Mädchen mit den rötlich blonden Locken und den riesigen hellblauen Augen hatte vom ersten Moment an etwas in ihr angerührt. Sie deutete auf das Kleid. »Hast du den Knopf noch, oder ist er verloren gegangen?«

Käthe ließ ein tiefes Seufzen hören. Sie griff nach dem Kleid und reichte es Lotte. »Um einen Knopf geht es dieses Mal gar nicht, Lotte.«

»Nanu. Was ist es denn?«, fragte Lotte verwundert, während sie prüfend einen Blick auf das Kleid warf. Auf den ersten Blick konnte sie keinen Schaden entdecken.

»Mir ist das Ding nur viel zu weit geworden.« Käthe zuckte mit den Schultern. »Aber ich mag es so sehr. Meinst du, du könntest es ändern, damit es wieder gut an mir aussieht?«

»Hm, das dürfte kein Problem sein. Ich müsste es angezogen sehen, damit wir es vernünftig abstecken können. Am besten wird es sein, wenn wir nach oben gehen. Da habe ich auch das kleine Nähkästchen, das Olga mir überlassen hat.«

Zusammen gingen sie nach oben in Lottes Kammer, und Käthe zog sich um. Lotte erschrak ein wenig, als sie sah, wie weit das Kleid tatsächlich war. Der dünne Baumwollstoff hing lose an der zierlichen Käthe herunter.

»Da hast du mal reingepasst?«, fragte sie zweifelnd.

»Ja, tatsächlich. Noch vor einem halben Jahr passte mir das Kleid wie angegossen.«

»Dann bist du wirklich sehr dünn geworden, Käthe.«

Das Mädchen nickte langsam. Ihr Blick wirkte traurig. »Das stimmt wohl. Dabei gebe ich mir wirklich Mühe, ordentlich zu essen. Wir bekommen hier ja genug.«

Lotte räusperte sich. »Du bist so dünn geworden, seit du diese Arbeit tust, oder?«

Käthe nickte stumm und senkte den Kopf. »Das kann schon sein, aber ich will mich nicht beschweren.«

»Du kannst doch auch versuchen, eine andere Arbeit zu finden, Käthe.«

»Aber was bleibt mir denn sonst? Du hast gut reden, Lotte. Du verstehst das nicht, du kannst etwas, hast etwas vorzuweisen, doch ich habe nichts gelernt. Überhaupt nichts. Ich kann doch noch nicht einmal richtig lesen und schreiben.«

Käthe begann lautlos zu weinen. Sofort legte Lotte tröstend einen Arm um sie, hielt sie eine Weile fest und streichelte ihr sanft über den Kopf, so als wäre Käthe ein kleines Kind.

»So solltest du nicht reden. Jeder kann irgendwas. Auch du hast sicher ein Talent, das du nur noch nicht entdeckt hast. Lesen und Schreiben kannst du lernen, wenn du es wirklich willst. Wie alt bist du, Käthe?«, fragte sie.

»Ich bin siebzehn«, brachte das Mädchen unter Schluchzen hervor.

Lotte erschrak, versuchte aber, es sich nicht anmerken zu lassen. »Erst siebzehn?«

»Ich weiß, ich sehe älter aus. Das ist dieses … Leben. Das bekommt man mit dazu.«

»Bist du denn niemals zur Schule gegangen?« Lotte erstaunte der Gedanke, denn dafür drückte sich Käthe erstaunlich gut aus. Es gab einige Frauen im Haus, die kaum einen vernünftigen Satz herausbrachten. Käthe war da anders.

Käthe schüttelte den Kopf. »Nein, das bin ich nicht. Aber ich habe schon als Kind anderen Menschen gut zugehört, um wenigstens ein bisschen zu lernen. Das hilft. Meine Mutter und ich waren allein, und als sie dann plötzlich starb, musste ich sehen, wo ich bleibe. Sie war auch eine Hure, weißt du.«

»Du hattest also keine leichte Kindheit«, warf Lotte ein. Sie bemühte sich, ihrer Stimme einen nachsichtigen Klang zu verleihen.

»Im Grunde hatte ich Glück, dass Olga mich aufgelesen hat. Sie kannte meine Mutter aus früheren Zeiten. Sie hat sogar nach mir suchen lassen, als man meine Mutter tot am Hafen fand, das werde ich ihr nie vergessen. Als Mama noch ganz jung war, hat sie mal für Olga gearbeitet. Sie hat sich jedoch nie damit abfinden können, hier zu wohnen und etwas von ihrem Geld abgeben zu müssen. So hat sie mir das zumindest mal erzählt. Verstanden habe ich das nie, denn schau, was uns Olga für ein schönes Zuhause bietet. Das schäbige Zimmer, in dem Mama und ich gewohnt haben, kannst du damit gar nicht vergleichen.« Käthe seufzte. »Wenn die Freier kamen, musste ich immer im eiskalten Hausflur warten. Das war nicht schön.«

Das Mädchen tat Lotte unendlich leid. Offenbar war Käthes Lebensweg von Anfang an vorbestimmt gewesen. »Du drückst dich so gut aus, Käthe. Hättest du nicht als Dienstmädchen arbeiten können?«, fragte sie. »Vielleicht sogar hier im Haus.«

Käthe schüttelte den Kopf. »Dienstmädchen haben wir hier genug. Ich sollte mal in der Küche helfen, und die Arbeit fand ich eigentlich nicht schlecht, aber dann kam ich nicht mit Helgas hartem Ton zurecht und bin dauernd in

Tränen ausgebrochen. Ich weiß, das ist albern, aber meine Mutter hat mich auch immer angeschrien, und ich kann es nicht mehr ertragen, wenn mich jemand anbrüllt und so runterputzt. Das Rumheulen bekam ich nicht in den Griff, und es hat verflucht an den Nerven gezerrt. Schließlich habe ich Olga gebeten, mich wieder vom Küchendienst zu befreien, und ich glaube, auch Helga war froh darüber. Olga sagte mir daraufhin, dass ich es mir überlegen sollte. Wenn ich also hierbleiben will, muss ich für sie arbeiten, so wie es die anderen Mädchen auch tun. Eine andere Lösung gibt es für mich nicht, also habe ich wieder angefangen. Ich möchte nicht in der Gosse enden wie meine Mutter, Lotte. Dann arbeite ich lieber weiter für Olga. Du weißt ja auch, dass ich ziemlich beliebt bin. Bei den Freiern, meine ich. Viele Männer mögen es, dass ich so klein und dünn bin.«

Eine Weile standen sie sich stumm gegenüber.

»Ich hole meine Stecknadeln«, sagte Lotte schließlich, denn sie fühlte sich ein wenig überfordert. »Das kriegen wir hin, bald hast du wieder ein passendes Kleid.«

Lotte wusste schon länger, dass es eine Seite an Olga Rennsteig gab, die wenig freundlich war. Wenn es um das Geschäft ging, kannte ihre mütterliche Freundin kein Pardon, und das musste wahrscheinlich auch so sein. In den vergangenen zwei Monaten hatte Lotte häufiger mitbekommen, dass die Bordellbesitzerin sehr streng und unnachgiebig sein konnte, wenn es in ihren Augen nötig war. Für Käthe hatte es schlicht keine andere Lösung gegeben. Wenn sie hier arbeiten wollte, musste sie es als Hure tun, so einfach war das.

»Es sind ja nicht alle schlecht«, flüsterte Käthe plötzlich, während Lotte das Kleid für ein paar Abnäher absteckte. Lotte ahnte, was das Mädchen damit sagen wollte. »Die meisten Männer, die hierherkommen, sind sogar sehr nett und großzügig, wirklich. Es gibt welche, die gar nicht vögeln wollen, stell dir das vor. Ich habe einen Stammfreier, der will immer nur zugucken, wie ich an mir rumspiele, und macht es sich dann selbst. Das ist überhaupt nicht schlimm. Eigentlich mag ich es sogar ganz gerne, wie er mich dabei ansieht.«

»Das mag schon sein.« Lotte richtete sich auf. »Dazu kann ich wirklich nichts sagen. Ich verstehe nichts von diesem Geschäft, aber du musst dich überhaupt nicht rechtfertigen, Käthe.« Sie zögerte kurz, bevor sie weitersprach, denn sie wollte das junge Mädchen nicht verletzen. »Ich verurteile keine von euch, das musst du mir glauben. Ihr habt allesamt eure Geschichte, und ich kann wirklich nachvollziehen, dass man vor lauter Verzweiflung im Leben manchmal nicht mehr weiterweiß. Wenn ich dich jedoch so ansehe, ist es mehr als nur offensichtlich, wie sehr deine Arbeit dich belastet. Vielleicht ist es so, dass einige Frauen besser damit zurechtkommen und andere weniger gut.«

»Aber ich bin froh, dass ich hier bei Olga sein darf. Hier geht es mir gut. Ich werde gut versorgt, habe ein hübsches warmes Zimmer, und niemand tut mir etwas. Selbst wenn mal eine von uns krank wird, macht Olga kein Drama daraus und holt sogar einen Doktor, falls es schlimmer ist. Es gibt Häuser, da wird man dann als Hure ganz schlimm behandelt oder einfach vor die Tür gesetzt. Auch das weiß ich von meiner Mutter.«

»Das habe ich schon häufiger gehört, Käthe. Ja, ich denke, du kannst froh sein, dass du hier sein darfst. Olga hat auf jede von euch ein wachsames Auge.«

»Das stimmt.«

Lotte richtete sich auf, nachdem alle Stecknadeln an den notwendigen Stellen saßen. »Ich mach das noch heute fertig. Solltest du irgendwann mal wieder zunehmen, kannst du die Abnäher ganz leicht wieder lösen. Ich zeige es dir nachher, wenn ich dir das Kleid zurückgebe.«

»Du musst das nicht heute machen. Es eilt nicht, Lotte, wirklich nicht.«

»Doch, das tut es. Morgen, gleich nach dem Frühstück, ziehe ich aus.«

»Oh, das ist aber schade. Du wirst vielen hier fehlen.«

»Na ja, sicher nicht allen.« Lotte lachte leise. »Aber ich muss zugeben, einige von euch werden mir auch fehlen.«

2. Kapitel

Das Zimmer in der Pension von Elsbeth Kruse gefiel Lotte ausnehmend gut. Es war mindestens doppelt so groß wie die Dachkammer in Olgas Haus, in der sie die letzten zwei Monate zugebracht hatte. Alles war sauber und ordentlich und offenbar mit viel Liebe und Umsicht eingerichtet worden. Zudem gab es tatsächlich ein Waschbecken im Zimmer und ein Badezimmer mit Toilette auf dem Flur, so wie Olga es ihr versprochen hatte. Zum ersten Mal seit vielen Wochen fühlte sich Lotte fast glücklich.

»Falls du etwas nach deinem eigenen Geschmack verändern willst, habe ich nichts dagegen«, sagte Elsbeth Kruse, die neben ihr stand, während Olga unten am Küchentisch saß und auf sie wartete. »Na ja, die Möbel solltest du natürlich stehen lassen.« Sie lachte auf. Lotte hatte noch nie eine Frau kennengelernt, die eine so dunkle Stimme hatte wie Elsbeth Kruse.

»Das ist wirklich sehr freundlich von Ihnen, Frau Kruse, aber ich finde das Zimmer ganz zauberhaft, so wie es ist.«

»Das freut mich sehr, aber die Frau Kruse lässt du gleich mal weg. Das mag ich gar nicht. Sag einfach Elsbeth zu mir. Wir wohnen jetzt zusammen, und da sollte es doch so entspannt wie nur möglich zugehen, nicht wahr, Herzchen?«

»Sehr gerne, Elsbeth.«

»Na, dann hätten wir das ja geklärt. So, und nun lass uns nach unten gehen und noch einen Kaffee mit Olga trinken.«

Sie setzten sich zu Olga an den Küchentisch, tranken Kaffee, plauderten und aßen ein paar selbst gebackene Haferkekse dazu. Lotte hielt sich zurück und hörte lieber zu, während sich die beiden älteren Frauen angeregt unterhielten. Kurz bevor Olga sich verabschiedete, bat sie Elsbeth noch einmal eindringlich darum, gut auf Lotte achtzugeben. Obwohl sie wusste, dass Olga es gut meinte, war die wiederholte Bitte Lotte ein wenig unangenehm.

»Du kannst dich auf mich verlassen, Olga«, versprach Elsbeth.

»Das weiß ich.« Sie wandte sich an Lotte. »Jeden Donnerstagvormittag gehe ich zu Tietz, um ein paar Besorgungen zu machen. Wir können uns dort, aber auch gerne im Alsterpavillon auf einen kleinen Plausch treffen, Lottchen.«

»Bei Tietz war ich noch nie. Ich habe schon viel von dem Warenhaus gehört und würde mir das gerne mal ansehen.«

»Oh, es ist großartig. Man bekommt alles, was das Herz begehrt. Sie haben auch wundervolle Stoffe, da werden dir die Augen übergehen, Lottchen.« Olga strahlte. »Ich würde vorschlagen, wir treffen uns dann Donnerstag um elf Uhr vor dem Eingang. Da du ja ab jetzt auf Arbeitssuche bist, warte ich dort eine Viertelstunde auf dich. Falls dir also irgendetwas dazwischenkommt, brauchst du dir keinerlei Gedanken zu machen. Eine Woche später werde ich wieder dort stehen.«

»Das klingt wunderbar.«

Olga tätschelte Lotte die Wange, nickte Elsbeth noch einmal zu und ließ sie dann in ihrem neuen Zuhause allein.

»Solange ich hier bin, helfe ich gerne ein bisschen im Haushalt«, sagte Lotte zu Elsbeth, nachdem Olga fort war und sie zusammen das Kaffeegeschirr neben das Spülbecken stellten.

»Das ist nett von dir, aber das brauchst du nicht.« Die ältere Frau lächelte. »Die kleinen Handgriffe nach dem Essen nehme ich gerne an, aber für alles andere habe ich ein Mädchen aus der Nachbarschaft, das täglich herkommt.« Elsbeth füllte einen schweren Eisenkessel mit Wasser und stellte ihn auf die heiße Herdplatte. »Deine Wäsche kannst du ruhig mir geben. Ich kümmere mich darum. Mein Waschtag ist der Freitag. Zwischendurch wasche ich selten. Verhungern wirst du hier auch nicht, das kann ich dir schon mal versprechen. Wie wir es mit den Essenszeiten halten, wenn du arbeitest, können wir klären, wenn es so weit ist. Das nehme ich nicht so genau.«

»Aber ich bin doch nicht dein einziger Logiergast, oder etwa doch?«

Elsbeth schüttelte den Kopf. »Im Zimmer neben dir wohnt Paula Lüders. Sie ist in den Vierzigern und Lehrerin an einer Schule in Eimsbüttel. Üblicherweise geht sie sehr früh aus dem Haus und kommt erst abends heim. Hier nimmt sie nur ihr Frühstück ein. Nach der Schule unterrichtet sie nämlich noch in einem Kinderheim. Auch an den Wochenenden ist sie meistens dort. Paula wohnt schon seit über zwei Jahren bei mir, und es ist angenehm, sie im

Haus zu haben. Sie ist immer freundlich und wirklich sehr gebildet. Ich denke, du wirst sie mögen.«

Elsbeth goss das heiße Wasser aus dem Kessel ins Spülbecken, gab dann etwas kaltes hinzu und begann das Kaffeegeschirr abzuwaschen.

»Früher habe ich auch noch das dritte Zimmer im zweiten Stock vermietet«, sagte sie. »Aber das spare ich mir jetzt und nutze das Zimmer selbst. Mit den zwei belegten Zimmern komme ich inzwischen ganz gut über die Runden.«

»Das Haus ist sehr schön«, bemerkte Lotte. Sie sah sich um. Über dem Griff des Ofens hingen zwei Geschirrtücher. Sie nahm sich eins davon, um die Tassen abzutrocknen.

Elsbeth nickte. »Ich habe es vor zehn Jahren von einer Tante geerbt. Sie war die ältere Schwester meiner Mutter und Witwe eines Richters, der ihr einiges hinterlassen hat. Ich wurde eher durch Zufall zur Erbin. Meine Tante und der Richter hatten nur einen Sohn, doch der ist im Krieg geblieben.« Sie sah von ihrer Arbeit auf und lächelte. »Nun ja, ich fühlte mich ihr verpflichtet und wollte das Beste aus dem Haus und dem Geld machen, das sie mir vererbt hat. So kam ich auf die Idee, mir mit dem Haus meinen Lebensunterhalt zu verdienen, damit auch auf lange Sicht etwas dabei rumkommt und das schöne Haus nicht verlottert.«

»Ja, das kann ich gut verstehen. Und das war sehr klug, Elsbeth.«

»Das sagte Olga damals auch. Das Geld habe ich zu einem großen Teil in die Renovierung gesteckt, und das hat sich ausgezahlt. Jedes der Gästezimmer hat ein eigenes Waschbecken, und auf dem Flur gibt es ein richtiges Badezimmer mit einem Boiler für warmes Wasser und ein Klosett. Das ist doch wundervoll, nicht wahr?«

Lotte fand es rührend, wie stolz Elsbeth auf ihr Haus und auf ihre Leistung war. Sie mochte die ältere Frau schon jetzt.

»Da kann ich nur zustimmen, Elsbeth. Und du hast dir viel Mühe gegeben, die Zimmer behaglich einzurichten. Das habe ich sofort bemerkt, als wir vorhin oben waren. Da steckt viel Liebe drin. Ich werde mich hier wohlfühlen, das weiß ich schon jetzt.«

Elsbeths Lächeln vertiefte die zahlreichen Fältchen um ihre Augen. »Noch etwas, Lotte … Da Olga dich zu mir geschickt hat, fragst du dich vielleicht … Also, was ich eigentlich sagen will … ja, ich habe früher für Olga gearbeitet, aber nicht so, wie du vielleicht denkst. Ich war ihre Köchin.«

Lotte musste schmunzeln. »Weißt du, Elsbeth, ich habe in den vergangenen Wochen so viele Frauen kennengelernt, die für Olga arbeiten. Es ist noch gar nicht so lange her, da wusste ich noch nicht einmal, dass es Bordelle überhaupt gibt. Ich habe in der letzten Zeit viel gelernt, und meine wichtigste Lektion war, Menschen nicht vorschnell zu verurteilen für das, was sie tun oder tun müssen, um ihren Lebensunterhalt zu bestreiten. Es ist nett, dass du mir das gesagt hast, aber es wäre nicht nötig gewesen.«

Zum ersten Mal seit Wochen schlief Lotte die ganze Nacht lang durch. Als sie erwachte, war es noch dunkel, doch sie fühlte sich herrlich ausgeruht und erfrischt. Einige Minuten lang blieb sie noch liegen. Sie kuschelte sich nahezu glückselig in die Wärme unter dem dicken Federbett und genoss den Duft der frisch gewaschenen Leinenbettwäsche. Doch dann raffte sie sich auf und öffnete einen Fensterflügel, um für einige Minuten die frische Herbstluft in ihr Zimmer zu lassen. Als sie schließlich fertig angezogen war und ihr Bett gemacht hatte, sah sie sich noch einmal in ihrem neuen Zuhause um. Es war wirklich ein gemütliches Zimmer, und es war keine höfliche Phrase gewesen, als sie Elsbeth versichert hatte, wie gut es ihr gefiel. Das hölzerne Bettgestell war schlicht und passte farblich zum Nachttisch und dem kleinen Kleiderschrank, der links vom Bett neben der schmalen Tür stand, die auf den Flur führte. Gegenüber gab es noch eine weiß getünchte Wäschekommode mit drei tiefen Schubladen, über der ein hübscher Spiegel hing. Nur einen Schritt davon entfernt war neben dem Fenster ein einzelner, sehr gemütlicher Sessel mit passender Fußbank platziert worden, und direkt daneben stand sogar ein kleines, gut bestücktes Bücherregal, an dem sie sich sicher bald bedienen würde. Der zarte Lavendelton im Blumenmuster des Sessels fand sich auch in der gesteppten Tagesdecke wieder, die über dem Bett lag. Das gefiel Lotte besonders gut.

Am Vorabend hatte sie nur das Nötigste aus ihrer Reisetasche genommen, doch nun packte sie auch den Rest aus. Es sah ganz danach aus, als würde noch sehr viel Platz im Kleiderschrank und in der Wäschekommode frei bleiben, aber damit hatte Lotte schon gerechnet. Sie besaß nicht viel. Da sie völlig mittellos nach Hamburg gekommen war, hatte Olga dafür Sorge getragen, dass sie zumindest drei schlichte Tageskleider, einen warmen Mantel, einen Wollschal sowie einen Grundstock an Wäsche bekam. Auch die Reisetasche hatte Olga ihr geschenkt.

Es wurde Zeit, dass sie endlich ihr eigenes Geld verdiente, dachte Lotte zum wiederholten Male, während sie ihre wenigen Habseligkeiten im Kleiderschrank und der Kommode verstaute.

Nach einem gemeinsamen Frühstück mit Elsbeth nahm sich Lotte eine der zwei Zeitungen vor, die auf dem Küchentisch lagen, schlug die Seite mit den Annoncen auf und schaute sie durch. Nur eine einzige Anzeige war passend für sie. Es handelte sich um ein Geschäft für Abendmoden ganz in der Nähe des Rathausmarktes, das eine Schneiderin für Änderungen benötigte. Dorthin konnte sie bequem zu Fuß laufen.

»Ich werde mir das Geschäft mal ansehen«, sagte sie zu Elsbeth. »Das ist am Großen Burstah. Es wäre ein Glücksgriff, wenn ich dort arbeiten könnte.«

Elsbeth schnappte hörbar nach Luft und blickte Lotte über ihre Zeitung hinweg alarmiert an. »An deiner Stelle würde ich da nicht hingehen, Lotte. Der Inhaber soll mit Vorsicht zu genießen sein. Offenbar hat er bereits einige seiner Mädchen bedrängt. Es hat deshalb schon viel Gerede gegeben.« Die ältere Frau seufzte. »Wenn ich du wäre, würde ich nicht dort arbeiten wollen, selbst wenn es die letzte Arbeitsstelle auf Erden wäre.«

Ein unangenehmes Gefühl stieg sofort in Lotte auf und ließ sie kurz innehalten. Es war nur ein leichter Anflug der vertrauten Angst, bloß eine Spur des bitteren Ekels in ihrer Kehle, doch sie wollte nicht, dass Elsbeth etwas davon mitbekam und sich unnötig Sorgen machte oder womöglich nachfragen würde. Nein, nur das nicht! Also atmete sie einmal tief durch, damit sich ihr Herzschlag wieder normalisierte.

»Oh«, sagte sie schließlich, so als hätte Elsbeths Bemerkung sie höchstens irritiert. Lotte räusperte sich. »Das ändert die Sache natürlich. Danke, dass du mich gewarnt hast, Elsbeth.« Sie schüttelte langsam den Kopf. »Leider war das heute tatsächlich die einzige Anzeige in den Zeitungen, die passen würde.« Sie stand auf und sah aus dem Fenster, um sich etwas zu fangen. »Wie auch immer, es regnet in Strömen. Bei dem Wetter hätte ich sowieso keine große Lust gehabt rauszugehen.«

»Dann wartest du eben noch ein paar Tage. Es wird sich schon noch etwas ergeben. Und um deine Miete brauchst du dir sowieso keine Gedanken zu machen. Olga hat vorgesorgt, und ich werde dich sicherlich nicht auf die Straße setzen.«

»Ach, Elsbeth, das ist so lieb von dir, aber es geht mir nicht allein um das Geld. Mir fehlt meine Arbeit ganz schrecklich. Ich habe wirklich gern genäht, weißt du.«

»Das kann ich mir vorstellen. Es muss wunderbar sein, wenn man aus einem einfachen Stück Stoff ein Kleid oder andere hübsche Sachen nähen kann. Ich schaffe es gerade einmal, einen Saum einigermaßen gerade hinzubekommen.« Elsbeths Blick wirkte nachdenklich, doch dann hellte sich ihre Miene plötzlich auf. »Da fällt mir gerade etwas ein, Lotte. Komm mal mit, ich glaube, ich kann dich ein bisschen aufmuntern.«

Lotte folgte Elsbeth nach oben in die zweite Etage des Hauses, wo ihre Wirtin ihre privaten Räume hatte. Sie gingen einen schmalen Flur entlang, und Elsbeth deutete auf eine Tür am Ende des Flurs. »Das ist das Zimmer, von dem ich dir gestern erzählt habe.«

»Das, das du jetzt selber nutzt?«

»Genau.« Elsbeth öffnete die Tür und zog Lotte hinter sich her. »Schau mal, Lotte.«

»Oh«, rief Lotte überrascht aus, als sie die schwarz glänzende Nähmaschine sah, die dort an der gegenüberliegenden Wand stand. »Das ist ja eine …«

»Eine *Singer*, ja. Sie ist erst zwei Jahre alt. Ich habe sie mir gekauft, weil ich einige Gardinen nähen musste. Die vergilbten Stofffetzen, die meine Tante hier überall hängen hatte, waren ganz furchtbar anzusehen.« Elsbeth lachte und zwinkerte Lotte zu. »Wenn du willst, darfst du die Maschine gerne benutzen, wann immer dir danach ist.« Sie ging zu einer alten Wäschetruhe, die unter dem Fenster stand, und hob den schweren Deckel an. »Hier drin sind jede Menge Stoffreste, aber es sind auch noch recht große Stücke dabei. Das hat sich in den vergangenen Jahren so angesammelt, aber ich brauche sie nicht mehr. Vielleicht kannst du dir eine hübsche Bluse oder sogar einen Rock daraus nähen, was meinst du?«

Lottes Kehle wurde eng. »Das wäre einfach wundervoll, Elsbeth.«

»Na, dann ran an die Arbeit, mein Mädchen.«

»Ich könnte auch für dich etwas nähen. Schließlich sind es deine Stoffe.«

»Um Himmels willen, nein. Ich habe wirklich genug im Schrank und bin eine alte Schachtel. Bei mir achtet doch niemand mehr darauf, was ich anhabe. Aber du bist nicht nur jung und sehr hübsch, du könntest auch ein paar Sachen mehr ganz gut gebrauchen, wenn ich Olga richtig verstanden habe. Das stimmt doch, oder?«

Lotte atmete tief durch. »Das muss ich wohl zugeben. Ich habe leider kaum etwas anzuziehen.«

»Das Zimmer, die Stoffreste und meine *Singer* stehen ganz zu deiner Verfügung, Herzchen.«

Die nächsten zwei Tage flogen nur so dahin. Lotte verbrachte viel Zeit damit, die Stoffreste nach Größe und Qualität zu sortieren. Es waren tatsächlich einige Stücke dabei, die sich sehr gut für eine oder sogar zwei Blusen eigneten. Zudem gab es ein besonders großes Stück aus fein gewebter dunkelblauer Wolle. Es war so viel davon da, dass sie nicht nur einen schmalen Rock, sondern dazu auch noch eine passende Jacke schneidern konnte, sodass sie ein richtiges Kostüm besitzen würde.

Lotte konnte ihr Glück kaum fassen, und sie war ganz in ihrem Element. Sie kostete jede Minute aus, die sie in Elsbeths Nähzimmer verbrachte. Und plötzlich war auch schon der Donnerstag da, an dem sie sich mit Olga vor dem *Warenhaus Hermann Tietz* treffen wollte. Lotte freute sich sehr darauf.

»Du siehst wirklich gut aus«, bemerkte Olga, nachdem sie sich herzlich begrüßt hatten. »Du bist nicht mehr ganz so blass, das finde ich sehr beruhigend.«

»Mir geht es wirklich gut bei Elsbeth, Olga. Sie ist eine so liebe Person.«

»Ich weiß. Elsbeth ist ein Engel. An ihr ist ein richtiges Muttertier verloren gegangen, das habe ich schon immer gewusst. Mir war klar, dass du bei ihr gut aufgehoben sein wirst. Zumindest so lange, bis du auf eigenen Beinen stehen kannst.« Olga sah an der mächtigen Fassade des Warenhauses hoch. »Nun, was sagst du?«

»Es ist beängstigend groß, finde ich«, antwortete Lotte lachend. »Man kann sagen, es macht tüchtig was her.«

»Warte nur ab, sobald wir drinnen sind, wirst du aus dem Staunen gar nicht mehr herauskommen. Dir werden die Augen übergehen, glaub mir.«

Olga sollte recht behalten. Während sie langsam die Gänge und Etagen des Warenhauses durchstreiften, wusste Lotte gar nicht, wo sie zuerst hinschauen sollte. Das Angebot war unfassbar umfangreich und die edle Ausstattung des Hauses mit all den glitzernden Lüstern und dem herrlichen Marmor außerordentlich imposant. Lotte erschien es, als würde all das von Stockwerk zu Stockwerk immer prunkvoller werden. Jede einzelne Abteilung hatte ihren eigenen Reiz.

Während Lotte überwältigt von all dem Überfluss hinter Olga herlief, erstand ihre ältere Freundin ein paar Seidenstrümpfe mit einer besonders feinen Naht, wie sie Lotte begeistert erklärte.

»Die kommen aus Frankreich, und die gibt es nur hier bei Tietz«, ließ sie Lotte wissen.

Anschließend führte Olga sie in eine Abteilung, in der

es die aufwendigsten Hüte gab, die Lotte jemals gesehen hatte. Dort holten sie eine Bestellung von Olga ab. Es war eine zauberhafte hellgraue Kreation, die wie ein kleiner orientalischer Turban anmutete und auf der rechten Seite einen herrlichen silberfarbenen Aufputz aus Seidenrosen, glitzernden Steinchen und einer passenden Schleife aufwies.

»Das Haus hat eine eigene Hutmacherin, die wirklich großartig arbeitet. Ich habe mir den Hut von ihr noch etwas aufputzen lassen. Ich besitze ein silbergraues Abendkleid, das sehr schlicht geschnitten ist«, erklärte Olga, während sie die kleine Kostbarkeit bezahlte. »Da darf der Kopfputz schon etwas aufwendiger ausfallen, findest du nicht?«

»Natürlich darf er das. Der Hut ist bezaubernd, Olga.«

»Ja, das ist er. Ich bin sehr zufrieden mit dem Ergebnis.« Sie griff nach der schmalen Hutschachtel, an der von der Verkäuferin ein praktischer Tragegriff befestigt worden war, und zog Lotte schließlich weiter. »Wir müssen noch ein Stockwerk höher«, sagte sie. »Da oben ist die Abteilung für Delikatessen. Du wirst staunen, was es dort alles gibt, um den Gaumen zu verwöhnen. Ich brauche unbedingt noch meine belgischen Pralinen und diese wundervollen Küchlein aus Wien. Ach, wie ich die liebe.«

Als sie eine Stunde später endlich in die Abteilung mit den Stoffen kamen, schlug Lottes Herz augenblicklich höher.

»Meine Güte, dies ist ja ein Paradies für jede Schneiderin«, rief sie begeistert aus, während sie nacheinander die verschiedenen Stoffballen inspizierte und ihre Hände über feinste Seide, weichen Samt und erlesene Baumwollstoffe gleiten ließ. Schließlich blieb sie überwältigt an einem der kleineren Tische stehen. »Oh, sieh dir das nur an, Olga! Diese kostbare chinesische Seide gibt es sogar in allerlei Farben. Wie wundervoll!«

»Sie verstehen etwas davon«, hörte sie plötzlich die freundliche Stimme einer Verkäuferin hinter sich. »Das merkt man gleich.« Die junge Frau mit dem dichten dunkelbraunen Haar lächelte. »Entschuldigen Sie, es war nicht zu überhören, wie gut Ihnen unsere Stoffe gefallen.«

»O ja, sie gefallen mir sogar außerordentlich gut«, antwortete Lotte. Sie fühlte einen Anflug von Verlegenheit in sich aufsteigen. »Verzeihen Sie meine ungehemmte Begeisterung, aber Sie haben wirklich ein großartiges Angebot. Das findet man nur selten.«

»Wir haben einen hervorragenden Einkäufer, der genau weiß, worauf es ankommt«, bestätigte die junge Verkäuferin. »Unser Chef schickt ihn rund um die Welt, um die beste Ware zu ergattern.«

»Ja, das sieht man sofort. Ihre Stoffe sind zweifellos von hoher Qualität.«

»Meine junge Freundin ist Schneiderin, müssen Sie wissen«, warf Olga erklärend ein.

Lotte war plötzlich sehr froh, dass Olga für ihre Verhältnisse heute fast schlicht, wenn auch noch immer sichtbar teuer gekleidet war.

»Das habe ich mir gleich gedacht«, erwiderte die junge Verkäuferin lächelnd. Sie wandte sich wieder an Lotte. »Suchen Sie nach einem bestimmten Stoff oder vielleicht einem speziellen Muster? Ich helfe Ihnen gerne und zeige Ihnen die passende Ware.«

Lotte schüttelte bedauernd den Kopf. »Leider nein.« Erst jetzt fiel ihr auf, dass die Verkäuferin ein Namensschild an ihrem Kleid trug. »Das ist wirklich sehr nett von Ihnen, Fräulein Jansen, aber im Augenblick fehlt mir leider das nötige Geld, um mir so wundervolle Stoffe leisten zu können. Aber trotzdem herzlichen Dank für Ihre Mühe. Sie waren sehr freundlich.«

»Sehr gerne.«

Lotte sah sich noch ein wenig um, dann kam ihr plötzlich ein Gedanke. Zunächst versuchte sie, ihn wieder abzuschütteln, doch so leicht ließ er sich nicht vertreiben. Letztlich hatte sie kaum etwas zu verlieren, dachte sie und atmete tief durch. Falls dies eine unerwartete Gelegenheit war, warum sollte sie diese nicht ergreifen?

»Vielleicht ist meine Neugierde nicht angebracht, Fräulein Jansen«, fuhr sie fort. »Aber mich würde interessieren, ob Sie in dieser Abteilung die einzige Verkäuferin sind. Ich sehe hier sonst niemanden.«

Die junge Frau stutzte nur kurz. »Ja, ich bin hier alleine. Leider. Eigentlich sollte schon lange jemand eingestellt werden, aber bis jetzt hat das wohl nicht so recht geklappt.«

Lotte wechselte einen aussagekräftigen Blick mit Olga. Die ältere Frau zog eine ihrer tiefschwarzen Augenbrauen in die Höhe und nickte kaum merklich.

»Sie sind also eine Fachverkäuferin für Stoffe oder gar ebenfalls Schneiderin?«, hakte Lotte nach.

Fräulein Jansen behielt ihr freundliches Lächeln bei,

schüttelte jedoch langsam den Kopf. »O nein, eigentlich bin ich vor zwei Jahren als Verkäuferin für die Abteilung auf der anderen Seite des Ganges eingestellt worden.« Sie deutete in die entsprechende Richtung. »Sehen Sie, da drüben gibt es Heimtextilien. Ich habe mich also überwiegend mit Tischdecken, Kissenbezügen und Bettwäsche befasst. Nach einer Weile fiel jedoch eine Kollegin aus, und man dachte wohl, dass ich die Stoffabteilung gleich mit übernehmen könnte, weil beide Bereiche praktisch direkt nebeneinanderliegen. Inzwischen wird unser Sortiment jedoch immer umfangreicher, und ich stoße nicht selten an meine Grenzen, wenn ich ehrlich bin. Heute geht es, aber oft gibt es deutlich mehr Kundschaft, und dann muss ich mich ganz schön drehen. Unsere Stoffabteilung ist ziemlich berühmt. Wir haben sogar Kunden, die allein wegen der Stoffe hierherkommen.«

Die junge Frau seufzte leise, dann sah sie sich kurz um. Lotte nahm an, dass sie sichergehen wollte, dass gerade keiner ihrer Vorgesetzten in der Nähe war.

»Ach, entschuldigen Sie, ich belästige Sie hier mit meinen …«

»O nein«, winkte Lotte sofort ab. »Schließlich bin ich diejenige, die damit angefangen hat, Sie auszufragen. Bitte, fahren Sie doch fort, Fräulein Jansen, das interessiert mich wirklich sehr.«

Die junge Frau deutete ein Nicken an. »Nachdem ich darum gebeten wurde, habe ich mir nur ein paar grundlegende Dinge über verschiedene Stoffe selbst beigebracht, damit ich die Ware in unserem Sortiment auch vernünftig zuordnen kann.« Plötzlich leuchteten ihre Augen sichtbar auf. »Aber deute ich Ihre Nachfragen richtig? Sind Sie vielleicht auf Arbeitssuche, mein Fräulein?«

Lottes Herz schlug höher. »Das bin ich in der Tat.«

»Oh.« Es war nicht zu übersehen, dass ihr Gegenüber sogleich intensiv nachdachte. »Eine Schneiderin suchen wir aber leider nicht, das weiß ich zufällig.«

»Das ist erst einmal kein Problem, denn ich würde auch sehr gerne als Verkäuferin arbeiten.«

»Nun, dann sollten Sie unbedingt mit unserem Personalchef sprechen, denke ich.«

»Das würde ich wirklich gerne tun. Am liebsten sofort, wenn das möglich ist. Wo finde ich den Herrn denn?«

Die Verkäuferin begann regelrecht zu strahlen. »Wenn Sie einen Moment hier warten würden, Fräulein …?«

»Mein Name ist Lotte Kelling«, antwortete Lotte sofort.

Fräulein Jansen nickte. »Wenn Sie einen Moment hier warten würden, Fräulein Kelling? Ich müsste zunächst eine Kollegin aus einer anderen Abteilung holen, die hier kurz die Stellung halten kann, dann bringe ich Sie sofort rauf ins Personalbüro. Wir müssten natürlich zuerst im Sekretariat nachfragen, ob überhaupt jemand da ist, mit dem Sie reden könnten. Aber falls dem nicht so ist, können Sie mit der Sekretärin bestimmt einen Termin absprechen.«

»Ich warte sehr gerne.«

Lächelnd machte Fräulein Jansen sich auf den Weg.

»Hör zu, Lottchen, ich werde mich drüben in den Alsterpavillon setzen, einen Kaffee trinken und ein großes Stück Torte verdrücken. Wenn du hier fertig bist, komm einfach zu mir rüber, in Ordnung?«, sagte Olga. »Ich warte da auf dich.«

Lotte nickte. »Ja, mach das. Oh, ich bin irrsinnig aufgeregt, Olga. Das kam jetzt doch irgendwie sehr unerwartet.«

»Na, wenn das Glück einem vor die Füße fällt, muss man schnell zugreifen. Das hast du gut gemacht, und du wirst auch das Gespräch sehr gut bewältigen. Da bin ich mir sicher.« Sie hüstelte, und obwohl weit und breit niemand sonst zu sehen war, dämpfte sie ein wenig ihre Stimme. »Hast du auch noch alles im Kopf, was wir abgesprochen haben?«

»Natürlich. Mach dir keine Sorgen, Olga. Das ist das geringste Problem.«

In dem Moment erschien eine andere Verkäuferin und nickte ihnen freundlich zu. Lotte und Olga erwiderten den Gruß.

»Ich gehe dann und wünsche dir von Herzen viel Erfolg, mein Kind.«

»Ich danke dir.«

Olga war kaum verschwunden, da trat Fräulein Jansen auch schon wieder aus dem Fahrstuhl. Sofort ging Lotte ihr entgegen. »Entschuldigen Sie, dass es einen Augenblick gedauert hat, aber ich habe schon abgeklärt, ob jemand da ist, der Sie empfangen kann«, erklärte die Verkäuferin. »Wir können sofort hinauffahren, Fräulein Kelling.«

»Oh, das ist fein. Ich danke Ihnen sehr.«

»Unser Personalchef ist heute nicht im Haus, aber Herr Vossen und sogar Herr Tietz haben gerade etwas Zeit und würden Sie gerne persönlich kennenlernen. Herr Vossen ist ein wichtiges Mitglied der Geschäftsleitung«, teilte Fräulein Jansen ihr mit, während sie mit dem Fahrstuhl nach oben fuhren. »Jeder sagt, dass die Familie Tietz große Stücke auf ihn hält.«

»Jetzt bin ich wirklich aufgeregt.« Das war nicht übertrieben. Lottes Herz klopfte ihr inzwischen bis zum Hals.

»Das müssen Sie nicht sein, die Herren sind beide wirklich nett. Herr Tietz lässt sich regelmäßig in den Abteilungen sehen, wenn er im Hause ist. Zu uns Verkäuferinnen ist er immer freundlich. Es ist ihm wichtig, dass wir zufrieden sind, das merkt man ihm an. Er sagt auch oft, dass ohne uns hier gar nichts laufen würde. Das ist doch nett von ihm, oder?«

»Ja, das ist es, aber irgendwie hat er ja auch recht damit, nicht wahr?«

In diesem Augenblick öffneten sich die Fahrstuhltüren, und sie betraten einen lang gezogenen Flur, von dem mehrere Türen abgingen. Der Fußboden war mit einem weichen dunkelroten Teppich ausgelegt, der die Geräusche ihrer Schritte vollständig schluckte. Überhaupt war es sehr still hier oben, das fiel Lotte sofort auf. Fräulein Jansen ging voran und klopfte am Ende des Flurs an eine breite Eichentür, an der ein blank poliertes goldfarbenes Schild hing. In glänzend schwarzen Buchstaben stand nur ein einziges Wort darauf: Tietz.

Lotte holte noch einmal tief Luft, bevor sie den Raum betraten. Das Büro, in dem sie sich wiederfand, war viel schlichter eingerichtet, als sie es erwartet hatte. Hinter einem Schreibtisch aus dunklem Holz saß ein Mann mit einer Stirnglatze und einem goldenen Zwicker auf der Nase. Als sie hereinkamen, nahm er den Zwicker ab, legte ihn vor sich auf einem dunkelgrauen Aktendeckel ab und erhob sich.

»Danke, Fräulein Jansen. Sie können nun wieder an Ihre Arbeit gehen.«

Die Verkäuferin nickte Lotte noch einmal aufmunternd zu und verschwand.

Der ältere Mann hinter dem Schreibtisch deutete einladend auf einen der beiden Besucherstühle. »Bitte, kommen Sie doch näher und setzen Sie sich. Fräulein …?«

»Kelling«, beeilte sich Lotte zu sagen. »Mein Name ist Lotte Kelling.«

»Fräulein Kelling, es freut mich, Sie kennenzulernen. Ich bin Georg Tietz. Meiner Familie gehört dieses Haus.«

»Angenehm«, erwiderte Lotte verlegen und reichte Georg Tietz die Hand. Sein Händedruck war kräftig. Da sie noch immer stand, deutete er erneut auf einen der Stühle.

»Fräulein Jansen teilte uns soeben mit, dass Sie Arbeit suchen und offenbar besonders für die Stoffabteilung qualifiziert sind.«

»So ist es.« Lotte fühlte erleichtert, dass ihre Nervosität nach und nach von ihr abfiel. Sie konnte wieder freier atmen, und das brachte ihr genug Selbstbewusstsein zurück, um angemessen zu reagieren. »Ich bin gelernte Schneiderin, beherrsche auch die Maßschneiderei und habe umfangreiche Kenntnisse, wenn es um Stoffe und Mode geht. Ich könnte die Kunden sehr gut und professionell beraten.«

»Das glaube ich gern. Gestatten Sie mir …«

In diesem Augenblick ging erneut die Tür auf, und ein jüngerer Mann trat ein. Lotte registrierte, dass er nicht angeklopft hatte, und schloss daraus sofort, dass der Mann ein enger Vertrauter von Herrn Tietz sein musste.

»Entschuldige meine Verspätung, Georg, aber ich wurde noch aufgehalten.«

»Kein Problem, Jannes, ich habe mich bereits sehr nett mit Fräulein Kelling unterhalten.« Tietz wandte sich wieder an Lotte. »Wäre es in Ordnung für Sie, wenn mein Kollege Vossen das Gespräch mit Ihnen weiterführt? Er hat weit größere Erfahrung im Bereich Personal, und da unser eigentlicher Personalchef gerade nicht im Hause ist, sind Sie bei ihm gut aufgehoben. Ich bleibe natürlich auch hier, aber Sie dürfen bitte nicht das Gefühl bekommen, in die Zange genommen zu werden.« Er lächelte. »So ist das nämlich nicht gemeint.«

»Das ist vollkommen in Ordnung für mich, Herr Tietz.« Lotte musste sich räuspern. Dieser Herr Tietz war so umsichtig und freundlich, wie sie es niemals von einem Chef erwartet hätte. Offenbar war es ihm tatsächlich wichtig, dass sie sich bei dem Gespräch nicht unwohl fühlte. Bisher hatte sie andere Erfahrungen mit mächtigen und reichen Männern wie ihm gemacht. Der jüngere Mann kam zu ihr. Lotte erhob sich, als auch er ihr die Hand reichte.

»Jannes Vossen«, stellte er sich vor.

»Lotte Kelling«, antwortete sie.

Er war hochgewachsen, und sie musste zu ihm aufsehen. Als seine Hand ihre umschloss und sein auffallend glitzernder Blick auf den ihren traf, löste das eine äußerst seltsame Reaktion in ihr aus. Es fühlte sich an, als würden Widerstand und Nachgiebigkeit in ihr aufeinanderprallen. Das Gefühl war ihr fremd, aber es erschütterte sie für den Bruchteil einer Sekunde. Dennoch nahm sie es so stark wahr, als hätte es viele Minuten angedauert. Ihre Hände lösten sich voneinander, und damit wurde auch der sonderbare Bann gebrochen.

»Bitte, nehmen Sie doch wieder Platz, Fräulein Kelling«, forderte Vossen sie auf.

Lotte atmete tief durch und setzte sich wieder hin, während Georg Tietz kurz zusammenfasste, was Lotte ihm bereits über ihre Ausbildung erzählt hatte. Vossen stellte sich den zweiten Besucherstuhl so zurecht, dass er nicht direkt neben ihr saß, sondern sie gut ansehen konnte, während sie miteinander sprachen. Schließlich nickte er.

»Nun gut. Darf ich Ihnen einige Fragen stellen, Fräulein Kelling?«

»Gewiss.«

»Mich interessieren vor allem zwei Dinge. Erstens würde ich gerne wissen, wo genau Sie Ihre Ausbildung genossen haben, und zweitens, warum wollen Sie mit Ihrer Qualifikation hier als Stoffverkäuferin tätig sein, wenn Sie doch Schneiderin sind? Sie könnten doch viel eher in einer Schneiderei arbeiten. Und ich sollte vielleicht noch hinzufügen, dass wir keine Schneiderin suchen.«

Lottes Herz begann wieder schneller zu schlagen. Dieser Vossen ging offenbar deutlich zielstrebiger vor als sein Chef. Tietz hatte sich inzwischen in seinem bequemen Schreibtischsessel zurückgelehnt. Seine Daumen steckten in den kleinen Westentaschen seines dunklen Anzugs. Es war offensichtlich, dass er die Gesprächsführung nur zu gerne dem jüngeren Mann überließ und sich nur noch einbringen würde, wenn es ihm wichtig erschien. Lotte atmete tief durch, denn es war ihr wichtig, dass die Männer nicht bemerkten, wie nervös dieser Vossen sie in vielerlei Hinsicht machte.

»Den Beruf habe ich bei meiner Pflegemutter gelernt«, antwortete sie. »Sie betrieb in Kiel eine kleine Maßschneiderei für Damen.«

»Sie kommen also aus Kiel?«

»Wo ich genau herkomme, kann ich Ihnen leider nicht sagen, Herr Vossen, aber ich bin zumindest dort aufgewachsen. Ich bin ein Findelkind. Man fand mich auf einer Kirchenbank von St. Nikolai. Die Kirche steht am Alten Markt in Kiel, also mitten in der Stadt. Meine Pflegemutter nahm mich bei sich auf. Sie erzählte mir, dass sie mit der Kirche hart darum kämpfen musste, weil sie nicht verheiratet war. Eigentlich wollte man mich in ein Waisenhaus schicken. Wie auch immer, meine Pflegemutter war Schneidermeisterin. Sie bildete mich aus und ließ mich auch eine Prüfung ablegen.«

»Können Sie uns Referenzen zukommen lassen?«

Lotte schüttelte den Kopf und bemühte sich dabei, Bedauern zu vermitteln.

»Es tut mir leid, aber vor einigen Monaten fiel das Haus meiner Pflegemutter einem Brand zum Opfer. Ich besuchte zu der Zeit gerade eine Freundin in Laboe. Offenbar schlug ein Blitz in unser Reetdach ein und setzte es in Flammen.

Nachbarn haben wohl noch versucht zu helfen, aber meine Pflegemutter kam in den Flammen um, und mit ihr verbrannten meine gesamten Papiere und Zeugnisse.«

»Das ist ja furchtbar«, brachte sich nun Georg Tietz ein. »Ihr Verlust tut mir sehr leid, Fräulein Kelling.«

Sie nickte. »Vielen Dank, und ja, es war wirklich furchtbar für mich. Das Unglück war auch der Grund, warum ich Kiel verließ und nach Hamburg kam, um ein neues Leben zu beginnen. Ich möchte nicht mehr dorthin zurück, es ist zu schmerzhaft.«

»Ich verstehe«, warf Vossen ein. Er musterte eindringlich ihr Gesicht, und sie hatte das Gefühl, dass er in ihren Kopf hineinschauen konnte. Lotte sah, dass ein Muskel unter seinem linken Auge zuckte, und in ihrer Magengegend begann es zu kribbeln.

»Sie besitzen also keinen einzigen Identitätsnachweis, verstehe ich das richtig?«, hakte er nach.

»Ja, leider ist das so.«

»Wie können wir dann sicher sein, dass Sie tatsächlich über Ihre angegebenen Kenntnisse verfügen?«

»Das können Sie nicht«, sagte Lotte freiheraus. Es gelang ihr, dem durchdringenden Blick des jungen Mannes standzuhalten. Darüber war sie froh. »Aber Sie haben mein Wort, und ich könnte Ihnen sehr bald beweisen, was ich kann, wenn Sie mir eine Chance geben würden.« Sie seufzte. »Glauben Sie mir, ich würde gerne wieder als Schneiderin arbeiten, aber die Arbeit mit Stoffen wird mir auch viel Freude bereiten, das weiß ich. Sie haben wirklich wundervolle Ware hier.«

Als Georg Tietz sich plötzlich von seinem Stuhl erhob, erschrak sie fast ein wenig. Der ältere Mann blieb jedoch an Ort und Stelle stehen. Zuerst wechselte er einen Blick mit Vossen, dann sah er sie an.

»Wir brauchen wirklich dringend eine Verkäuferin für die Stoffabteilung, Fräulein Kelling. Die Abteilung ist ein besonderes Steckenpferd meines Vaters gewesen, und deshalb ist sie auch mir sehr wichtig. Also um ehrlich zu sein, suchen wir schon längere Zeit nach jemandem, der sich gut damit auskennt.«

Lotte musste schlucken. »Heißt das jetzt, ich darf hier anfangen?«

»Nun ja, da Sie über keinerlei Legitimationen verfügen, könnten wir uns ja erst einmal auf einen Zeitraum einigen, in dem Sie hier zur Probe arbeiten. Vorab könnten wir eine kleine schriftliche Vereinbarung miteinander treffen, um die Höhe Ihres vorläufigen Gehalts festzulegen. Sobald wir sicher sein können, dass Sie tatsächlich über genügend Fachwissen verfügen, wären wir bereit, Ihnen einen richtigen Arbeitsvertrag zu geben und Ihr Gehalt entsprechend anzupassen. Wären Sie mit dieser Regelung einverstanden?«

»Aber ja, natürlich wäre ich damit einverstanden, Herr Tietz.«

»Sie sollten jedoch wissen, dass auch unser Personalchef sicherlich noch einmal mit Ihnen sprechen möchte, sobald er wieder in Hamburg ist.«

»Auch das ist kein Problem für mich.«

»Dann wäre das geklärt.« Tietz ließ sich zurück in seinen

Schreibtischsessel fallen und sah Vossen an. »Jannes, übernimmst du alles Weitere? Ich muss heute noch nach Berlin und sollte langsam los. Mein Fahrer wartet sicher schon.«

»Selbstverständlich.« Der jüngere Mann wandte sich an Lotte. »Wenn Sie mir folgen würden, Fräulein Kelling.«

»Aber ja.« Erleichterung durchströmte Lottes Körper und wärmte ihr Herz. In diesem Augenblick war sie einfach nur glücklich. Sie hatte Arbeit, sie würde ihr eigenes Geld verdienen. Ihr neues Leben konnte nun beginnen.

3. Kapitel

»Es ist nicht viel los heute«, bemerkte Lotte, während sie zusammen mit ihrer Kollegin Kerstin Jansen ein paar Stoffreste auf einem kleinen Extratisch sortierte.

Seit fast vier Wochen arbeitete sie jetzt im Warenhaus, doch so ruhig wie heute war es nur selten. Kerstin sprang noch immer zwischen den beiden Abteilungen hin und her wenn nötig. Sie halfen sich gegenseitig, so war es schon von Anfang an gewesen.

»Stimmt. Bei mir war heute gerade mal ein einziger Kunde, und es geht schon auf den Feierabend zu.« Kerstin strich sorgfältig das Stück Baumwolle glatt, das sie gerade ordentlich zusammengelegt und auf dem Tisch platziert hatte. »Aber es ist auch furchtbares Wetter da draußen. Es regnet schon den lieben langen Tag und will gar nicht richtig hell werden. Vielleicht bleibt die Kundschaft deshalb aus.«

»Ja, vielleicht liegt es tatsächlich nur am Wetter.«

»Ich mag noch gar nicht an den Heimweg denken. Mein Schirm steht fröhlich zu Hause rum und freut sich, dass er nicht nass wird.«

Lotte musste lachen. Kerstin brachte sie oft zum Lachen, und das tat ihr gut. »Na, bei dem Wind hätte dir dein Schirm auch nicht viel geholfen«, sagte sie.

Kerstin hielt plötzlich in ihrer Bewegung inne. »Dreh dich nicht um. Der hübsche Herr Vossen ist gerade aus dem Fahrstuhl gestiegen. Wenn er hierher zu uns kommt, blinzle ich. Ich sag dir, der hat eine Schwäche für dich, das habe ich gleich bemerkt. Bevor du hier gearbeitet hast, habe ich den kaum zu Gesicht bekommen, und jetzt taucht er dauernd auf unserer Etage auf.«

In Lottes Magengegend kribbelte es, aber das kannte sie schon. Jedes Mal, wenn sie Jannes Vossen begegnete, wurde sie von einer Art innerer Unruhe erfasst. Ein Gefühl, das sie nicht einordnen konnte und sie jedes Mal ratlos zurückließ. Im Grunde hätte sie nicht einmal sagen können, ob Vossen ihr sympathisch war oder eher nicht. Bei ihrer ersten Begegnung hatte sie ihn als arrogant eingestuft, doch jeder hier im Haus schien von ihm begeistert oder zumindest beeindruckt zu sein. Inzwischen hatte sie auch mitbekommen, wie viele der jüngeren Verkäuferinnen regelrecht von ihm schwärmten.

»Ach was«, erwiderte Lotte. »Der will mich nur im Auge behalten und schauen, ob ich meinen Aufgaben gewachsen bin. Ich glaube …« Sie brach ab, denn Kerstin zwinkerte zweimal schnell hintereinander mit den Wimpern.

»Guten Tag, die Damen«, begrüßte er sie höflich, als er bei ihnen ankam.

»Guten Tag, Herr Vossen«, antworteten sie nahezu gleichzeitig.

»Wie ich sehe, ist es auch bei Ihnen recht ruhig.«

»Ja, wir haben uns gerade darüber unterhalten, wie sehr wir ein wenig mehr Kundschaft herbeisehnen«, erwiderte

Lotte. Sie musste sich räuspern, weil ihre Kehle plötzlich vor Nervosität ganz trocken war.

Vossen nickte. »Ich denke, das tun wir alle.« Sein Blick senkte sich auf den Tisch, vor dem sie nun zu dritt standen. Lotte hatte den Eindruck, dass auch er nicht unbedingt entspannt war. »Nun, dann will ich Sie beide nicht länger von Ihrer Arbeit abhalten«, sagte er schließlich und klopfte dabei auf einen der Stapel mit den Stoffresten. »Ich wünsche Ihnen einen schönen Feierabend, meine Damen. Das heißt, wenn es denn so weit ist.«

»Das wünschen wir Ihnen auch, Herr Vossen«, erwiderte Kerstin.

Lotte atmete tief durch, als er sich von ihnen abwandte und zurück Richtung Fahrstuhl schlenderte. Seit Tagen kämpfte sie schon damit, der Geschäftsleitung eine Idee zu unterbreiten, die ihr bereits zu Beginn ihrer zweiten Woche gekommen war. Sie hatte auch schon mit Kerstin darüber gesprochen, und ihre Kollegin war regelrecht begeistert gewesen. Dennoch erforderte es ziemlich viel Mut, schon jetzt, nach kaum einem Monat auf dieser Stelle, derartige Vorschläge zu unterbreiten. Sie schluckte, ihr Hals war immer noch staubtrocken.

»Ach, Herr Vossen, bevor Sie gehen …«, rief sie ihm hinterher. »Ich hätte da noch eine Idee, über die ich gerne mit Ihnen reden würde.«

Er hielt kurz inne und drehte sich dann wieder zu ihr und Kerstin um. »So?«

»Richtig so«, flüsterte Kerstin. »Ich verschwinde dann mal rüber in meine Abteilung. Viel Glück.«

»Bis später«, sagte Lotte, bevor Kerstin sich zurückzog.

Jannes Vossen stand nun wieder direkt vor ihr. »Um was geht es denn?«, fragte er knapp.

So wie jedes Mal, wenn sie sich unterhielten, musste Lotte auch jetzt den Kopf ein wenig in den Nacken legen, um ihn ansehen zu können. »Soweit ich weiß, beschäftigt das Haus doch eine eigene Modistin in der Hutabteilung, nicht wahr?«

»Das ist richtig«, sagte er nickend. »Allerdings ist Frau Sellmann nur zwei Tage in der Woche im Haus. Warum fragen Sie danach?«

»Nun ja, eine Freundin von mir hat sich hier einen Hut gekauft und ihn von Frau Sellmann noch ein wenig aufputzen lassen. Ich habe das zufällig mitbekommen, und es brachte mich auf eine Idee.« Lottes Herzschlag beschleunigte sich. Sie war wirklich aufgeregt. »Ich weiß, das ist ein bisschen weit ausgeholt, aber es war nun einmal der Auslöser für meinen Einfall. Meine Freundin konnte das Aufputzen nach dem Hutkauf hier im Hause erledigen lassen, und sie fand das wunderbar, weil sie keine Hutmacherin mehr aufsuchen musste. Um es kurz zu machen, ich glaube, dass sich hier oben bei uns vielleicht auch eine Änderungsschneiderei ganz gut machen würde.«

»Eine Änderungsschneiderei?«, wiederholte er fragend. »Wir haben bereits eine Maßschneiderei im Hause, das wissen Sie doch.«

»Ja, aber ich dachte an einen zusätzlichen Standort ausschließlich für Änderungen und Gardinen. Die Maßschneiderei im zweiten Stock hat jedenfalls deutlich andere Aufgaben und ist damit auch gut ausgelastet, wie ich weiß.«

»Und ich nehme an, dass Sie sich gerne selbst um eine Änderungsschneiderei kümmern würden.« Wenn sie es richtig deutete, wirkte seine Miene leicht amüsiert. Das war zumindest kein schlechter Anfang.

»Nun, ich bin nun einmal Schneiderin«, erwiderte Lotte und lächelte einnehmend, wie sie hoffte. »Natürlich würde ich die Arbeit gerne übernehmen. Selbst an guten Verkaufstagen gibt es immer mal wieder den einen oder anderen Leerlauf, und diese Zeit könnte ich doch wunderbar nutzen, um die anfallenden Näharbeiten zu erledigen. Natürlich sollten wir den Bereich für die Änderungsschneiderei dann hier einrichten, damit ich die Abteilung zu jeder Zeit im Blick habe und sofort bei den Kunden sein kann.« Sie zeigte auf eine Nische, in der ein langer Tisch stand, auf dem üblicherweise Stoffbahnen abgemessen wurden. »Dort wäre zum Beispiel ein guter Platz, finden Sie nicht? Eine Nähmaschine und ein paar Arbeitsutensilien hätten dort auf jeden Fall noch Platz.«

Direkt über seiner Nasenwurzel zeigte sich eine steile Falte. In diesem Augenblick sah er sehr streng aus. »Sagten Sie nicht, dass es Ihnen vollkommen ausreichen würde, hier als Verkäuferin zu arbeiten, Fräulein Kelling?«

»Ja, daran hat sich auch nichts geändert. Ich wollte Sie nur an meiner Idee teilhaben lassen.« Lotte versuchte sich nicht anmerken zu lassen, wie unsicher sie sich fühlte. »Glauben Sie mir, so eine Änderungsschneiderei wäre eine gute Sache für das Warenhaus, Herr Vossen«, fügte sie noch hastig hinzu. »Für die Kunden wäre das eine wirkliche Verbesserung. Es kommt doch zum Beispiel hin und wieder vor, dass die Herren eine Hose eben genau deshalb nicht kaufen, weil sie ihnen eine Spur zu lang ist. Erst letzte Woche haben sich zwei Kolleginnen aus der Herrenabteilung während einer Mittagspause darüber unterhalten. Ich habe das zufällig mitbekommen, weil ich zusammen mit ihnen am Tisch saß. Die Damen in der Maßschneiderei haben aber meistens viel zu viel zu tun, um sich auch noch um Hosensäume zu kümmern. Man könnte derartige Änderungen den Kunden jedoch sofort anbieten. Entweder ganz umsonst – sozusagen als Serviceleistung – oder für einen sehr geringen Aufpreis, wenn es anders nicht möglich ist.« Sie räusperte sich, um ein wenig Zeit zu gewinnen. »Das mit der Kalkulation wäre dann eher Ihre Aufgabe, denke ich.«

Ihr Kopf war wie leer gefegt. Sämtliche Argumente für eine kleine zusätzliche Schneiderei, die sie sich zurechtgelegt hatte, schienen sich in Luft aufgelöst zu haben. Zum Glück fiel ihr dann doch noch etwas ein.

»In der kurzen Zeit, in der ich hier bin, hatte ich schon einige Kundinnen, die Stoffe für neue Gardinen ausgesucht haben, aber selbst nicht gut genug nähen konnten«, erklärte sie. »Diese Kundinnen müssen dann immer noch Geld für eine Schneiderin aufbringen und entscheiden sich deshalb häufig für die preisgünstigeren Stoffe, um den zusätzlichen Aufwand auszugleichen.«

»Ich verstehe.« Mehr sagte er nicht. Sein Blick veränderte sich eine Spur. Das nahm sie zwar wahr, aber sie hätte nicht sagen können, ob das gut oder schlecht für sie war. Die tiefe Falte über seiner Nase glättete sich wieder, was sie schließlich als ein hoffnungsvolles Zeichen deutete.

»Ich würde mich jedenfalls sehr freuen, wenn Sie über meinen Vorschlag nachdenken könnten, Herr Vossen. Vielleicht sprechen Sie sogar mit Herrn Tietz darüber, was meinen Sie?« Sein verhaltenes Nicken ließ sie innerlich aufatmen.

»Ich werde in der Tat darüber nachdenken und auch mit Herrn Tietz über Ihren Vorschlag sprechen«, teilte er ihr nach einer kurzen Pause mit. »Dann sehen wir weiter.« Er deutete ein weiteres Nicken an, um sich erneut von ihr zu verabschieden. »Fräulein Kelling.«

»Ich danke Ihnen, Herr Vossen. Einen schönen Abend für Sie.«

Lotte sah ihm nach und wartete, bis die Fahrstuhltüren sich hinter ihm geschlossen hatten, erst dann gestattete sie sich einen sehr tiefen Atemzug. Ihr war gar nicht bewusst gewesen, dass sie angespannt die Luft angehalten hatte.

Der Regen hatte aufgehört, aber es war noch immer recht windig, als Jannes das *Warenhaus Hermann Tietz* verließ. Es war bereits dunkel, doch die Luft war herrlich klar. Er schlug seinen Mantelkragen hoch und überquerte den Jungfernstieg, um für einige entspannende Minuten auf die Binnenalster zu blicken. Das Wasser wirkte um diese Tageszeit nahezu schwarz. Nur die sich spiegelnden Lichter der umliegenden Gebäude tanzten über die Oberfläche. Jannes fand diesen Anblick in mondhellen Nächten besonders eindrucksvoll, und er kam oft hierher, wenn die Arbeit des Tages getan war. Der eiskalte Wind schlug ihm ins Gesicht, doch das bemerkte er kaum, während er in der Dunkelheit stand und seinen Gedanken nachhing.

Das Gespräch mit Lotte Kelling beschäftigte ihn noch immer, aber darüber wunderte er sich kaum. Ihr leidenschaftlicher Einsatz für eine Idee, die ihn im Grunde sofort überzeugt hatte, war nur ein weiteres Steinchen in dem Mosaik, das sich in seinem Inneren Stück um Stück zusammensetzte. Schon bei ihrer ersten Begegnung war er von der jungen Frau mit den ausdrucksstarken grünblauen Augen fasziniert gewesen. Natürlich hatte es ein paar Tage gedauert, bevor er sich diese Tatsache eingestanden hatte, doch nun stellte er sich seiner Faszination für Lotte Kelling – mochten seine Gefühle für sie auch noch so unangebracht sein. Es lag ihm nicht, sich selbst etwas vorzumachen. Das war noch nie anders gewesen. Aber er war ihr Vorgesetzter, und eine Liaison mit ihr konnte vor allem für Lotte unangenehme Konsequenzen zur Folge haben, das durfte er in keiner Sekunde vergessen. Außerdem kannte er sie kaum, wenn er ehrlich war. Dennoch hatte er sich schon dabei erwischt, dass er ihre Nähe suchte, sobald ihm ein Grund dafür einfiel. Im Augenblick war es jedoch vor allem wichtig, dass er sich nichts anmerken ließ. Zunächst musste er herausfinden, ob seine Gefühle für sie tiefer gingen oder nur ein Strohfeuer waren. Sollte sich jedoch herausstellen, dass er tatsächlich mehr für sie empfand, blieb ihm wohl nichts anderes übrig, als früher oder später die entsprechenden Schritte zu gehen und ein paar Entscheidungen zu treffen. Das würde einiges an Mut erfordern, das war ihm klar.

Erst als ein Tropfen in seinen Wimpern hängen blieb, bemerkte er, dass es erneut leicht zu regnen begonnen hatte. Jannes atmete noch einmal tief die frische Abendluft ein, bevor er eilig zurück auf die andere Seite des Jungfernstiegs lief und danach auf den runden Parkplatz an der Ecke zum Alsterdamm zuhielt, auf dem er heute Morgen sein Automobil abgestellt hatte. Kurz bevor er einstieg, schlug die Glocke von St. Petri achtmal. Wieder einmal hatte er viel zu lange gearbeitet.

Seine Eltern und sein älterer Bruder Werner saßen bereits im Kaminzimmer, als er nach Hause kam.

»Hast du Hunger, mein Junge?«, fragte seine Mutter, nachdem sie ihn liebevoll begrüßt und er sich in einem der freien Sessel niedergelassen hatte. »Ich könnte dir von Karla noch etwas zurechtmachen lassen. Sie ist sicherlich noch in der Küche beschäftigt. Wir haben auch erst vor einer halben Stunde das Abendessen beendet.«

Jannes winkte ab. »Mach dir keine Gedanken, Mama, ich habe bereits gegessen«, sagte er.

»Wenigstens scheinst du bei Tietz immer gut verpflegt zu werden«, warf sein Vater ein. Er zwinkerte ihm zu und grinste.

»Da kann ich nicht widersprechen«, erwiderte Jannes, während er nickend das zarte Kristallglas entgegennahm, das sein Vater ihm reichte. »Danke, Papa.«

Er nippte kurz an dem dunklen Portwein, den er so gerne mochte, und lehnte sich bequem zurück, um zunächst den Gesprächen seiner Familie zu lauschen. Diese Abende, an denen sie alle vier hier zusammen vor dem Kamin saßen und sich unterhielten, liebte Jannes besonders. Sein Vater war gerade von einer einwöchigen Geschäftsreise zurückgekehrt und hatte viel zu erzählen, sodass er, seine Mutter und sein Bruder überwiegend zuhörten. Zunächst war Karl Vossen offenbar zwei Tage in Italien bei einem Lieferanten gewesen, mit dem er schon seit vielen Jahren zusammenarbeitete und mit dem ihn inzwischen sogar eine tiefe Freundschaft verband. Anschließend hatte er noch zwei weitere Geschäftsfreunde in Süddeutschland aufgesucht. Jannes wusste, dass diese persönlichen Gespräche mit den Lieferanten und Fabrikanten seinem Vater sehr wichtig waren und er stets großen Spaß daran hatte, ihnen anschließend davon zu berichten.

Karl Eduard Vossen war Kaufmann aus Leidenschaft. Bereits seit vier Generationen war das Geschäft für edle Möbel und kostbare Teppiche aus aller Welt in der Hand der Familie Vossen. Auch Jannes hatte im Unternehmen seine Lehre absolviert und danach noch einige Jahre mit seinem Vater und Bruder zusammengearbeitet, bevor er schließlich dem anhaltenden Ruf von Georg Tietz gefolgt war, der ihn unbedingt als Berater der Geschäftsleitung ins Warenhaus am Jungfernstieg holen wollte – vor allem weil er ihm blind vertraute. Jannes war sich seiner Verantwortung voll und ganz bewusst, und er war ausgesprochen dankbar für seine besondere Stellung im Warenhaus und das Vertrauen, das die gesamte Familie Tietz ihm entgegenbrachte. Georg Tietz war ein alter Freund seines Vaters, auch deshalb hatte Karl Vossen Verständnis dafür gehabt, als Jannes das Geschäft der Familie verlassen hatte, um im Warenhaus neue Erfahrungen sammeln zu können. Stillschweigend gingen sie alle davon aus, dass Jannes ohnehin eines Tages ins Unternehmen der Familie zurückkehren würde.

»Wie geht es Luigi und seiner Familie?«, wollte seine Mutter wissen, und Jannes bemerkte, dass er in Gedanken woanders gewesen war und die letzten Sätze seines Vaters gar nicht mehr richtig verfolgt hatte.

»Allen geht es gut, und sie lassen euch herzlich grüßen. Maria hat erneut ihre Bitte geäußert, dass wir bald wieder einmal alle zusammen nach Florenz kommen sollen, um dort ein paar gemeinsame Tage zu verbringen.«

»Ach ja, das wäre schön«, erwiderte seine Mutter.

»In Süddeutschland ist es auch gut gelaufen. Mit Alois Stemmer und Johann Kohlmayr habe ich neue Verträge geschlossen. Alles läuft wie am Schnürchen. Ich bin sehr zufrieden.«

»Das klingt gut«, warf Werner ein.

»Es gibt jedoch auch ungute Entwicklungen in unserem Land, die mir und anderen große Sorge bereiten. Alois Stemmer hat mir von mehreren Vorfällen in München erzählt«, fuhr Jannes' Vater fort. »Offenbar treiben da seit einiger Zeit wieder vermehrt die Anhänger dieses furchtbaren Hitler ihr Unwesen. Er meinte, ein jüdischer Geschäftsfreund sei einer Horde von Braunhemden in die Hände geraten, nachdem er länger gearbeitet hatte und etwas später am Abend sein Geschäft abschließen wollte. Sie haben nicht nur das Geschäft verwüstet, sondern den Mann auch schlimm verprügelt. Er soll den Überfall nur knapp überlebt haben.«

»O nein, der arme Mann«, warf seine Mutter ein und schüttelte verständnislos den Kopf. »Sie hätten diesen schrecklichen Österreicher niemals früher aus dem Gefängnis entlassen dürfen.«

»Vor allem verstehe ich nicht, warum sie ihn nicht sofort ausgewiesen haben. Seine Partei für ein paar Jahre zu verbieten war offenbar nicht ausreichend, um ihn und seinesgleichen für alle Zeiten mundtot zu machen. Der Antisemitismus dieser Partei liegt doch klar auf der Hand, auch wenn sie seit einiger Zeit versuchen, einen etwas harmloseren Eindruck zu vermitteln. Also ich glaube denen kein Wort«, fügte Werner noch hinzu.

»Meinst du, es könnte für Juden auch hier in Hamburg gefährlich werden?« Die Stimme seiner Mutter klang besorgt.

»Nein, das kann ich mir nicht vorstellen, Mama«, versuchte sein Bruder ihre Mutter sofort zu beruhigen. »Bis jetzt können die kaum nennenswerte Wahlergebnisse verbuchen, schon gar nicht hier bei uns im Norden. Die Menschen können doch nicht so dumm sein und auf das Gerede dieser Nationalisten hereinfallen.«

»Und selbst wenn die ein paar Prozent mehr bekommen, Mama ...«, meldete sich nun auch Jannes zu Wort. Es tat ihm leid, dass seine Mutter sich offensichtlich Sorgen machte. »Woher soll überhaupt jemand wissen, dass du aus einer jüdischen Familie stammst? Du bist hier in Hamburg geboren und hast deinen ursprünglichen Glauben niemals ausgeübt. Du und Papa habt sogar in einer christlichen Kirche geheiratet. Meiner Meinung nach hast du nicht den geringsten Grund, dir darüber Gedanken zu machen.«

»Ich heiße Esther, mein Sohn.«

»Und das ist ein besonders hübscher Vorname, mein Herz«, versuchte nun auch Karl Vossen beruhigend auf seine Frau einzuwirken. »Die Jungs haben recht. Bisher besteht nicht der geringste Anlass zur Sorge. Wir leben in einer sehr modernen Stadt mit aufgeklärten Menschen, und unsere Familien sind beide alteingesessen.«

»Nun ja, sicher habt ihr alle recht.«

Jannes war froh, dass seine Mutter nun wieder lächelte. »Glaub mir, das haben wir«, bestätigte er.

»Möchtest du auch noch einen Port?«, fragte Werner ihn eine halbe Stunde später, nachdem ihre Eltern ihnen eine gute Nacht gewünscht und nach oben gegangen waren.

»Warum nicht«, antwortete Jannes.

Werner schenkte nach, und sie prosteten einander zu. Sein Bruder war noch immer sehr viel stiller, als es eigentlich seinem Wesen entsprach. Erst vor einem Jahr, nur wenige Monate nach der Hochzeit, hatte Werner seine junge Frau verloren, und Jannes wusste, wie sehr sein Bruder noch immer trauerte. Praktisch aus heiterem Himmel wurde Agnes damals schwer krank und verstarb nach nur wenigen Tagen im Krankenhaus. Die Ärzte hatten nichts für sie tun können und meinten, es sei wohl eine Virusinfektion gewesen, die schließlich das Herz angegriffen habe.

»Wie geht es dir?«, fragte Jannes und sah seinem Bruder in die Augen. »Ich habe dich eine ganze Weile schon nicht mehr danach gefragt.«

Sein Bruder schluckte hart und senkte kurz die Lider.

»Nun ja, ich stehe morgens auf, arbeite und gehe abends ins Bett.« Werner schüttelte leicht den Kopf und erwiderte schließlich Jannes' Blick. Um seine Lippen spielte ein Lächeln, das bitter wirkte. »Ich habe Agnes sehr geliebt und vermisse sie in jeder Sekunde des Tages, aber ich versuche, nach vorne zu schauen. Die Arbeit hilft, das muss ich zugeben.«

»Agnes hätte gewollt, dass du wieder glücklich wirst, Werner. Da bin ich mir sicher. Ich finde, du solltest dich nicht so sehr verschließen, denn das wäre ganz und gar nicht in ihrem Sinn gewesen. Vielleicht hält das Leben für dich noch eine Überraschung bereit, wer weiß.«

»Das mag sein, doch im Augenblick mag ich noch nicht einmal darüber nachdenken.« Werner hob den Blick und sah ihn an. »Wie sieht es eigentlich bei dir aus, kleiner Bruder? Ich denke, so langsam solltest auch du mal daran denken, dir ein Mädchen zu suchen, mit dem du dein Leben verbringen willst.«

Jannes stutzte kurz, weil er sich für einen winzigen Augenblick ertappt fühlte, was natürlich albern war, denn dafür gab es nicht den geringsten Grund. Er fing sich schnell wieder und setzte ein Grinsen auf. »Du klingst schon wie Mama.«

»Schau an, du hast gezögert. Ich kenne dich, Jannes. Hast du etwa schon eine passende Kandidatin ins Auge gefasst?« Werner zwinkerte ihm aufmunternd zu. »Na komm schon, Bruderherz. Ich werde auch Mama nichts verraten, damit sie dich nicht löchert, versprochen.«

Werner war kaum zwei Jahre älter als er. Seit Jannes denken konnte, war sein älterer Bruder sein engster Vertrauter gewesen.

Jannes nickte. »Du hast recht, vielleicht kannst du mir sogar einen Rat geben oder mir zumindest deine Meinung sagen. Ich muss zugeben, dass mich die Sache etwas … überrumpelt hat.«

»Du machst es spannend.«

»Es gibt da eine junge Frau, die mich sehr … fasziniert. Ja, so könnte man es wohl am besten ausdrücken«, fuhr Jannes fort. Er nahm sein Glas, ohne daraus zu trinken. Es tat einfach gut, etwas in den Händen zu halten, während er seinem Bruder offenlegte, was ihn seit einigen Wochen so sehr beschäftigte. »Allerdings weiß sie nichts davon, und dabei soll es auch erst mal bleiben.« Jannes räusperte sich und nahm nun doch einen kleinen Schluck von dem Portwein. »Ehrlich gesagt, weiß ich eigentlich noch nicht so richtig, von welcher Art meine Gefühle für sie tatsächlich sind«, fuhr er fort. »Ich möchte mir einfach nur darüber klar werden, ob sie von Dauer sein könnten oder nur … Du weißt schon, was ich meine.«

Werner nickte. »Du begehrst sie also?«

»So ist es, und dieses … Begehren ist sehr … heftig. Ich habe einfach Bedenken, dass es eine Art Strohfeuer sein könnte.«

»Verstehe.«

»Sie arbeitet als Verkäuferin bei uns, und das macht die Sache kompliziert. Ich möchte unbedingt verhindern, dass unser Arbeitsverhältnis belastet wird. Vor allem aber möchte ich sie auch nicht verletzen oder gar wieder vertreiben.« Jannes neigte sich leicht vor und stellte das Glas ab. »Georg Tietz und ich haben zusammen das Einstellungsgespräch geführt, und auf irgendeine Art hat sie mich sofort berührt. Glaub mir, Werner, es war nicht zu übersehen, wie dringend sie die Arbeit brauchte. Es wäre also kaum fair, es ihr unmöglich zu machen, weiterhin bei uns zu arbeiten, nur weil ich als ihr Vorgesetzter eine Schwäche für sie habe. Mal ganz abgesehen davon, dass sie eine wahre Bereicherung für das Haus ist. Ich habe selten eine Verkäuferin erlebt, die von Beginn an so viel Einsatz und Liebe für die Arbeit mitbringt. Wie ich schon sagte, im Augenblick möchte ich aus all diesen Gründen, dass sie möglichst nichts von meinen Gefühlen bemerkt, bevor ich klarer sehe.«

»Hm. Du warst schon immer der Klügere von uns beiden. Ich weiß nicht, ob ich an deiner Stelle so wohlüberlegt handeln könnte. Um ehrlich zu sein, wahrscheinlich eher nicht. Wer ist sie? Erzähl mir von ihr.«

»Wie schon gesagt, sie arbeitet seit ein paar Wochen bei uns in der Stoffabteilung. Eigentlich ist sie Schneiderin. Sie kommt aus Kiel und heißt Lotte Kelling.«

»Jannes, Herrgott! Wie sieht sie aus? Wie ist sie so?«

»Sie ist … wie soll ich es sagen …? Sie ist einfach bezaubernd, sehr klug und wunderhübsch. Sie weiß genau, was sie will, und kann jeden überzeugen und für sich einnehmen, das finde ich außerordentlich beeindruckend.« Jannes schloss kurz die Augen und sah Lotte sofort vor sich. »Ihr Haar hat die Farbe von hellem Honig, und ihre Augen schimmern ebenso blaugrün wie die ruhige Nordsee bei Sonnenschein.«

»Soso, ihre Augen sind also blaugrün wie die Nordsee bei Sonnenschein.« Nun grinste sein Bruder. »Falls du noch an der Ernsthaftigkeit deiner Gefühle zweifelst, kann ich dir schon jetzt versichern: Du bist verliebt, sogar heftig verliebt, glaub mir.«

Jannes schüttelte kurz den Kopf. »Mach dich nicht lustig über mich, Werner.«

»Das tue ich ganz bestimmt nicht. In einem Fall von Liebe schon mal gar nicht. Ich weiß genau, wie das ist.«

»Dennoch …«

»Es gibt also noch einen Haken?«

»Ja, aber einen, den ich nur schwer in Worte fassen kann.«

»Versuche es.«

»Da ist etwas Geheimnisvolles an ihr. Immer wenn ich mit Lotte zu tun habe, überkommt mich das Gefühl, dass sie sich kontrolliert, so als müsste sie … Wie soll ich das nur ausdrücken? Es ist fast so, als müsste sie eine Rolle spielen, die ihr eigentlich gar nicht zusteht. Dazu wirkt sie manchmal gehetzt und, wenn ich mich nicht irre, sogar ängstlich, was wiederum so gar nicht zu ihrem ausgeprägten Selbstbewusstsein passen mag. Denn das hat sie ohne jeden Zweifel, davon konnte ich mich schon mehrere Male überzeugen. Klingt das jetzt sehr wirr?«

»Nun ja, ich hoffe trotzdem, dass ich verstanden habe, was du eigentlich sagen willst. Meinst du vielleicht, dass sie etwas verbirgt?«

Jannes nickte. »Und zwar nicht nur eine bedeutungslose Kleinigkeit, sondern etwas Wichtiges, Grundlegendes. Ich spüre das einfach, hab das von Anfang an so empfunden. Es ist fast so, als würde sie stets eine Art Rüstung mit sich herumtragen und alle Welt beobachten, damit ihr ja nichts entgeht.«

»Nun ja, sie ist also nicht nur absolut bezaubernd, sondern auch noch faszinierend geheimnisvoll, unser Fräulein Lotte.«

»So ist es.« Jannes lachte kurz auf. »Sie kostet mich wirklich Nerven, Werner. Obwohl ich sie kaum kenne und schon gar nicht durchschaue, muss ich wohl zugeben, dass ich noch nie zuvor für eine Frau so empfunden habe.«

»Siehst du, nun hast du dir schon selbst die Antwort auf deine wichtigste Frage gegeben.«

Jannes stieß ein lautes Seufzen aus. »Und was würdest du nun an meiner Stelle tun?«

Werner lehnte sich in seinem Sessel zurück, blickte ins Kaminfeuer und dachte einige Sekunden nach, bevor er sich ihm wieder zuwandte. »Ich denke, dass deine derzeitige Vorgehensweise gar nicht so verkehrt ist. Wenn du recht hast und deine Lotte ein Geheimnis mit sich herumträgt, dann solltest du dich vielleicht zuerst daranmachen herauszufinden, was das sein könnte.«

»Wie soll das denn gehen?«

»Versuch doch einfach, sie noch ein bisschen besser kennenzulernen. Unterhalte dich mit ihr, so oft es eben geht, und gib ihr die Chance, auch dich dabei besser kennenzulernen.« Als Jannes sofort das Gesicht verzog, lachte Werner dunkel auf. »Ja, ich weiß, Bruderherz, in deiner Situation ist das nicht unbedingt einfach, aber ich denke, es wäre

74

für euch beide erst einmal der sicherste Weg. Sobald sie Vertrauen zu dir aufgebaut hat, wird sie sich vielleicht öffnen, dann siehst du klarer. Und falls du dann immer noch verrückt nach ihr sein solltest und sie ebenso für dich empfindet, wird sich der nächste Schritt von ganz allein ergeben.«

Eine Weile schwiegen sie beide, doch dann nickte Jannes erneut. »Ich glaube, es war gut, mit dir darüber zu sprechen, Werner. Einige Knoten in meinem Kopf haben sich gelöst. Danke dir.«

»Immer wieder gern.«

4. Kapitel

Heiligabend 1928

»Das Essen war einfach wunderbar, Elsbeth«, sagte Lotte und stieß ein wohliges Seufzen aus. »Du bist wirklich eine fantastische Köchin.«

Nachdem sie zu dritt das Geschirr abgewaschen und die Küche wieder in Ordnung gebracht hatten, saßen sie nun zusammen in Elsbeths guter Stube und genossen ein weiteres Glas von dem fruchtigen Punsch, den Elsbeth, wie sie ihnen verraten hatte, jedes Jahr zu Weihnachten ansetzte.

»Ja, das kann ich nur bestätigen. Der Gänsebraten war ein Gedicht, und so einen guten Vanillepudding habe ich noch nie zuvor gegessen. Danke, dass ich heute hier bei euch sein darf, liebe Elsbeth.«

Kerstin hob ihr Weinglas und prostete ihrer Gastgeberin zu.

»Ich freue mich sehr, dass du hier bist, Kind. Als Lotte mir erzählte, dass auch du in Hamburg keine Verwandtschaft mehr hast, war es für mich eine Selbstverständlichkeit, dich einzuladen. Außerdem ist es eine Freude zu sehen, wie gut ihr zwei Mädchen euch versteht. Ihr habt euch sehr schnell angefreundet, nicht wahr?«

Lotte und Kerstin wechselten einen Blick. »Wir haben uns auf Anhieb gut verstanden. Ja, wir mochten uns eigentlich sofort«, sagte Lotte, und ihre Kollegin und Freundin nickte.

»Lotte hat recht«, bestätigte sie. »Eigentlich haben wir schon vom ersten Tag an dauernd miteinander geredet und gelacht. Uns beiden geht einfach niemals der Gesprächsstoff aus.«

»So sollte es sein.« Elsbeth hob ihr Punschglas. »Eine gute Freundschaft kann einen ebenso unerwartet treffen wie die Liebe auf den ersten Blick. Freundschaft ist so wichtig im Leben, das weiß ich aus Erfahrung. Versucht sie euch auf jeden Fall zu erhalten und pflegt sie, so gut es eben geht.«

»Das werden wir.« Kerstin nickte. »Bevor Lotte bei uns im Warenhaus angefangen hat, fand ich es oft langweilig, doch das ist nun anders.« Kerstin lachte kurz auf. »Du hättest nur sehen sollen, Elsbeth, wie sie wegen der neuen Änderungsschneiderei unserem Herrn Vossen den Kopf verdreht hat. Der wusste gar nicht richtig, wie ihm geschah.«

Auch Lotte lachte, doch sie winkte sofort ab. »Du übertreibst mal wieder, Kerstin. Ich habe ihm sicherlich nicht den Kopf verdreht, so etwas liegt mir gar nicht. Er hat es sich nur angehört und dann einfach eingesehen, dass mein Vorschlag eine ziemlich gute Sache ist. Und offenbar war Herr Tietz auch dieser Meinung. Nur deshalb haben wir jetzt die Änderungsschneiderei.«

»Dass du nicht sehen willst, wie verliebt Vossen dich anschaut, ist wirklich albern, Lotte. Jedes Mal, wenn er dich ansieht, beginnt er regelrecht zu leuchten, das ist so verflucht süß.«

»Welche Stellung hat denn dieser Herr Vossen im Warenhaus? Ist er euer Personalchef?«, wollte Elsbeth wissen.

»Ehrlich gesagt habe ich das bis heute auch noch nicht durchschaut«, erwiderte Lotte. »Ich weiß nur, dass alle irgendwie vor ihm kuschen.« Sie sah ihre Freundin fragend an. »Du bist doch schon viel länger da, weißt du es denn nicht, Kerstin?«

»Na ja, er gehört halt der Geschäftsleitung an«, antwortete Kerstin.

»Himmel, Kerstin, so weit war ich auch schon.«

»Im Ernst, sehr viel mehr weiß ich auch nicht. Es heißt, dass Herr Tietz, also Georg Tietz, Vossen höchstpersönlich ins Haus geholt hat. Herr Karg …« Kerstin sah Elsbeth an. »Das ist unser Chefeinkäufer«, erklärte sie. »Also, Herr Karg erwähnte mal, dass Vossen so eine Art zweiter Geschäftsführer sei. Sobald keiner der beiden Tietz-Brüder im Hause ist, ist er damit der Chef. Ich habe mitbekommen, dass Karg das überhaupt nicht gefällt, obwohl er selbst wirklich sehr einflussreich ist.«

»Alle Achtung«, entfuhr es Lotte. »Für so einen wichtigen Posten ist er eigentlich noch ziemlich jung, findest du nicht?«

»Da hast du recht. Von all den wichtigen Herren da oben ist er bei Weitem der jüngste.«

»Bei meinem Bewerbungsgespräch habe ich mitbekommen, dass Herr Tietz und Herr Vossen sich duzen. Die scheinen recht vertraut miteinander zu sein.«

»Mag ja sein, dass die sich auch privat kennen, vielleicht ist euer Herr Vossen aber auch einfach nur ein sehr fleißiger und kluger junger Mann«, warf Elsbeth ein. »Mädchen, solange ihr nichts Genaueres wisst, solltet ihr nicht spekulieren. Das bringt nichts, und es gehört sich auch nicht.«

Lotte nickte. »Das stimmt allerdings, Elsbeth. Wir sollten uns schämen.« Sie musste lachen, und Kerstin fiel sofort mit ein.

»Wie auch immer …« Um Kerstins Mundwinkel spielte noch immer ein freches Grinsen. »Ich habe den guten Herrn Vossen nie so oft zu Gesicht bekommen wie in den letzten zwei Monaten, seit du bei uns arbeitest, Lottchen, aber das habe ich dir ja schon mal gesagt.«

»Um mal das Thema zu wechseln …« Elsbeth erhob sich und füllte ihre Gläser nach. »Wenn ihr mögt, dürft ihr gerne Silvester wieder hier bei mir sein. Ich finde es sehr schön, mit euch zusammenzusitzen. In den vergangenen Jahren habe ich die Festtage oft alleine verbracht.« Sie stutzte plötzlich, so als wäre ihr gerade eine Idee gekommen, und sah Kerstin an. »Wo wohnst du eigentlich? Mir ist nämlich gerade eine Mieterin abhandengekommen, weil Paula Lüders zum Jahreswechsel auszieht. Man hat ihr jetzt die Leitung eines Kinderheims angeboten, und dort gibt es für sie eine Wohnung.«

Kerstins Augen leuchteten sofort auf. »Ich wohne zur Untermiete bei einer Kapitänsfamilie am Hafen, aber ehrlich gesagt, gefällt es mir dort überhaupt nicht. Meine Kammer ist winzig, und es wird irgendwie nie richtig warm dort, weil es so furchtbar durch alle Ritzen zieht. Mal ab-

gesehen davon, dass ich mir das Badezimmer mit den halb-
wüchsigen Jungs der Familie teilen muss. Und das ist wahrlich kein Vergnügen, das könnt ihr mir glauben. Ich muss
dauernd ein Handtuch über die Türklinke legen, weil die
durchs Schlüsselloch gucken, sobald ich im Bad bin. Zum
Glück habe ich das gleich nach meinem Einzug bemerkt.
Wie gesagt, es ist nicht unbedingt schön dort, doch bis jetzt
habe ich kein anderes Zimmer gefunden, das ich bezahlen kann.«

»Na dann …« Elsbeth lächelte und hob ihr frisch gefüll-
tes Punschglas. »Du wärest mir sehr willkommen, Kerstin. Ich möchte noch die Wände neu streichen lassen,
wenn Paula ausgezogen ist, aber der Maler kommt gleich
im neuen Jahr, sodass du schon in der ersten Januarwoche
einziehen könntest, wenn du magst. Ein Waschbecken im
Zimmer hättest du dann auch. Und mach dir keine Sorgen
über die Miete. Was das angeht, werden wir uns schon einig
werden.«

Lotte und Kerstin strahlten sich an. Dann erhoben sie
sich gleichzeitig, um Elsbeth Kruse zu umarmen.

Das neue Jahr begann recht arbeitsreich. Vor allem in der
Änderungsschneiderei hatte Lotte gut zu tun. Schon nach
wenigen Wochen unterstützte sie die Maßschneiderei im
zweiten Stock, und die Kolleginnen dort waren mehr als
nur dankbar dafür. Lottes Tage waren ausgefüllt mit Arbeit,
aber das empfand sie durchweg als Bereicherung. Überhaupt gefiel ihr ihr neues Leben außerordentlich, denn so
kam sie kaum zum Nachdenken. Selbst wenn die Schatten

ihrer Vergangenheit sie häufig noch in wilden und beängstigenden Albträumen heimsuchten, so wuchs in ihr doch stetig ein Gefühl von Sicherheit heran. Es verlieh Hoffnung und machte ihre Ängste weitestgehend kontrollierbar.

Seit einigen Tagen wohnte nun auch Kerstin bei Elsbeth Kruse, und ihre kleine Gemeinschaft entwickelte fast schon so etwas wie ein normales Familienleben. Es war schön, nach getaner Arbeit zusammen mit Kerstin nach Hause zu spazieren, sich an Elsbeths Küchentisch zu setzen und gemeinsam das Abendbrot und den Feierabend zu genießen. Sie redeten viel miteinander, dennoch sprach Lotte niemals über ihre wahre Vergangenheit. Sie wusste, dass sie das nicht tun durfte. Olga hatte ihr immer und immer wieder eingeschärft, wie wichtig es war, dass niemand davon erfuhr. Es war nicht leicht, mit dem schlechten Gewissen umzugehen, das sie im Grunde an jedem einzelnen Tag begleitete, doch ihr blieb keine andere Wahl. So sehr sie Elsbeth und Kerstin auch mochte, sie durfte sie nicht mit dem Grauen belasten, das ihr einst widerfahren war. Lotte Kelling war die Pflegetochter einer Kieler Schneiderin. Sie hatte nicht nur ihre Pflegemutter, sondern auch ihr früheres Zuhause durch einen schrecklichen Unglücksfall verloren. Mehr gab es dazu nicht zu sagen, und das durfte auch sie selbst niemals vergessen.

»Du wirkst so nachdenklich.« Kerstins Stimme riss sie aus ihren Gedanken, während sie zusammen am Frühstückstisch saßen. »Ist alles in Ordnung?«

Lotte versuchte sich an einem Lächeln. »Natürlich. Ich habe nur ein bisschen Kopfweh«, antwortete sie wahrheitsgemäß. Sie war tatsächlich mit leichten Kopfschmerzen aufgewacht, nachdem sie einmal mehr schlecht geträumt hatte.

»Ach herrje! Willst du lieber zu Hause bleiben? Ich könnte im Personalbüro Bescheid sagen und deine Abteilung für heute mit übernehmen, das ist kein Problem.«

»Das ist nicht nötig, Kerstin, so schlimm ist es nicht«, winkte Lotte ab. Da war es wieder, das schlechte Gewissen. »Wir sind früh dran heute Morgen. Ich trinke jetzt noch einen Kaffee. Elsbeth sagt doch immer, dass Kaffee wunderbar gegen Kopfschmerzen hilft. Außerdem sind wir gleich an der frischen Luft, das wird mir sicher auch guttun.«

»Na, wenn du meinst. Wenn es mit deinen Kopfschmerzen schlimmer werden sollte, kannst du ja immer noch nach Hause gehen.«

Im Personalraum hängten sie gerade ihre Mäntel auf, als Frau Runge, eine der beiden Sekretärinnen, hereinkam.

»Guten Morgen«, begrüßte sie Lotte und Kerstin. Wie immer lächelte sie freundlich. Frau Runge war unerschütterlich in ihren Umgangsformen.

»Guten Morgen, Frau Runge«, antworteten sie nahezu gleichzeitig, während sie ihre wadenhohen Winterstiefel gegen die Halbschuhe mit dem kleinen Absatz austauschten, die sie zur Arbeit trugen.

»Fräulein Kelling, Herr Vossen würde Sie gerne sprechen. Er hat mich gebeten, Sie zu ihm zu bringen.«

Lotte stutzte kurz und wechselte einen schnellen Blick mit Kerstin.

»Oh, natürlich, ja«, antwortete sie dann schnell. Sie erhob sich, stellte ihre Stiefel auf das Schuhregal und strich ihren Rock glatt.

»Fräulein Jansen, Herr Vossen bittet Sie darum, solange die Stoffabteilung im Auge zu behalten.«

Kerstin nickte. »Das mache ich gerne.«

Lotte atmete noch einmal tief durch, als Frau Runge kurze Zeit später an die Tür von Jannes Vossens Büro klopfte.

Sie hörten ein dumpfes »Herein!«, und die Sekretärin öffnete die Tür.

»Fräulein Kelling ist jetzt hier«, sagte sie.

»Sehr schön«, antwortete Vossen. Er stand hinter seinem Schreibtisch und sah ihnen mit verbindlicher Miene entgegen. »Danke, Frau Runge, Sie können dann wieder an Ihre Arbeit gehen.« Er machte eine einladende Bewegung mit seiner rechten Hand. »Kommen Sie, Fräulein Kelling, setzen Sie sich.«

Lotte folgte seiner Aufforderung, trat näher und ließ sich auf einem der beiden Stühle nieder, die vor Vossens mächtigem Schreibtisch standen. Sie war sehr aufgeregt.

Bitte, lieber Gott, er darf mich nicht entlassen, dachte sie flehend.

»Schauen Sie nicht so ängstlich drein. Ich habe ausschließlich gute Neuigkeiten für Sie«, sagte er, während er seinen Schreibtischstuhl vom Tisch zurückzog und sich ebenfalls setzte.

Sofort fühlte Lotte eine tiefe Erleichterung in sich aufsteigen.

»Gestatten Sie mir vorweg eine Bemerkung. Da unser

Personalbüro im Augenblick unterbesetzt ist, aber auch im Hinblick darauf, dass vor allem ich es war, der Sie eingestellt hat, übernehme ich nun diese Aufgabe voller Freude.« Vossen bekräftigte seine Worte mit einem leichten Nicken. »Aber um auf den Punkt zu kommen … Herr Tietz und ich haben Ihren endgültigen Arbeitsvertrag aufsetzen lassen, Fräulein Kelling. Sie haben uns sehr schnell davon überzeugt, dass Sie eine Bereicherung für das Haus sind. Wenn man es genau nimmt, haben Sie das sogar schon innerhalb weniger Tage getan. Ihr Einsatz ist bemerkenswert, und Sie sind wirklich fleißig. Die Umsätze in der Stoffabteilung haben sich vervielfacht, seit Sie hier arbeiten. Das ist besonders außergewöhnlich, da die Zeiten, wie Sie wissen, nicht sonderlich rosig sind und den Leuten das Geld nicht mehr ganz so locker in der Tasche sitzt. Wie ich schon sagte, wir sind außerordentlich zufrieden mit Ihrer Arbeit.«

Lotte musste sich räuspern. »Das freut mich. Ich arbeite auch sehr gerne hier«, erwiderte sie.

»Ja, das merkt man. Sie machen sich Gedanken und bringen sich ein. Ihre Idee mit der zusätzlichen kleinen Schneiderei für Änderungen und Gardinen war tatsächlich brillant. Sie hatten vollkommen recht mit Ihrer Einschätzung, dass die Kunden dieses Angebot nur zu gerne annehmen würden.«

»Danke.«

Vossen griff nach einer blauen Mappe aus Pappe, öffnete sie und zog den angesprochenen Vertrag hervor.

»Bitte lesen Sie ihn in Ruhe durch. Es ist nur die erste Seite, die sich im Gegensatz zu Ihrer ersten Vereinbarung geändert hat. Die Anhänge bleiben gleich. Dabei handelt es sich nur noch einmal um die Hausordnung für unsere Angestellten, und die ist Ihnen ja inzwischen hinreichend bekannt.« Er gab ihr die Papiere und nickte. »Sie müssten bitte auch wieder das Duplikat für unsere Unterlagen unterschreiben«, fügte er noch hinzu.

Sein herzliches Lächeln irritierte sie. Es unterschied sich deutlich von dem üblichen professionellen und eher distanziert höflichen Lächeln, das sie bislang von ihm kannte. Heute wirkte es viel strahlender, und es löste eine Art Erschütterung in ihrer Magengegend aus. Lotte konnte das Gefühl jedoch nicht richtig einordnen, also versuchte sie ihre Irritation mit einem tiefen Atemzug zu überbrücken und einfach zu verdrängen.

»Möchten Sie derweil vielleicht einen Kaffee, Fräulein Kelling?«, drang seine Stimme nun wieder in ihr Bewusstsein vor.

»Nein, vielen Dank. Ich hatte zu Hause bereits zwei Tassen.«

»Nun, das wäre für mich kein Argument«, erwiderte er schmunzelnd. »Ich trinke praktisch den ganzen Tag über Kaffee.«

Sie wusste nicht, was sie auf diese doch sehr persönliche Bemerkung erwidern sollte, also senkte sie einfach den Kopf und begann zu lesen. Bereits nach den ersten Zeilen schlug ihr Herz noch eine Spur schneller, als es das ohnehin schon tat.

»Oh, das sind ja über zehn Mark mehr in der Woche«, flüsterte sie mehr zu sich selbst.

»Das ist richtig und vollkommen verdient, Fräulein Kelling. Wir sind froh, dass wir Sie haben, darüber ist sich die gesamte Geschäftsleitung einig. Deshalb haben wir auch beschlossen, Ihnen schon jetzt und nicht erst im Februar eine Festanstellung anzubieten. Außerdem haben Sie sich mit der Änderungsschneiderei praktisch selbst noch zusätzliche Arbeit aufgebürdet, und das sollte doch entsprechend entlohnt werden.«

Lotte sah, dass der Vertrag bereits von Georg Tietz unterschrieben worden war. Vossen reichte ihr seinen Federhalter, und sie nahm ihn. Dabei berührten sich kurz ihre Hände, und sie zuckten beide leicht zusammen. Fast hastig unterschrieb sie, legte die Papiere zurück auf seine Seite des Schreibtischs und erhob sich sofort. Vossen schob derweil den Originalvertrag in einen Umschlag und gab ihn ihr.

»Dieses Exemplar ist dann für Sie. Wahrscheinlich wird das nicht der letzte Vertrag sein, den ich Ihnen vorlege«, sagte er, und es kam ihr so vor, als klänge seine Stimme nun leicht belegt. »Sie sollten wissen, dass wir eventuell planen, Ihnen über kurz oder lang noch mehr Verantwortung zu übertragen. Würde Ihnen das gefallen, Fräulein Kelling?«

»Oh …« Sie musste schlucken. Am liebsten hätte sie den Umschlag mit dem Vertrag an ihre Brust gepresst, so glücklich war sie in diesem Augenblick. »Ja, das wäre … Selbstverständlich würde mich das freuen«, brachte sie schließlich hervor.

Sein einnehmendes Lächeln kehrte zurück, und die schon vertraute Mischung aus Fluchtreflex und Nachgiebigkeit stieg erneut in ihr auf. Inständig hoffte sie, dass er sie nun gehen ließ, damit sich dieser seltsame Aufruhr in ihrem Inneren endlich wieder legen würde.

Heute ist es wirklich besonders anstrengend, mit ihm zu reden, ging es ihr durch den Kopf. Der Gedanke war natürlich absurd. Sie war nicht dumm, und ihr war sehr bewusst, dass diese merkwürdigen Gefühle allein ihr Problem waren. Jannes Vossen verhielt sich nicht ungewöhnlich. Selbst wenn seine neue, viel entspanntere Haltung sie auf eine seltsame Art innerlich aufwühlte, so blieb er doch der souverän wirkende Vorgesetzte. Vielleicht kam es ihr auch nur so vor, dass die heutige Begegnung mit ihm herausfordernder war, weil sie zum ersten Mal allein mit ihm in einem Raum war.

Meine Güte, Lotte, schalt sie sich in Gedanken selbst. Der Mann ist nur freundlich zu dir! Sicherlich hat er einfach seine anfänglichen Vorbehalte aufgegeben, mehr nicht. Plötzlich wurde ihr bewusst, dass sie sich noch immer gegenüberstanden und ansahen, vielleicht sogar anstarrten. Ihre Wangen wurden heiß, denn in diesem Moment erkannte sie, wie sehr Jannes Vossen ihr im Grunde gefiel und wie faszinierend sie ihn fand.

»Ich sollte dann wohl mal an meine Arbeit gehen«, presste sie eilig hervor. Ihre Kehle fühlte sich furchtbar trocken und eng an.

»Wenn Sie keine Fragen mehr haben ...?«, erwiderte er, und wenn sie sich nicht täuschte, klang er zögernd, fast bedauernd.

Lotte musste kurz husten, weil sie sich nun eingestehen musste, was sie die ganze Zeit verdrängt hatte: Jannes Vossen mochte sie wirklich. Kerstin hatte die ganze Zeit recht gehabt mit ihren Frotzeleien.

»Nein, ich denke, ich habe vorerst keine Fragen mehr.«

Lotte wandte sich von ihm ab und schloss ganz kurz die Augen. Einerseits sehnte sie sich nach der Erleichterung, die sie empfinden würde, sobald sie dieses Büro verlassen hatte, doch andererseits wollte sie nur zu gerne noch eine Weile hierbleiben und mit ihm reden. Ihre Gefühle spielten verrückt, und sie war völlig verwirrt. Egal, wie viel ihr der Inhalt des Umschlags in ihrer Hand auch bedeuten mochte, dieser Mann beeindruckte sie viel zu sehr, und das durfte sie auf keinen Fall zulassen.

Auf dem Weg zur Tür fiel ihr Blick jedoch auf eine Fotografie, die in einem schlichten schwarzen Rahmen an der Wand neben der Bürotür hing. Sie konnte nicht widerstehen und warf einen genaueren Blick darauf, auch wenn das bedeutete, dass sie sich noch einen kurzen Augenblick länger in Vossens Büro aufhalten würde. Es handelte sich um ein leicht verschwommenes Bild von einer großen Menschenansammlung, eine festliche Veranstaltung, wenn sie sich nicht täuschte. Manche Menschen saßen, andere standen im Hintergrund. In der Mitte des Geschehens stand ein Mann, der offenbar gerade eine Rede hielt, denn alle Augen schienen auf ihn gerichtet zu sein. So wie es aussah, war die Fotografie von einer erhöhten Stelle aus aufgenommen worden.

»Die Fotografie wurde im April 1912, am Tag der Eröffnung des Warenhauses gemacht«, erklärte Vossen. »Die Feier fand unten im Lichthof statt. Erkennen Sie es?«

»Ja, tatsächlich«, erwiderte Lotte. Sie hatte gar nicht bemerkt, dass er inzwischen um seinen Schreibtisch herumgekommen war und nun direkt neben ihr stand. »Der Fotograf muss auf der vorderen Galerie in der unteren Etage gestanden haben, damit er den unteren Bereich gut im Blick hatte, richtig?«

»Ja, das haben Sie gut erkannt. Ich war zwar noch ein Kind, aber mein Vater nahm mich und meinen älteren Bruder damals mit. Leider sieht man uns auf dem Foto nicht.« Er tippte auf die rechte Seite des Rahmens. »Wir standen ungefähr hier«, erklärte er leise lachend. »Für die ganze Stadt war die Eröffnung ein Fest. Das Haus wurde damals völlig neu erbaut. Genau wie unter dem Rathaus wurden auch hier wegen der Nähe zur Alster zunächst Tausende von Eichenpfählen in die Erde gelassen, damit das Fundament auf sicherem Untergrund steht.«

»Von der Methode habe ich schon gehört.« Lotte nickte. »Das ist faszinierend.«

»Oskar Tietz besaß zuvor bereits ein Warenhaus am Großen Burstah, doch dann erwarb er das viel größere Grundstück hier am Jungfernstieg. Ein wahrer Glücksfall für seine Pläne. Es war schon lange sein Traum, einen wahren Einkaufspalast errichten zu lassen, und ich denke, das ist ihm gelungen.«

»Ja, wirklich. All der Marmor und die vielen Kronleuchter sind schon beeindruckend. Man ist sofort fasziniert, wenn man das Haus betritt.«

»Das stimmt wohl.«

»Mir ging es auf jeden Fall so. Ist das da Oskar Tietz?«,

fragte sie und deutete auf den Mann in der Mitte des Bildes.

»Ja, allerdings, das ist er.«

»Er ist also der Vater von unserem Herrn Tietz, nicht wahr?«

»Auch das ist richtig. Oskar Tietz ist der Vater von Georg und Martin Tietz.«

»Martin Tietz?« Lotte hatte diesen Namen noch nie gehört.

»Er ist der Bruder von Georg Tietz. Den Gebrüdern Tietz gehören mehrere große Warenhäuser in Deutschland, Fräulein Kelling. Wussten Sie das nicht?«

Lotte schüttelte beeindruckt den Kopf. »Nein, das ist mir neu.«

»Die Brüder und ihr Schwager Hugo Zwillenberg leiten das Unternehmen gemeinsam. Georg Tietz kümmert sich viel um dieses Haus hier. Es ist ihm besonders wichtig, weil es auch seinem Vater sehr am Herzen lag. Martin Tietz ist der jüngere der beiden. Er hält sich meistens in Berlin auf und kommt nur noch selten hierher. Seit ungefähr drei Jahren gehört der Familie Tietz auch das *Kaufhaus des Westens* in Berlin, davon haben Sie sicher schon gehört. Es soll demnächst umgebaut und modernisiert werden. Deshalb ist nun auch Georg Tietz seltener in Hamburg, als es ihm lieb wäre.«

»Das *KaDeWe* soll unglaublich groß sein, habe ich gehört.«

»Stimmt, aber unser Haus hier am Jungfernstieg ist tausendmal schöner.«

Lotte sah zu ihm auf, und ihre Blicke trafen sich. Fast kam es ihr so vor, als hätte er sie berührt, doch das konnte nicht sein. Er stand völlig regungslos neben ihr und sah ihr in die Augen. Unweigerlich trat sie einen Schritt zurück, aber sein Blick hielt den ihren fest, dann räusperte er sich leise.

»Fräulein Kelling …« Er schien kurz zu zögern, doch dann fasste er sich sichtlich ein Herz und sprach weiter. »Würden Sie vielleicht einmal mit mir ausgehen?« Vossen sah ein wenig erschrocken drein, so als könnte er selbst kaum glauben, was er sie gerade gefragt hatte.

Lotte blieb fast das Herz stehen. »Ausgehen?«, wiederholte sie nahezu atemlos. »Wir beide?«

Er hob leicht den Kopf und straffte die Schultern. »Ja«, sagte er, und seine Stimme klang nun fester. »In ein Restaurant vielleicht oder auch ins Theater oder Varieté. Wenn es Ihnen lieber ist, lade ich Sie aber auch gerne auf ein Stück Kuchen oder nur einen Spaziergang an der Alster ein«, fügte er noch hinzu. »Ich würde Sie wirklich gerne besser kennenlernen, Lotte. Natürlich in aller Kollegialität. Es läge mir fern, Sie zu bedrängen, das sollten Sie wissen.« Er stieß geräuschvoll den Atem aus. »Wenn Sie ablehnen, würde mir das zwar leidtun, wäre aber völlig in Ordnung und würde rein gar nichts an unserem guten Arbeitsverhältnis ändern. Das versichere ich Ihnen in aller Nachdrücklichkeit.«

Einige Sekunden lang blieb es still zwischen ihnen. Seine Worte klangen in ihr nach. Sie erwiderte seinen eindringlichen Blick und fühlte sich überfordert, wenn auch auf eine bisher unbekannte Art beglückt. Ihr Innerstes schien plötzlich von Wärme überflutet zu werden. Doch in ihrem Kopf rief ihr eine Stimme gleichzeitig warnend zu: *Halt! Nein! Das darfst du auf keinen Fall zulassen! Das ist viel zu gefährlich!*

»Fräulein Kelling?«, hakte er nach einigen Sekunden der Stille nach. »Ich weiß, das ist ein Vorstoß, für den ich mich wahrscheinlich entschuldigen sollte, doch irgendwie widerstrebt es mir, das zu tun.«

Lotte räusperte sich.

Nein, Lotte, du dummes Mädchen, tu das nicht!

»Ja, ich würde sogar sehr gerne mit Ihnen ausgehen.« Lotte hatte selbst nicht damit gerechnet, dass sie diesen Satz sagen würde, doch nun war er heraus und hing zwischen ihnen in der Luft. Ihr wurde noch ein bisschen wärmer, ihr Herz schlug heftig gegen die Rippen, und sogar das Atmen fiel ihr schwer, so aufgewühlt war sie. »Ich …«

»Das ist wundervoll«, unterbrach er sie. Auch er klang atemlos, und sein Blick wurde noch eine Spur strahlender.

»Ist das denn … Also, ich meine, ist das denn überhaupt gestattet? Sie sind doch mein Vorgesetzter, Herr Vossen.«

»Glauben Sie mir, niemand hätte etwas dagegen. Mir ist keine derartige Hausregel bekannt, und ich kenne sie alle.« Das Leuchten in seinen goldbraunen Augen war wirklich beeindruckend. »Sagen Sie mir nur, was Sie gerne tun würden, und ich kümmere mich um alles. Wie wäre es am Sonnabend?«

»Nach Feierabend hätte ich Zeit. Ich würde dann allerdings gerne noch kurz nach Hause gehen.« Sie überlegte einen Augenblick, dann entschied sie, dass ihr ein Besuch in einem Restaurant sehr gefallen würde. Beim Essen konnte man sich am besten unterhalten. »Ein Restaurantbesuch wäre wirklich schön«, sagte sie.

»Dann werde ich uns einen Tisch reservieren lassen. Die Adresse Ihrer Pension habe ich ja. Darf ich Sie dort am Abend abholen? Sagen wir gegen halb acht?«

Sie nickte. »Sehr gerne.«

»Dann ist das abgemacht. Sie machen mir eine große Freude, Fräulein Kelling.«

5. Kapitel

»Ich habe es dir doch gesagt!« Kerstin nickte triumphierend, als Lotte ihr von dem Gespräch und der Verabredung mit Jannes Vossen erzählte. »Vossen ist verliebt in dich.«

Sie waren auf dem Weg nach Hause. Es war eisig kalt und der Jahreszeit entsprechend bereits dunkel. Eingehakt überquerten sie eilig die Brücke am Alsterfleet und hielten auf den Rathausmarkt zu.

»Lass uns einen Schritt schneller gehen und zu Hause bei einer schönen heißen Tasse Tee weiterreden«, bat Lotte.

Sie fror erbärmlich, doch ihre voreilige Entscheidung, mit Jannes Vossen auszugehen, zerrte nun schon seit dem Mittag heftig an ihren Nerven. Sie hätte ihm in keinem Fall zusagen dürfen, das wusste sie jetzt. Inzwischen suchte sie verzweifelt nach einer Begründung, um die Verabredung wieder absagen zu können.

»Warum um Himmels willen willst du denn absagen?«, fragte Kerstin sichtlich verständnislos, als sie kaum eine halbe Stunde später in Elsbeths warmer Küche bei einer Tasse Tee zusammensaßen.

»Wie ich dir eben schon sagte, finde ich es einfach nicht

richtig. Er ist mein Vorgesetzter und überhaupt … Ich will gar keinen Mann. Auf gar keinen Fall!«

»Du willst auf gar keinen Fall einen Mann?« Kerstin zog ihre Stirn in Falten. »Wie soll man das denn verstehen?«

Lotte lachte laut auf, als ihr dämmerte, in welche Richtung die Gedanken ihrer Freundin gerade gegangen waren. »O nein, es ist nicht so, wie du gerade denkst. Ich fühle mich nicht zu Frauen hingezogen, falls du das gemeint hast. Vielleicht habe ich mich falsch ausgedrückt. Was ich meine ist, dass ich mich nicht binden möchte.«

»Hm.« Kerstin nickte langsam. »Das heißt also, du möchtest auch keine Kinder? Das kann ich überhaupt nicht nachvollziehen. Ich hätte so gerne eine eigene Familie.«

Elsbeth, die gerade am Herd stand und im Suppentopf rührte, aus dem es bereits verlockend duftete, hielt in ihrer Bewegung inne und drehte sich zu ihnen um.

»Sag mal, Lotte, warum hast du überhaupt erst zugesagt, wenn der Mann dich doch gar nicht interessiert?«

Das war eine Frage, mit der Lotte sich auch schon eingehend befasst hatte. Sie fühlte sich, als ob Elsbeth sie gerade mit den Fingern in der Keksdose erwischt hätte.

»Keine Ahnung.« Sie zuckte mit den Schultern. »Alles ging irgendwie so schnell, und vielleicht habe ich nicht richtig nachgedacht in dem Moment. Ich hatte fast das Gefühl, als wäre er selbst ein wenig überrascht von seiner Frage. Das klingt albern, ich weiß, aber genau den Eindruck hatte ich.«

»Oder dein Unterbewusstsein hat einfach laut gejubelt, als er dich gefragt hat, und nun kriegst du kalte Füße.«

Kerstin grinste, nahm die Teekanne vom Stövchen und schenkte ihnen nach. Ihre Miene sprach Bände. »Ehrlich gesagt, kommt mir kein Argument in den Sinn, das gegen Vossen spricht. Er ist nicht nur sympathisch, sondern sieht auch noch gut aus. Außerdem hat er eine hervorragende Stellung, und soweit ich es gehört habe, kommt er sogar aus einer wohlhabenden Kaufmannsfamilie. Du wärest mit einem Schlag alle Sorgen los, wenn du ihn dir schnappen würdest, Lotte. Der Mann ist ein toller Fang. Ich muss zugeben, wenn dieses Goldstück von einem Mann an mir Interesse hätte, könnte ich den Sonnabend kaum noch erwarten. Genauer gesagt, würde ich den Kerl sofort und für alle Zeiten festhalten, darauf kannst du wetten.«

Wortlos griff Lotte nach ihrer Tasse und nahm einen Schluck von dem Tee. Ihr wollte keine Erwiderung, geschweige denn ein vernünftiges Argument einfallen, mit dem sie Kerstins Ausführungen hätte entkräften können. Im Grunde hatte ihre Freundin nämlich mit allem recht, auch wenn sie ihr Plädoyer natürlich ein bisschen scherzhaft vorgetragen hatte, so steckte doch die pure Wahrheit darin. Jannes Vossen war tatsächlich ein Mann, der für jede andere Frau im heiratsfähigen Alter ein wahrer Glücksgriff wäre.

»Wie auch immer«, sagte sie seufzend. »Für mich kommt eine Beziehung nun einmal nicht infrage, und nun muss ich mir etwas einfallen lassen, um die Verabredung mit ihm wieder abzusagen, ohne dass ich mich sofort bei ihm unbeliebt mache. Ich möchte meine Arbeit auf keinen Fall gefährden.«

»Hm, darüber würde ich mir an deiner Stelle auch Gedanken machen, Herzchen«, warf Elsbeth ein. »Männer können manchmal unerhört nachtragend sein. Vor allem wenn ihr Stolz einen Knacks bekommt und sie über ein gewisses Maß an Macht verfügen. Dann kann es schnell ungemütlich werden.«

Kerstin schüttelte vehement ihren Kopf. »Ich kann mir nicht vorstellen, dass Vossen zu dieser Art von Männern gehört. Bis jetzt habe ich ihn immer als besonders ehrenhaft und umgänglich erlebt.«

»Wenn ich ehrlich bin, kann ich mir auch kaum vorstellen, dass Jannes Vossen ungerecht oder gar bösartig sein könnte, dennoch möchte ich lieber vorsichtig mit dieser Situation umgehen.« Seufzend trank Lotte ihren Tee aus und schwieg einen Moment. Doch dann kam ihr eine Idee. »Morgen ist Donnerstag. Ich habe mir ausnahmsweise nachmittags freigenommen und treffe mich mit Olga im Alsterpavillon. Ich werde sie um Rat fragen. Olga weiß meistens, was zu tun ist.«

»Ich finde, das ist ein guter Plan«, bestätigte Elsbeth. »Mit Olga über ein Problem zu sprechen kann gar nicht verkehrt sein. Sie ist die klügste Person, die ich kenne, und ihr Instinkt ist zu jeder Zeit verlässlich. Auf ihr Urteil kannst du vertrauen.« Elsbeth nahm ihre große Suppenkelle von einem Haken neben dem Herd und tauchte sie in die Suppe. »So, und nun deckt den Tisch, meine Mädchen. Wir können gleich essen.«

»Wenn du mich fragst, kannst du getrost mit ihm ausgehen.« Olga schob sich ein Stück Apfelkuchen in den Mund. »Oh, der ist köstlich.«

Lotte brauchte eine Sekunde, bis sie verstand, dass Olga den Kuchen meinte und nicht Jannes Vossen. Um ein Haar hätte sie laut aufgelacht, doch dann schüttelte sie den Kopf. »Das kannst du nicht ernst meinen, Olga. Ich habe mir geschworen, dass ich nie wieder …«

»Diesen Schwur habe ich nie verstanden, Lottchen«, fiel Olga ihr ins Wort. »Du bist gerade einmal zwanzig Jahre jung. Es ist völlig albern, sich für alle Zeiten zu verkriechen. Ich habe dir schon einmal versichert, dass nicht alle Männer schlecht sind. Gut, es gibt ein paar Exemplare, die ich wirklich niemandem wünsche, aber es gibt auch andere. Und so wie es sich anhört, ist dieser Vossen einer von den Guten.«

Lotte seufzte. »Ich kann das einfach nicht, Olga. In diesem Fall fällt es mir schwer, einfach nur auf mein Glück zu vertrauen, denn schließlich geht es hier um einen Mann. Vielleicht ist es einfach noch zu früh, und im Grunde kenne ich Vossen doch überhaupt nicht. Ich frage mich wirklich, warum eigentlich alle so selbstverständlich davon ausgehen, dass er ein so großartiger Kerl ist.«

»Vielleicht weil er es ist. Könnte doch sein. Man muss nicht immer alles verkomplizieren, Lottchen. Ich halte das schon immer für überflüssig. Eine einfache Betrachtung der Dinge und Menschen hilft oft viel mehr als stundenlanges Lamentieren über das Für und Wider, glaub mir.«

Olga trank ihren Kaffee aus und winkte nach dem Kellner. Als der junge Mann pflichtbewusst und mit einem äußerst freundlichen Lächeln an ihren Tisch trat, setzte auch Olga ein strahlendes Lächeln auf.

»Bringen Sie uns doch bitte noch ein Kännchen Kaffee, mein Hübscher, und zwei Gläser Champagner dürfen Sie uns auch noch kredenzen. Wäre das möglich?«

»Selbstverständlich, gnädige Frau. Kommt sofort.« Der junge Mann nickte diensteifrig und zog sich zurück.

»Ich verrate dir ein Geheimnis, mein Lottchen. Es ist nicht nur der wundervolle Kuchen hier im Alsterpavillon. Eigentlich komme ich vor allem so gerne hierher, um mir diese Schmuckstücke auf zwei Beinen anzusehen, die mich dann auch noch ›Gnädige Frau‹ oder sogar ›Gnädigste‹ nennen, sobald ich sie heranpfeife.«

»Du bist unmöglich, Olga«, sagte Lotte lachend.

»Ich weiß, und auch das macht meinen Charme aus, nicht wahr?« Olga fiel in ihr Lachen ein. »Doch kommen wir zurück zu deinem Problem.« Olga holte tief Luft. »Mal abgesehen davon, dass es in meinen Augen viel mehr Mut erfordert, dich hier mit mir in der Öffentlichkeit zu zeigen, als dich auf ein Rendezvous mit einem vorzeigbaren und angesehenen Kerl einzulassen, nehme ich deine Einwände natürlich ernst. Wenn dir dein Bauch sagt, dass es nicht geht, dann geht es eben nicht. So einfach ist das.«

»Ich möchte mich wirklich auf keinen Fall mit ihm treffen«, bekräftigte Lotte. »Jedenfalls nicht im Moment und schon gar nicht so, dass er falsche Schlüsse ziehen könnte.«

Ihre mütterliche Freundin sah sie eine ganze Weile prüfend an. »Gut, dann musst du einen Weg finden, um ihn bei Laune zu halten, bis du ihn besser kennengelernt hast. Das Vertrauen wird dann von ganz allein zurückkommen.«

Der Kellner servierte ihnen frischen Kaffee und den

Champagner. Sie prosteten sich zu und nippten an ihren Gläsern. Lotte fühlte sofort, wie der Alkohol kribbelnd durch ihre Adern floss.

»Ich kann nicht erkennen, wie das gehen sollte, Olga.«

»Nun ja, du könntest dich zum Beispiel häufiger mit ihm unterhalten. Bleib doch einfach, so gut es geht, bei der Wahrheit, Lottchen. Sag ihm, dass eine Liebesbeziehung für dich im Augenblick nicht infrage kommt, aber biete ihm gleichzeitig eine kollegiale Freundschaft an, weil du ihn sehr magst. Sprich am besten ganz offen mit ihm und bleibe bei der Wahrheit, soweit es dir möglich ist.« Olga lächelte ihr aufmunternd zu und nahm einen weiteren Schluck von ihrem Champagner. »Es ist jedoch wichtig, dass du ihm dabei klarmachst, dass du ihn wirklich gernhast. Einerseits nimmst du ihm damit den Wind aus den Segeln, und andererseits hältst du ihn bei Laune, und er wird dir im Warenhaus keinerlei Steine in den Weg legen.«

»Elsbeth meinte, dass Männer sehr nachtragend sein können, wenn man ihren Stolz verletzt.«

»Da hat die gute Elsie nicht so ganz unrecht. Dennoch … Wenn du es auf die Weise tust, wie ich es dir eben geraten habe, entziehst du ihm jegliche Grundlage dafür, glaub mir. Wenn er sich tatsächlich auf eine Art Freundschaft unter Kollegen mit dir einlässt, bist du sowieso auf der sicheren Seite. Du gewinnst Zeit und kannst dir über deine eigenen Gefühle in aller Ruhe klar werden.«

»Ist das nicht sehr berechnend, Olga? So was liegt mir eigentlich nicht.«

»Das ist durchaus nicht berechnend. Zumindest nicht

im schlechten Sinne. Du solltest es eher als eine Strategie sehen, die dir deinen geliebten Arbeitsplatz erhält, selbst wenn du dem Mann zu guter Letzt einen Korb gibst. Außerdem glaube ich dir nicht, dass du ihn nicht … sagen wir mal, zumindest interessant findest. In den vergangenen Monaten habe ich dich ganz gut kennengelernt.«

»Hm.« Lotte nickte. »Du hast recht, irgendetwas löst Jannes Vossen in mir aus. Ich weiß nur noch nicht genau, was ich mit diesen Empfindungen anfangen soll, aber ich mag meine Arbeit wirklich. Das Warenhaus ist mir in dieser ganz kurzen Zeit sehr wichtig geworden.«

»Das ist nicht zu übersehen. Du bist sichtbar aufgeblüht, seit du dort arbeitest. Und ich denke, dass auch die Geschäftsleitung, insbesondere dein Herr Vossen, sehr genau weiß, dass du ein Glücksgriff für das *Warenhaus Hermann Tietz* bist. Mach dir nicht so viele Gedanken, Lottchen, und höre einfach immer auf dein Herz. Alles wird für dich gut werden, das weiß ich einfach.«

Jannes hatte früher Feierabend gemacht, denn heute war der Geburtstag seiner Mutter, und er wollte noch einen Strauß Teerosen besorgen, weil sie die besonders gern mochte. Esther Vossen machte zwar nie eine große Sache aus ihren Geburtstagen, doch sie liebte es, wenn zumindest an diesem Tag alle zusammen am Tisch saßen. Jannes verließ das Warenhaus durch den Haupteingang. Der Tag war kalt, aber sehr sonnig gewesen, und zum Glück war es auch jetzt am Nachmittag noch klar und trocken geblieben.

Wie so oft sah er hinüber auf die andere Straßenseite,

um einen schnellen Blick auf das Wasser der Alster zu werfen – und da sah er *sie*. Automatisch hielt Jannes in seiner Bewegung inne. Lotte kam gerade mit einer älteren Frau aus der Richtung des Alsterpavillons. Sie gingen ein paar Schritte am Alsteranleger entlang, und Jannes konnte nicht anders, als sie dabei zu beobachten. Die Frauen gingen langsam und plauderten angeregt miteinander. Lotte hatte sich bei der älteren Frau eingehakt, und die beiden wirkten sehr vertraut, so wie es bei tiefen Freundschaften oder innerhalb einer Familie üblich war. Auf den ersten Blick mutete die Situation fast alltäglich an, doch die ältere Frau an Lottes Seite war eine äußerst auffällige Erscheinung, und das ließ Jannes stutzen. Obwohl Lottes Begleitung sicherlich schon im Alter seiner Mutter war, leuchtete das Haar der Frau tizianrot und stand somit in einem starken Kontrast zu dem dunkelgrünen Mantel, den sie trug. Ein breiter schwarzer Fellkragen sowie der kleine grüne Hut, auf dem sich eine schwarze Feder im Wind bog, unterstrichen diesen Kontrast noch. Jannes kannte keine Frau, die sich mitten am Tage so extravagant kleidete. Auch die auffällige Haarfarbe konnte auf keinen Fall natürlichen Ursprungs sein, so viel war klar.

Dann schoss ihm ein absurder Gedanke durch den Kopf. *Kann es sein …?* Jannes musste schlucken. War es möglich, dass Lotte Kelling mit einer solchen Frau befreundet war? Nein, das passte einfach nicht zu ihr.

Wie an einem unsichtbaren Band gezogen, überquerte Jannes die Straße und folgte Lotte und ihrer Freundin in einigem Abstand. An der Ecke zum Alsterdamm blieben die Frauen stehen und verabschiedeten sich voneinander. Sie nahmen sich kurz in den Arm und lächelten sich an. Die ältere Frau tätschelte Lotte die Wange. Es war offensichtlich, wie vertraut die beiden miteinander waren. Lottes Begleitung stieg in eine Droschke, und Lotte winkte ihr noch hinterher. Dann wandte sie sich nach links, ging noch einmal hinunter zum Alsterufer und sah gedankenvoll aufs Wasser, so wie er es selbst auch oft tat.

Jannes hielt auf Lotte zu. Beim Gehen strich er einmal absichtlich ein wenig lauter mit seiner Schuhsohle über das Pflaster, als er schon fast bei ihr war. Wie erwartet drehte sie ihren Kopf in seine Richtung, und er sah das Erkennen, vielleicht sogar ein leichtes Erschrecken in ihrer Miene aufflackern.

»Herr Vossen!«, rief sie aus. »Was für ein Zufall.«

»Ich war gerade auf dem Weg zu meinem Wagen«, erklärte er vielleicht eine Spur zu hastig.

»Ach. Sie haben schon Feierabend gemacht?«

»So ist es. Meine Mutter hat heute Geburtstag, und ich wollte noch Blumen besorgen. Die Familie trifft sich später zum Abendessen.«

»Wie schön. Ich hatte mir heute Nachmittag auch freigenommen.«

Er erkannte, dass sie mindestens so nervös und angespannt war wie er. »Ja, ich weiß. Ehrlich gesagt, habe ich Sie schon von Weitem gesehen, Fräulein Kelling.«

»So?« Sie zog ein Taschentuch aus ihrer Manteltasche und putzte sich kurz die Nase. »Entschuldigung, die Kälte. Mir läuft ständig die Nase, wenn es so kalt ist«, sagte sie.

Ihr Lächeln war bezaubernd. Alles an dieser Person bezauberte ihn, das wurde ihm von Tag zu Tag klarer.

»Das kenne ich«, erwiderte er. »Ich freue mich übrigens schon auf Sonnabend.«

Er trat noch einen Schritt näher, doch da veränderte sich ihr Gesichtsausdruck. Es war nicht zu übersehen, und wenn er richtiglag, verhieß das nichts Gutes.

»Da Sie gerade davon sprechen …« Sie räusperte sich.

»Sie wollen doch nicht absagen, Fräulein Kelling?«

»Ähm … ich denke, dass ich das tun sollte, Herr Vossen. Also ja, ich möchte bitte absagen.«

»Aber …« Er fühlte eine Empfindung in sich aufsteigen, die sich bestenfalls nach ungläubiger Enttäuschung, wenn nicht sogar nach Verzweiflung anfühlte. »Bitte nicht.« Es rutschte ihm raus, bevor er es hatte zurückhalten können.

»Sie dürfen mich nicht falsch verstehen, Herr Vossen. Ich mag Sie wirklich furchtbar gerne, aber …«

»Wo liegt dann das Problem?« Er sah, dass sie tief durchatmete und offensichtlich mit sich selbst kämpfte. Ihr Blick wirkte unstet, und es sah alles danach aus, als wäre auch sie furchtbar unsicher und nervös, vielleicht sogar innerlich zerrissen. Am liebsten hätte er sie in den Arm genommen, aber das war natürlich völlig unmöglich.

»Ich befürchte, dass Sie sich vielleicht etwas mehr von einer Verabredung mit mir versprechen und … also … Natürlich nicht sofort, das haben Sie mir ja versichert, aber vielleicht … Ach, das ist schwierig … Was ich sagen will …«

»Genau das würde für Sie nicht infrage kommen?«, half er aus. Er konnte einfach nicht länger mitansehen, wie sie nach Worten rang, auch wenn er schon jetzt ihre Antwort fürchtete.

»Genau«, antwortete sie hörbar erleichtert.

Es fühlte sich an, als hätte sie ihm einen Dolch direkt in die Eingeweide getrieben. Ihr hingegen schien es plötzlich leichter zu fallen, die richtigen Worte zu finden.

»Wie gesagt, ich könnte Ihnen nicht mehr als eine gute, vielleicht sogar freundschaftliche Beziehung unter Kollegen anbieten, Herr Vossen. Es ist mir wichtig, dass Sie sich keine falschen Hoffnungen machen. Das verdienen Sie einfach nicht.« Noch einmal putzte sie sich die Nase, und selbst das fand er zauberhaft. »Mir ist natürlich klar, dass eine Freundschaft mit mir für Sie wahrscheinlich gar nicht infrage käme, aber ich möchte, dass Sie nicht daran zweifeln, dass ich Sie wirklich sehr mag. Aber Sie sind nun einmal ein Mann und ich eine Frau und … Diese Sache … Nun ja, sie ist allein mein Problem, und es liegt überhaupt nicht an Ihnen, das müssen Sie mir glauben. Sie sind offensichtlich ein ganz wunderbarer Mann, aber ich kann nicht …« Ein tiefes Seufzen entglitt ihr. »Ich bin im Augenblick einfach nicht in der Lage, mich auf eine … ähm … Liebesbeziehung einzulassen, mit niemandem. Vielleicht werde ich das nie sein, und das würde Sie nur unglücklich machen, und das möchte ich nun wirklich nicht riskieren. Es tut mir furchtbar leid und ich …«

Nun rangen die unterschiedlichsten Gefühle in seinem Inneren miteinander. Sekundenlang standen sie sich wortlos gegenüber und sahen sich an. Ihre Worte wirbelten durch seinen Kopf wie das Laub der Bäume im Herbstwind.

Schließlich ließ er ein Gefühl zu, das sich durch all die Enttäuschung und Verzweiflung an die Oberfläche kämpfte. Vielleicht hatte Werner recht, wenn er sagte, dass sich über ein besseres Kennenlernen der richtige Weg irgendwann offenbaren würde. Die Vorstellung, dass es so sein könnte, hinterließ zumindest einen winzigen Funken von Hoffnung, an dem er sich festhalten konnte. Die Hoffnung stirbt immer zuletzt, pflegte sein Vater oft zu sagen.

»Sie irren sich, Fräulein Kelling«, brachte er schließlich hervor.

»Ich irre mich?«, fragte sie hörbar irritiert.

»Ja, Sie irren sich gründlich. Ich wäre nämlich sehr gerne mit Ihnen befreundet. Natürlich nur so weit, wie es unter guten Arbeitskollegen möglich ist«, schob er eilig nach. Jannes versuchte sich an einem Lächeln, und es schien zu klappen, denn sie lächelte ebenfalls. »Es wäre mir eine große Freude, Sie innerhalb dieser Grenzen als Freundin bezeichnen zu dürfen.«

»Oh, das finde ich ganz wunderbar«, flüsterte sie. »Und Sie haben das wirklich schön gesagt, Herr Vossen.«

»Nun, dann gehen wir doch Sonnabend als Arbeitskollegen miteinander aus und lernen uns ein bisschen besser kennen, was meinen Sie?«

Sie zögerte einen Moment, aber damit hatte er schon gerechnet. »Sie sind noch immer ein Mann und ich eine Frau, die dann zusammen ausgehen würden«, warf sie ein, aber wenn er sich nicht täuschte, schwankte sie bereits. Ihre Miene wirkte nachdenklich.

»Nun, es ist doch allein wichtig, wie wir beide die Sache

betrachten, nicht wahr? Kommen Sie, Lotte, geben Sie sich einen Ruck.« Es widerstrebte ihm, jetzt schon aufzugeben. »Ich werde nicht mehr als einen netten Abend unter Kollegen erwarten. Darauf gebe ich Ihnen mein Wort. Außerdem habe ich bereits einen Tisch in einem wirklich guten Fischrestaurant direkt am Hafen für uns reserviert. Wir können die Reservierung doch nicht einfach so verfallen lassen, das wäre doch schade. Die Plätze dort sind sehr begehrt.«

»Ach, herrje«, sagte sie und lachte kurz auf. »Wie sollte ich da noch Nein sagen?«

»Dann werde ich Sie also wie besprochen am Sonnabend abholen.« Er sah sich kurz um. »Es wird schon dunkel, und mein Automobil steht gleich dort drüben.« Er deutete auf das Rondell zwischen Alsterdamm und Jungfernstieg. »Darf ich Sie nach Hause fahren, Lotte?«

Ihr Lächeln ließ ihre wunderschönen grünblauen Augen erstrahlen. »Vielen Dank, Herr Vossen, aber ich bin es gewohnt, die paar Schritte zu gehen.«

»Dann will ich Sie nicht drängen, aber bitte, nennen Sie mich Jannes.« Er reichte ihr die Hand zum Abschied und deutete eine leichte Verbeugung an. »Einen schönen Abend, Lotte.«

»Den wünsche ich Ihnen auch, Jannes.« Damit wandte sie sich ab und machte sich auf den Heimweg.

Er sah ihr nach, wie sie den Jungfernstieg überquerte und auf den Rathausmarkt zusteuerte. Erst als er sie nicht mehr sehen konnte, atmete er tief durch und ging die letzten paar Schritte bis zu seinem Wagen.

Wie gewohnt verlief das Abendessen mit seiner Familie sehr unterhaltsam, sodass Jannes zunächst kaum die Zeit fand, über sein Treffen mit Lotte Kelling nachzudenken. Seine Tante Sara, die Schwester seiner Mutter, war zusammen mit ihrem Mann Hans zu Besuch gewesen, sodass die Unterhaltung am Tisch kaum abriss. Sara war das, was sein Vater eine geborene Quasselstrippe nannte. Der Abend verging wie im Fluge, und kurz nachdem Sara und Hans sich verabschiedet hatten, zogen sich auch seine Eltern zurück, denn es war schon fast Mitternacht, und der nächste Tag würde früh beginnen.

Trotz der späten Stunde genehmigten sich Jannes und sein Bruder noch einen letzten Cognac, bevor auch sie ins Bett gehen wollten.

»Es tut gut, hier noch ein paar Minuten mit dir zu sitzen«, bemerkte Werner und prostete ihm zu. »Nach dem ganzen Geplauder ist die Ruhe herrlich.«

Jannes nickte. »Ja, das finde ich auch. Ich mag Tante Sara, aber zwei oder drei Stunden mit ihr reichen auch völlig aus«, entgegnete er lachend.

»Da gebe ich dir völlig recht.« Werner stellte seinen Cognacschwenker auf dem Tisch ab und sah ihn an. »Gibt es eigentlich etwas Neues von deinem Fräulein Lotte?«

»Wir gehen Sonnabend zusammen aus«, erwiderte Jannes.

»Na bravo. Gut gemacht, kleiner Bruder.«

»So einfach, wie du glaubst, entwickelt sich die Sache leider nicht. Sie hat mir erst heute klargemacht, dass für sie eine Liebesbeziehung nicht infrage kommt.«

Werners Stirn legte sich in Falten. »Und du bist dir sicher, dass sie das auch so meint? Ich meine, die meisten Frauen …«

»Lotte ist nicht wie die meisten Frauen, Werner«, unterbrach Jannes seinen Bruder. »So weit kenne ich sie schon. Sie meint immer, was sie sagt.«

»Soso.«

»Du brauchst gar nicht so süffisant zu grinsen. Lotte ist tatsächlich anders als andere Frauen, das habe ich sehr schnell gespürt. Vielleicht gefällt sie mir deshalb auch so gut.«

»Du bist wahrhaftig verliebt in diese Person, Jannes, da gibt es wohl keinerlei Zweifel mehr, richtig?«

»Das ist wohl so. Ich werde mich also in Geduld üben müssen, bis sie erkennt, dass ich der Richtige für sie bin.«

Werner lachte kurz auf. »Na, hoffentlich beißt du dir an ihr nicht die Zähne aus. Pass gut auf dein Herz auf, mein Lieber. Sie könnte es dir brechen, und aus eigener Erfahrung weiß ich, dass gebrochene Herzen nur sehr schwer wieder heilen.«

»Ich habe gar keine Wahl, als abzuwarten. Und währenddessen hoffe ich inständig darauf, dass Lotte Kelling eines Tages die Augen aufgehen werden.«

»Und du bist dir sicher, dass das irgendwann passieren wird? Vielleicht wirst du über die Warterei alt und grau werden, Bruderherz.«

»Sie ist es, Werner, das weiß ich einfach. Eine andere Frau kommt für mich nicht mehr in Betracht. Ich halte daran fest: Eines Tages werde ich Lotte Kelling zum Altar führen. Irgendetwas tief in meinem Herzen sagt mir, dass es so sein wird.«

»Meine Herren, so warst du schon immer. Wenn du dir etwas vorgenommen hast, bist du vor allem gnadenlos gegen dich selbst.«

»Das mag sein.«

»So war es auch, als Tietz dich unbedingt ins Warenhaus holen wollte. Du hast Papa so lange bearbeitet, bis er dich gehen ließ. Ehrlich gesagt, hätte ich diese Energie niemals aufgebracht.«

»Na ja, ich habe Vater auch versprochen, dass ich eines Tages wieder zurück ins Unternehmen kommen werde.«

»Ja, aber du hast nie gesagt, wann das sein wird, Jannes.«

»Ich muss zugeben, ich mag das Warenhaus, und ich liebe meine Arbeit dort. Andererseits habt ihr beide die Firma doch gut im Griff. Sei ehrlich, Werner, im Grunde braucht ihr mich im Augenblick gar nicht.«

»Das kann ich eigentlich nur so verstehen, dass du erst zurückkommst, wenn Vater nicht mehr arbeiten kann oder … Gott bewahre, stirbt?«

»Ja, eigentlich liegt das doch auf der Hand.« Jannes hob noch einmal sein Glas und trank aus. »Sobald du mich in der Firma brauchst, werde ich da sein, Werner, darauf kannst du dich verlassen.«

6. Kapitel

In einem schmal geschnittenen schwarzen Kleid, das Olga vor einiger Zeit ausrangiert und ihr geschenkt hatte, stand Lotte vor dem hohen Standspiegel im Nähzimmer und drehte sich prüfend hin und her. Noch bis gestern Abend hatte sie es für sich umgearbeitet, und nun wartete sie darauf, dass Jannes Vossen sie in kaum einer halben Stunde abholen würde.

Das Kleid war wunderhübsch. Insgesamt war es nicht zu aufwendig, doch die aufgenähte Spitze, die sich fast wie eine breite Schärpe diagonal von der Schulter bis hin zum schräg geschnittenen Saum zog, betonte ihre schlanke Silhouette vortrefflich und verlieh dem Kleid einen Hauch von Festlichkeit. Lotte war sehr zufrieden mit dem Ergebnis ihrer Bemühungen.

»Du siehst umwerfend aus«, sagte Kerstin, die hinter ihr in einem Sessel saß. »Ich wünschte, ich hätte auch so lange und schlanke Beine wie du.«

»Rede nicht so einen Unsinn! Du bist wunderhübsch, Kerstin, und das weißt du auch.«

»Aber wenn *du* so ein Kleid trägst, siehst du gleich irgendwie … majestätisch aus.«

Lotte musste lachen. »Du übertreibst mal wieder maßlos.«

»Nein, das meine ich vollkommen ernst. Du könntest auch irgendeine Prinzessin sein, ehrlich.« Kerstin erhob sich und trat neben sie. »Du wirst ihn umhauen.«

Lotte spürte Unwillen in sich aufsteigen. »Du weißt genau, dass ich das gar nicht will. Das Kleid hat mit Vossen überhaupt nichts zu tun. Es ist für den Anlass einfach angemessen, mehr nicht. Schließlich gehen wir in ein gutes Restaurant, da kann ich nicht in einem schlichten Tageskleid auftauchen. Das widerstrebt mir einfach.«

»Du hast ja recht, beruhige dich. Ich wollte dich nicht verärgern. Dennoch steht es außer Frage, dass Jannes Vossen dich so sehen wird und … wie gesagt, du siehst umwerfend aus.«

Kerstin sollte recht behalten. Natürlich machte Jannes ihr ein Kompliment, nachdem sie im Restaurant ihre Mäntel abgelegt hatten. Sie bemerkte auch, wie sich seine Augen weiteten, als sein Blick über sie hinwegglitt und er sich anschließend leise räusperte, bevor sie sich an ihren Tisch setzten. Schon in diesem Moment wusste Lotte, dass sie seine Einladung nicht hätte annehmen dürfen. Seine bewundernden Blicke gefielen ihr viel zu sehr, und genau das war das eigentliche Dilemma. Es würde nicht leicht werden, zukünftig klarere Grenzen zwischen ihnen zu ziehen.

Das Gespräch zwischen ihnen entwickelte sich trotz allem recht gut. Sie aßen einen hervorragenden Backfisch mit Bouillonkartoffeln und einem erfrischenden Gurkensalat dazu. Lotte schmeckte es einfach wunderbar. Die ständige Anspannung zog sich ohnehin schon so lange durch ihren Alltag, dass sie sich fast daran gewöhnt hatte. Sobald sie mit anderen Menschen zu tun hatte, kontrollierte sie sich und passte auf, was sie sagte. Sie durfte niemals vergessen, wie wichtig es war, dass sie nicht zu viel von sich preisgab, und das war oft sehr anstrengend. Inzwischen hatte sie jedoch gelernt, besser damit umzugehen. Oft war sie es, die in Unterhaltungen die Fragen stellte, damit ihr Gegenüber reden konnte. Sie war eine gute Zuhörerin geworden und hielt sich selbst zurück. Die meisten Menschen redeten viel zu gerne über sich und ihre Belange, um überhaupt zu bemerken, dass sie von ihr praktisch nichts erfuhren. Das machte es leichter. Dennoch gab es auch Gespräche, die fordernder waren. Es blieb ja nicht aus, dass sich Freundschaften entwickelten. Mit Kerstin war es oft nicht so einfach. Es quälte sie, dass sie ihrer Freundin die Wahrheit vorenthielt, und es bereitete ihr Kummer, dass sie Kerstin sogar schon hatte anlügen müssen. Eine Wahl blieb ihr jedoch nicht. Sie liebte ihr neues Leben, ihre Arbeit und ihre Freunde, und das durfte sie nicht aufs Spiel setzen. Allein der Gedanke an einen weiteren Neuanfang rief Angst in ihr hervor, daher würde sie alles tun, um dieses Leben zu schützen. Dazu gehörte eben auch, die neue Lotte zu sein, mit allen Konsequenzen und einer anderen Geschichte.

»Sie sind etwas still, Lotte. Fühlen Sie sich nicht wohl, oder hat Ihnen das Essen nicht geschmeckt?«

Lotte sah auf. Jannes war offenbar einer der wenigen Menschen, denen es auffiel, dass sie überwiegend zuhörte.

Er ist wirklich ein aufmerksamer Mann, dachte sie.

»O nein, verzeihen Sie, falls ich etwas einsilbig war. Das

Essen war wundervoll. Ich bin es nicht gewohnt, in so einem schönen Restaurant zu sitzen. Vielleicht bin ich nur ein bisschen zu sehr beeindruckt von dieser Umgebung«, erwiderte sie und versuchte sich an einem Lächeln.

Schon wieder eine dieser Unwahrheiten, dachte sie. Sie hasste solche Momente.

»Ah, dann hoffe ich, dass das Dessert Ihnen helfen wird, sich besser zu entspannen. Ich mag dieses Restaurant sehr. Mein Vater trifft sich hier oft mit Kunden oder Geschäftsfreunden, und ich habe ihn dann und wann begleitet. Sehen Sie sich um, Lotte. Hier sitzen doch ganz normale Menschen. Niemand achtet auf uns beide. Und auch die Speisen sind doch herrlich bodenständig, finden Sie nicht?«

Fast schon verschwörerisch zwinkerte er ihr zu, und das gefiel ihr.

»Ja, natürlich. Ich weiß, ach … achten Sie einfach nicht auf mich, Jannes.«

»Nun, das wäre doch wirklich schade, wenn wir beide hier schon einmal so schön zusammensitzen.«

Sein Lachen war leise und dunkel, und der Klang löste ein Kribbeln unterhalb ihres Bauchnabels aus. Sie musste zugeben, dass sie sein Lachen unheimlich mochte. Überhaupt gefiel er ihr viel zu sehr. Doch dieser Gedanke bereitete ihr Sorgen.

»Sie wissen doch, wie ich das meinte«, schob sie ein wenig hilflos nach.

»Entspannen Sie sich, Lotte. Trinken Sie noch ein Glas Weißwein, das wird helfen.«

Sie winkte ab. »O nein, üblicherweise trinke ich kaum

Alkohol. Ein weiteres Glas würde ich nicht mehr gut vertragen.«

»Wie schade. Der Wein ist wirklich gut.«

»Ja, er schmeckt sehr gut. Trotzdem muss ich ablehnen.«

»Ich dränge Sie nicht, Lotte. Das liegt mir fern.«

Das klang eigenartig, fand sie. Vielleicht sogar zweideutig. Doch es konnte auch gut sein, dass sie es bei all ihrer Anspannung einfach falsch verstand, deshalb rief sie sich innerlich zur Ordnung. Es durfte nicht sein, dass sie ihm gegenüber ungerecht wurde.

Nach dem Dessert, einem leichten Fruchtsalat mit luftiger Vanillecreme, tranken sie noch eine Tasse Kaffee.

»Haben Sie sich denn schon gut eingelebt?«, wollte er wissen. »Fühlen Sie sich wohl in Hamburg?«

In ihrem Kopf sortierten sich automatisch die üblichen Abläufe, damit sie nach ihrer Antwort das Gespräch wieder in eine andere Richtung lenken konnte. »Ja, wirklich. Die Stadt ist einfach wunderschön, und die kleine Pension, in der ich untergekommen bin, ist ebenfalls ein wahrer Glücksfall.«

»Das freut mich.«

»Sie sagten vorhin, dass Ihr Vater hier häufig mit Kunden und Geschäftsfreunden herkommt.« Lotte hoffte inständig, dass er auf den Themenwechsel einging. »Das klingt, als hätte Ihre Familie ein eigenes Unternehmen. Ist es dann nicht ungewöhnlich, dass Sie für das Warenhaus arbeiten?«

Sie war erleichtert, als er ohne zu zögern auf ihre Frage einging.

»Ja, meine Familie handelt mit Möbeln, Teppichen und noch allerlei anderen Dingen, die man für die Einrichtung eines Hauses oder einer Wohnung braucht«, antwortete er, bevor er einen Schluck von seinem Kaffee nahm. »Schon mein Urgroßvater hat das Geschäft gegründet«, fuhr er fort, nachdem er die Tasse wieder abgestellt hatte. »Es ist also sozusagen Familientradition, wenn nicht sogar eine Verpflichtung, es fortzuführen, aber ich habe einen älteren Bruder, der meinen Vater im Geschäft unterstützt und es sogar schon in mehreren Bereichen leitet. Mein Vater und die Gebrüder Tietz sind alte Geschäftsfreunde. Ich kenne die Familie Tietz also schon von Kindesbeinen an. Aber ich gebe zu, als Georg Tietz mich in sein Warenhaus holen wollte und mich dieser Vorschlag sehr reizte, gab es einige Streitgespräche.« Er schmunzelte. »Letztlich hat mein Vater mich dann aber doch ziehen lassen.«

Jetzt musste sie nur noch dafür sorgen, dass er weiterhin über sich und seine Familie sprechen konnte. »Ihr Weggang war sicherlich nicht leicht für ihn«, bemerkte sie.

»Nein, daraus hat er auch keinen Hehl gemacht. Bevor ich ging, hat er mir das Versprechen abgenommen, dass ich irgendwann wieder zurück ins Familienunternehmen kommen werde.«

»Haben Sie vor, das auch zu tun?«

Auf seiner Stirn erschien die steile Falte, die sie zu Beginn ihrer Bekanntschaft sogar ein wenig beängstigend gefunden hatte. Inzwischen kannte sie ihn besser und wusste, dass es nicht viel mehr als ein Zeichen von Nachdenklichkeit war, wenn er so mürrisch dreinschaute.

»Ich habe es versprochen, und wenn ich etwas verspreche, halte ich es auch.«

»Die Antwort habe ich von Ihnen erwartet, Jannes.«

Sein Lächeln vertrieb die steile Falte, die ihn immer ein wenig düster, wenn auch nicht weniger attraktiv wirken ließ.

»Ich arbeite allerdings sehr gerne im Warenhaus, und zum Glück haben mein Vater und ich keinen genauen Termin vereinbart.«

»Das freut mich. Dann bleiben Sie uns also noch eine Weile erhalten.«

»Das werde ich, keine Bange.«

»Ich würde die Stoffabteilung übrigens gerne vergrößern, wenn es geht. Die Nachfrage wächst. Übrigens auch nach einfacheren Stoffen.«

»Soso, wir unterhalten uns jetzt also über die Arbeit?«, fragte er schmunzelnd.

»Nehmen Sie es mir nicht krumm, aber wir sehen uns ja im Warenhaus nicht jeden Tag, und ich muss die Gelegenheit nutzen«, antwortete sie lachend.

»Um ehrlich zu sein, haben Georg Tietz und ich schon darüber gesprochen. Die Menschen achten wieder mehr auf ihr Geld. Das hat sich in den vergangenen Monaten immer deutlicher gezeigt.«

»Ja, das ist mir auch aufgefallen. Es wird viel mehr selbst genäht. Es ist nun einmal günstiger, als einfach ein fertiges Kleidungsstück von der Stange zu kaufen. Das weiß ich aus eigener Erfahrung.«

»Da haben Sie recht, Lotte. Ohne Frage gibt es immer

noch sehr viele reiche Leute in Hamburg, doch der Verkauf von Luxusartikeln geht leicht zurück. Man merkt kleine Veränderungen an allen Ecken, doch wie man hört, sieht die Lage in anderen Ländern ähnlich aus. Die Wirtschaft scheint zu schwächeln.«

»Glauben Sie, dass wir uns darüber Sorgen machen müssen?«

»Falls Sie Angst um Ihren Arbeitsplatz haben, kann ich Sie beruhigen, Lotte. Auch wenn wir im Augenblick noch nicht beurteilen können, wie sich die Wirtschaftslage weiterhin entwickeln wird, kann ich Ihnen versichern, dass die Gebrüder Tietz und ihre Häuser sehr gut dastehen. Bevor eines der großen Häuser in Hamburg oder Berlin geschlossen wird, muss schon sehr viel mehr passieren als ein wahrscheinlich vorübergehender und übrigens insgesamt kleiner Einbruch der Verkaufszahlen.«

»Das klingt beruhigend.«

»Aber um noch einmal Ihren Vorschlag aufzugreifen … Wie gesagt hatten wir das Thema in der Geschäftsleitung auch schon. Außerdem ist die Stoffabteilung unter Ihren Händen tatsächlich erblüht. Wir sollten diesen Schwung mitnehmen. Sie stehen mit der Idee also nicht alleine da.«

»Falls wir die Abteilung vergrößern, wäre sicherlich eine zweite Verkäuferin ganz gut, meinen Sie nicht?«

Jannes schüttelte leicht den Kopf. »Nun mal langsam, Lotte. Eins nach dem anderen. Es gibt ja noch keinen genauen Plan. Über eine zusätzliche Verkäuferin können wir immer noch reden, wenn die Abteilung vergrößert wurde. Wir wissen ja noch gar nicht, inwieweit das geschehen wird.«

Lotte schluckte. Vielleicht war sie doch ein wenig zu heftig vorgeprescht. »Natürlich, dafür bleibt noch genug Zeit.«

»Ich werde das Thema auf jeden Fall noch einmal zur Sprache bringen, darauf können Sie sich verlassen.«

Eine halbe Stunde später brachte Jannes sie zurück nach Hause. Vor der Tür stieg er aus seinem Automobil und kam um den Wagen herum. Er reichte ihr seine Hand, um ihr beim Aussteigen zu helfen. Selbst durch ihre Handschuhe hindurch fühlte sie seine Wärme, und das war sehr angenehm. Jannes begleitete sie noch zur Tür.

»Es war ein sehr schöner Abend, Lotte«, sagte er.

»Ja, es war schön. Vielen Dank für die Einladung, Jannes.«

»Ich würde mich freuen, wenn wir das bald wiederholen könnten.« Im schwachen Licht der Straßenlaternen sah sie seine Augen aufblitzen.

»Nun ich …«

Wahrscheinlich spürte er, was sie sagen wollte. »Lotte, ich sagte doch, dass ich … Wir können durchaus nur befreundet sein, das ist für mich in Ordnung«, unterbrach er sie.

»Wir werden sehen«, brachte sie noch hervor. Lotte sah zu ihm auf, und in diesem Moment spürte sie die enorme Anziehungskraft, die er auf sie ausübte. Wie ein Stromstoß raste sie durch ihren gesamten Körper. Hastig trat sie einen Schritt zurück und sah im gleichen Augenblick, dass er heftig schluckte.

»In Ordnung … Schlafen Sie gut, liebe Lotte.« Seine Stimme klang belegt, und es war offensichtlich, dass auch er die Spannung zwischen ihnen gespürt hatte.

»Gute Nacht, Jannes.«

Eilig wandte sie sich von ihm ab und schloss die Tür auf. Als sie endlich im Hausflur von innen an der geschlossenen Tür lehnte, hörte sie seine Schritte auf dem Pflaster der Straße und das Zuschlagen der Wagentür. Sie lauschte auf das immer leiser werdende Geräusch seines Automobils, bis es ganz verklungen war.

Die Schmerzen …

Oh, diese furchtbaren Schmerzen! Lieber Gott, hilf mir!

Sie wand sich, versuchte irgendwie auszuweichen, doch sie konnte nicht entkommen. Alles um sie herum versank in einem dunklen und gleichzeitig brennenden Meer aus Verzweiflung und Schmerz.

»Bitte nicht noch mehr!«, hörte sie sich wispern.

Sie wollte schreien, doch ihr fehlte schlicht die Kraft dafür. Ihr geschundener Körper lag inzwischen ebenso in Trümmern wie ihre gebrochene Seele. Doch ihrem gnadenlosen Peiniger spielte das nur in die Karten, das wusste sie inzwischen. Wie oft hatte sie versucht, sich dazu zu zwingen, nicht zu schreien, keine Träne zu vergießen und keine Schmerzenslaute von sich zu geben, doch das gelang ihr nicht immer.

»Schrei!«, stöhnte er auf. »O ja, schrei! Du gehörst mir, Charlotte.«

Sein Keuchen wurde lauter, während er gnadenlos weiter sein Ziel verfolgte und der Schmerz ihr um ein Haar das Bewusstsein raubte. Sie versuchte, ihr Gesicht ins Kissen zu pressen, doch sofort riss er es ihr fort.

»Schau mich an, du undankbares Weibsbild.«

Wie sie seine Stimme hasste. Sie hasste alles an ihm. Noch ein paar Schläge, dann würde es wieder vorbei sein. Bis zum nächsten Mal. Eines Tages würde er sie umbringen, das wusste sie. Fast sehnte sie diesen Tag herbei. Übelkeit stieg in ihr auf, und sie spürte die bittere Galle in ihrer Kehle. Nur mit großer Mühe gelang es ihr, dagegen anzukämpfen.

»Du bist … Ah, o ja, so schöne Tränen! So herrliche Schmerzenslaute.«

Während seine gierigen Blicke sie betrachteten, stöhnte er ein letztes Mal laut auf, dann ergoss er sich auf ihren wunden und blutverschmierten Bauch.

Mitten in der Nacht schreckte Lotte hoch. Ihr Atem raste, und auch ihr Herz klopfte heftig vor Angst. Sofort glitten ihre Hände vorsichtig tastend über ihren Körper, aber da waren keine schrecklichen Wunden und kein Blut, sondern nur die schon vertrauten Narben zu spüren. Erst jetzt begriff sie, dass sie wieder einmal geträumt hatte, dass es nur ein Albtraum gewesen war, der eins dieser furchtbaren Erlebnisse wachgerufen hatte. Schon seit Wochen hatte sie nicht mehr schlecht geträumt, und dass es gerade jetzt passierte, in der Nacht, nachdem sie mit Jannes Vossen den Abend verbracht hatte, stimmte sie nachdenklich. Mit offenen Augen lag sie da und starrte in die Dunkelheit.

Vielleicht war der neue Albtraum tatsächlich eine Art Warnung, dachte sie. Sie durfte einfach nicht unachtsam oder nachlässig werden. Eine Liebesbeziehung kam für sie unter keinen Umständen infrage, das durfte sie niemals vergessen. Egal, wie sehr sie sich auch danach … Nein, nach Jannes sehnte. Das würde nicht funktionieren.

Niemals!

Und doch hatte sie an diesem Abend innerhalb eines einzigen Augenblicks erkannt, wie sehr sie sich zu ihm hingezogen fühlte. Sie musste sich eingestehen, dass die merkwürdig gegensätzlichen Gefühle, die sie stets in seiner Gegenwart überschwemmt hatten, allein in dieser Tatsache begründet waren. Sie war verliebt, sogar heftig verliebt in Jannes Vossen, und sie musste unbedingt verhindern, dass er das jemals bemerkte, denn sonst würde es noch schwerer werden, seiner Anziehungskraft auf Dauer zu widerstehen.

Seufzend setzte sie sich im Bett auf und knipste die Nachttischlampe an. Bis zum Morgen waren es noch einige Stunden hin, doch sie ahnte, dass sie nicht mehr in den Schlaf zurückfinden würde. Im sanften Licht ihrer Nachttischlampe ließ sie sich zurück in ihr Kissen sinken. Die Erinnerungen an eine Zeit, die ihr jetzt schon wie aus einem anderen Leben erschien, kamen von ganz allein …

»Ich bin schon so vielen Frauen begegnet, doch du bist die schönste und wunderbarste von allen, Charlotte.«

Die Stimme des gut aussehenden Mannes klang sanft, und seine Miene drückte wahre Begeisterung aus. Gegen ihren Willen fühlte sie sich geschmeichelt und eingehüllt in einen watteweichen Nebel, der ihr zwar einerseits angenehm erschien, doch gleichzeitig ihre Vernunft seltsam lähmte. So, als hätte sie gegen ihre Gewohnheit ein Glas Champagner zu viel getrunken. Das Gefühl war schwer zu fassen.

»Ich will dich verwöhnen und dir jeden Wunsch von den Augen ablesen«, fuhr er fort. »Sag endlich Ja, Charlotte. Dir wird es an nichts fehlen, das schwöre ich dir. Ich werde dir sogar die Sterne vom Himmel holen, wenn es sein muss. Du bist mein Traum, mein wahr gewordener Traum, geliebte Charlotte.«

Lotte schüttelte sich leicht, um die Erinnerung wieder zu vertreiben. Damals war sie jung, unerfahren und so furchtbar naiv gewesen. So etwas würde ihr niemals wieder passieren, das hatte sie sich geschworen. Aufmerksamkeiten und charmante Komplimente von Männern hatten immer einen Preis. Das hatte sie schmerzhaft lernen müssen.

Jannes lag noch lange wach. Er dachte über die vergangenen Stunden nach, und plötzlich wurde ihm bewusst, dass sie zwar über ihn und sogar über seine Familie gesprochen hatten, doch über Lotte wusste er noch immer nicht viel mehr als das, was sie bei ihrem Vorstellungsgespräch erzählt hatte. Wenn er jetzt darüber nachdachte, kam es ihm sogar so vor, als hätte Lotte das Gespräch ziemlich geschickt immer wieder auf ihn und die Arbeit gelenkt. Ein wenig ärgerte er sich darüber, dass ihm diese Gedanken nicht schon während ihres Zusammenseins gekommen waren, denn sie unterstützten seine Vermutung, dass Lotte ein Geheimnis verbarg. Seit er sie mit dieser auffällig gekleideten Frau gesehen hatte, kamen seine Gedanken kaum noch zur Ruhe. Immer wieder fragte er sich, welche Art Verbindung Lotte zu dieser Frau haben mochte.

Seinen ersten Gedanken hatte er schon bald verworfen,

denn er konnte sich kaum vorstellen, dass Lotte Kelling mit einer halbseidenen Person bekannt war. Dazu machte sie selbst einen viel zu … Jannes überlegte, wie seine Mutter es wohl bezeichnen würde … ja, Esther würde ein Mädchen wie Lotte wahrscheinlich als auffallend gesittet bezeichnen. Eigentlich ging er davon aus, dass Lotte in Kiel sehr behütet aufgewachsen war, denn diesen Eindruck vermittelte sie. Das würde ja auch passen, da sich eine alleinstehende Schneiderin, die ein Findelkind bei sich aufnimmt, sicherlich sehr um dieses Kind sorgen würde. Jedenfalls stellte Jannes es sich so vor. Doch schon in derselben Sekunde schüttelte er über sich selbst den Kopf. Im Grunde wusste er überhaupt nichts über Lotte Kelling. Vielleicht hatte sie tatsächlich eine mütterliche Freundin von zweifelhaftem Ruf. Es konnte aber auch sein, dass die ältere Frau nur eine Künstlerin, eventuell eine Schauspielerin war. Gerade von einigen Theaterleuten war ja durchaus bekannt, dass sie nicht unbedingt konventionell lebten.

Jannes seufzte laut in die Dunkelheit seines Zimmers hinein. Wie er es auch drehte und wendete, Lotte Kelling faszinierte ihn wirklich immens. Jedes Mal, wenn er ihr in die Augen sah, spürte er dieses allumfassende Gefühl nur allzu deutlich. Schon vor einiger Zeit hatte er sich eingestanden, dass er rettungslos in sie verliebt war. Heute Abend hatte er für einen winzigen Augenblick den Eindruck gehabt, dass es ihr ähnlich ging, und er hoffte, dass dieser kurze Moment vor ihrer Haustür nicht allein seinem Wunschdenken geschuldet war. Er konnte ohnehin nur noch daran denken, wie wundervoll es sein musste, diese bezaubernde Frau in seinen Armen zu halten, sie zu küssen und zu liebkosen, bis sie alles um sich herum vergaß. Irgendwann würde auch ihr klar werden, dass er der einzige Mann für sie war und für alle Zeiten sein würde. Als diese Gedanken zum ersten Mal in ihm erwacht waren, hatte er sie noch albern gefunden, doch inzwischen stellte er sich ihnen. Ja, er liebte, wollte und begehrte Lotte so außerordentlich, dass er keinen anderen Weg für sich sah, als sie zu erobern.

Zuallererst musste er aber herausfinden, welches Geheimnis sie mit sich herumtrug. Sein Bruder hatte recht damit, dass Jannes schon immer gut darin gewesen war, sich auf ein Ziel zu fokussieren. Zugegeben, nachdem sie ihm gesagt hatte, dass eine Liebesbeziehung für sie nicht infrage kam, wusste er natürlich nicht, ob sie überhaupt irgendwann dazu bereit sein würde. Allein der Gedanke daran, sie niemals in den Armen halten zu dürfen, schmerzte unsäglich, doch es widerstrebte ihm, so schnell aufzugeben. Der heutige Abend hatte ihm deutlich aufgezeigt, wo seine eigenen Schwächen lagen.

7. Kapitel

Hamburg, im März 1929

Nach einigen Regentagen schien nun endlich wieder die Sonne von einem wolkenlosen Himmel, und obwohl es noch recht kühl war, konnte man bereits überall frisches Grün erblicken. Der Frühling hielt Einzug, das war nicht mehr zu übersehen.

Lotte war auf ihrem Weg zur Arbeit und hielt dabei das Gesicht, so oft es ging, der Sonne entgegen. Die Märzsonne liebte sie ganz besonders. Daran hatte sich seit ihrer Kindheit nichts geändert. Heute war sie alleine unterwegs, denn Kerstin lag schon seit dem vergangenen Wochenende mit einer heftigen Erkältung im Bett und ließ sich von Elsbeth mit Hühnersuppe und heißem Kräutertee verwöhnen. Es würde bestimmt noch zwei, vielleicht sogar drei Tage dauern, ehe Kerstin wieder zur Arbeit gehen konnte. So hing Lotte auch an diesem Tag allein ihren Gedanken nach, nachdem sie das Haus verlassen hatte und sich etwas langsamer als sonst auf den Weg machte.

Sie war ziemlich aufgeregt, denn heute war ein ganz besonderer Tag. Ganz offiziell hatte man sie zu einer kleinen Konferenz in das Büro von Georg Tietz eingeladen. Zunächst hatte Lotte geglaubt, dass eine Verwechslung vorliegen musste. Vorsichtshalber war sie noch einmal hinauf ins Sekretariat gegangen, um nachzufragen, doch Frau Runge hatte ihr sehr freundlich erklärt, dass es bei der Sitzung um die geplante Erweiterung der Stoffabteilung gehe, und deshalb habe man entschieden, auch Lotte Kelling dazu einzuladen.

Nun war es also so weit, dachte Lotte erfreut. Die Gebrüder Tietz hatten tatsächlich vor, die Stoffabteilung zu vergrößern. Sie fand das wunderbar, und bei aller Aufregung freute sie sich sehr auf die Sitzung.

Natürlich gab es auch einen Haken an der Sache, denn sie rechnete fest damit, dass auch Jannes Vossen dabei sein würde. In den vergangenen Wochen hatte sie es stets geschafft, einem Treffen mit ihm auszuweichen. Nach ihrem gemeinsamen Abendessen war das nicht immer leicht gewesen, aber irgendwie hatte es trotzdem geklappt. Geholfen hatte dabei auch, dass Jannes über eine Woche lang überhaupt nicht im Hause gewesen war. Irgendwo hatte sie aufgeschnappt, dass er Georg Tietz für einige Tage nach Berlin und anschließend nach München begleitet hatte.

Doch nun war er wieder da. Sie hatten sich sogar einmal kurz vor dem Personalbüro getroffen, und die unerwartete Begegnung hatte sie kurz sprachlos gemacht. Dann war er jedoch wegen eines wichtigen Telefonats von Frau Runge gerufen worden, und so war es bei ein paar kurzen belanglosen Worten geblieben.

Natürlich wusste sie, dass er sie jederzeit erneut in sein Büro bestellen konnte, aber das hatte er bisher nicht getan.

Heute würden sie aber sicherlich aufeinandertreffen, doch es beruhigte sie ein wenig, dass sie wenigstens nicht mit ihm alleine sein würde.

In einem weiteren Schreiben, das einige Tage nach der Einladung zur Sitzung eingetroffen war, hatte die Geschäftsleitung ihr mitgeteilt, dass sie heute von ihrer normalen Tätigkeit freigestellt war und den gesamten Tag von Gesine Krohn vertreten werden würde. Gesine arbeitete eigentlich in der Kurzwarenabteilung, doch die äußerst freundliche Kollegin hatte dann und wann schon bei ihr ausgeholfen. Die Stoffabteilung war ihr also vertraut. Kerstins Erkrankung würde Gesines Tag sicherlich nicht leichter machen, doch derartige Tage hatten sie alle schon einmal erlebt.

Lotte betrat den Personaltrakt und hängte ihren Mantel an seinen gewohnten Platz. Sie kontrollierte im Spiegel noch einmal ihr Aussehen und warf einen schnellen Blick auf die große weiße Wanduhr des Personalraums. Dann ging sie zurück auf den Flur und zum Fahrstuhl, um nach oben in die Geschäftsetage zu fahren. Da sie nicht genau wusste, was von ihr erwartet wurde, meldete sie sich zunächst im Büro der beiden Sekretärinnen an. Frau Runge stand sofort auf und kam ihr lächelnd entgegen.

»Guten Morgen, Fräulein Kelling«, sagte sie in ihrer gewohnt freundlichen Tonlage. »Der Chef meinte, ich soll Sie direkt weiterschicken. Die Sitzung findet im Büro von Herrn Tietz statt. Sie kennen ja den Weg.«

Bevor Lotte an die Bürotür von Georg Tietz klopfte, atmete sie noch einmal tief durch und straffte die Schultern.

»Immer herein«, erklang die Stimme von Georg Tietz. »Ah, Fräulein Kelling, wie schön. Treten Sie näher, keine Bange.«

Sie hatte Georg Tietz seit ihrer Einstellung nur ein einziges Mal von Weitem gesehen. Der andere Mann, der einige Schritte von Tietz entfernt stand, legte eine Aktenmappe beiseite und kam ihr lächelnd entgegen. Sie kannte ihn bisher nur vom Sehen, aber sie wusste, dass es sich um den fast schon legendären Chefeinkäufer der Tietz-Warenhäuser handelte. Der Mann deutete eine höfliche Verbeugung an und stellte sich ihr vor.

»Georg Karg. Es freut mich, Sie kennenzulernen, Fräulein Kelling. Ich höre nur Gutes über Sie.«

Zum ersten Mal wurde ihr bewusst, dass der Einkäufer den gleichen Vornamen wie ihr gemeinsamer Chef hatte. Natürlich war das nur eine Nebensächlichkeit, aber sie stolperte dennoch darüber. In dieser Sekunde öffnete sich erneut die Tür, und Jannes kam herein. Sein Blick fiel zunächst auf sie, doch dann nickte er den beiden Herren kurz zu, trat näher und begrüßte Lotte, indem er ihr die Hand reichte. In der nächsten Sekunde lag ihre Hand auch schon in seiner.

»Fräulein Kelling.«

»Herr Vossen.«

Nur langsam lösten sie ihre Hände wieder voneinander, und Jannes räusperte sich leise.

»Bitte setzt euch und lasst uns gemeinsam einen Kaffee trinken«, forderte Tietz sie schließlich auf.

Er deutete auf einen runden Tisch mit insgesamt sechs

Stühlen, der am anderen Ende des Büros vor dem hohen Fenster stand. Jannes zog ihr einen der Stühle unter dem Tisch hervor, und sie nahm Platz. Er setzte sich neben sie. Die beiden älteren Männer nahmen ebenfalls ihre Plätze ein. Frau Runge kam mit einem Servierwagen herein und brachte das Geschirr und frischen Kaffee.

»In ungefähr einer halben Stunde können Sie nebenan das späte Frühstück servieren, Frau Runge«, wies Tietz die Sekretärin an.

»Gerne.«

Lotte wollte sich gerade erheben, um das Einschenken zu übernehmen, da griff auch schon Jannes nach der Kanne.

»Ich mach das schon«, sagte er und lächelte ihr zu.

Sie nickte, hob ihre Tasse an, und er schenkte zuerst ihr und dann den beiden Herren ein.

»Kommen wir also gleich zum Thema des Tages«, begann Tietz. »Fräulein Kelling, Sie sind jetzt seit ein paar Monaten bei uns und haben sich ja bereits tüchtig eingebracht, wie wir alle feststellen durften.« Tietz lachte kurz auf, und auch die beiden anderen Männer schmunzelten. »Würden Sie uns bitte an Ihren Erfahrungen teilhaben lassen? Wie sehen Sie die Entwicklung in der Stoffabteilung?«

Lotte räusperte sich leise. Für einen kurzen Moment suchte sie nach den richtigen Worten, doch dann erinnerte sie sich an ihr Gespräch mit Jannes im Restaurant und wiederholte weitestgehend die Beobachtungen, die sie auch ihm gegenüber vorgetragen hatte.

»Sie sind also davon überzeugt, dass Sie noch mehr Stoffe verkaufen könnten, wenn Sie über eine größere Auswahl verfügen würden, verstehe ich das richtig?«, hakte Tietz nach.

»Ja, so ist es. Die Menschen kaufen wieder mehr Stoffe. Wir brauchen in allen Qualitäten eine größere Auswahl, doch gerade im Bereich der etwas günstigeren Stoffe könnte ich noch deutlich mehr verkaufen.« Sie sah kurz Georg Karg an, bevor sie sich wieder an ihren Chef wandte und fortfuhr. »Allerdings betrifft das durchaus auch die höherwertigen Waren. Ich denke da vor allem an gute Wollstoffe, wie man sie auch für Herrenanzüge, Kostüme oder sogar Mäntel benötigt. In diesem Bereich ist unser Sortiment recht beschränkt. Es wäre schön, wenn wir der Kundschaft insgesamt deutlich mehr unterschiedliche Qualitäten präsentieren könnten. Kurz gesagt, ich würde in allen Bereichen für eine Ausweitung des Sortiments plädieren. Und ich hatte noch einen Gedanken. Ich glaube nämlich, dass davon sogar unsere hauseigene Maßschneiderei profitieren würde.«

Lotte bemerkte, dass Karg sich Notizen in ein kleines ledergebundenes Buch machte, das er zuvor aus seiner Jackentasche gezogen hatte.

»Das ist wirklich sehr aufschlussreich«, ließ er anschließend verlauten. »Wir sollten diesen Punkt auch für die anderen Häuser im Auge behalten, denke ich.«

Georg Tietz nickte. »Da stimme ich dir voll und ganz zu«, sagte er, nahm einen Schluck von seinem Kaffee und sah dann wieder Lotte an. »Ich möchte, dass Sie wissen, wie zufrieden wir mit Ihrer Arbeit und mit Ihrem Einsatz für die Abteilung sind, Fräulein Kelling. Außerdem ist es uns nicht entgangen, dass Sie … nun sagen wir mal, über eine erfreuliche Intelligenz und die dazu passende Sprachgewandtheit verfügen. Wir sind also sehr froh, dass Sie bei uns sind.«

»Das freut mich sehr«, erwiderte sie.

»Sie haben uns bei Ihrem doch eher … ähm … unvermittelten Bewerbungsgespräch nicht zu viel versprochen, so viel können wir wohl festhalten«, fuhr Georg Tietz fort. »Vossen und ich sind uns da völlig einig.« Sie sah, dass Jannes zustimmend nickte. »Auch Ihre Idee für die Änderungsschneiderei hat sich als kluger Schritt erwiesen. Wie gesagt, Sie zeigen Einsatz, und das gefällt mir. Das gefällt mir sogar außerordentlich.«

Lotte fühlte, wie ihre Wangen heiß wurden. »Ich arbeite auch wirklich sehr gerne hier«, sagte sie.

Tietz nickte, dann sah er Jannes an. »Würdest du unserem Fräulein Kelling jetzt mitteilen, was wir unterdessen beschlossen haben?«

»Sehr gerne«, antwortete Jannes.

Zwangsläufig sah Lotte zu Jannes, und ihre Blicke trafen sich. Auf der Stelle durchflutete eine angenehme Wärme ihren Körper, doch natürlich versuchte sie das so gut es ging zu verdrängen.

»Bei der Unterzeichnung Ihres Arbeitsvertrags hatte ich Ihnen ja schon angedeutet, dass die Geschäftsleitung Ihnen gerne ein wenig mehr Verantwortung übergeben würde, Fräulein Kelling.«

Lotte nickte. »Ich erinnere mich.«

»Nun, die geplante Erweiterung der Stoffabteilung und

eine damit verbundene, recht umfassende Umstrukturierung bietet uns nun die Möglichkeit dafür. Wir haben also beschlossen, die Abteilung deutlich zu vergrößern. Wir werden auch die Abteilungen für Kurzwaren, Hauswäsche und – das wird Sie sicherlich besonders freuen – die Maßschneiderei einbinden.«

»Oh, das klingt tatsächlich nach einem richtigen Umbau«, stellte Lotte fest.

»Das ist richtig. Die Maßschneiderei wird auf Ihre Etage verlegt und mit der Änderungsschneiderei verbunden. Dafür werden zwei der kleineren Abteilungen ebenfalls umziehen, damit auf Ihrer Etage genug Platz entsteht. Den brauchen wir ja ohnehin für die Ausweitung der Stoffabteilung. Die Pläne dafür werden gerade gezeichnet, sodass der Umbau bereits in wenigen Tagen beginnen kann. Sobald die Zeichnungen fertig sind, werde ich sie gerne mit Ihnen besprechen.« Jannes machte eine kleine Pause und lächelte. »Um es auf den Punkt zu bringen, wir haben vor, Ihnen die Leitung dieser neuen und deutlich größeren Abteilung zu übertragen, Fräulein Kelling.«

Ihr Herz blieb fast stehen, und sie musste tief durchatmen, bevor sie überhaupt etwas erwidern konnte. »Sie machen mich zur Abteilungsleiterin?«, fragte sie überrascht. »Aber Herr Sievers …«

Lotte sah, dass Jannes gerade antworten wollte, doch da meldete sich wieder Georg Tietz zu Wort.

»Es stimmt«, sagte er. »Herr Sievers hat die Maßschneiderei geleitet und sich, man könnte sagen, nebenbei noch um die Kurzwaren und Ihre Stoffabteilung gekümmert.

Aber wir wissen beide, dass er sich nur äußerst selten auf Ihrer Etage zeigte, richtig?«

Lotte wusste nicht recht, wie sie auf diese Frage reagieren sollte. Sie mochte Gerhard Sievers nicht unbedingt, aber sie wollte auch niemanden diskreditieren. Dennoch hatte ihr Chef recht. Nicht nur sie hatte sich recht oft darüber gewundert, wie selten sie den offiziellen Leiter ihrer Abteilung zu Gesicht bekommen hatte. Für sie war er eigentlich nie wirklich ansprechbar gewesen.

»Nun ja …«

»Schon gut«, fuhr Tietz fort und schmunzelte. »Sagen wir es mal so: Wir hatten allesamt viel Glück, dass wir in den betreffenden Abteilungen so gute und umsichtige Verkäuferinnen beschäftigen.«

»Die notwendigen Einkäufe für die betreffenden Abteilungen habe ich in den vergangenen Jahren praktisch allein nach den jeweiligen Verkaufszahlen überschlagen«, warf Karg nun ein. »Wahrscheinlich liegt auch darin die Tatsache begründet, dass die Auswahl eher beschränkt blieb.«

»Wie auch immer.« Georg Tietz nickte ihr freundlich zu. »Gerhard Sievers wird bereits in diesen Tagen nach Berlin wechseln und dort noch einmal neue Aufgaben von uns erhalten. Ja, Fräulein Kelling, Sie werden also mit sofortiger Wirkung unsere neue Abteilungsleiterin sein. Frau Runge sorgt bereits dafür, dass noch heute ein entsprechender Aushang im Personalraum platziert wird.« Sein Lächeln wirkte fast väterlich. »Und ich weiß natürlich, dass es bisher nicht besonders häufig vorgekommen ist, dass diese Stellung an eine Frau vergeben wurde. Hinzu kommt noch, dass Sie sehr jung sind, aber wir alle sind davon überzeugt, dass Sie dieser Aufgabe absolut gewachsen sind. Jannes Vossen hat mir im Übrigen versichert, dass er Sie umfänglich mit Ihren neuen Aufgaben vertraut machen wird.«

Lotte musste schlucken. Damit war besiegelt, dass sie zukünftig häufiger mit Jannes Vossen zu tun haben würde.

»Von jetzt an würde ich Sie gerne stärker in meine Einkäufe einbinden«, meldete sich nun wieder der Chefeinkäufer zu Wort. »Verschaffen Sie sich am besten noch einmal einen Überblick, Fräulein Kelling. Sie können dann gerne direkt bei mir Bestellungen aufgeben oder Wünsche äußern, damit wir Ihre neue Abteilung entsprechend erweitern und ausstatten können. Ihre Vorschläge werde ich in jedem Fall berücksichtigen, darauf können Sie sich verlassen. Sie wissen schließlich am besten, was sich gut verkauft. Die genaue Abwicklung können wir immer noch besprechen.«

»Darum kümmere ich mich gerne«, sagte Jannes. »Das kleine Büro für die Abteilungsleiter kann Fräulein Kelling ebenfalls nutzen. Dort befindet sich auch ein Telefonanschluss.«

Lotte fühlte sich völlig überwältigt, also atmete sie erst einmal tief durch. Dies musste wohl ein wenig geräuschvoller ausgefallen sein, als sie es beabsichtigt hatte, denn alle drei lachten. Unweigerlich fiel sie in das Lachen der Männer mit ein.

»Ich glaube, wir haben jetzt erst einmal alle eine Stärkung verdient«, sagte Tietz. Er wirkte ausgesprochen gut gelaunt.

Wie auf ein geheimes Zeichen ging in dieser Minute die Tür auf, und Frau Runge erschien erneut.

»Im Nebenraum ist jetzt alles bereit, Herr Tietz«, teilte die Sekretärin ihrem Chef mit.

Mit den Handflächen schlug Tietz sich auf die Oberschenkel. »Na dann, meine Lieben, lasst uns etwas essen. Danach gehen wir wieder frisch ans Werk und besprechen alles Weitere und die Einzelheiten.« Er zwinkerte Lotte zu. »Dazu gehören wohl auch weitere Einstellungen von Verkäuferinnen, nicht wahr, Fräulein Kelling?«

Nachdem Lotte am späten Nachmittag im Abteilungsleiterbüro in aller Ruhe ihren neuen Vertrag durchgegangen war und ihn anschließend unterschrieben hatte, saß sie später noch einmal bei den Männern im Büro ihres Chefs. Georg Tietz hatte sie erneut dazugebeten, um auf die Veränderungen im Hause und ihre Beförderung mit einem Glas Sekt anzustoßen. Die Gespräche drehten sich dabei vorwiegend um die Umbauten.

»Ich denke, wenn es nicht anders geht, werden wir einen Tag das Stockwerk für die Kunden schließen müssen«, sagte Tietz gerade und schenkte den Männern noch einmal nach.

Lotte lehnte dankend ab, da sie selten Alkohol trank und ihr Glas ohnehin noch halb voll war.

»Das haben wir auch schon mal im Berliner Haus gemacht, und es gab deshalb keinerlei Probleme«, fuhr ihr Chef fort, nachdem er die Flasche zurück in den Sektkühler gestellt hatte. »Beschwert hat sich jedenfalls niemand. Die Kundschaft ist in derartigen Fällen immer eher neugierig auf das Ergebnis und kommt dann ein paar Tage später wieder. Jannes, du kannst gemeinsam mit Fräulein Kelling die Organisation noch einmal genau durchgehen, um den Zeitplan im Auge zu behalten«, fügte Tietz noch hinzu.

Jannes nickte. »Die Zeichnungen sind vorhin eingetroffen und liegen bereits auf meinem Schreibtisch. Auf dem Papier sieht alles so weit ganz gut aus. Wenn mein erster Blick mich nicht getäuscht hat, erscheinen auch die Zeitpläne durchaus umsetzbar. Wie besprochen können wir also diesen Freitag beginnen. Die Umzüge der betreffenden Abteilungen und der Maßschneiderei können sehr gut nach Geschäftsschluss, also in den Nächten und am kommenden Sonntag erledigt werden.«

»Gut«, erwiderte Georg Tietz. »Halte mich einfach auf dem Laufenden, Jannes. Wie du weißt, werde ich die nächsten Tage nicht in Hamburg sein, aber du machst das schon. Zeige die Pläne ruhig noch einmal Fräulein Kelling, bevor ihr Feierabend macht, und dann sorgst du bitte dafür, dass unsere neue Abteilungsleiterin bequem nach Hause kommt. Es war ein langer und aufregender Tag für sie. Außerdem regnet es inzwischen in Strömen.«

»Ich fahre Fräulein Kelling sehr gerne nach Hause«, bestätigte Jannes und sah Lotte an. »Zu meinem Wagen sind es nur wenige Schritte.«

Ihr wurde warm, doch sie wagte es nicht, zu widersprechen. Nein, nicht heute, nicht im Beisein von Georg Tietz und schon gar nicht nach diesem so überraschend wunderbaren Tag.

Kurz darauf verabschiedeten sich die beiden anderen

Herren, und Lotte begleitete Jannes in sein Büro. Gemeinsam betrachteten sie die Pläne für den Umbau, die vor ihnen auf dem Schreibtisch lagen. Jannes fuhr mit dem Finger die entsprechenden Bereiche auf den Zeichnungen nach, um sie ihr genauer zu erläutern.

»Sehen Sie, hier kommt dann die Schneiderei hin. Dadurch rückt die gesamte Stoffabteilung ein gutes Stück nach vorne zur Treppe und ist noch präsenter.«

Er stand genau neben ihr, und Lotte versuchte seine körperliche Nähe so gut es irgend ging auszublenden. Dennoch schien die Wärme, die er ausstrahlte, alle Schichten ihrer Kleidung zu durchdringen. Sie fühlte ein sanftes Prickeln auf ihrer Haut. Es war schwierig zu ignorieren, dafür war es viel zu angenehm.

»Ja, ich finde es richtig gut, dass die Maßanfertigungen und anfallenden Änderungen nun an einem Ort stattfinden können«, erwiderte sie.

»Eine logische Folge, wenn Sie mich fragen. Ich hatte schon vor Wochen den Vorschlag gemacht, die Maßschneiderei zu Ihnen nach oben zu verlegen.« Noch immer über die Zeichnungen gebeugt sah er sie an. »Was meinen Sie, kriegen wir das an einem Wochenende hin?«

Sein Gesicht war dem ihren plötzlich sehr nah, und sein Atem traf auf ihre Wange. Lotte bemerkte, dass er hörbar schluckte. Es wäre wohl besser gewesen, ein wenig auf Distanz von ihm zu gehen, doch aus irgendeinem Grund erschien ihr das völlig unmöglich.

»Ja«, sagte sie leise. »Das müssten wir hinkriegen.«

Langsam richtete er sich auf. »Im Grunde sind es ja

nur …« Nun trat er einen Schritt von ihr weg. Seine Bewegung wirkte ruckartig. »Ich wollte sagen, im Grunde sind es ja nur ein paar Nähmaschinen, Tische, Halbwände, die von einem Stockwerk ins andere getragen werden müssen. Das meiste wird nur etwas verschoben und neu angeordnet.«

Seine dunkle Stimme klang heiserer als sonst. Das war schon häufiger vorgekommen, wenn er mit ihr gesprochen hatte. Obwohl er jetzt nicht mehr direkt vor ihr stand, sah er sie unverwandt an.

»Das stimmt«, bestätigte sie, ohne seinem Blick auszuweichen.

»Lotte …« Es klang fast wie ein Flüstern.

»Ja?«

Er räusperte sich. »Wir sollten jetzt Feierabend machen.«

»Gut.« Jetzt musste sie schlucken. Ihr Mund fühlte sich ganz trocken an. »Ich muss noch meinen Mantel holen«, sagte sie. »Er ist unten im Personalraum.«

Er nickte. »Kein Problem, dort müssen wir ja sowieso vorbei.«

Wenig später saß sie neben ihm im Automobil und versuchte sich zu sammeln. Auch er war schweigsam, während sie die kurze Strecke bis zu Elsbeths Haus zurücklegten. Lotte war sich darüber im Klaren, dass sie unbedingt einen Weg finden musste, mit der enormen Anziehungskraft umzugehen, die er auf sie ausübte. In dieser Intensität war ihr dieses Gefühl völlig neu. Außerdem stellte es alle Regeln und Vorsätze infrage, die für ihr neues Leben so unabdingbar waren. Es hatte sich nichts geändert, und sie durfte nicht schwach werden.

Warum nur stellt mich das Leben ständig vor Aufgaben, die kaum zu bewältigen sind?, dachte sie.

Jannes parkte vor Elsbeths Haus und stieg aus, so wie er es auch schon getan hatte, als sie zusammen im Restaurant gewesen waren. Wieder öffnete er die Tür und begleitete sie bis zur Haustür. Erneut standen sie nun unter dem kleinen Vordach und sahen sich an. Um sie herum prasselte der Regen auf das Kopfsteinpflaster der Straße.

»Gute Nacht«, sagte sie. »Danke, dass Sie mich bei dem Wetter nach Hause gefahren haben.«

Er nickte. »Gute Nacht, Lotte.«

Anstatt sich jetzt von ihr abzuwenden und zu gehen, blieb er stehen und sah sie einfach an. Und nur einen Augenaufschlag später lag sie in seinen Armen. Seine Lippen pressten sich auf ihren halb geöffneten Mund.

Sie hatte es nicht kommen sehen, so schnell hatte er sie an sich gezogen. Doch wenn sie ehrlich zu sich selber war, hatte sich schon seit Stunden diese Energie zwischen ihnen aufgebaut.

Für einen Moment verharrte sie reglos in seiner Umarmung. Gerade noch hatte sie ihn von sich stoßen wollen, doch sein zunächst sehr ungestümer Kuss veränderte sich und schien innerhalb von wenigen Sekunden jede vergangene Erfahrung in den Schatten zu stellen. Ihre Knie gaben nach, und so klammerten sich ihre Hände an die Revers seines Mantels, um irgendwo Halt zu finden. Jannes' Lippen waren sanft und unnachgiebig zugleich, und als seine Zungenspitze die ihre berührte, wurden in ihrem Körper Gefühle freigesetzt, deren Heftigkeit sie überraschte und nahezu willenlos zurückließ. Hitze, ein nie gekanntes Lustgefühl und der unstillbare Hunger nach mehr schienen wie Lava jeden einzelnen Nerv unter ihrer Haut zu umspülen. Doch es war nicht schmerzhaft, sondern einfach nur herrlich. Etwas Vergleichbares hatte sie noch nie zuvor gespürt.

Ihr Atem raste so schnell wie der Schlag ihres Herzens, und sie presste sich an ihn, wollte ihm noch näher sein, so nah es nur ging.

Dann hörte sie sich selbst leise aufstöhnen. Das erschreckte sie ein wenig, holte sie aber auch zurück in die Wirklichkeit, und sie versteifte sich in seinen Armen.

Er musste es gespürt haben, denn seine Lippen lösten sich sanft von ihren. Leise keuchend flüsterte er ihren Namen.

»Das geht nicht.« Lotte erkannte ihre Stimme kaum wieder, so verändert klang sie.

»Ich will dich so sehr. O Gott, Lotte, ich will …« Er wollte sie wieder küssen, doch dieses Mal wich sie ihm aus.

»Nein, Jannes, nein. Das darf nicht sein, glaub mir.«

Bestimmt legte sie ihre Handflächen auf seine Brust und drückte ihn ein wenig von sich weg, nicht zuletzt auch, um sich selbst endgültig zur Ordnung zu rufen. Das fiel ihr unglaublich schwer, denn jede Faser ihres Körpers schien vor lauter Verlangen wie wild zu vibrieren.

»Sag mir, warum nicht, Lotte? Wir sind doch beide frei.«

Für einen Moment setzte ihr Herzschlag aus, doch dann hatte sie sich wieder einigermaßen im Griff. »Ich kann dich nur bitten, mich in dieser Hinsicht zu vergessen, Jannes. Das, was soeben passiert ist, darf niemals wieder zwischen uns passieren, versprich mir das.«

»Das kann ich nicht. Ich … ich liebe dich, Lotte. Wir beide gehören zusammen, das ist mir schon vor Wochen klar geworden. Ich will morgens neben dir aufwachen und abends mit dir einschlafen, verstehst du?« Er seufzte und wiederholte eindringlich: »Ich liebe dich, Lotte. Ich werde dich immer lieben, das weiß ich, und ich möchte, dass du dein Leben mit mir teilst.«

»Das ist unmöglich, glaub mir. Du wirst dich und mich damit nur unglücklich machen, und das willst du doch nicht.«

»Das ist doch Blödsinn. Ich werde dich glücklich machen. Ich kann das. Du musst mir nur vertrauen.«

Sie fand es rührend, wie hilflos dieser sonst so souverän wirkende Mann sich offenbar gerade fühlte. Die ganze Art, wie er mit ihr sprach, zeigte ihr deutlich, wie verzweifelt er war. Nun war es jetzt und hier ihre Aufgabe, seine Hoffnung auf eine gemeinsame Zukunft ein für alle Mal zu zerstören. Sie musste es tun, auch wenn ihr der Gedanke fürchterliche Schmerzen in der Brust verursachte. Noch einmal nahm sie all ihre Kraft zusammen, um diese viel zu schwere Prüfung zu bestehen.

»Hör zu, Jannes, das wird niemals passieren. Ich werde mich nicht auf dich einlassen, und wenn du das möchtest, kündige ich, damit du mich nicht mehr sehen musst, aber ich werde nie, niemals eine Liebesbeziehung mit dir eingehen. Das kann ich nicht, und daran wird sich auch zukünftig nichts ändern.« Sie bemühte sich, mit möglichst fester Stimme zu sprechen, doch dann legte sie eine Hand an seine Wange, als er seufzend den Kopf schüttelte. »Niemals«, sprach sie hastig weiter, gerade als er widersprechen wollte. »Ich kann dir meine Entscheidung nicht erklären, aber es bleibt mir keine andere Wahl, und ich kann dir nur versichern, dass es allein an mir liegt und nicht an dir. Du musst mir einfach vertrauen und meinen Wunsch respektieren, mehr verlange ich nicht von dir. Ich weiß genau, was ich tue.«

In der Vergangenheit hatte sie schon viele Schmerzen erleiden müssen, doch nichts in ihrem bisherigen Leben hatte jemals so sehr wehgetan wie das, was sie gerade tun musste.

»Du verlangst, dass ich dir vertraue, entziehst mir jedoch *dein* Vertrauen. Das kann ich nicht hinnehmen. Was ist los, Lotte?« Er schnaubte. »Mir ist schon lange klar, dass du ein Geheimnis mit dir herumträgst, das dir offensichtlich großen Kummer bereitet. Hat vielleicht diese rothaarige Frau etwas damit zu tun, mit der ich dich vor einiger Zeit gesehen habe? Sag es mir. Glaub mir, du kannst mir alles erzählen. Ich werde wie ein Löwe für dich kämpfen und alles, was dich bedrückt oder dir Angst macht, aus dem Wege räumen.«

Sie schüttelte ihren Kopf. »Die Frau war nur eine gute Freundin. Alles, was ich dir sagen kann, ist, dass du mich und auch dich in große Gefahr bringst, wenn du weiterhin an der absurden Hoffnung festhältst, wir könnten ein Paar werden. Sie wird sich niemals erfüllen, Jannes, das kann ich dir schon jetzt versprechen. Such dir eine andere, die mit Freuden ihr Leben mit dir verbringen will, und verschwende nicht noch mehr Zeit mit mir. Es ist sinnlos.«

Lotte fühlte in dieser Sekunde, wie ihr das Herz brach.

Er legte den Kopf in den Nacken und stieß ein kurzes bitteres Lachen aus. »Ich will keine andere, ich will nur dich.«

»Ebenso wie mir, wird auch dir keine Wahl bleiben.« Noch einmal holte sie tief Luft. »Denk drüber nach, ob du das so hinnehmen kannst, und wenn nicht, werde ich kündigen und aus deinem Leben, vielleicht sogar aus Hamburg verschwinden. Gerade nach dem heutigen Tag wird mir das nicht leichtfallen. Ich liebe meine Arbeit, das weißt du. Doch ich werde kündigen, wenn es denn sein muss.«

Einige endlose Sekunden lang schaute er sie nur wortlos an, und sie sah die Verständnislosigkeit und auch die Verzweiflung in seinen Augen, doch dann veränderte sich sein Blick. Gleichzeitig schien er sein Rückgrat durchzudrücken.

»Ich brauche nicht darüber nachzudenken, Lotte. Du darfst nicht kündigen. Nicht wegen mir. Ich werde dir nie wieder zu nahe kommen, solange du es nicht willst. Wir werden auch weiterhin gut zusammenarbeiten, das verspreche ich dir. Ich werde nicht zulassen, dass meine Gefühle für dich unser Arbeitsverhältnis belasten.«

»Hast du mir nicht schon einmal versprochen, dass wir nur gute Arbeitskollegen sein können? Das ist doch gerade mal ein paar Wochen her, Jannes.«

»Was das angeht, ist es nun wohl an dir, mir Vertrauen zu schenken«, antwortete er mit fester Stimme. »Ich werde dir ein guter Kollege, vielleicht sogar ein Freund sein, wenn du mich lässt. Aber heute Abend hat sich etwas zwischen uns verändert, das wissen wir beide. Ich werde also warten, bis du nicht mehr vor deinen eigenen Gefühlen davonläufst, Lotte, denn jetzt weiß ich mit absoluter Sicherheit, dass du meine Gefühle erwiderst. Nein, streite es gar nicht erst ab, denn ich werde dir nicht glauben. Und solltest du eines Tages zu mir kommen, um mich wieder zu küssen oder weil du mehr von mir willst, werde ich dich niemals wieder gehen lassen. Das verspreche ich dir.«

8. Kapitel

Zwei Jahre später
Hamburg, Ende Mai 1931

»Es tut mir wirklich leid, meine Mädchen, aber eine andere Lösung gibt es leider nicht.«

Elsbeth erhob sich, holte die große eiserne Kaffeekanne vom Herd und schenkte ihnen nach. Lotte sah Kerstin an. Im Gesicht ihrer Freundin spiegelte sich die gleiche Verblüffung wider, die auch sie empfand.

»Ich weiß, was das für euch beide bedeutet«, fuhr Elsbeth fort, nachdem sie sich wieder zurück an den Küchentisch gesetzt hatte. »Ihr wisst, wie sehr ich euch beide mag, aber meine Familie braucht mich jetzt dringender.«

»Du hast nie von deinem Bruder gesprochen, Elsie.« Lotte schüttelte leicht den Kopf. Sie konnte noch immer nicht so recht fassen, was Elsbeth ihnen gerade mitgeteilt hatte.

»Das stimmt, aber es gab ja gar keinen Anlass dafür. Eigentlich hatte ich auch schon fast mit meiner Familie abgeschlossen. Ihr müsst wissen, dass ich ein verflucht schwieriges Verhältnis zu unserem Vater hatte. Mein Bruder wusste das, aber er hat trotzdem nie verstanden, warum ich damals nach Hamburg gegangen bin. Wir haben uns darüber arg gestritten und hatten seitdem kaum noch Kontakt. Mein Bruder Berthold betreibt am Stadtrand von Hannover eine Tischlerei, die einst von unserem Urgroßvater gegründet wurde. Die Männer in meiner Familie sind seitdem allesamt Tischler geworden, das war Tradition. Nachdem unser Vater vor fünfzehn Jahren starb, übernahm Berthold also die Tischlerei. Vor einigen Monaten hat er mir geschrieben, dass seine Frau gestorben ist und er seitdem alleine für die vier Kinder sorgen muss. Darunter leidet nicht nur die Tischlerei, sondern vor allem die Kinder. Die Zeiten sind schlecht, das wissen wir alle, doch solange seine Frau noch lebte, konnte er gerade genug verdienen, um seine Familie über Wasser zu halten. Das wird nun immer schwieriger für ihn. Er schreibt, die Kinder sind ständig krank.«

»Das klingt wirklich nicht gut«, warf Kerstin ein. »Die armen Kinder.«

»Genau. Die Kinder.« Elsbeth seufzte. »Es bricht mir das Herz, wenn ich an sie denke. Sie sind vor allem der Grund, warum ich nun diese Entscheidung treffen musste.« Sie nahm einen Schluck von ihrem Kaffee.

Lotte und Kerstin warteten geduldig ab und schwiegen. Lotte war noch immer etwas geschockt von der Nachricht, dass sie ihr behagliches Zuhause bei Elsbeth verlieren würde, und sie wusste, dass es ihrer Freundin nicht anders erging.

»Natürlich habe ich meinem Bruder vorgeschlagen, die Tischlerei zu verkaufen und gemeinsam mit den Kindern nach Hamburg zu kommen«, fuhr Elsbeth fort, nachdem sie ihre Tasse wieder abgestellt hatte. »Wir hätten das schon irgendwie geschafft. Das Haus ist ja groß genug, und sicherlich würde er auch hier Arbeit finden. Berthold hat das aber strikt abgelehnt. Er hält an der Tischlerei fest, als wäre es das letzte Rettungsboot nach einem Schiffbruch. Außerdem kann er sich überhaupt nicht vorstellen, in einer so großen Hafenstadt zu wohnen. Das verstehe ich zwar nicht, weil ich Hamburg sehr mag, aber auf der anderen Seite habe ich auch von vornherein mit dieser Entscheidung gerechnet. Ich kenne meinen Bruder. Berthold ist ein sehr bodenständiger Mensch und in seiner Heimat und der Tischlerei fest verwurzelt. Also habe ich beschlossen, das Haus zu verkaufen und wieder zurück nach Hannover zu gehen, um ihm und den Kindern zu helfen.«

Elsbeth erhob sich abrupt und stellte ihre Tasse ins Spülbecken. Sie wandte sich wieder Lotte und Kerstin zu und verschränkte ihre Arme. Ihr mächtiger Busen hob und senkte sich, und sie seufzte erneut.

»Es war nicht leicht, überhaupt jemanden aufzutreiben, der noch genug Geld besitzt, um sich ein Haus zu kaufen, aber ich hatte Glück und musste nur wenige Abstriche machen. Das Geld aus dem Verkauf wird uns jedenfalls eine ganze Weile über Wasser halten, denke ich. Die schlechten Zeiten müssen ja auch mal ein Ende haben. Aber ihr beide …« Elsbeth brach ab und schluckte hörbar. »Es tut mir so schrecklich leid, dass ich euch euer Zuhause nehmen muss«, flüsterte sie.

»Mach dir wegen uns keine Gedanken, Elsie.«

Lotte wollte die ältere Frau beruhigen. Elsbeth hatte ihr tatsächlich wieder ein richtiges Zuhause geschenkt, dafür würde sie dieser lieben und mutigen Frau für alle Zeiten dankbar sein.

»Du hast so viel für uns getan, aber wenn du gehen musst, um deiner Familie zu helfen, ist das verständlich. Kerstin und ich verdienen genug, um uns eine kleine Bleibe leisten zu können. Wir werden das schon hinbekommen.«

»Das ist richtig, aber es tut mir trotzdem leid. Außerdem werde ich euch beide schrecklich vermissen.«

Elsbeths Augen füllten sich mit Tränen. Sie zog ein spitzenumhäkeltes hellblaues Taschentuch aus ihrer Kitteltasche, tupfte sich die Augen ab und schnäuzte sich, dann kam sie zurück zum Tisch und setzte sich an ihren angestammten Platz.

»Ihr seid mir so sehr ans Herz gewachsen, das wisst ihr doch.«

»Wir können uns doch schreiben, und vielleicht schaffen wir es auch, einander zu besuchen. Das wäre schön«, sagte Kerstin.

»Ja, das wäre wirklich schön.« Elsbeth tupfte sich noch einmal die Wangen trocken.

»Bis wann müssen wir denn ausziehen?«, fragte Lotte.

»Einige Wochen habt ihr noch Zeit. Der Käufer ist ein anständiger Mann, und er weiß, dass ich noch etwas Zeit brauche, um alles zu regeln. Er ist ein recht junger Anwalt und will hier seine eigene Kanzlei einrichten. Wir haben geplant, dass ich Anfang Juni ausziehen werde.«

»Juni also …«, sagte Lotte nachdenklich. Dann sah sie

Kerstin an. »Wir sollten also bald anfangen, uns umzuhören.«

Ihre Freundin nickte. »Im Augenblick bekommt man recht leicht ein Zimmer. Viele Leute suchen nach Untermietern, damit etwas Geld ins Haus kommt.«

Lotte verzog die Lippen und schüttelte leicht den Kopf. »Mir wäre lieber, wir würden eine eigene Wohnung finden.«

»O ja, das wäre schön«, erwiderte ihre Freundin lächelnd.

Elsbeth lächelte jetzt, auch wenn ihre Augen noch immer feucht glänzten. »Ich habe mir einiges überlegt. Du liest doch so gerne, Kerstin. Bitte such dir aus dem Wohnzimmerregal doch die Bücher aus, die du haben möchtest. In meinem Schlafzimmer findest du auch noch ein paar. Du kannst dir nehmen, was du möchtest. Ich kann wirklich nicht allzu viele Sachen mitnehmen und will es auch gar nicht.«

»Oh, das ist wunderbar. Ich danke dir, Elsie.« Kerstin strahlte. »Darüber freue ich mich sehr.«

»Und du, Lotte, mein Herzchen, du behältst natürlich die Nähmaschine mit allem, was so dazugehört. Ich kann sowieso nichts damit anfangen, das weißt du ja.«

Nun füllten sich Lottes Augen mit Tränen. »Danke, liebe Elsie, danke dir tausendmal dafür. Ich werde sie in Ehren halten, das verspreche ich dir.«

Gleich am nächsten Morgen fuhr Lotte hinauf in die oberste Etage des Warenhauses und klopfte bei Jannes an die Tür. In Momenten wie diesen war sie besonders froh darüber, dass sich ihr Verhältnis inzwischen entspannt hatte. In den ersten Wochen nach dem Kuss waren ihre Begegnungen noch von Unsicherheiten geprägt gewesen, doch in den vergangenen zwei Jahren war tatsächlich nach und nach eine Art Freundschaft zwischen ihnen entstanden. Sicherlich lag das nicht zuletzt daran, dass Jannes Wort gehalten hatte. Offenbar hatte er endlich akzeptiert, dass eine Liebesbeziehung für sie nicht in Betracht kam. Die Liebe, die sie jedoch noch immer für ihn empfand, hatte Lotte tief in ihrem Herzen verschlossen. So war es für sie beide am besten, das sagte sie sich immer wieder.

»Immer herein!«, hörte sie ihn rufen.

Sie öffnete die Tür und folgte seiner Aufforderung. Jannes saß hinter seinem Schreibtisch, auf dem wie gewohnt jede Menge Papiere und Ordner lagen.

»Ah Lotte, guten Morgen.«

»Guten Morgen, Jannes«, erwiderte sie seinen Gruß. »Hast du einen Moment für mich?«

»Für dich immer, das weißt du doch.« Er machte eine einladende Handbewegung. »Komm, setz dich. Was gibt es denn?«

»Ich wollte dich etwas fragen, aber wie ich sehe, hast du mal wieder sehr viel zu tun. Sag mir also lieber gleich, wenn ich dich gerade störe. Ich kann auch später noch einmal vorbeikommen.«

»Leg los«, forderte er sie auf. Um seinen Mund spielte ein leichtes Lächeln. »Zum Glück liegt es allein an mir, wann ich meine Arbeit erledige. Außerdem störst du mich sowieso nie. Vielmehr ist ein Gespräch mit dir eine willkommene Unterbrechung meines Alltagstrotts. Also, setz dich bitte.«

Als sie kaum eine halbe Stunde später mit dem Fahrstuhl wieder nach unten in ihre Abteilung fuhr, fühlte sie sich vor lauter Freude völlig beschwingt. Jannes hatte es tatsächlich fertiggebracht, ihr und Kerstin eine neue Wohnung zu organisieren. Es hatte nur ein kurzes Telefonat mit ihrem Chef gebraucht, und schon hatte er ihr die gute Nachricht überbringen können. Lotte konnte ihr Glück kaum fassen. Offenbar besaß Georg Tietz seit einigen Jahren am Gänsemarkt ein Mietshaus. In den letzten Monaten waren ihm allerdings einige Mieter abhandengekommen – eine der vielen Folgen der Wirtschaftskrise. Es gab inzwischen viele Menschen, die ihre Miete in der Innenstadt nicht mehr bezahlen konnten. Für sie und Kerstin war der Preis der Wohnung jedoch in Ordnung, solange sie beide ihre Arbeit behielten. Georg Tietz war ihnen sogar ein bisschen entgegengekommen, und nun konnten sie schon bald in eine Wohnung mit zwei Zimmern und einer Wohnküche einziehen. Lotte konnte es kaum erwarten, Kerstin davon zu erzählen.

In den folgenden Wochen verbrachten die beiden Freundinnen ihre freie Zeit damit, Elsbeth zu helfen, ihre Sachen zusammenzupacken und die Möbel auszuwählen, die ihre Wirtin mit nach Hannover nehmen würde. Die Einrichtungen ihrer Pensionszimmer sowie einige Haushaltsgegenstände und allerlei andere praktische Dinge überließ Elsbeth ihnen gegen einen kleinen Obolus, sodass auch die

Ausstattung ihrer neuen Wohnung wie durch Zauberhand gesichert war. Lotte saß fast jeden Abend an der Singer, die nun ihr gehörte. Sie nähte neue Gardinen und Vorhänge, verpasste einigen alten Sofakissen von Elsbeth ein frisches Aussehen, und gemeinsam sorgten sie dafür, dass alle Räume in ihrer neuen Wohnung am Gänsemarkt auf Vordermann gebracht wurden. Dank eines befreundeten Anstreichers von Elsbeth bekamen beide Zimmer hübsche Blumentapeten, und die Wände in der kleinen Wohnküche und im Bad strahlten nun schneeweiß.

In dieser Zeit kam es Lotte oft vor, als hätte sie in ihrem ganzen Leben noch nie so hart gearbeitet, und ihre Freundin konnte kaum verbergen, dass es ihr ebenso ging. Manchmal waren sie abends körperlich so erschöpft, dass sie geradezu ins Bett taumelten.

Ganz plötzlich war es dann so weit. Lotte und Kerstin bereiteten sich auf ihren Umzug vor, und als auch der schließlich bewältigt war, verabschiedeten sie sich unter Tränen von Elsbeth, die wenige Tage später nach Hannover abreisen würde.

Am ersten Abend in ihrer gemeinsamen Wohnung saßen Lotte und Kerstin ziemlich erschöpft, aber sehr glücklich zusammen am Tisch in ihrer behaglichen Küche. Sie aßen ein einfaches Käsebrot und tranken Pfefferminztee dazu.

»Alles ist so schön geworden«, stellte Kerstin zum wiederholten Male fest. »Ich kann es immer noch nicht glauben, dass wir nun eine eigene gemeinsame Wohnung haben. Es ist wie ein Traum.«

»Ja, wir hatten so ein Glück. Auch mit den Möbeln von

Elsie. So können wir sogar weiter in unseren gewohnten Betten schlafen. Das ist einfach herrlich.«

»O ja. Und ich kann es immer noch nicht fassen, dass du zum richtigen Zeitpunkt die Eingebung hattest, dich an Vossen zu wenden.«

Lotte nickte nur, ohne weiter auf Kerstins Bemerkung einzugehen. Sie sprach nicht gerne über Jannes, denn das versetzte ihr jedes Mal einen kleinen Stich mitten ins Herz.

»Ich bin völlig erledigt«, sagte sie, um das Thema zu wechseln. »Wir sollten zeitig ins Bett gehen. Morgen früh müssen wir wieder zur Arbeit.« Sie stand auf und räumte das Geschirr ab.

»Na, wenigstens haben wir jetzt einen viel kürzeren Weg dorthin. Im Winter werden wir dafür erst recht dankbar sein. Ich hoffe nur, dass wir unsere Arbeit auch noch im nächsten Jahr behalten können. Es kommen immer weniger Kunden. Ich finde das beängstigend.«

»Ich denke nicht, dass wir uns um unsere Arbeit Sorgen machen müssen. Die Gebrüder Tietz sind so unverschämt reich, sie werden auch diese Krise überstehen. Sie kann ja nicht ewig dauern. Wenn die Lage für das Warenhaus bedrohlich wäre, hätte ich davon schon etwas mitbekommen, glaub mir. Bei den Besprechungen zwischen der Geschäftsleitung und den Abteilungsleitern kommen die Umsatzeinbrüche der vergangenen Monate zwar zur Sprache, aber sobald jemand von oben darüber spricht, klingt es niemals wirklich dramatisch.«

Meistens vermied sie es, Jannes' Namen zu nennen, auch

wenn sie eigentlich ihn meinte. Inzwischen hatte sie eine gewisse Übung darin.

Kerstin schien auch dieses Mal nicht darüber zu stolpern. Ihre Freundin nickte. »Wahrscheinlich hast du recht. Wir sollten zuversichtlich bleiben und gemeinsam auf bessere Zeiten hoffen.«

»Ja, das denke ich auch.« Lotte griff nach der Teekanne. »Willst du noch?«, fragte sie.

»Nein, danke. Lass uns schnell abwaschen und dann zu Bett gehen. Du hast recht, die Nacht ist kurz genug.«

Der nächste Arbeitstag ging ohne nennenswerte Vorkommnisse vorbei, doch als Lotte und Kerstin das Warenhaus verließen, entdeckte Lotte sogleich Olga, die auf der anderen Straßenseite stand und sie zu sich winkte. Auch Kerstin kannte Olga Rennsteig inzwischen recht gut, nicht zuletzt von den Besuchen bei Elsbeth, doch Lotte wusste auch, dass Kerstin sich mit ihrer mütterlichen Freundin immer etwas schwertat.

»Ah, da ist Olga«, sagte Lotte. »Wir waren zwar nicht verabredet, aber vielleicht gibt es etwas, das sie mit mir besprechen möchte.«

»Ja, kann sein.« Lotte spürte Kerstins Unbehagen.

»Du kannst ruhig schon mal nach Hause gehen«, schlug sie ihrer Freundin vor. »Ich komme dann später nach.«

»Gut.« Kerstin wirkte tatsächlich erleichtert. »Wir sehen uns dann nachher. Pass auf dich auf, Lotte.«

»Wie immer.«

Lotte wechselte die Straßenseite und hauchte Olga zur

Begrüßung einen Kuss auf die gepuderte Wange. »Nanu, so ohne Verabredung? Was gibt es denn?«, fragte sie.

»Es gibt Neuigkeiten, die dich nicht unbedingt erfreuen werden«, begann Olga. »Deshalb bin ich auch gleich hergekommen.« Sie sah sich um. »Komm, wir gehen ein Stück.«

Lotte hakte sich bei Olga ein, und sie spazierten ein Stück an der Alster entlang.

»Hertha hat mir geschrieben.« Olga blieb stehen und wandte sich Lotte zu. »Offenbar gibt es Probleme.«

Lottes Herz begann sofort schneller zu schlagen, und ihre Kehle war mit einem Mal wie zugeschnürt. »Was ist passiert?«, fragte sie leise.

»Ehrlich gesagt lässt sich die Lage noch nicht eindeutig beurteilen, aber es könnte durchaus sein, dass sich die Dinge neu entwickeln. Mit anderen Worten, ich weiß nicht so recht, ob du überhaupt in Norddeutschland bleiben solltest, mein Lottchen. Wir wissen noch nichts Genaues, aber ich wollte dich rechtzeitig vorwarnen. Vielleicht wird es hier zu gefährlich für dich, und wir müssen uns einen neuen Plan zurechtlegen. Hertha hat mitbekommen, dass Edgar Kollendiek in der letzten Zeit häufiger nach Hamburg fährt. Ich denke, das sollten wir ernst nehmen.«

Jannes hatte ein Déjà-vu-Erlebnis, als er drüben am Alsteranleger Lotte erneut mit der älteren rothaarigen Frau sah, kaum dass er das Warenhaus verlassen hatte. So wie schon beim ersten Mal blieb er unweigerlich stehen und beobachtete sie. Heute wirkten die beiden Frauen jedoch alles andere als entspannt und fröhlich, während sie miteinander sprachen. Offensichtlich war genau das Gegenteil der Fall. Es war tatsächlich nicht zu übersehen, wie aufgeregt beide waren.

Jannes sah, wie Lotte zunächst die Hand vor den Mund schlug, den Kopf schüttelte und danach beide Hände kurz in die Höhe hob, um sie dann wieder fallen zu lassen. Die Geste wirkte zutiefst erschrocken, unglücklich und ratlos zugleich. Die ältere Frau umfasste Lottes Oberarme und schüttelte sie leicht, während sie weiterhin auf sie einsprach. Lotte wirkte völlig verzweifelt, das war trotz der Entfernung nicht zu übersehen. Es war schwer für ihn, die Frau, die er nach wie vor innig liebte, so aufgewühlt zu sehen. Sofort erwachte in Jannes das Bedürfnis, Lotte zu beschützen oder ihr zumindest beizustehen. Also folgte er seinem Impuls und überquerte mit ausladenden Schritten die Straße und hielt direkt auf die beiden Frauen zu, ohne sie dabei aus den Augen zu lassen. Er erfasste genau den Moment, als Lotte ihn bemerkte und der rothaarigen Frau hastig etwas zuflüsterte. Nun sahen sie ihm beide entgegen.

»Jannes.« Lottes Stimme klang mitgenommen. »Ähm, das ist Olga Rennsteig«, stellte sie ihm ihre Begleitung vor. »Sie ist eine liebe Freundin von mir.«

Er wandte sich der älteren Frau zu und deutete eine leichte Verbeugung an. »Jannes Vossen, sehr erfreut.«

Die Frau nickte nur, es entging ihm jedoch nicht, dass sie ihn eingehend betrachtete.

»Ich wollte nach dem langen Arbeitstag noch ein bisschen frische Luft schnappen und ein paar Schritte gehen, da sah ich dich …«, versuchte er sich an einer Erklärung. »Ich hatte den Eindruck, dass dich etwas sehr aufgebracht hat.« Er ließ seinen Blick kurz zu der anderen Frau gleiten, dann sah er wieder Lotte an. »Kann ich dir irgendwie helfen? Ist alles in Ordnung, Lotte?«

Lotte räusperte sich, und es entging ihm nicht, dass sie tief durchatmete, bevor sie ihm antwortete. »Ja, es ist alles bestens. Mach dir keine Sorgen.«

»Soll ich dich nach Hause begleiten?«

»Nein«, erwiderte Lotte, und es klang hastig. »Das brauchst du wirklich nicht. Danke.«

Die Rothaarige mischte sich ein. »Wenn du möchtest, könnte ich auch mitkommen, Lottchen. Herr Vossen darf auch gerne uns beiden seinen männlichen Schutz anbieten. Wir haben doch erst einmal alles besprochen, oder nicht? Nächste Woche können wir uns ja wiedersehen, wenn es bei dir passt.«

Für einen Moment hatte Jannes das Gefühl, als wäre er hier derjenige, von dem eine Gefahr ausgehen könnte. Es war eine eigenartige Empfindung, die ihm völlig fremd war.

»Ich möchte wirklich nur, dass du sicher nach Hause kommst, Lotte«, erklärte er und kam sich etwas albern dabei vor.

Die beiden Frauen wechselten noch einen langen Blick miteinander.

»Na komm, lass uns gehen«, schlug die ältere Frau vor. »Es macht mir wirklich nichts aus, dich die paar Schritte zu begleiten.«

Lotte ließ leicht den Kopf sinken, doch dann richtete

sie sich auf, und es sah aus, als hätte sie einen Entschluss gefasst.

»Das ist doch albern, Olga. Nimm du mal da vorne deine Droschke und lass dich nach Hause fahren.« Sie sah Jannes entschlossen an. »Herr Vossen ist ein lieber und umsichtiger Kollege und wird mich sicher nach Hause begleiten.«

»Die Entscheidung liegt allein bei dir, Lotte«, antwortete die Rothaarige, aber sie lächelte und nickte ihm freundlich zu.

»Und die habe ich gerade getroffen. Ich wünsche dir noch einen schönen Abend, Olga.«

»Den wünsche ich dir auch, mein Lottchen. Wir sehen uns kommenden Donnerstag zur gewohnten Zeit.« Sie zog Lotte kurz an sich und suchte danach Jannes' Blick. »Dann bringen Sie Lotte mal gut nach Hause, Herr Vossen.«

Jannes wusste nicht genau, was er von der Frau und ihrer Bitte halten sollte, doch es war nicht zu übersehen, dass sie sich aus irgendeinem Grund Sorgen um Lotte machte. Allein deshalb heimste sie bei ihm ein paar Pluspunkte ein.

»Versprochen«, bestätigte er. »Ihnen einen guten Abend, Frau Rennsteig.«

»Ihnen auch, Herr Vossen.« Ein weiteres Mal nickte sie und sah Lotte an, dann wandte sie sich ab und ging davon.

»Komm«, forderte Jannes Lotte auf. »Ich bringe dich jetzt nach Hause.«

»Wie Olga schon sagte, es sind doch nur ein paar Schritte. Die schaffe ich wirklich auch allein.« Sie winkte ab. »Das tue ich ja sonst auch.«

»Und wie *ich* vorhin schon sagte, brauche ich dringend

ein bisschen frische Luft.« Er griff nach ihrer Hand und legte sie auf seinen Arm. »Komm schon, Lotte. Ich habe es deiner Freundin versprochen, und du solltest inzwischen wissen, dass ich meine Versprechen ernst nehme. Außerdem beiße ich nicht.«

Sie lachte kurz und trocken auf. »Das weiß ich doch.«

»Na, dann benimm dich auch nicht so, als wäre ich plötzlich ein gefährliches Monster.« Er zwinkerte ihr zu und lächelte breit, damit sie wusste, dass er nur einen Scherz machte.

Sie konnte ja nicht wissen, dass sie ihm bis vor wenigen Minuten genau das vermittelt hatte. Sie ging nicht auf seine Bemerkung ein, aber das hatte er auch nicht erwartet.

Langsam schlenderten sie den Alsteranleger entlang. Jannes blieb kurz stehen, und sie blickten aufs Wasser. Inzwischen setzte schon die Abenddämmerung ein, und überall gingen die Lichter und Laternen an.

»Ich mag diesen Anblick sehr«, sagte er. »Ich stehe oft hier und schaue mir an, wie sich die Lichter der Stadt im Wasser spiegeln. Ich finde das sehr beruhigend.«

»Das stimmt. Es ist wunderschön hier. Besonders wenn sich die Straßen hier nach und nach leeren.«

»Ich weiß noch immer nicht, was dir so eine Angst macht, Lotte«, wechselte er das Thema und verließ damit bewusst den Weg der Belanglosigkeiten. Es war ihm sehr wichtig, ihr mitzuteilen, dass er sich Sorgen machte. »Aber es ist unübersehbar für mich, dass dir etwas wirklich und wahrhaftig das Leben schwer macht. Ich möchte, dass du eines niemals vergisst: Ich werde immer für dich da sein.

Du kannst noch immer und zu jeder Zeit mit mir reden, wenn du es möchtest. Ich bin da. Meine Ohren und meine Arme sind offen für dich. Ich hoffe wirklich, dass du dir in jeder Sekunde des Tages darüber im Klaren bist.«

»Jannes … ich …«

»Jederzeit«, wiederholte er so eindringlich, wie es ihm möglich war.

Als sie stumm blieb, zog er sie wortlos weiter. Sie überquerten den Jungfernstieg und gingen nebeneinander am Warenhaus und danach an den anderen prächtigen Geschäftshäusern vorbei, bis sie den Gänsemarkt erreichten. Nur noch wenige Menschen waren unterwegs, denn die Geschäfte waren bereits geschlossen. Jetzt waren es wirklich nur noch ein paar Schritte bis zu dem Haus, in dem sie wohnte, doch er ließ ihre Hand nicht los, bis sie direkt davor angekommen waren.

Wie er es erwartet hatte, machte Lotte sofort einen großen Schritt von ihm weg. Ihre gemeinsamen Erinnerungen, wenn es um Abschiede vor Haustüren ging, forderten auch nach zwei Jahren noch immer ihren Tribut. Es tat weh, aber ändern konnte er es nicht. Dabei brauchte sie sich keine Sorgen zu machen, denn er würde sein Versprechen auf keinen Fall brechen. So schwer es ihm nach den zwei vergangenen langen und sehnsuchtsvollen Jahren auch fallen mochte, er wusste, dass er damit ihr Vertrauen für alle Zeiten verspielen würde, und dieses Risiko durfte er nicht eingehen.

Sein Blick glitt an der dunklen Fassade des Hauses empor. »Seid ihr zufrieden mit der Wohnung?«, fragte er, um ein möglichst unverfängliches Thema anzusprechen.

»O ja. Die Wohnung ist wunderschön geworden. Wir sind beide überglücklich, dass wir so ein gemütliches Zuhause haben. Es war einfach großartig, dass wir sie so schnell bekommen haben. So hatten wir ausreichend Zeit, um sie uns richtig behaglich zu machen. Kerstin und ich lieben sie beide.«

»Das freut mich«, erwiderte er und meinte es auch so. »Dann wünsche ich dir noch einen ruhigen und erholsamen Abend.«

»Den wünsche ich dir auch, Jannes. Und danke für deine Begleitung.«

»Wie gesagt, jederzeit.« Er tippte sich kurz an die Schläfe und lächelte ihr noch einmal zu. »Schlaf gut, Lotte.«

»Schlaf du auch gut, Jannes.«

Er wartete noch, bis sie im Haus war und im Flur das Licht anging, erst dann wandte er sich um und ging zurück.

Sein Vater saß allein im Kaminzimmer, als er nach Hause kam.

»Nanu, sind die anderen ausgeflogen?«, fragte Jannes, nachdem sie sich begrüßt hatten.

»Nur Werner«, antwortete sein Vater. »Der ist noch ausgegangen.« Karl Vossen zog einen Mundwinkel in die Höhe. »Ein Mann muss eben manchmal tun, was ein Mann tun muss.«

»Papa, also wirklich!« Doch auch Jannes musste schmunzeln, während er sich in einen der anderen Sessel setzte. »Und wo ist Mama?«

»Sie hat schon seit dem späten Nachmittag ihre Kopfschmerzen. Nach langem Zureden hat sie endlich ein Mittel eingenommen und sich früh hingelegt. Morgen wird es ihr wieder gut gehen.«

»Na dann, trinken wir beide eben alleine noch ein Glas zusammen.«

Sein Vater nahm die kristallene Portweinkaraffe und schenkte ihm ebenfalls ein Glas ein.

»Es ist mir eigentlich ganz recht, dass wir beide mal ein paar Minuten für uns haben, Jannes«, sagte er. »Ich wollte sowieso mit dir reden, und nun haben wir die Gelegenheit dazu.«

»Was gibt es denn, Papa? Hast du etwa Sorgen?«

»Nun ja, Sorgen ist vielleicht nicht so ganz der richtige Ausdruck, denn noch geht es uns besser als den meisten anderen Menschen in diesem Land. Natürlich haben auch wir Umsatzeinbußen zu verzeichnen, das ist ja auch kein Wunder ... Wie auch immer ... Der Wirtschaft in der Welt geht es im Augenblick nicht gut, aber damit erzähle ich dir ja nichts Neues. Also echte Sorgen habe ich nicht, aber man könnte sagen, dass ich durchaus etwas beunruhigt bin, wenn ich mir diese Krise, vor allem aber die politische Lage in unserem Land so ansehe.«

Jannes stellte sein Glas ab und nickte. »Das kann ich gut verstehen. Ich sehe das ähnlich.«

»Das dachte ich mir.« Sein Vater musterte ihn wohlwollend. »Aber um zum eigentlichen Punkt zu kommen ... Du weißt ja, dass deine Mutter und ich Anfang des Jahres einige Zeit in London waren.«

»Ja, wenn ich mich richtig erinnere, hast du dich dort

mit einem neuen Lieferanten getroffen. Und Mama wollte bei der Gelegenheit eine Tante besuchen, die inzwischen dort lebt, richtig?«

Sein Vater setzte sich in seinem Sessel etwas aufrechter hin. »Richtig, das war aber nicht der eigentliche Grund unserer Reise. Ich habe mich bei einem recht bekannten Möbelhändler in der Pembridge Road eingekauft«, fuhr er fort. »Das liegt im außerordentlich hübschen Londoner Stadtteil Notting Hill – ein hervorragender Ort, um gute Geschäfte zu machen.«

»Wie um Himmels willen kommst du denn dazu?« Jannes zog die Augenbrauen in die Höhe. Ein ungutes Gefühl stieg in ihm auf. »Heißt das jetzt, dass du ständig nach London reisen wirst? Oder muss ich mich gar darauf einstellen, dass ich demnächst zurück in die Firma kommen muss? Versuchst du etwa, mir das gerade mitzuteilen?«

Sein Vater schüttelte den Kopf. »Keine Sorge, nichts davon wird vorerst nötig sein.«

Jannes atmete hörbar auf. »Das klingt schon mal einigermaßen beruhigend. Aus verschiedenen Gründen ist es mir nämlich zurzeit kaum möglich, das Warenhaus zu verlassen.«

»Der Londoner Möbelhändler heißt Richard Barkley. Er ist ein alter Geschäftsfreund«, fuhr sein Vater fort, ohne auf Jannes' Bemerkung einzugehen.

»Ja, ich glaube, du erwähntest den Namen schon mal.«

»Das kann gut sein. Jedenfalls lernten wir uns einige Jahre nach Kriegsende bei einem gemeinsamen Lieferanten in Zürich kennen, und wir verstanden uns auf Anhieb.

Da Richards Frau schon in jungen Jahren verstorben ist und er nie wieder geheiratet hat, blieb er ohne Nachkommen. Trotzdem ist es ihm wichtig, den Fortbestand seines Geschäfts zu sichern. Ehrlich gesagt, kann ich diesen Wunsch sehr gut nachvollziehen. Jedenfalls ... Als Richard mir davon erzählte, machte ich ihm kurzerhand ein Angebot, und er nahm es ebenso schnell an. Bereits am nächsten Tag saßen wir bei einem Londoner Notar und setzten gemeinsam den Vertrag auf. So einfach kann es manchmal gehen.«

»Hm ...« In Jannes' Kopf begann es zu arbeiten. »Das ist doch wahrscheinlich nicht alles, was du mir sagen willst, oder?«

Sein Vater schüttelte den Kopf. »Mein Antrieb lag vor allem darin, einen Teil unseres Vermögens gut zu investieren und aus dem Land zu schaffen, bevor es von dieser Krise aufgefressen wird. Also habe ich unweit vom Geschäft zusätzlich noch ein recht passables Stadthaus erworben. Deiner Mutter hat das Haus sofort gefallen. Es wird gerade renoviert. Richard behält alles im Auge und erstattet mir regelmäßig Bericht.«

»Ein Stadthaus?« Jannes nahm die Karaffe und schenkte sich und seinem Vater noch einmal nach. »Dann willst du also doch häufiger nach London fahren?«

Karl Vossen nahm sein Glas und erhob sich. Er machte ein paar Schritte durch den Raum. Am Kamin blieb er schließlich stehen, legte einen Arm auf den gemauerten Sims und wandte sich wieder seinem Sohn zu.

»Du weißt, dass ich mir schon länger Sorgen um die allgemeine Wirtschaftslage mache, oder?«

»Ja, wir alle haben die Krise kommen sehen. Sehr wahrscheinlich war sie sogar unausweichlich.«

»Der Meinung bin ich auch. Bereits vor gut einem Jahr habe ich deshalb eine gewisse Summe in Pfund sowie zur Sicherheit noch einige wertvolle Goldmünzen in einem Londoner Bankschließfach deponiert. Dort befinden sich auch die Papiere für die Beteiligung an Richards Firma und die Besitzurkunde für das Stadthaus. Die Bank von England hat einen hervorragenden Ruf, aber das weißt du ja.«

»Du hast also einen nicht ganz unerheblichen Teil unseres Vermögens nach England geschafft, wenn ich dich richtig verstehe«, stellte Jannes trocken fest.

»So ist es, und ich denke, es gibt jede Menge gute Gründe dafür. Mein Vertrauen in die Bank von England ist weitaus größer als in die entsprechenden Institutionen in unserem Land. Auch den Briten geht es schlecht, und ich kann aus der Ferne wirklich kaum beurteilen, ob dieser Schotte Ramsay MacDonald, der dort gerade als Premierminister die Regierung anführt, ein guter Mann ist, aber ich glaube fest an den Fortbestand der parlamentarischen Demokratie im Vereinigten Königreich. Ich denke, die Briten werden mit zu den Ersten gehören, die einen vernünftigen Weg aus dieser Krise finden. Jedenfalls lassen sie bei dieser Aufgabe deutlich mehr Einsatz erkennen als unsere Regierung.«

Sein Vater hielt kurz inne. Seufzend nahm er einen Schluck von seinem Wein und stellte das Glas anschließend auf dem Kaminsims ab.

»Allerdings geht es mir nicht allein um die Wirtschaftskrise, mein Junge«, setzte er sogleich wieder an. »Die betrifft fast die gesamte moderne Welt. Wir müssen da alle irgendwie durchkommen, so oder so. Die Wirtschaft wird sich irgendwann schon wieder erholen, daran glaube ich fest. Die Frage ist nur, wann und ob sie das noch rechtzeitig tut, bevor unser Land völlig vor die Hunde geht. Was mich jedoch wirklich umtreibt, ist die generelle politische Entwicklung, der wir uns hier ausgesetzt sehen, Jannes. Allein deshalb bringe ich deutlich mehr Vertrauen in die Briten auf, denn sie halten unverzagt an ihrer Demokratie fest, egal wie schlecht die Zeiten auch sein mögen. Die schleichenden Veränderungen hier bei uns gehen jedoch in eine Richtung, die mir überhaupt nicht gefällt und ernsthaft Sorgen bereitet.«

»Du hast mit alldem sicher recht. Ich sehe das ähnlich, und mir macht diese Entwicklung ebenso große Sorgen«, warf Jannes nickend, wenn auch immer noch etwas nachdenklich ein.

Karl Eduard Vossen war ein besonnener und kluger Mann. Jannes hatte schon oft auf das Urteil seines Vaters vertraut und war stets gut damit gefahren. Allein schon aus diesem Grund lag es ihm fern, dessen Entscheidungen infrage zu stellen. Dennoch war er dieses Mal ziemlich überrascht, das musste er zugeben. Bisher hatte es nie zur Debatte gestanden, die Firma über die Grenzen des Landes hinaus zu erweitern.

»Allerdings wäre ich selbst nicht so schnell auf die Idee gekommen, einen Teil meines Vermögens ins Ausland zu schaffen. Das ist wahrlich ein mutiger Schritt, Papa«, brachte er seine Überlegungen zum Ausdruck.

Eine Weile schwiegen sie, und Jannes ließ sich noch einmal die Argumente seines Vaters durch den Kopf gehen.

Irgendwann stieß sein Vater ein Schnauben aus, welches vermutlich seinen Widerwillen unterstreichen sollte, und unterbrach damit Jannes' Gedanken.

»Wir alle müssen den Tatsachen ins Auge sehen. Den Leuten hier geht es immer schlechter, Jannes. Jeder kann das sehen, wenn er die Augen und Ohren offen hält. Besonders trifft es diejenigen, die sowieso nicht viel besitzen. Väter können ihre Familien nicht mehr ernähren, verlieren nicht selten sogar das Dach über ihrem Kopf. Das ist einfach furchtbar, und man mag sich kaum vorstellen, selbst in so eine ausweglose Lage zu geraten. Inzwischen haben wir nahezu sechs Millionen Arbeitslose, und immer mehr Unternehmen müssen Konkurs anmelden. Selbst einige der größeren Vermögen scheinen sich praktisch wie von selbst in Luft aufzulösen – manche sogar über Nacht.«

»Du hältst die Lage ernsthaft für bedrohlich, nicht wahr?«

»O ja, das tue ich. Die verdammten Nationalsozialisten versuchen, all das Elend zu ihrem Vorteil zu nutzen, und sind auf dem besten Wege, das auch zu schaffen. Von Woche zu Woche, vielleicht sogar von Tag zu Tag, ernten sie immer mehr Zuspruch, teilweise auch vonseiten der einflussreichsten Vorstände im Land, und das ist wirklich gefährlich. Hinzu kommt ihre gnadenlose und perfekt inszenierte Propaganda, der unsere Regierung nicht das Geringste entgegenzusetzen hat. Ja, Jannes, ich halte die Entwicklung sogar für außerordentlich bedrohlich, aber das sieht offenbar nicht jeder so. Viele Leute machen sich noch immer etwas vor.«

Karl Vossen atmete tief durch, während die Finger seiner rechten Hand unruhig auf den Kaminsims trommelten.

»Ich habe gehört, dass die Anhänger der Nationalsozialisten sehr abwertend über Juden, aber auch über andere Menschen sprechen, die hier im Land zu den Minderheiten gehören. Das gemäßigte Gesicht, welches sie sich in der letzten Zeit zu geben versuchen, sollte uns also nicht täuschen, denn es dient allein dem Stimmenfang. Wenn diese Brut jedoch tatsächlich an die Macht kommen sollte, werden es Leute wie wir sehr schwer haben, glaub mir.«

»Du willst also mit Mama ganz nach London ziehen, falls es nötig werden sollte.«

»Ich spreche nicht nur von eurer Mutter und mir.« Sein Vater zog aussagekräftig die dunklen Augenbrauen in die Höhe.

»Werner und ich haben uns für den christlichen Glauben entschieden. Niemand hält uns für Juden«, entgegnete Jannes sofort.

»Das wird sich noch zeigen, und ich muss zugeben, dass ich stark bezweifle, dass es so bleiben wird. Ihr habt eine jüdische Mutter, und es kann durchaus sein, dass diese Tatsache für diese fanatischen Idioten mehr zählt als euer Glaube. Wie es auch immer kommen wird, Jannes, mit Werner habe ich bereits gestern gesprochen. Ihr wisst jetzt beide, dass wir uns ein neues Leben in London aufbauen können, wenn es nötig werden sollte. Ich bin übrigens bereits dabei, meine Sprachkenntnisse zu verbessern, und Esther ist mir dabei eine große Hilfe. Deine Mutter hat als Kind mehrere Jahre in London verbracht und hat dort ja auch noch immer Verwandte. Ihr ist die Sprache vertraut. Durch eure Internatszeit in der Schweiz sprecht auch ihr beide nahezu perfekt Englisch. Alles zusammengenommen ist die Beherrschung der Sprache schon mal ein großer Vorteil, findest du nicht?«

Jannes winkte ab. »Das klingt fast danach, als wärest du dir mit alldem schon völlig sicher. Ich für meinen Teil habe jedoch nicht vor, Hamburg jemals zu verlassen. Ich bin hier geboren, und ich liebe diese Stadt.«

»Wir alle lieben diese Stadt, mein Sohn. Ich wollte auch nur sicherstellen, dass du über alle vorliegenden Informationen verfügst und zu jeder Zeit sämtliche Möglichkeiten überdenken kannst. Es bleibt ja auch immer noch die Hoffnung, dass ich mich grundlegend irre und sich doch noch alles zum Guten entwickeln wird. Vielleicht sehe ich auch viel zu schwarz, wer kann das zum jetzigen Zeitpunkt schon so genau sagen? Sollte sich die allgemeine Wirtschaftslage bald erholen, sodass die Menschen nach und nach wieder in Lohn und Brot kommen, geht der nationalsozialistische Krug vielleicht an uns vorbei. Ich hoffe es sehr, das kannst du mir glauben.« Karl Vossen nahm sein Glas, kam zurück zu seinem Sessel und setzte sich wieder. »Wie sieht es denn bei Tietz aus?«

Jannes winkte ab. »Ehrlich gesagt, nicht besonders rosig. Die Umsätze sind allein in diesem Jahr schon um gut vierzig Prozent zurückgegangen. Wenn sich nicht bald etwas ändert, könnte es sogar noch schwieriger werden.

Die Häuser in Berlin verschlingen Millionen, allen voran das *KaDeWe*. Georg meinte erst vor Kurzem, Martin und er seien damals beim Kauf davon ausgegangen, eine wahre Goldgrube ergattert zu haben, doch das Haus entwickelt sich leider immer stärker zum Millionengrab. Ich weiß, dass die Gebrüder Tietz schon jetzt enorme Kredite aufgenommen haben, um besonders die großen Flaggschiffe am Laufen zu halten. Dazu gehört natürlich auch unser Haus. Ich hoffe inständig, dass sie mit all den Krediten nicht irgendwann den Punkt der Überschuldung überschreiten werden. Keine Ahnung, wie lange sie das noch durchhalten können. Georg wird allerdings nicht müde zu betonen, dass unser Hamburger Warenhaus die Krise überstehen wird, selbst wenn sie sich von anderen trennen müssten. Ich hoffe sehr, dass er recht behält.«

9. Kapitel

Die Angst kam mit all ihrer Grausamkeit zurück, seit Lotte mit Olga gesprochen hatte. Erneut war sie ihr ständiger Begleiter im Alltag und hielt sie auch nachts wach. Von Tag zu Tag fiel es ihr schwerer, am Morgen ihre unsichtbare Maske aufzusetzen, damit ihre Mitmenschen nichts von ihrem tatsächlichen Gefühlszustand mitbekamen. Stets war sie wachsam, selbst im Warenhaus, auch wenn sie sich dort noch am sichersten fühlte, da sie ständig von anderen Menschen umgeben war. Doch jede Nacht lag sie viele Stunden lang wach und dachte über ihre Lage und ihre Möglichkeiten nach, bis sie irgendwann in einen erschöpften Schlaf fiel, der jedoch fast immer von schlimmsten Albträumen beherrscht wurde und kaum Erholung brachte. Fast jeden Morgen wachte sie schweißgebadet und mit heftig klopfendem Herzen auf. Jeder Tag kostete Kraft, doch Lotte spürte immer deutlicher, wie wenig ihr davon noch zur Verfügung stand, und sie fragte sich mit bangem Herzen, wie lange sie all das noch aushalten konnte.

Das Gespräch mit Olga lag nun schon zwei Wochen zurück, und bisher gab es keine weiteren Neuigkeiten. An diesem Nachmittag hatte sie sich allerdings ein paar Stunden freigenommen, um sich erneut mit Olga im Alsterpavillon zu treffen.

Nervös warf Lotte einen Blick auf ihre Armbanduhr. In einer guten halben Stunde würde sie für heute Feierabend machen, und sie konnte es kaum noch erwarten, endlich mit Olga zu sprechen.

»Ich bin von der Pause zurück. Soll ich jetzt übernehmen, Lotte?« Kerstins Stimme riss sie aus ihren Gedanken.

»Ja, das wäre lieb, dann kann ich noch mal kurz nach oben ins Büro, um die Liste mit den Bestellungen an Herrn Karg durchzugeben, bevor ich gehe. Die Abteilungen sind alle gut besetzt, und Kunden sind ja ohnehin Mangelware. Du solltest also keinerlei Probleme bekommen.«

»Alles klar. Mach dir keine Gedanken. Ich kriege das hin.«

»Ich mache mir nie Gedanken, wenn du mich vertrittst, Kerstin.« Sie lächelte ihrer Freundin noch einmal zu, bevor sie sich verabschiedete. »Wir sehen uns dann zu Hause.«

»Ja, bis später.«

Olga saß schon an einem ihrer Lieblingsplätze und winkte ihr zu, als Lotte den Alsterpavillon betrat. Von hier aus hatte man einen wunderschönen Blick auf die Binnenalster, und sie genossen ihn immer sehr. Lotte begrüßte ihre Freundin und setzte sich auf den freien Stuhl auf der anderen Seite des kleinen runden Tisches.

»Ich habe uns schon Kaffee und ein Stück Schokoladenpuffer mit Sahne bestellt. Den liebst du doch.«

»Das klingt wunderbar«, sagte Lotte. »Ja, ein Stück Schokoladenkuchen kann ich wirklich gut gebrauchen.«

»Ich war noch bis heute Mittag in Lübeck, habe mich dort umgehört und natürlich auch mit Hertha getroffen«, kam Olga sofort zum Punkt. »Ich denke, du kannst erst einmal ein wenig durchatmen, Süße. Herthas Möglichkeiten sind zwar begrenzt, wie wir beide wissen, aber sie hält weiterhin die Augen offen und erstattet mir sofort Bericht, wenn ihr etwas auffällt. Dennoch bin auch ich nicht untätig geblieben und habe vorsichtshalber noch ein paar meiner Beziehungen spielen lassen. So wie ich das sehe, haben wir jetzt eine deutlich bessere Kontrolle und die Lage gut im Griff.«

»Du hast noch andere Beziehungen spielen lassen? Himmel, Olga, was meinst du denn damit?«

»Nichts, was für dich weiter von Interesse wäre oder dich beunruhigen müsste. Ich habe von Leuten, die ihr Handwerk beherrschen, diskret ein paar Nachforschungen anstellen lassen. Für dich ist jetzt nur wichtig, dass die Lage absolut ruhig ist und du dir keine zusätzlichen Sorgen machen musst.« Olga hielt kurz inne, als der Kellner an den Tisch kam und ihnen den Kaffee und den Kuchen servierte, doch kaum waren sie wieder allein, sprach sie weiter. »Vielleicht war es nur das Aufflackern eines Zweifels, und inzwischen hat er ihn wieder verworfen, wer weiß.«

»Das glaube ich nicht.« Lotte schüttelte den Kopf. »Wenn Edgar Kollendiek auch nur den geringsten Zweifel verspürt, wird er nicht aufgeben, Olga. Ich weiß, wie er tickt. Der Mann ist verdammt schlau, das macht es nicht leichter.«

Lotte fiel auf, dass sie zum ersten Mal seit über zwei Jahren wieder diesen Namen ausgesprochen hatte. Es kam ihr vor, als würde schon allein das ihre Seele vergiften und einen schalen Geschmack auf ihrer Zunge hinterlassen. Hastig nahm sie einen Schluck von ihrem heißen Kaffee und behielt ihn einige Sekunden im Mund, bevor sie ihn herunterschluckte.

»Du bist übrigens schrecklich blass, mein Lottchen«, stellte Olga besorgt fest. »Vielleicht hätte ich dir gar nichts von Herthas Beobachtungen erzählen sollen.«

»Das wäre nicht richtig gewesen. Ich muss so etwas unter allen Umständen wissen, damit ich gewarnt bin, das weißt du genau. Schließlich halte ich mich hier nicht auf einem anderen Erdteil auf, sondern nur in einer anderen Stadt. Und die ist noch nicht einmal sehr weit weg von Lübeck. Schon allein deshalb darf ich auf keinen Fall nachlässig werden.«

Olga stieß ein tiefes Seufzen aus. »Ja, damit hast du natürlich recht.« Sie senkte den Kopf und spielte mit der Kuchengabel auf ihrem Teller, dann hob sie wieder den Blick. »Vielleicht solltest du doch noch weiter weg gehen. Hast du darüber mal nachgedacht? Ich könnte etwas arrangieren, da finden wir schon etwas. Du weißt, ich habe Freunde, die uns dabei helfen könnten.«

»Ich habe schon darüber nachgedacht, Olga, aber ich will das auf keinen Fall. Ich habe mir hier in Hamburg ein Leben aufgebaut, und ich mag es sehr. Ich liebe meine Arbeit im Warenhaus und …«

»Vossen«, fiel Olga ihr ins Wort und schmunzelte. »Versuche es gar nicht erst abzustreiten, Lottchen. Ich habe deine Augen gesehen, als er uns begegnet ist. Es war, als hätte eine höhere Macht ein Leuchten in dir entzündet. Nun ja, der Kerl ist ja auch eine wahre Augenweide, das muss ich zugeben.«

»Das mit Jannes ist … schwierig und wird zu nichts führen, Olga.«

»Na ja, wenn ich die Sache richtig sehe, liegt das allein an dir. Warum machst du es dir nur so schwer? Der Mann ist verrückt nach dir, das steht ihm doch ins Gesicht geschrieben. Setzt euch zusammen, wo auch immer es dir gefällt, und erzähle ihm alles. Vossen ist doch kein Dummkopf, Herzchen, und wenn ich ihn richtig einschätze – und du weißt um meine grandiose Menschenkenntnis –, wird er dir zur Seite stehen, was immer auch geschieht. Er ist einer von diesen von Grund auf anständigen Kerlen, das habe ich sofort gesehen.«

»Damit könntest du sogar recht haben, Olga, aber es geht mir dabei um etwas anderes.«

»Und das wäre?« Olga schob sich ein Stück Kuchen in den Mund und sah sie wieder an, dann zog sie die dunklen Augenbrauen in die Höhe. »Ah, du hast Angst um ihn, richtig?«

Lotte holte tief Atem und nickte dann. »Ja, ich habe sogar furchtbare Angst um ihn. Ich möchte auf keinen Fall, dass er in Gefahr gerät. Wie du sehr richtig erkannt hast, ist er ein ganz wundervoller Mann … und er hätte es einfach nicht verdient, auch nur von … von Kollendiek angesehen zu werden.«

»Ja, ohne Frage, du liebst ihn wirklich«, konstatierte Olga und teilte sich mit ihrer Gabel erneut ein Stückchen

Kuchen ab. »Vor allem ist Vossen ein erwachsener Mann, Lotte, und das solltest du nicht vergessen. Du weißt, wie ich im Allgemeinen zu Männern stehe. Meiner Meinung nach gleicht es einem fulminanten Irrtum, sie als starkes Geschlecht zu bezeichnen. Ich könnte aus dem Stegreif jede Menge Argumente anführen, die dagegensprechen und diese Falscheinschätzung widerlegen, doch das erspare ich uns beiden lieber. Wenn es jedoch um die wahre Liebe geht, werde ich nun einmal sentimental, und solange wir beide uns kennen, habe ich immer wieder versucht dir klarzumachen, dass es auch ganz großartige Männer da draußen gibt. Nicht viele, aber es gibt sie weiß Gott.« Olga lachte kurz auf. »Wenn Vossen dich liebt, und ich bin mir sicher, dass er das tut, dann sollte er auch selbst entscheiden dürfen, inwieweit er trotz allem sein Leben mit dir teilen will. Verstehst du, was ich damit sagen will?«

»Hm, ich denke schon, aber so einfach ist das doch nicht, Olga. Ich würde niemals eine ernsthafte Beziehung mit ihm eingehen können, das weißt du. Was für ein Leben wäre das denn für ihn? Das kann ich wirklich nicht verlangen, dafür mag ich ihn viel zu sehr.«

»Du meinst, dass du ihn nicht heiraten könntest?«

»Ja, natürlich spielt das eine ganz entscheidende Rolle. Doch selbst wenn die Möglichkeit für ein gemeinsames Leben mit ihm bestünde, weiß ich nicht, ob ich überhaupt noch in der Lage sein würde, ihm in … nun ja, jeglicher Weise seine Sehnsüchte zu erfüllen.«

Olga schmunzelte. »Nun, ich glaube, das dürfte deine geringste Sorge sein. Wenn der richtige Mann dich in die

Arme nimmt und dir zeigt, wozu echte Liebe fähig ist, werden deine eigenen Gefühle und Sehnsüchte nämlich schon sehr bald alles andere auslöschen. Glaub mir, ich weiß, wovon ich spreche. Mann ist nicht gleich Mann. Das habe ich dir schon zu erklären versucht, als du nach Hamburg gekommen bist.«

Sofort erwachte in Lotte die Erinnerung an den Kuss. Normalerweise verbot sie sich, daran zurückzudenken, was ohnehin nicht immer leicht war. Nie zuvor hatte sie so tief und umfassend empfunden wie an jenem Abend in Jannes' Armen, seine unnachgiebigen Lippen auf den ihren. Seine Zungenspitze hatte in einer Weise mit ihrer gespielt, als wäre es schon die vollkommene Vereinigung gewesen. Olga hatte wahrscheinlich recht mit ihrer Einschätzung, das musste sie zugeben.

»Wie gesagt, Vossen ist ein erwachsener Mann«, fuhr Olga fort und riss sie damit wieder aus ihren Gedanken. »Hör auf mich, Lotte, und rede mit ihm. So wie ich das sehe, liebt der Mann dich seit Jahren und sollte endlich über dich Bescheid wissen. Dann kann er immer noch entscheiden, ob er all die Konsequenzen tragen möchte, die eure Verbindung mit sich bringen würde.« Olga trank ihren Kaffee aus und zog die Stirn kraus. »Es gibt übrigens noch eine andere Sichtweise der ganzen Geschichte. Wenn der schlimmste Fall trotz all unserer Vorkehrungen tatsächlich eintreten sollte und Kollendiek dich findet, dann könnte dein Jannes doch so oder so in Gefahr schweben, meinst du nicht?«

»Ähm …« Lotte musste schlucken. Allein die Vorstellung macht ihr Angst. »Nein, daran glaube ich nicht«, wiegelte sie ab. »Solange Jannes nicht der Mann an meiner Seite ist, sehe ich eigentlich keine Gefahr für ihn.«

»Vielleicht hast du recht, vielleicht aber auch nicht. Ich hoffe, dass wir das niemals erfahren müssen. Für mich steht es jedenfalls außer Frage, dass du deinem Jannes alles erzählen solltest. Hör auf meinen Rat, meine Süße«, wiederholte Olga eindringlich ihren Appell. »Übrigens würde ich diesen Rat sogar auf deine Freundin Kerstin ausweiten. Du vertraust ihr doch, oder etwa nicht?«

»Natürlich vertraue ich Kerstin. Neben dir ist sie meine engste Vertraute.«

»Dann solltest du sie auch so behandeln. Schließlich wohnt ihr sogar zusammen. Niemand von uns ist allein auf der Welt, mein Lottchen. Du musst unbedingt wieder lernen, Vertrauen zu anderen Menschen aufzubauen. Das ist so wichtig. Und Jannes und Kerstin sind Menschen, die dir nahestehen und dich sehr mögen. Schon während eurer gemeinsamen Zeit bei Elsbeth ist Kerstin irgendwie zu einer Art Ersatzfamilie für dich geworden. Das sehe ich doch richtig, oder?«

»Natürlich, aber ich habe sie angelogen – alle beide. Jannes und Kerstin.«

»Sie werden das verstehen, sobald sie die ganze Wahrheit kennen. Sie werden gar nicht anders können.« Olga legte den Kopf ein wenig schief und lächelte leicht. »Es gibt doch auch dir viel mehr Sicherheit, wenn du Menschen an deiner Seite hast, vor denen du dich nicht verstellen musst und die dir helfen können, wenn du in eine schwierige Lage gerätst.«

»Aber ich hab doch dich, Olga. Mit dir kann ich über all das reden, ohne mich verstellen zu müssen, wie du es nennst.«

Die ältere Frau winkte lächelnd ab. »Du weißt sehr genau, dass ich im Grunde in einer völlig anderen Welt lebe als du. Du gehörst in deine und ich in meine Welt. Früher oder später wird sich das immer mehr herausstellen, und das wirst auch du irgendwann erkennen müssen, Lotte.«

»Aber ich habe dich so sehr lieb gewonnen, und seit Hertha uns miteinander bekannt gemacht hat, bist du immer für mich da gewesen.«

»Daran wird sich auch in Zukunft nichts ändern. Wenn du mich brauchst, werde ich da sein. Aber dein tägliches, dein normales Leben spielt sich in einer anderen Welt ab, Lotte. Menschen wie dein Jannes oder auch deine Freundin Kerstin gehören genau dorthin, ich aber sicherlich nicht, das solltest du niemals vergessen. Ich für meinen Teil weiß sehr genau, wohin ich gehöre, und ich habe es mir in meiner Welt so angenehm wie möglich gemacht.«

Eine Weile hing Lotte ihren Gedanken nach, und Olga ließ sie gewähren. Sie tranken ihren Kaffee aus, aßen ihren Kuchen, und wie immer bestellte Olga ihnen anschließend ein Glas Sekt. Als die Gläser serviert wurden, prosteten sie sich zu, genossen ihr Beisammensein und blickten auf die Alster.

»Wie geht es den Mädchen?«, fragte Lotte schließlich.

»Alles so weit fein. Allesamt gesund und munter.«

»Und Käthe? Wie geht es ihr?«

»Ach ja, das wollte ich dir ja schon lange erzählen und

habe es immer wieder vergessen. Käthe geht es prächtig. Sie arbeitet jetzt als Magd auf einem Landgut außerhalb der Stadt und hat sozusagen ihr Glück dort gefunden.«

»Oh, wie ist das denn passiert?«, fragte Lotte erfreut.

»Du hattest recht mit deiner Einschätzung. Das Mädel wäre vor meinen Augen zugrunde gegangen, wenn sie weiter bei mir geblieben wäre. Sie war wirklich nicht geschaffen für diese Art von Arbeit. Ich habe mir also Gedanken gemacht und eine Lösung gesucht, mit der sie gut leben kann. Sie ist ein kleiner Tollpatsch, das machte die Sache wahrlich nicht leichter. Doch nach einigen Fehlversuchen hat es dann doch geklappt. Ich kenne den Gutsbesitzer, bei dem sie jetzt arbeitet, schon seit fast zwanzig Jahren. Man könnte sogar sagen, er ist ein alter Freund von mir. Ungefähr alle zwei bis drei Wochen kommt er nach Hamburg und besucht mich.« Olga zwinkerte Lotte vielsagend zu. »Ich habe ihn … sagen wir mal … in einer schwachen Stunde gefragt, ob er Käthe auf seinem Hof unterbringen könnte.«

»Ich bin sehr erleichtert«, gab Lotte zu. »Um Käthe habe ich mir wirklich Sorgen gemacht.«

Olga nickte. »Ja, das weiß ich. Sie lag dir am Herzen und tat dir leid. Sie ist also zunächst für drei Wochen dorthin gegangen, und wie sich sehr schnell herausstellte, hat sie ein echtes Händchen für alle Arten von Viechern.« Olga lachte kurz auf. »Ist ja auch kein großer Unterschied.«

»Ach, Olga.« Lotte musste ebenfalls lachen. »Ich liebe deinen eigenartigen Humor.«

»Wie auch immer, sie hat sich prächtig auf dem Hof eingelebt. Sie ist sogar richtiggehend aufgeblüht und erledigt ihre Arbeit gewissenhaft. Bei der derzeitigen Lage konnte ich gut auf eines der Mädchen verzichten. Es war also kein besonders einschneidender Verlust.«

»Gehen die Geschäfte denn auch bei dir so schlecht? Du hast doch mal gesagt …«

»Ja, gevögelt wird eigentlich immer, aber das Geld ist überall knapp und nicht mehr so viel wert. Das merken sogar wir.« Olga zuckte mit den Schultern. »Trotzdem will ich nicht meckern. Die Verluste halten sich bisher in überschaubaren Grenzen und treiben mich nicht unbedingt in den Ruin – zumindest bis jetzt. Ich habe immer darauf geachtet, auch für schlechtere Zeiten vorzusorgen. Das kommt mir nun zugute, und ich bin vorerst noch ausreichend abgesichert. Du hast es ja mitbekommen, unsere Kundschaft war seit jeher gut betucht, und bei vielen dieser reichen Leute scheint noch genug Geld vorhanden zu sein, um wenigstens einmal die Woche bei uns vorbeizuschauen. Da trinken die Kerle lieber mal eine Flasche Schampus weniger oder streichen der werten Ehefrau einige hübsche Kleinigkeiten. Männer, die Häuser wie meins aufsuchen, haben nun einmal ihre Prioritäten, und so wird es wohl immer bleiben.«

»Du meinst Männer wie dieser Gutsbesitzer, der dich alle zwei bis drei Wochen besucht?«, fragte Lotte feixend.

»Du brauchst mich gar nicht so forschend anzuschauen. Das ist eine alte Geschichte, die wirklich nicht besonders interessant ist. Wir lernten uns kennen, als wir beide noch jung waren. Er hatte damals gerade standesgemäß geheiratet und den Gutshof sowie den Grafentitel von seinem

Vater geerbt. Wie sich sehr schnell herausstellte, stand seine Ehe unter keinem guten Stern. Der Graf ist und bleibt jedoch bis heute der einzige Kerl, den ich in mein Bett lasse, Herzchen. Ich mag ihn sehr, wir sind uns vertraut, und ich habe ihm viel zu verdanken. Mehr gibt es dazu nicht zu sagen. Jedenfalls ist auch er einer von den Guten, so viel steht fest.« Olga zwinkerte ihr grinsend zu, hob ihr Glas und trank es aus. »Alles ist gut so, wie es ist«, sagte sie, nachdem sie es wieder abgestellt hatte.

Doch wenn Lotte sich nicht irrte, klang Olgas letzter Satz eher verhalten als überzeugt.

Überraschenderweise war Kerstin noch nicht zu Hause, als Lotte eine gute Stunde später die Wohnungstür aufschloss. Da ihre Freundin inzwischen ebenfalls Feierabend haben musste, wunderte sich Lotte ein wenig darüber, doch Sorgen bereitete es ihr nicht. Es machte ihr nichts aus, mit dem Abendbrot auf Kerstin zu warten, denn der Kuchen vom Nachmittag hielt noch immer vor. Also zog sie sich in ihrem Zimmer bis auf die Unterwäsche aus und wusch sich anschließend im Bad den Tag ab. Danach schlüpfte sie in ihren Pyjama und den warmen Bademantel und ging zurück in die Küche, um Tee zu kochen. Kerstin und sie tranken abends gerne Pfefferminztee zum Abendbrot. Kaum hatte Lotte das Wasser über die Teeblätter gegossen, hörte sie auch schon, wie die Wohnungstür aufgeschlossen wurde.

Ihre Freundin steckte ihren Kopf durch die Küchentür. »Bin gleich bei dir. Ich muss dir unbedingt etwas erzählen.«

»Da bin ich aber gespannt«, antwortete Lotte. »Lass dir ruhig Zeit, ich bin nicht sehr hungrig.«

»Ich beeile mich trotzdem«, erwiderte Kerstin lachend, bevor sie in ihrem Zimmer verschwand.

Lotte schnitt ein paar Scheiben Brot ab, deckte den Tisch und schenkte sich schon mal eine Tasse ein. Die hübsche Teekanne mit dem blau-weißen Friesenmuster platzierte sie anschließend auf das dazugehörige Stövchen. Beides hatte Elsbeth ihnen überlassen, und Kerstin und sie liebten die Kanne und das Stövchen gleichermaßen.

»Da bin ich schon«, rief Kerstin fröhlich, als sie einige Minuten später – ebenfalls schon im Schlafanzug und Bademantel – zurück in die Küche kam und sich auf ihren Platz auf der anderen Seite des Tisches setzte. Sie strahlte, und sogleich sprudelte es aus ihr heraus. »Stell dir vor, ich habe jemanden kennengelernt, Lotte. Himmel, er ist so ein feiner Mann.«

»Nanu …« Mehr wollte Lotte nicht einfallen.

»Ich hatte doch unglücklicherweise vergessen, den Schlüssel zu Elsbeths Haus von meinem Bund zu fummeln.«

»Ja, du wolltest ihn beizeiten dem neuen Besitzer vorbeibringen.«

»Genau das habe ich heute gemacht.« Kerstins Lächeln schien noch eine Spur strahlender zu werden, und ihre Wangen röteten sich. »Na ja, ich dachte, die Gelegenheit ist günstig. Du warst früher gegangen, um dich mit Olga zu treffen. Ich hatte also keine Eile.« Kerstin seufzte tief auf, bevor sie fortfuhr. »Jedenfalls bin ich nach Feierabend direkt dorthin gegangen. Stell dir vor, neben der Tür hängt jetzt ein richtiges Messingschild, und darauf steht: Hagen Konrad Thomsen, Rechtsanwalt.«

»Ui.« Kerstins Begeisterung brachte Lotte zum Lachen. »Und du hast diesen Hagen Konrad Thomsen kennengelernt?«

»Ja, ich habe einfach geläutet, und dann öffnete mir ein äußerst gut aussehender Mann die Tür. Es hat mich fast der Schlag getroffen, so heftig hat mein Herz plötzlich geklopft.«

»Ach …« Lotte amüsierte sich darüber, dass ihre Freundin offensichtlich völlig aus dem Häuschen war.

»Ja, und unterbrich mich nicht«, schimpfte Kerstin scherzhaft. »Also, ich habe mich vorgestellt und ihm gleichzeitig den Schlüssel hingehalten. Genau in diesem Moment begann in der Küche ein Kessel zu pfeifen.«

»So was aber auch.«

»Herr Thomsen bat mich, doch kurz ins Haus zu kommen, während er schon in die Küche hetzte, um den Kessel vom Herd zu nehmen, damit dieses nervtötende Pfeifen endlich aufhörte. Kaum war er losgerannt, begann auch noch ein Kind wie am Spieß zu schreien. Ich ging also ins Haus, blieb aber im Flur stehen. Man ist ja höflich. Von da aus kann man aber direkt in die Küche gucken.«

»Das ist mir bekannt, Kerstin-Schatz. Ich habe dort über zwei Jahre gewohnt.«

»Jedenfalls stand mitten in der Küche ein Laufgitter, und darin hockte ein kleiner kreischender Junge, der sich offenbar immer mehr in seine Wut oder sein Elend oder was auch immer hineinsteigerte.«

»Ich nehme an, du hast sofort eingegriffen.«

»Natürlich habe ich das getan. Ich bin also in die Küche und habe den Jungen auf den Arm genommen, während Herr Thomsen sich um den Kessel kümmerte, sich dabei auch noch die Finger verbrannte und laut zu fluchen begann. Nichts für zarte Kinderohren, kann ich dir sagen. Das klingt jetzt so aneinandergereiht, aber das alles passierte praktisch im Sekundentakt.«

Kerstins Erzählung war ungemein unterhaltsam, fand Lotte. Sie nahm ihre Tasse in beide Hände und lehnte sich zurück. »Keine Sorge, ich kann es mir bildlich sehr gut vorstellen.«

»Ja, und schließlich hatten wir beide, also Herr Thomsen und ich, die Lage wieder im Griff. Das Kind hockte auf meiner Hüfte und lehnte erschöpft, aber ruhig mit seinem hellblonden Köpfchen an meiner Brust, und der dazugehörige Vater hatte seine Blessuren und den Kessel unter Kontrolle gebracht.« Kerstin seufzte erneut und schloss kurz die Augen. »Dann lud er mich auf eine Tasse Tee ein.«

»Na, der verliert keine Zeit, so viel steht wohl fest. Und wo war die Mutter des Kindes, wenn ich mal nachfragen darf?«

»Ach, das ist eine wirklich traurige Geschichte, Lotte. Die Mutter starb vor knapp drei Jahren bei der Geburt des Jungen, und seitdem kümmert er sich nahezu allein um alles. Er hat natürlich eine Kinderfrau, aber die verlässt am frühen Abend das Haus, und sonntags kommt sie gar nicht, und er ist mit seinem Jungen allein. Manchmal springen wohl seine Eltern ein, aber das passiert nur, wenn es mal gar nicht anders geht und er berufliche Verpflichtungen hat. Die Eltern seiner verstorbenen Frau leben gar nicht in Hamburg. Er und der Junge sehen sie nur noch selten.«

»Das ist wirklich traurig.« Lotte musste schlucken, denn sie wusste nur zu genau, wie es war, ohne Mutter aufzuwachsen. »Der arme Mann und vor allem der arme Junge.«

»Nicht wahr? Zum Glück ist Herr Thomsen von Haus aus nicht ganz mittellos und konnte es sich deshalb auch leisten, Elsbeths Haus zu kaufen. Vorher hat er offenbar in einer anderen Kanzlei gearbeitet, doch nun wollte er sich selbstständig machen, auch im Hinblick auf das Wohl seines Sohnes.«

»Hoffentlich gelingt es ihm.«

»Davon geht er aus. Er meinte, dass es eine große Erleichterung für ihn sei, Wohnung und Arbeit jetzt in einem Haus zu haben. Dadurch kann er auch abends noch arbeiten, wenn sein Junge im Bett ist. Er schätzt den Standort mitten in der Stadt für die Kanzlei als sehr gut ein und hat sofort Anzeigen in den Zeitungen geschaltet. Offenbar hat er bereits die ersten Klienten an Land ziehen können. Es läuft also gut für ihn an.«

»Das ist beruhigend.« Lotte schenkte Tee nach. »Ich muss schon sagen, du hast in verhältnismäßig kurzer Zeit sehr viel über den Mann erfahren. Und wie ging es weiter?«

»Na ja, wir haben uns eine ganze Weile wirklich sehr nett unterhalten, doch dann ist mir plötzlich klar geworden, dass ich schon über eine Stunde bei diesem doch eigentlich völlig fremden Mann am Küchentisch saß und dabei auch noch sein Kleinkind auf dem Schoß wiegte, das dort unterdessen erschöpft eingeschlafen war und mir die Bluse vollsabberte. Das war schon irgendwie eine komische Situation. Ich bin also von meinem Stuhl aufgestanden und habe ihm gesagt, dass ich jetzt wirklich nach Hause müsse. Nachdem ich ihm seinen schlafenden Sohnemann übergeben hatte, hat er mich noch höflich gefragt, ob wir uns wiedersehen könnten. Er wirkte dabei recht nervös, und ich gebe zu, dass ich das irgendwie rührend fand. Unsere Begegnung schien nicht nur mich, sondern auch ihn ziemlich aufgewühlt zu haben. Mein Herz schmolz nur so dahin. Übrigens für beide Thomsens, denn der Kleine ist einfach zauberhaft.«

»Habt ihr euch denn schon verabredet?«

»Natürlich nicht! Das wäre dann doch zu schnell gegangen, denke ich. Ich habe ihm erst einmal gesagt, dass ich ihn sehr gerne wiedersehen würde, und selbstverständlich habe ich ihm auch mitgeteilt, wie er mich erreichen kann, aber dann bin ich gegangen.« Kerstin verdrehte theatralisch die Augen. »Glaub mir, Lotte, dieser Mann hat wirklich die schönsten blauen Augen, die du dir nur vorstellen kannst.«

»Offenbar hat dieser Herr Rechtsanwalt Thomsen in Windeseile dein Herz erobert.«

Lotte freute sich für ihre Freundin, fühlte jedoch gleichzeitig einen Stich in der Brust. Kerstins Begegnung mit Hagen Thomsen könnte durchaus auch ihr Leben verändern, da durfte sie sich nichts vormachen. Falls Kerstin irgendwann heiratete, würde Lotte vor einer erneuten Herausforderung stehen. Die Wohnung konnte sie sich kaum alleine leisten, und sie würde eine andere Mitbewohnerin suchen müssen. Das Schlimmste aber war der Schmerz des Verlustes, der sich schon jetzt in ihr breitmachte. Nach Elsbeth würde sie dann vielleicht auch noch Kerstin verlieren. Dennoch durfte sie sich ihrer Freundin gegenüber nichts anmerken lassen, das wäre nicht fair. Kerstin hatte nie einen Hehl daraus gemacht, wie sehr sie sich eine eigene Familie und einen Mann an ihrer Seite wünschte.

»Ich drücke dir die Daumen, Kerstin«, sagte sie schließlich. »Und ich wünsche dir alles Glück der Welt.«

»Ich danke dir. Übrigens freue ich mich darüber, dass ich dich offensichtlich endlich mal wieder zum Lächeln bringen konnte.«

»Wie soll ich das denn verstehen?« Lotte erhob sich und begann das Geschirr abzuräumen.

Sofort stand auch Kerstin auf und ging ihr zur Hand. »In der letzten Zeit wirkst du sehr nervös und furchtbar bedrückt.« Kerstin stellte die Butterglocke in die Speisekammer und lehnte sich mit vor der Brust verschränkten Armen an den Küchenschrank. »Ich meine, sogar noch mehr als früher ohnehin schon.« Ihre Freundin stieß ein leises Schnaufen aus. »Ich ahne schon sehr lange, dass du etwas mit dir herumträgst, über das du partout nicht reden willst. Was auch immer das sein mag, in den vergangenen Wochen beschäftigt dich das wieder sehr viel mehr. Ich kenne dich inzwischen wirklich gut, Lotte. Das kann man einfach nicht übersehen. Seit wir miteinander befreundet sind, habe ich mir immer wieder gesagt, dass du schon irgendwann mit der Sprache herausrücken würdest, aber das hast du bisher nicht getan.«

Kerstin ließ die Arme sinken und schüttelte leicht den Kopf. Die Geste wirkte hilflos.

»Weißt du, ehrlich gesagt, verletzt es mich, dass du mich nicht an deinen Sorgen teilhaben lässt.«

Ihre Freundin fuhr sich durch ihre dichten dunkelbraunen Locken – eine Geste, die Lotte schon vertraut war. Kerstin tat das gern, sobald sie nicht mehr weiterwusste.

»Ich habe doch recht, oder? Es ist etwas in deiner Vergangenheit passiert, über das du nicht reden willst. Noch nicht einmal mit mir.«

Lotte erwiderte Kerstins eindringlichen Blick. Natürlich kam ihr sofort Olgas Rat in den Sinn, und es erschien ihr fast wie ein Wink des Schicksals, dass Kerstin diese Sache nur wenige Stunden später ebenfalls zur Sprache brachte.

Das Leben spielt manchmal ziemlich merkwürdig seine Karten aus, dachte sie.

»Du kaust dir gerade deine Wange von innen kaputt«, ermahnte Kerstin sie trocken.

»Es tut mir leid«, brachte Lotte schließlich hervor.

»Was tut dir leid? Dass du gerade deine Wange malträtierst?«

Lotte ging nicht auf die scherzhafte Bemerkung ihrer Freundin ein. Sie schüttelte nur den Kopf.

»Mein Verhalten dir gegenüber tut mir leid, aber ich konnte mich einfach nicht dazu entschließen, mich dir zu öffnen. Ich dachte wirklich, ich hätte keine Wahl und müsste das alles mit mir allein abmachen. Außerdem wollte ich dich da nicht mit hineinziehen.«

Kerstin hielt inne, sah sie eine ganze Weile wortlos an und schüttelte dann kaum wahrnehmbar den Kopf.

»Vertrauen ist wohl der wichtigste Teil jeder Freundschaft, Lotte«, sagte sie schließlich.

»Das ist mir alles klar, und ich kann dir versichern, dass du mein vollstes Vertrauen besitzt.«

Lotte stellte die Teller ins Spülbecken, ging zurück zu ihrem Platz und ließ sich kraftlos auf den Stuhl fallen. Mit einem Mal wurde sie von Schuldgefühlen überschwemmt, die einen endlosen Moment lang ihr Herz zu zerdrücken drohten. Schlagartig wurde ihr bewusst, wie falsch sie sich in den vergangenen zwei Jahren Kerstin gegenüber verhalten hatte.

»Ich muss wohl oder übel zugeben, dass ich all das noch nie von deiner Seite aus betrachtet habe, und das kann ich mir kaum verzeihen. Du hast ja so recht, meine Liebe, ich wäre auch verletzt, wenn du nicht mit mir über deine Sorgen und Nöte sprechen würdest.« Sie räusperte sich. »Ich war einfach gefangen in meinem ganz persönlichen Käfig, und das hat meinen Blick so sehr getrübt, dass ich gar nicht bemerkt habe, wie sehr du als meine beste Freundin darunter gelitten hast. Anders kann ich mir das einfach nicht erklären, auch wenn das viel zu schal und oberflächlich klingen mag.«

»Keine Sorge, das tut es ganz und gar nicht«, warf Kerstin ein. »Ich bin froh, dass du es endlich erkannt hast. Mir war ja auch immer klar, dass es triftige Gründe für dein Verhalten geben muss, denn ich kenne dich. Du bist ein guter Mensch, Lotte.«

»Ich danke dir so sehr für dein Verständnis. Das bedeutet mir sehr viel.« Lotte entfuhr ein fast schluchzender Seufzer. »Setz dich bitte, Kerstin, bevor ich es mir anders überlege oder mir wieder irgendwelche Zweifel kommen, die mir dazwischenfunken. Ich will versuchen, dir zu erklären, wer deine Freundin wirklich ist.«

Noch während Lotte nach den richtigen Worten suchte, kam auch Kerstin wieder zum Tisch zurück. Wortlos schenkte sie ihnen den Rest aus der Kanne ein, pustete das Teelicht unter dem Stövchen aus und setzte sich zurück auf ihren Platz.

»Mein richtiger Name ist Charlotte Kollendiek«, begann Lotte und schloss für einen Moment die Augen. »Ich komme auch nicht aus Kiel, sondern aus Lübeck. Mein Vater ist ein recht bekannter Kaufmann dort. Er ist Tuchhändler und besitzt außerdem ein kleines Modehaus mit Maßschneiderei, das in Lübeck einen wirklich guten Ruf genießt. Dort habe ich auch meinen Beruf erlernt. Kelling ist der Nachname meiner damaligen Zofe Hertha. Sie hat mir gestattet, ihren Namen zu benutzen. Wir kennen uns schon sehr lange.« Lotte musste husten. Ihr Mund war ganz trocken, deshalb nahm sie einen Schluck aus ihrer Tasse. »Hertha war auch mein Kindermädchen.«

Kerstin saß ihr nahezu regungslos gegenüber und starrte sie mit ihren großen braunen Augen an. »Du hattest eine … Zofe? Puh! So was aber auch.«

Lotte brauchte eine Weile, bevor sie weitersprechen konnte. »In dem Sommer, bevor wir beide uns im Warenhaus kennenlernten, bin ich vor meinem Ehemann davongelaufen«, presste sie schließlich hervor.

Sichtlich überrascht keuchte Kerstin auf. »Du bist verheiratet?«

»Ja, das bin ich. Mein Mann heißt Edgar Kollendiek und ist Hauptanteilseigner einer Lübecker Privatbank. Mein Vater stand wegen eines großen Kredits in Kollendieks Schuld.« Lotte fühlte, wie sich etwas in ihrer Brust löste. Das Reden fiel ihr nun leichter.

»Erklärst du mir das genauer?«

»Mein Vater hatte eine riesige Ladung Seide direkt aus China geordert und bereits bezahlt, denn er kannte den chinesischen Handelspartner gut. Er hatte schon seit Jahren eine solide Geschäftsbeziehung mit ihm. Das Schiff, mit dem die Seide nach Hamburg kommen sollte, kollidierte jedoch unglücklicherweise mit einem anderen Handelsschiff und versank mitsamt der kostbaren Ladung. Mein Vater ging natürlich davon aus, dass die Reederei wie üblich die Ladung versichert hatte, doch wie sich herausstellte, musste die Versicherung letztlich nicht zahlen, weil irgendwelche wichtigen Papiere fehlten oder verschwunden waren. Natürlich ging die Sache sogar vor Gericht, doch ohne Erfolg. Die Reederei, die mein Vater beauftragt hatte, musste Konkurs anmelden. Trotz der fehlenden Papiere war von dort also kaum noch etwas zu holen. Nach diesem Schiffsunglück ging eigentlich alles schief, was nur schiefgehen konnte. Die Seide war ebenso wie das viele Geld unwiderruflich verloren. Mein Vater konnte eigene Verträge nicht erfüllen, und das zog weitere Kosten nach sich. All das brachte unsere Firma in eine fast aussichtslose Lage, mit der niemand hätte rechnen können. Kollendiek und mein Vater waren Geschäftsfreunde. Allein Kollendieks Bank war bereit, uns den rettenden Kredit zu genehmigen, damit mein Vater die Firma halten konnte. Allerdings rang Edgar Kollendiek meinem Vater dafür das Versprechen ab, dass er mich zur Frau bekommen würde. Er hatte schon lange ein Auge auf mich geworfen und nutzte die aussichtslose Lage meines Vaters gewissenlos aus.«

Lotte lief ein unangenehmer Schauer über den Rücken, und sie schüttelte sich leicht.

»Das ist ja wie im Mittelalter«, rief Kerstin hörbar empört aus.

»Mag sein, aber mir blieb kaum eine Wahl. Mein Vater bat mich inständig darum, diesen Mann zu heiraten. Ich hatte jedoch Vorbehalte gegen Kollendiek. Obwohl er mir gegenüber stets höflich und außerordentlich charmant war, kämpfte ich jedes Mal mit zwiespältigen Gefühlen, wenn ich ihm begegnete. Ich konnte nie näher beschreiben, woran das lag, aber ich empfand seine Nähe immer irgendwie als unangenehm. Außerdem war er fast fünfzehn Jahre älter als ich. Mein Vater versuchte, meine Zweifel und Bedenken mit aller Macht zu zerstreuen. Er hatte auch wirklich gute Argumente auf seiner Seite. Im Grunde war Kollendiek nämlich eine großartige Partie und nach dem frühen Tod seiner ersten Frau wieder einer der begehrtesten Junggesellen der Stadt. Der Mann war reich, sah gut aus, und er war offenbar verrückt nach mir. Er warb geradezu herzerweichend um meine Gunst und mein Jawort. Die eindringlichen Worte meines Vaters taten ihr Übriges. Er meinte damals, ich könne es kaum besser treffen und an Kollendieks Seite würde es mir nie an etwas fehlen. Wie gesagt, unsere Lage war verzweifelt, und obwohl ich kein gutes Gefühl bei der Sache hatte, gab ich schließlich nach und willigte in die Heirat ein. Wie sich sehr schnell herausstellte, war das der größte Fehler meines Lebens.«

»Dein Mann war also nicht gut zu dir?«

Lotte lachte bitter auf. »Nicht gut? Das ist ein fast schon lächerlich verharmlosender Ausdruck im Zusammenhang mit Edgar Kollendiek.« Als ihre Kehle eng wurde, musste sie schlucken. »Verzeih, ich kann grad nicht …«

»Oh, Liebes, nicht weinen.« Kerstin stand auf, kam um den Tisch herum und nahm Lotte in den Arm. »Warte, mir fällt gerade etwas ein«, sagte Kerstin. »Im Kämmerchen steht noch immer die Flasche Rotwein, die Elsbeth uns zum Einzug geschenkt hat. Ich hole sie schnell. Wir können jetzt beide ein Schlückchen vertragen, denke ich.«

Lotte nickte. »Ja, das ist eine gute Idee.«

Sie erhob sich, um zwei Gläser aus einem der oberen Küchenschränke zu nehmen, und stellte sie auf den Tisch. Die kurze Zeit, die Kerstin brauchte, um die Flasche aus dem Kämmerchen im Flur zu holen, den Korken zu ziehen und ihnen einzuschenken, reichte Lotte aus, um sich wieder in den Griff zu bekommen. Schließlich saßen sie beide erneut am Tisch und prosteten sich zu.

Der Wein sorgte bereits beim ersten Schluck dafür, dass es Lotte warm wurde und sie sich etwas entspannte.

»Das tut wirklich gut«, sagte sie, nachdem sie ihr Glas wieder abgestellt hatte.

»Sag ich doch.« Kerstin lächelte ihr aufmunternd zu. »Er

war also alles andere als gut zu dir?«, nahm ihre Freundin das Thema wieder auf.

»Stell dir den schlimmsten Albtraum vor, den du haben kannst, und dann lege noch einige Schippen obendrauf.«

»Hat er dir etwa wehgetan?«, fragte Kerstin leise.

Anstatt ihrer Freundin zu antworten, stand Lotte auf, öffnete das Bindeband ihres Bademantels und zog das darunter liegende Oberteil ihre Pyjamas ein gutes Stück in die Höhe, sodass ihr nackter Bauch sichtbar wurde.

»O mein Gott, Lotte!« Sichtbar erschüttert sprang Kerstin ebenfalls auf. »Was hat dieser Teufel dir nur angetan?«

Lotte fuhr mit dem Zeigefinger die länglichen, inzwischen hellrosa verblassten und weißen Narben entlang.

»Das hier war ein kurzer Rohrstock. Den hat er gern benutzt, wenn wir … also … wenn wir im Bett zusammen waren. Oft platzte meine Haut einfach auf, deshalb blieben diese Narben zurück. Meine Oberschenkel sind ebenfalls voller Striemen. Die kleineren runden Narben sind von heißem Wachs oder glühenden Zigaretten. Natürlich war mein Körper damals auch übersät mit blauen Flecken. Er hat mich geschlagen, manchmal auch gebissen und mir auf jede sonst noch erdenkliche Weise Schmerzen zugefügt. Ihn hat das sexuell erregt – so sehr, dass es mit der Zeit immer schlimmere Formen annahm. Erspare mir bitte weitere Einzelheiten.« Ein kurzes Schluchzen entfuhr ihr. »Es hat jedenfalls viele Wochen gedauert, bis ich nach meiner Flucht keine Schmerzen mehr hatte. Denn irgendwann war mir klar geworden, dass er mich eines Tages umbringen würde.«

So wie Lotte liefen inzwischen auch Kerstin die Tränen über die Wangen. Wieder kam ihre Freundin zu ihr um den Tisch herum und nahm sie tröstend in den Arm.

»Was dir passiert ist, ist einfach nur furchtbar«, flüsterte sie. Danach hielten sie sich einige stille Momente nur gegenseitig fest.

»Du darfst niemals und mit niemandem jemals darüber sprechen, Kerstin.« Lottes Stimme klang noch immer zittrig.

»Das werde ich nicht. Das verspreche ich dir hoch und heilig.«

»Ich weiß, dass ich dir vertrauen kann.« Lotte machte einen tiefen Atemzug, und die beiden lösten die Umarmung. »Es war nicht einfach, von ihm wegzukommen. Aber ich habe es geschafft. Olga und meine Zofe Hertha halfen mir dabei.«

»Wie hast du das nur geschafft?«

Lotte seufzte. »Ich musste meinen Tod vortäuschen, anders hätte es nicht funktioniert. Einen Tod ohne Leiche, um genau zu sein. Offiziell bin ich in der Ostsee ertrunken. Alles in allem war es ein sehr ausgeklügelter Plan, für den in erster Linie Olga verantwortlich war. Ich werde dir später einmal alles genau erzählen, aber jetzt fehlt mir einfach die Kraft dazu.«

»In Ordnung.« Kerstin nickte. »Mach dir keine Gedanken. Ich bin froh, dass ich jetzt endlich weiß, was du die ganze Zeit mit dir herumgetragen hast.«

Ihre Freundin zog sich einen Stuhl heran und setzte sich wieder.

»Jedenfalls schien in der letzten Zeit einiges darauf hinzudeuten, dass Kollendiek an meinem Tod zweifeln könnte«, fuhr Lotte fort. »Und das hat mich in den vergangenen Wochen so sehr beunruhigt.«

»Weißt du das durch Olga? Hat sie dir das erzählt?«, fragte Kerstin. Ihre Freundin erfasste offenbar nach und nach alle Zusammenhänge.

»Ja, Olga erzählt mir immer sofort, wenn in Lübeck etwas passiert, was ich wissen sollte. Sie steht im ständigen Kontakt zu Hertha, aber auch zu anderen Menschen dort. Meine ehemalige Zofe arbeitet noch immer im Haus meines Vaters. Sie kümmert sich um den Haushalt. Hertha hält also Augen und Ohren offen, und Olga lässt zudem weitere Beziehungen spielen, um Kollendiek noch besser im Blick behalten zu können. Wie genau sie das schafft, weiß ich nicht. Du musst wissen, sie besitzt auch ein kleineres Bordell in Lübeck. Deshalb ist sie ab und zu dort und kennt jede Menge Leute, die sich für eine derartige Aufgabe eignen. Heute Nachmittag meinte Olga, dass momentan offenbar keine Gefahr von Kollendiek ausgehen würde.«

»Ich kenne dich, Lotte. Du sagst das so, als würdest du daran zweifeln.«

»Da hast du nicht ganz unrecht, aber ich bin sowieso der Meinung, dass ich immer aufmerksam bleiben muss, um mich schützen zu können. Irgendwann wird sich das vielleicht legen, aber das könnte noch ein paar Jahre dauern, denke ich. Edgar Kollendiek ist ein Monster mit einem freundlichen Gesicht und meistens auffallend guten Manieren, Kerstin. Bei ihm kann man sich niemals sicher sein.«

»Jedenfalls verstehe ich jetzt zwei Dinge etwas besser, die mir vorher nicht so richtig in den Kopf wollten«, sagte Kerstin. Sie griff nach der Rotweinflasche und schenkte ihnen nach.

»Was meinst du?«

»Nun, zum einen habe ich mich dauernd gefragt, warum du mit einer Frau wie Olga befreundet bist. Jetzt verstehe ich das. Sie hat wirklich viel für dich getan und tut es immer noch. Ich muss sagen, seit heute hat sie auch bei mir einen riesengroßen Stein im Brett. Ich schäme mich jetzt fast für meine Gedanken über sie.«

Lotte musste lachen. »Schau an. Und was ist die zweite Sache, die du jetzt besser verstehst?«

Kerstin nahm ihr Glas, trank einen kräftigen Schluck und warf ihr über den Rand des Glases hinweg einen aussagekräftigen Blick zu. »Jannes Vossen. Ich kann mir jetzt zumindest ansatzweise vorstellen, warum du ihn so vehement auf Abstand hältst.«

»Niemand weiß, dass ich bereits verheiratet bin, und das muss auch unbedingt so bleiben. Es ändert jedoch nichts an der Tatsache, dass es so ist, Kerstin. Auch wenn ich offiziell für tot gehalten werde und inzwischen unter einem anderen Namen lebe, könnte ich eine weitere Heirat niemals mit meinem Gewissen vereinbaren. Es wäre falsch und nicht rechtens, egal, wie sehr ich Jannes auch mag. Außerdem hätte ich ständig Angst um ihn, und glaub mir, die Angst wäre durchaus berechtigt. Ich darf ihn da nicht mit hineinziehen. Es geht nicht allein darum, dass ich ihn nicht heiraten könnte, solange Kollendiek am Leben ist.

Mir geht es vor allem darum, dass ich Jannes vor diesem Mann schützen muss. Kollendiek ist unberechenbar und außerordentlich brutal veranlagt. Als Mann an meiner Seite wäre Jannes in großer Gefahr, denn so wie ich ihn kenne, würde er alles daransetzen, um mich zu beschützen. Dazu darf ich es nicht kommen lassen. Verstehst du das, Kerstin? Niemand kann mir die Garantie dafür geben, dass Kollendiek nicht doch irgendwann herausfindet, dass ich noch am Leben bin.« Lotte schnaufte leise. »Ich muss Jannes vor ihm schützen«, wiederholte sie, und selbst in ihren eigenen Ohren klang es verzweifelt. »Mit allen Mitteln, die mir zur Verfügung stehen. Auch wenn das heißt, dass wir niemals zusammen sein können.«

10. Kapitel

Hamburg, im Oktober 1931

Jannes' Vater war wütend, das war nicht zu übersehen und schon gar nicht zu überhören.

»Ich verstehe das einfach nicht«, schimpfte er weiter, nachdem er sich zum wiederholten Male durch einige Tiraden über die allgemeine politische Lage im Land Luft gemacht hatte.

»Bitte, Karl, sprich doch etwas leiser. Außerdem hatten wir doch beschlossen, dass die Politik während des Abendessens kein gutes Gesprächsthema ist«, warf seine Mutter ein.

»Du hast das beschlossen, liebste Esther, aber die Lage in unserem Land spitzt sich immer weiter zu, und da muss man doch drüber reden dürfen.« Sein Vater stieß ein zorniges Schnauben aus, bevor er weitersprach. »Über siebzigtausend Unternehmen mussten unterdessen Konkurs anmelden, die Arbeitslosigkeit steigt immer stärker an, und über die Devisenlage und den Goldpreis möchte ich erst gar nicht nachdenken. Wenn in einer so instabilen Zeit unser Reichspräsident diesen grauenvollen Nationalsozialisten ganz offiziell empfängt, ist das beileibe kein gutes Zeichen, so viel steht fest.«

»Ich habe erst heute Morgen gelesen, dass das Treffen der beiden nicht unbedingt harmonisch abgelaufen sein soll«, bemerkte Werner knapp.

»Werner hat recht«, griff Jannes den Faden auf, als sein Bruder nach dem kurzen Einwand nicht weitersprach, sondern sich stattdessen wieder seinem Abendessen zuwandte. »Hindenburg und Hitler sollen sich überhaupt nicht verstanden haben. Wie man hört, ließ Hindenburg hinterher sogar verlauten, dass er dem Mann niemals wieder begegnen möchte, weil er ihn furchtbar unangenehm fand. Nicht nur Reichskanzler Brüning soll deshalb äußerst erleichtert gewesen sein, selbst darüber wurde geschrieben. Unter anderem bat Hindenburg Hitler wohl darum, die Regierung nicht so scharf anzugreifen, da das im Hinblick auf die Wirtschaftskrise völlig unangebracht und dazu noch nicht einmal gerechtfertigt sei, doch …«

»Das habe ich natürlich auch gelesen«, fiel sein Vater ihm ins Wort und winkte unwillig ab, sodass Jannes darauf verzichtete, seine Ausführungen fortzusetzen. »Und natürlich bin ich auch der Meinung, dass gerade in Zeiten wie diesen die Regierung von allen politischen Kräften im Land unterstützt werden sollte, anstatt noch Öl ins Feuer zu gießen, so wie es die Nationalsozialisten jeden Tag tun«, fuhr er sogleich fort. »Ich frage mich wirklich, wie Hindenburg nur so einen eklatanten Fehler begehen konnte. Allein schon die Tatsache, dass der Reichspräsident unseres Landes diesen widerlichen Kauz überhaupt empfangen hat, wird doch dafür sorgen, dass dessen Ansehen in der Bevölkerung steigt. Egal, ob dieses Treffen gut oder schlecht gelaufen ist, Hindenburg verleiht Hitler damit eine Art von Legitimation, und diese Tatsache finde ich schlicht unerträglich. Hitlers verfluchte Anhängerschaft jubelt sicher schon ob dieser neuen Aussichten. Mich macht das so unglaublich wütend.«

Karl Vossen schob seinen Teller von sich weg, und im Raum herrschte einige Sekunden lang Stille. Dann neigte er sich seiner Frau zu und legte eine Hand auf ihre.

»Verzeih, mein Herz, ich wollte dir nicht das Abendessen verderben. Es tut mir leid, dass ich mich nicht beherrschen konnte, aber diese Sache treibt mich um und bringt mich um den Schlaf. Du weißt das am besten.«

Esther nickte, schloss kurz die Augen und schenkte ihrem Mann ein gewohnt nachsichtiges Lächeln.

Jannes und sein Bruder wechselten einen aussagekräftigen Blick miteinander und mussten beide ein Grinsen unterdrücken. Schon seit ihrer Kindheit wussten sie, dass Esther ihrem Mann kaum jemals etwas wirklich übel nahm. Wahrscheinlich konnte sie das gar nicht. Ihre Mutter war nicht nur klug, sondern auch eine durch und durch liebevolle Frau. Ihren Mann und ihre Söhne stellte sie stets über alles andere.

»Geht doch schon mal hinüber ins Kaminzimmer«, sagte sie einen Augenblick später, ohne ihren Blick von ihrem Mann zu lösen. »Ich kümmere mich noch darum, dass abgeräumt wird, und komme dann nach. Du darfst mir unterdessen gerne einen winzigen Sherry einschenken, mein Liebster.«

Jannes zog sich an diesem Abend etwas früher in seine Räume zurück. Er hatte bleierne Müdigkeit vorgeschoben und seiner Familie bereits nach wenigen Minuten im Kaminzimmer eine gute Nacht gewünscht. Es lag nicht nur daran, dass die Gespräche über die Nationalsozialisten und die allgemeine Lage im Land auch ihn beunruhigten und zunehmend erschöpften, nein, er fühlte sich schlicht abgekämpft und entsetzlich müde – wenn es auch eine andere Müdigkeit war als diejenige, die er soeben bei seiner Familie vorgeschoben hatte.

Vor allem seine Seele brauchte im Augenblick Erholung, das erkannte er von Tag zu Tag immer mehr. Insgesamt stieß er an seine Grenzen, und das war eine völlig neue Erfahrung für ihn. Noch nie in seinem Leben hatte er sich so sehr nach Ruhe und Entspannung gesehnt. Leider wusste er nicht, wie er es bewerkstelligen sollte, die so dringend notwendige Erholungszeit einzurichten, denn die schwierige Situation ließ es einfach nicht zu. Zunächst einmal musste also wieder einmal die Ruhe und Abgeschiedenheit seines Schlafzimmers reichen, um zumindest körperlich ein wenig Kraft zu tanken. Im Grunde war ihm viel mehr danach, für einige Tage allein irgendwohin aufs Land oder sogar an die See zu fahren, um den Kopf endlich einmal wieder richtig freizubekommen, doch daran war im Augenblick nicht zu denken. Er wurde gebraucht, und in diesen schwierigen Zeiten fühlte er sich besonders stark in der Verantwortung. Das Warenhaus und die Gebrüder Tietz brauchten ihn tatsächlich mehr denn je. Die wirtschaftliche Lage wollte sich einfach nicht entspannen, und solange das so war, würde er sich keine Auszeit gönnen können.

Vor allem rieb ihn jedoch seine Beziehung zu Lotte auf. Die vergangenen zwei Jahre hatten ihm viel abverlangt. Praktisch jeder einzelne Tag davon war ein einziger Kampf mit und gegen seine Gefühle gewesen, und es wurde nicht leichter. Im Gegenteil. Gerade in den vergangenen Monaten hatte Lotte ihn sogar noch ein wenig mehr auf Abstand gehalten. Der Abend, an dem er sie nach Hause begleitet hatte, lag nun auch schon wieder eine ganze Weile zurück, und seitdem war er nicht mehr allein mit ihr gewesen. Dabei hatte er sich gerade an diesem Abend bewusst freundschaftlich gezeigt. Natürlich hatte er ihr noch einmal versichert, dass er jederzeit für sie da war, doch das würde auch ein guter Freund tun. Alles in allem konnte er sich nicht erinnern, wie er sie an diesem Abend auf irgendeine Weise verärgert haben könnte. Dennoch schien Lotte danach an einer unsichtbaren Schraube gedreht zu haben. Gerade so viel, um nicht unhöflich zu wirken, aber dennoch genug, um noch mehr Distanz in ihre Beziehung zu bringen. Für ihn deutete alles darauf hin, dass Lotte inzwischen sogar streng darauf achtete, ihm nur noch in Gesellschaft anderer zu begegnen und niemals allein.

Zweimal schon hatte er versucht, sie erneut zum Essen einzuladen, doch jedes Mal hatte sie freundlich, aber bestimmt abgelehnt. So war es nun schon seit vielen Monaten bei rein beruflichen Begegnungen geblieben, doch selbst diese hatten sich verändert. Wenn Lotte tatsächlich einmal in sein Büro kommen musste, um etwas mit ihm zu besprechen, ließ sie die Tür sperrangelweit offen und war stets in Eile. Private Gespräche fanden zwischen ihnen praktisch gar nicht mehr statt.

Lottes Verhalten ihm gegenüber rüttelte heftig an seinen Nerven, und hier und da verspürte er sogar einen Anflug von Unverständnis, manchmal sogar heftigen Unwillen in sich aufkeimen. Das gefiel ihm ganz und gar nicht, denn schließlich hatte er sich geschworen, an seiner Liebe zu ihr festzuhalten, niemals aufzugeben und ihr jeden Tag aufs Neue zu zeigen, dass er jederzeit für sie da sein würde. Sie musste einfach irgendwann einsehen, dass sie zu ihm gehörte und zu niemandem sonst, das sagte er sich immer wieder. Dennoch … die Monate gingen ins Land, und er fühlte, wie ihn nach und nach die Kräfte verließen, die er so dringend brauchte, um weiterhin auf ein gemeinsames Leben mit Lotte Kelling hoffen zu können.

Sobald die Zweifel zu heftig an seinen Nerven rüttelten, rief er sich den Kuss in Erinnerung, und jegliche resignierenden Gedanken verschwanden wie durch Zauberhand. Dieser Kuss! Der Kuss hatte alles zwischen ihnen verändert, und das musste auch sie gespürt haben, da war er sich sicher. Jedes Mal, wenn er daran zurückdachte, verlor er sich in seiner Erinnerung. Zugleich war es niemals leicht daran zu denken, denn er war auch nur ein Mann, und das unbezähmbare Begehren war quälend und konnte von ihm selbst nur unzureichend gestillt werden.

Lotte war und blieb die einzige Frau auf der Welt für ihn. So sehr er sich auch schon darum bemüht hatte, diese Liebe ließ sich nicht einfach abschütteln. Sie ließ sich auch nicht verdrängen oder gar durch eine andere Frau heilen. Das würde niemals funktionieren, und inzwischen hatte er das auch eingesehen und nahm es schlichtweg hin. Er brannte nur für Lotte, und jede Faser seines Seins sehnte sich danach, sie endlich wieder in den Armen halten zu können.

In den letzten Tagen hatte sich ein Gedanke in seinem Kopf eingenistet und ließ sich nicht mehr vertreiben. Vielleicht sollte er es doch noch einmal darauf ankommen lassen und einen Schritt auf sie zu wagen. Ansonsten würde er sehr wahrscheinlich schon bald dem Wahnsinn verfallen. Vielleicht war er es sogar ihrem gemeinsamen Schicksal schuldig, sein Versprechen zu brechen und Lotte Kelling noch einmal gründlich daran zu erinnern, wie wundervoll es war, wenn sie sich in den Armen hielten und küssten.

Als einzige Frau zwischen lauter Männern saß Lotte an ihrem üblichen Platz am langen Tisch des Konferenzraums und folgte konzentriert den Ausführungen ihrer Kollegen. Wie so oft in der letzten Zeit fand auch heute noch zu recht später Stunde des Arbeitstags eine kurzfristig anberaumte Sitzung statt, und wie immer nahmen auch Georg Tietz und Jannes daran teil. Natürlich ging es einmal mehr um die stetig sinkenden Verkaufszahlen, aber auch um die fast schon verzweifelte Suche nach Lösungen, die eine kleine Wende bringen könnten.

Gerade hatte Lotte die neuesten Umsatzzahlen ihrer Abteilungen dargelegt, und nun waren die anderen Abteilungsleiter dran. Es stellte sich heraus, dass es nur wenige Abteilungen im Warenhaus gab, die überhaupt Umsätze verbuchen konnten. Da es noch immer etliche reiche Leute in Hamburg gab, verkauften sich einige Luxusartikel weiterhin, wenn auch nicht mehr ganz so gut wie vor der Krise. Zum Glück gehörte Lottes Abteilung zu denen, die nicht ganz schlecht dastanden, doch auf Dauer ließ sich so kein großes Warenhaus am Leben erhalten, das wusste sie. Nicht nur die Löhne der Verkäuferinnen waren bereits drastisch gekürzt worden, auch Entlassungen hatte es schon gegeben. Wirklich jeder, der hier arbeitete, machte sich Sorgen, dass auch er bald zu der ständig steigenden Zahl der Arbeitslosen gehören könnte. Georg Tietz versicherte zwar immer und immer wieder, dass er und seine Familie alles dafür tun würden, das Warenhaus und möglichst viele der Arbeitsplätze zu erhalten, doch auch er war inzwischen unübersehbar von seinen drückenden Sorgen gezeichnet.

Auch dieses Mal blieb es eher bei einem gemeinsamen Austausch, denn Lösungen lagen schon lange nicht mehr in ihren Händen, das war jedem hier am Tisch klar. Als Georg Tietz schließlich nach etwas mehr als einer Stunde die Sitzung beendete, war die Stimmung kaum besser als davor.

»Meine Lieben, ich habe noch einen Termin und muss jetzt los«, teilte Tietz ihnen mit. »Halten Sie durch und lassen Sie den Kopf nicht hängen. Ich werde alles daransetzen, eine Lösung zu finden, damit unser Warenhaus diese schreckliche Zeit übersteht, das verspreche ich Ihnen. Es kommen auch wieder bessere Zeiten, das hat uns die Geschichte gelehrt. Halten Sie sich an diesem Gedanken fest, denn ich tue es auch. Vorerst bedanke ich mich einmal mehr für Ihren unermüdlichen Einsatz.«

Bevor er sich verabschiedete und ging, sah er noch einmal jedem Anwesenden ins Gesicht. Als sein Blick schließlich auf den ihren traf, lächelte er leicht und nickte ihr kaum merklich zu. Je besser Lotte ihren Chef kennenlernte, umso mehr schätzte und bewunderte sie ihn.

Nachdem Georg Tietz gegangen war, erhob sie sich von ihrem Platz, so wie alle anderen im Raum auch. Während sich der Konferenzraum nach und nach leerte, schob Lotte ihre wenigen Unterlagen zusammen und wollte ebenfalls gerade gehen, als Jannes von der anderen Seite des Tisches zu ihr herüberkam. Ihre Blicke trafen sich kurz, doch es war bereits zu spät, um ihm auszuweichen.

»Georg wird noch heute versuchen, weitere Kredite zu bekommen«, sagte er.

»Ja, das denke ich mir. Hoffentlich gelingt es ihm. Ich wünsche es uns allen.«

»Ich bin mir gar nicht mehr so sicher, ob das wirklich helfen würde. Zu viele Schulden können auch großen Schaden anrichten«, erwiderte er. »Es gibt Dinge, die kann man nicht mehr einfangen, sobald sie eine gewisse Größe überschritten haben. Schulden gehören meiner Meinung nach dazu.« Er kam noch einen Schritt näher. »Geht es dir gut, Lotte?«, fragte er, als er vor ihr stand. Sein Blick fing erneut den ihren ein und hielt ihn dieses Mal fest.

Ihr Herz zog sich ein wenig zusammen. Es war jedes Mal schwer für sie, ihm so nahe zu sein. Sobald sie sich gegenüberstanden, war die Sehnsucht groß, sich einfach in seine Arme zu schmiegen. Denn dort hatte sie sich zum ersten Mal in ihrem Leben wirklich sicher gefühlt – auch wenn das nur eine Illusion gewesen war. Sie und er würden niemals wirklich sicher sein und schon gar nicht, wenn sie das Risiko eingen, sich in seine Arme zu flüchten. Das durfte sie niemals vergessen.

»Ja, danke«, antwortete sie knapp. Sie musste sich räuspern, und um sich wieder in den Griff zu bekommen, senkte sie den Blick auf die Unterlagen in ihren Händen. Wenn sie auch nur eine Sekunde zu lange in seine goldbraunen Augen sah, würde sich das verheerend auf ihre Selbstbeherrschung auswirken, das hatte sie unterdessen gelernt. Jannes und sie waren inzwischen allein im Raum, das machte es nicht leichter.

»Wir sehen uns kaum noch, Lotte. Weichst du mir aus?« Seine Frage kam so direkt, dass sie einen Augenaufschlag lang kein Wort herausbrachte.

»Blödsinn«, beeilte sie sich zu sagen, doch sie spürte, dass ihre Kehle eng wurde. »Ich habe einfach viel zu tun.« Hastig schob sie sich die schmale Mappe mit ihren Unterlagen unter den Arm. »Ich wünsche dir noch einen schönen Tag, Jannes.«

Als sie an ihm vorbeigehen wollte, griff er nach ihrem Handgelenk und hielt sie auf. Unweigerlich sah sie ihm wieder ins Gesicht.

»Lotte«, sagte er leise. »Lotte.«

Seine Finger schlossen sich nur kurz und auch nicht sehr fest um ihr Handgelenk, doch die Wärme seiner Hand rieselte durch ihren Körper und versetzte alles in ihr in Aufruhr. Für den Bruchteil einer Sekunde gestattete sie sich, seine Berührung zu genießen.

Natürlich ließ er sie sofort wieder los und entschuldigte sich.

»Verzeih, das war dumm«, stieß er hervor. »Es tut mir leid, meine Nerven sind im Augenblick nicht die besten. Ich wollte dich nicht …«

»Es ist schon gut«, unterbrach sie ihn.

Ohne ihn noch einmal anzusehen, wandte sie sich von ihm ab und verließ hastig den Raum. Mit schnellen Schritten suchte sie zunächst instinktiv die Damentoilette auf. Sie brauchte einfach einen Moment, um sich wieder zu sammeln, bevor sie erneut ihren Kollegen begegnete.

Fast schon erstaunt bemerkte sie, dass ihr Gesicht im Spiegel über dem Waschbecken völlig normal aussah. An der Stelle an ihrem Handgelenk jedoch, wo Jannes sie soeben berührt hatte, spürte sie noch immer die angenehme Wärme seiner Hand. Am liebsten hätte sie sie dort für alle Zeiten festgehalten.

»Was hast du nur für blödsinnige Gedanken?«, fragte sie flüsternd ihr Spiegelbild.

Verwundert schüttelte sie über sich selbst den Kopf, während sie angestrengt versuchte, das Durcheinander in ihren Gedanken zu sortieren. Wie zum Trotz ließ sie einige Minuten lang kaltes Wasser über ihre Handgelenke laufen und kühlte anschließend auch ihre Schläfen. Ganz bewusst atmete sie einige Male tief ein und wieder aus. Erst als sie sich wieder völlig im Griff hatte, verließ sie die Damentoilette und ging hinüber ins Abteilungsleiterbüro, um ihre Unterlagen in den entsprechenden Ordner für ihre Abteilungen abzuheften. Niemand war mehr hier, aber das hatte sie auch nicht erwartet. Alles war still, und nur entfernt drang das Klappern einer Schreibmaschine aus dem Büro der beiden Sekretärinnen an ihr Ohr.

Lotte schob den Ordner zurück in den Aktenschrank und warf einen kurzen Blick auf die weiß gerahmte Wanduhr über der Tür des Büros. Es war schon spät, und auch Frau Runge und ihre junge Kollegin würden demnächst Feierabend machen.

Lotte war froh, dass sie wegen der recht spät angesetzten Konferenz heute nicht mehr zurück in die Abteilung musste. Sie konnte also getrost nach unten in den Personalraum fahren, ihren Mantel holen und direkt nach Hause gehen. Die Ruhe würde ihr sicherlich guttun, und sie sehnte sich bereits nach der Abgeschiedenheit ihrer Wohnung. Wie so oft in der letzten Zeit würde sie auch heute Abend wieder alleine sein. Seit Kerstin sich mit Hagen Thomsen, dem jungen Anwalt, der in Elsbeths Haus eingezogen war, verlobt hatte, verbrachte ihre Freundin jede Menge Zeit und inzwischen sogar die eine oder andere Nacht bei ihm.

Lotte gönnte Kerstin das Glück mit Hagen Thomsen von ganzem Herzen, doch sie musste auch zugeben, dass sie ihre Freundin oft vermisste. Unter normalen Umständen war es noch immer ungewohnt für sie, wenn sie abends allein zu Hause war, doch da Kerstin und Hagen bereits in wenigen Monaten heiraten würden, wurde es wirklich Zeit, dass sie sich daran gewöhnte. Vor allem musste sie sich um eine neue Untermieterin kümmern, doch diese Aufgabe schob sie immer wieder vor sich her.

Heute war sie zum ersten Mal froh darüber, dass in ihrer

Wohnung nichts anderes als gnädige Ruhe und Einsamkeit auf sie warteten. Sie würde sich einen Tee kochen und sich einfach zeitig mit einem guten Buch in ihr Bett kuscheln, um den Rest der Welt wenigstens für einige Stunden auszublenden.

Seufzend verließ sie das Abteilungsleiterbüro, doch kaum war sie auf dem Flur, fiel ihr ein, dass sie ihren Mantel und ihre Handtasche vorhin bereits im Konferenzraum deponiert hatte, weil die Besprechung so spät angesetzt gewesen war. Sie war davon ausgegangen, dass sie danach sofort nach Hause gehen würde. Sicherlich baumelte ihre Tasche dort an der Armlehne des Stuhls, und ihr Mantel hing am Garderobenständer neben der Tür.

Nun ärgerte sie sich darüber, dass sie wegen der Begegnung mit Jannes vorhin überhaupt nicht mehr daran gedacht hatte. Einen leisen Fluch ausstoßend drehte sie sich um und ging noch einmal den langen Flur in die entgegengesetzte Richtung hinunter, um ihre Sachen zu holen.

Der Konferenzraum lag direkt gegenüber von Jannes' Büro. Vermutlich war er noch dort, denn er arbeitete meistens länger als alle anderen hier oben, das wusste sie. Lotte schickte ein stilles Stoßgebet gen Himmel, dass er nicht gerade in dieser Sekunde aus seinem Büro herauskommen möge. Eine weitere Begegnung mit ihm würde ihr Nervenkostüm heute kaum noch verkraften.

Im Konferenzraum angekommen, schnappte sie sich eilig ihren Mantel und die Tasche und machte sofort wieder auf dem Absatz kehrt. Gerade als sie den Raum verließ, öffneten sich am anderen Ende des Flurs die Fahrstuhltüren, und Georg Tietz trat in Begleitung von zwei anderen Männern heraus. Tietz drehte ihr im Gehen halb den Rücken zu, und da die drei Männer in eine angeregte Unterhaltung vertieft waren, sah auch keiner der anderen beiden in ihre Richtung, während sie langsam weiter den Flur entlang auf sie zu kamen.

Für Lotte änderte sich in diesem winzigen Augenblick jedoch alles. Wilde Panik strömte jäh durch ihren ganzen Körper, und reflexartig öffnete sie die nächstbeste Tür, um sich zu verstecken. Es war fast vollständig dunkel in dem Raum, und ihr Herz klopfte so laut und schnell, dass Lotte meinte, jeder im gesamten Haus müsste es hören. Sie war vollkommen außer sich, und es war ihr unmöglich, auch nur einen einzigen klaren Gedanken zu fassen. Während sie zitternd ihr Schicksal verfluchte, spürte sie, wie ihr schlagartig der Schweiß den Rücken hinablief. Ihr Unterkleid und die dünne Bluse klebten bereits an ihrer Haut, und als die Stimmen der Männer näher kamen, um sich dann gleich wieder zu entfernen, glaubte sie, vor lauter Panik fast das Bewusstsein zu verlieren.

Bebend vor Angst stand sie in der Dunkelheit und presste den Mantel und ihre Tasche an sich, so als könnten diese Dinge ihr Halt geben. Voller Verzweiflung versuchte sie, zumindest ihre Atmung wieder unter Kontrolle zu bringen, doch es wollte ihr einfach nicht gelingen. Grenzenlose Verzweiflung beherrschte ihre Gedanken, und ihr gesamter Körper begann nun, immer stärker und unkontrolliert zu zittern. Eine nie gekannte Hoffnungslosigkeit hüllte sie ein wie ein eisiger und undurchdringlicher Nebel.

Alles ist aus. Mein Leben ist vorbei!

Beiläufig streifte die Tatsache ihr Bewusstsein, dass es Jannes' Büro war, in dem sie sich befand. Offenbar war er doch schon gegangen, aber sie war viel zu aufgewühlt, um auch nur eine Sekunde länger darüber nachzudenken. Sie wusste nur, dass sie diesen Raum erst einmal nicht verlassen konnte.

Nur langsam gewöhnten sich ihre Augen an die Dunkelheit, und sie erkannte die Umrisse des vertrauten Schreibtischs und der anderen Möbel im Raum. Lotte erinnerte sich daran, dass es hinter einem der beiden Aktenschränke eine kleine Nische gab. Vorsichtig, um ja kein Geräusch zu machen, tastete sie sich dorthin vor. Im wahrsten Sinne des Wortes mit dem Rücken zur Wand ließ sie sich schließlich in der Nische nieder, bis sie ganz auf dem Boden saß. Instinktiv deckte sie sich bis zum Hals mit ihrem Mantel zu, zog ihre Beine darunter an und umschlang sie fest mit den Armen. Selbst wenn jetzt jemand die Tür öffnen und das Licht einschalten würde, könnte derjenige sie erst entdecken, wenn er hinter den Schreibtisch trat.

Lotte versuchte, so geräuschlos wie nur möglich zu atmen, doch die eiskalte Panik blieb hartnäckig, sie wollte nicht weichen.

Er ist da! Er hat mich gefunden!

Tränen liefen ihr inzwischen über die Wangen und vermischten sich mit dem Schweiß ihrer Angst. Sie ließen sich ebenso wenig aufhalten wie die erbarmungslose Todesangst, die ihren gesamten Körper erschütterte. Mit dem kläglichen Rest ihrer Energie konzentrierte sich Lotte darauf, nicht auch noch laut zu schluchzen. So kauerte sie still und völlig verkrampft in der Nische und horchte in die Dunkelheit hinein, ohne sich auch nur einen Millimeter von der Stelle zu rühren.

Jannes war noch nicht danach zumute, nach Hause zu gehen, deshalb machte er sich zurück auf den Weg ins Warenhaus, um noch ein bisschen zu arbeiten. Er liebte seine Familie, doch im Augenblick konnte er sich schlicht nicht vorstellen, mit seinen Eltern oder seinem Bruder eine alltägliche Unterhaltung zu führen. Ihn beschäftigten selbst viel zu viele Dinge.

Nach der Begegnung mit Lotte hatte er unbedingt frische Luft gebraucht, also war er kurzerhand zu einem Spaziergang an der Alster aufgebrochen und hatte anschließend im Restaurant eines nahe gelegenen Hotels eine Kleinigkeit zu Abend gegessen. Einmal mehr hatten der Blick aufs Wasser mit den Spiegelungen der Lichter der Stadt und vor allem der frische Oktoberwind dafür gesorgt, dass er wieder klarer denken konnte. Es ging ihm jetzt zwar besser, aber die Ablenkung durch die Arbeit konnte er dennoch gebrauchen.

Da der Nachtwächter bereits seinen Dienst aufgenommen hatte, meldete sich Jannes kurz bei ihm an. Weil er häufig länger arbeitete, kannte der Mann ihn inzwischen recht gut. Sie hatten sogar schon mal einen Kaffee zusammen getrunken und ein bisschen über Gott und die Welt geplaudert.

»Guten Abend, Herr Freese.«

»Ah, guten Abend, Herr Vossen. Der Chef und zwei weitere Herren sind seit ein paar Minuten aus dem Haus. Falls Sie ihn noch sehen wollten, sind Sie leider zu spät.«

Jannes winkte ab. »Nein, keine Sorge. Ich wollte nur noch ein bisschen Papierkrieg bewältigen, bevor ich nach Hause gehe.«

»Na, dann wünsche ich frohes Schaffen«, erwiderte der Nachtwächter.

»Danke, Ihnen auch.« Jannes deutete auf das Buch und die Zeitungen, die vor Freese auf dem Tisch lagen. »Vor allem eine ruhige Nacht, Herr Freese.«

»Ach, hier hüpft höchstens mal eine Maus durch die Gänge, ansonsten ist es eigentlich immer ruhig. Zwischen meinen Rundgängen habe ich genug Zeit zum Lesen und komme mithilfe meines starken Kaffees ganz gut durch die Nacht.« Freese grinste und griff nach seiner Zeitung.

»Lesen und Kaffee können sowieso nie verkehrt sein.« Jannes winkte dem Nachtwächter noch einmal zu, bevor er in den Fahrstuhl stieg und nach oben fuhr.

Die vollkommene Stille, die ihn empfing, als er in der obersten Etage des Warenhauses aus dem Fahrstuhl stieg, empfand er als angenehm. Sie war genau das, was er jetzt brauchte.

Langsam ging er den Flur hinunter bis zu seinem Büro. Er öffnete die Tür, drückte auf den Lichtschalter und hielt augenblicklich inne. Der zarte Duft, der ihm sofort in die Nase stieg, war ihm vertraut, und er liebte ihn.

Das konnte nicht sein, dachte er und zweifelte an seiner eigenen Wahrnehmung. Lotte war schon seit einigen Tagen nicht mehr in seinem Büro gewesen.

Er atmete noch einmal tief ein. Der Duft war immer noch so nah, als würde Lotte direkt neben ihm stehen. Kopfschüttelnd schloss er hinter sich die Tür, und während er hinüber zu seinem Schreibtisch ging, zog er seinen Mantel aus und warf ihn über einen der beiden Besucherstühle.

Das Geräusch, das er bei seinem nächsten Schritt hörte, glich einem schluchzenden Atemzug, und da sah er sie auch schon.

Lotte hockte hinter einem der hohen Aktenschränke auf dem Fußboden und sah zu ihm auf.

»Lotte, mein Gott! Was …?«

In eben dieser Sekunde wurde ihm bewusst, dass ihre Augen weit aufgerissen waren und ihr Blick gehetzt wirkte. Es war nicht zu übersehen, dass sie heftig geweint hatte, denn ihre Wangen waren tränennass.

Sofort beugte er sich zu ihr, umfasste ihre Oberarme, zog sie hoch und drückte sie fest an sich. Ihr Mantel, mit dem sie sich zugedeckt hatte, rutschte dabei auf den Boden, doch darum würde er sich später kümmern. Erst einmal musste er herausfinden, was mit ihr passiert war und warum sie sich hier in seinem Büro versteckte. Denn genau das hatte sie offensichtlich getan.

Ihre Arme schoben sich zunächst zögernd um seine Mitte, doch schon in der nächsten Sekunde klammerte sie sich wie eine Ertrinkende an ihm fest. Ein verzweifeltes Schluchzen brach nun aus ihr heraus, und er fühlte das heftige Zittern, das ihren gesamten Körper erschütterte.

»Er hat mich gefunden«, stieß sie schluchzend hervor. »Er war hier. Er hat mich gefunden.«

Jannes versuchte ruhig zu bleiben. Er hatte keine Ahnung, von wem sie da sprach, doch ihm wurde auf der Stelle klar, dass er nun endlich erfahren würde, warum Lotte sich nicht auf eine Beziehung mit ihm einlassen wollte. Also hielt er sie vorerst fest in seinen Armen, flüsterte leise Worte des Trostes und wartete geduldig ab, bis sie endlich ruhiger wurde. Das Schluchzen wurde leiser, und auch das heftige Zittern ließ etwas nach. Erst jetzt löste sich Jannes gerade so weit von ihr, dass er ihr ins Gesicht sehen konnte. Sanft strich er ihr einige feuchte Haarsträhnen aus dem Gesicht, während er sie mit dem anderen Arm noch immer festhielt.

»Atme tief durch«, flüsterte er. »Vor wem auch immer du Angst hast, ich bin hier, und ich werde nicht zulassen, dass dir jemand wehtut.« Erleichtert bemerkte er, dass sie nickte und tatsächlich einige Male geräuschvoll ein- und wieder ausatmete. »Ja, so ist es gut. Ich bin da.«

»Bring mich nach Hause, Jannes«, brachte sie schließlich mit rauer Stimme hervor. »Bitte, lass mich nicht allein.«

»Ich bin da«, wiederholte er, überwältigt von seinen eigenen Gefühlen. Dann führte er sie behutsam zu seinem Schreibtischsessel, zog ein sauber gefaltetes Taschentuch aus der Innentasche seiner Anzugjacke und reichte es ihr. »Setz dich einen Moment.«

Auf einem kleinen Tisch neben seinem Schreibtisch stand ein Tablett mit einer Wasserkaraffe und zwei Gläsern. Jannes schenkte etwas Wasser in eins der Gläser und reichte es ihr. Sie sah zu ihm auf, als sie einen Schluck trank. Der Blick aus ihren großen Augen wirkte dankbar und ängstlich zugleich. Sein Herz zersprang fast vor lauter Liebe zu dieser Frau. Er hob ihren Mantel auf und sah, dass darunter auch noch ihre Tasche lag. Die Tasche stellte er neben sie auf den Schreibtisch, den Mantel behielt er in seinen Händen.

»Komm«, sagte er. »Ich bringe dich nach Hause.«

Erschrocken riss sie die Augen auf, als käme ihr gerade ein schrecklicher Gedanke. »Vielleicht ist er noch hier. Er ist mit Tietz und einem anderen Mann ins Büro des Chefs gegangen.«

»Hier oben ist außer uns beiden niemand mehr, Lotte. Tietz und seine Besucher sind nicht mehr im Haus, das weiß ich von Freese.«

»Bist du … ganz sicher?«

»Ja, das bin ich. Es ist vollkommen still auf der gesamten Etage, aber wenn du möchtest, kann ich noch einmal genau nachschauen.«

»Nein«, erwiderte sie sofort. »Ich glaube dir. Bleib bei mir und lass uns von hier fortgehen. Schnell.«

Sie wirkte noch etwas wackelig auf den Beinen, als sie sich erhob und in den Mantel schlüpfte, den er ihr hinhielt. Weil ihre Finger noch immer stark zitterten, half er ihr dabei, die Knöpfe zu schließen.

»Tut mir leid«, entschuldigte sie sich.

»Es gibt nichts, wofür du dich entschuldigen musst«, versicherte er ihr und reichte ihr die Handtasche. Es war ihm wichtig, dass sie ihm vollkommen vertraute. Jannes warf einen Blick auf seine Taschenuhr. »Wenn Freese sich an die vorgegebenen Zeiten hält, macht er gleich seine nächste Runde. Wenn wir Glück haben, ist er also gar nicht am Platz, und wir können das Haus ungesehen verlassen. Sollte er doch noch da sein, hast du halt ebenfalls noch spät gearbeitet, in Ordnung?«

»Ich muss furchtbar aussehen.«

»Du siehst wie immer wunderschön aus, vertrau mir.« Er versuchte sich an einem aufmunternden Lächeln und nahm ihren Arm. »Aber wenn es dir lieber ist, bleib einfach auf meiner rechten Seite, sobald wir unten sind. Sollte Freese doch in seinem Kabäuschen sitzen, bist du von ihm aus gesehen hinter mir, und er wird dich nicht so genau anschauen können.«

»So machen wir es«, sagte sie.

Zu Lottes großer Erleichterung war der Nachtwächter nicht an seinem Platz, als sie unten vor dem Personaleingang ankamen. So konnten sie das Warenhaus tatsächlich ungesehen verlassen und standen kaum fünfzehn Minuten später vor ihrer Wohnungstür. Sie sah kurz zu Jannes auf, bevor sie den Schlüssel ins Schloss steckte und aufschloss. Seine Gegenwart beruhigte sie, und sie fühlte sich vollkommen sicher bei ihm. Um keinen Preis der Welt hätte sie ihn jetzt gehen lassen.

»Komm doch bitte rein«, sagte sie, als sie im Flur standen und er einen Moment zu zögern schien.

»Danke.« Er trat ein, nahm ihr den Mantel ab und hängte ihren und anschließend auch seinen Mantel an den schmalen Garderobenständer, der unweit von der Wohnungstür in einer Ecke des Flurs stand. Dann folgte er ihr in die Küche.

Er sah sich um. »Ist Fräulein Jansen nicht zu Hause?«

»Nein, sie bleibt heute Nacht bei ihrem Verlobten«, antwortete sie.

»Ah ja.«

»Ich könnte uns einen Tee machen, wenn du möchtest«, schlug sie vor.

»Ein Tee wäre fein, aber du setzt dich am besten hin und sagst mir dann, wo ich alles finde. Ich werde den Tee machen, und du ruhst dich aus. Und falls du gerade fragen wolltest, ja, ich kann Tee kochen.«

»Wie du meinst.« Sie musste sich eingestehen, dass seine Fürsorge ihr guttat, deshalb fiel es ihr auch nicht schwer, sie anzunehmen. »Den Kessel siehst du ja. Der Anzünder für den Gasherd hängt neben dir an der Wand. Die Kanne und die Teedosen stehen dort oben im Regal.« Sie deutete auf das Regal, das sie meinte, und er nickte.

»Ah, du hast Pfefferminztee«, stellte er fest, als er eine der Teedosen öffnete. »Den mag ich sehr.«

»Ich mag ihn auch. Kerstin und ich trinken ihn fast immer zum Abendbrot.«

»Apropos, hast du Hunger?«, wollte er wissen.

Lotte schüttelte den Kopf. »Nein, ich könnte jetzt nichts essen. Wie ist es mit dir?«

Er winkte ab. »Mach dir über mich keine Gedanken, ich habe bereits gegessen. Vorhin, kurz bevor ich zurück ins Büro gekommen bin.«

Ihre fast schon lähmende Erschöpfung sorgte dafür, dass sie ihm einfach stumm dabei zusah, wie er den Tee aufbrühte, die Tassen auf den Tisch stellte und schließlich einschenkte. Er zog ihr gegenüber den Stuhl unter dem Tisch hervor, auf dem üblicherweise Kerstin saß, und ließ sich darauf nieder. Ebenso schweigend wie sie nippte er an dem heißen Tee und wartete, bis sie so weit war, um mit ihm über das zu sprechen, was vorhin passiert war.

Lotte war dankbar für seine Geduld, aber sie bewunderte ihn auch dafür. Nachdem Jannes sie in seinem Büro entdeckt hatte, war ihr sehr schnell klar geworden, dass das Schicksal ihre Karten neu gemischt und ihr damit den nächsten Schritt vorgegeben hatte. Von heute Abend an war es nicht mehr möglich, ihn aus all dem herauszuhalten, was sie ihr Leben nannte. Jannes weiterhin zu belügen kam für sie ohnehin nicht mehr infrage. Das, was heute passiert war, hatte alles verändert, und sie war sich sicher, dass auch er diese Veränderung spürte.

Sie trank ihren Tee aus, schloss kurz die Augen und begann ohne weitere Einleitung zu erzählen: »Mein richtiger Name ist Charlotte Kollendiek. Ich bin eine geborene Friedrichs. Mein Vater ist Harald Friedrichs. Vielleicht kennst du ihn sogar. Er ist ein recht bekannter Tuchhändler aus Lübeck …«

Mit erstaunlich ruhiger Stimme gelang es ihr, Jannes all das zu sagen, was sie auch Kerstin schon erzählt hatte. Vielleicht half es ihr sogar, dass sie es schon einmal zuvor in Worte gefasst hatte. Jannes hörte ihr zu, ohne sie ein einziges Mal zu unterbrechen. Seine Miene sprach jedoch Bände, und sie konnte daran leicht ablesen, wie sehr ihre Geschichte ihn aufwühlte und berührte. An einigen Stellen ihrer Erzählung verzog er leicht das Gesicht, weil er offensichtlich mitlitt, und als sie ihm mit so wenigen Worten wie nur möglich vom Martyrium ihrer Ehe berichtete, schloss er kurz die Augen und atmete hörbar tief ein.

Als sie eine Pause brauchte und ihnen Tee nachschenkte, wusste sie danach für einen Moment nicht, wie sie fortfahren sollte, doch er nahm ihr diese Entscheidung ab.

»Ich nehme an, Olga Rennsteig hat dir geholfen, aus Lübeck zu fliehen?«, fragte er nach.

»Ja, Olga und meine Zofe Hertha.« Lotte räusperte sich. »Olga hat … nun ja, sie besitzt zwei Etablissements – so sagt man wohl dazu, wenn man es etwas vornehmer ausdrücken möchte.«

Jannes nickte und zog eine Augenbraue in die Höhe. »Ja, so was in der Art dachte ich mir schon.«

»Jedenfalls befindet sich das kleinere von Olgas Bordellen in Lübeck. Es wird zwar von einer Geschäftsführerin geleitet, aber Olga fährt mindestens einmal im Monat dorthin, um nach dem Rechten zu sehen. Hertha kennt Olga schon seit ihrer gemeinsamen Kindheit in Eckernförde. Sie sind beide dort aufgewachsen. Jedenfalls hat sie großes Vertrauen zu ihr. Meine Zofe war der festen Überzeugung, dass allein Olga in der Lage sein würde, mir zu helfen. Nachdem sie zunächst selbst mit Olga Kontakt aufgenommen hatte, sorgte sie etwas später dafür, dass ich mich mit ihr treffen konnte. Zu unserem Erstaunen war Edgar Kollendiek Olga sogar ein Begriff. Sie kannte ihn, weil er in der Vergangenheit einmal eines ihrer Mädchen furchtbar zugerichtet hatte, aber nicht dafür bestraft worden war, da damals niemand außer Olga den Aussagen des Mädchens Glauben schenkte.«

»Dann hatte also auch Olga noch eine Rechnung mit ihm offen.«

»Das ist wohl so, aber das war sicherlich nicht der Hauptgrund für sie, mir zu helfen. Wir mochten uns einfach sofort.«

»So meinte ich das auch nicht. Erzähl, wie ging es weiter?«

»Mein Ehemann war ein Meister darin, mir Angst einzujagen, und so hatte er mich für einige Zeit völlig unter seiner Kontrolle. Einerseits konnte er der charmanteste und aufmerksamste Mann sein, den man sich vorstellen konnte, andererseits war er in der Lage, sich innerhalb von Sekunden in ein gewalttätiges und grausames Monster zu verwandeln. Er ließ niemals einen Zweifel daran aufkommen, welch furchtbare Folgen es für mich haben würde, wenn ich auch nur daran denken würde, ihn zu verlassen.«

»Hat er dein Leben bedroht?«

»Glaub mir, er hat es sehr eindringlich und in kaum zu ertragenden Einzelheiten ausgeschmückt, was er in einem solchen Fall mit mir tun würde. Seine Drohungen waren stets eindeutig und hinterließen in mir nichts anderes als Furcht vor den Konsequenzen.« Sie atmete tief durch, bevor sie fortfuhr. »Edgar zweifelte nicht daran, dass ich vor lauter Angst noch nicht einmal daran denken würde, ihn zu hintergehen. Eine Zeit lang hatte er damit sogar recht. Ich war furchtbar eingeschüchtert. Ich fühlte mich wie eine Gefangene, ohne wirklich eingesperrt zu sein. Natürlich wusste er das. Edgar ist ein äußerst manipulativer Mensch und weiß um seine Macht. Er war sich absolut sicher, dass er mich vollkommen kontrollierte. Wahrscheinlich ließ er es deshalb auch zu, dass ich mich tagsüber völlig frei bewegen konnte, während er in der Bank war oder seinen Geschäftsterminen nachging. Es war ja auch besser für den äußeren Eindruck, wenn ich mich in der Lübecker Gesellschaft zeigte. Ihm war es zum Beispiel unglaublich wichtig, dass die Leute mitbekamen, wenn ich als seine Ehefrau teure Einkäufe tätigte oder im Park spazieren ging, um meine aufwendige neue Garderobe zu präsentieren. Er verlangte das sogar von mir. Es war also kein großes Problem für mich und Hertha, ein heimliches Treffen mit Olga zu arrangieren. Selbstverständlich trafen wir uns nur ein einziges Mal, und zwar außerhalb der Stadt, mitten in einem kleinen Waldstück, damit uns ja niemand sah. Von Anfang an lief es darauf hinaus, dass ich meinen Tod vortäuschen musste, und natürlich musste meine Leiche unauffindbar bleiben. Einen anderen Weg gab es nicht. Hertha heißt übrigens mit Nachnamen Kelling, so bin ich zu meinem neuen Nachnamen gekommen.«

»Und wie habt ihr das angestellt? Ich meine, wie hast du deinen Tod glaubhaft vortäuschen können?«

»Vor allem war es Olga, die alles genau durchgeplant hatte. Sie hat sich auch um die Details gekümmert.« Lotte lehnte sich zurück. Jetzt, wo die Anspannung mehr und mehr von ihr abfiel, begann ihr Rücken zu schmerzen. »Ich bin im Sommer immer gerne an der See gewesen«, fuhr sie fort. »Mein Vater wusste das und mein Ehemann natürlich auch. Der Strand, die Sonne, das Wasser … ich mochte das tatsächlich immer sehr. Es wunderte sich also niemand darüber, wenn ich bei schönem Sommerwetter zusammen mit meiner Zofe nach Travemünde fuhr, um dort einige Stunden am Strand zu verbringen. Hertha und ich haben das einige Male gemacht. Wir haben den Tag zusammen am Strand genossen und sind dann brav am frühen Abend wieder heimgekehrt. Olga meinte, ein verlässlicher Ablauf sei wichtig, um Kollendiek in Sicherheit zu wiegen.«

Jannes nickte. »Das war gut durchdacht.«

»Ja, das war es. Schließlich kam der Tag, an dem wir unseren Plan in die Tat umsetzen wollten. Olga hatte mir dafür einen recht auffälligen neuen Badeanzug gekauft – ein ganz modernes Modell, also recht eng geschnitten. Er war rot-schwarz gestreift, und dazu gehörte ein leuchtend roter Lackgürtel an der Taille.« Bei der Erinnerung musste sie fast lächeln. »Man könnte also sagen: Ich fiel auf.«

»Ich verstehe.« Jannes räusperte sich und trank seinen Tee aus.

»Olga sorgte außerdem dafür, dass in einer der Umkleidekabinen eine junge Frau auf mich wartete. Auf den ersten Blick sah sie mir sehr ähnlich. Sie hatte meine Haarfarbe, meine Figur und trug natürlich auch das gleiche Badeanzugmodell. Irgendwann huschte ich zu ihr in die Kabine, und nach einer kleinen Weile ging sie an meiner Stelle wieder hinaus. Danach stand sie bei Hertha, sie lachten etwas lauter miteinander, und die junge Frau reckte sich in der Sonne, sodass einige Menschen von ihr Notiz nahmen. Schließlich ging meine Doppelgängerin schwimmen.« Lotte nahm einen Schluck von ihrem Tee, bevor sie weitersprach. »Sie war eine ausgezeichnete Schwimmerin, das war die Voraussetzung gewesen. Zunächst schwamm sie recht weit hinaus und danach zu einem Boot, das vom Strand aus nicht zu sehen war, da es hinter einem größeren Boot festgemacht hatte. Meine Doppelgängerin war also erfolgreich verschwunden, und nach einer Weile schlug meine Zofe Hertha voller Panik Alarm, weil ihre Herrin noch immer nicht wieder aus dem Wasser zurückgekommen war. Hertha war großartig. Sie zog alle Register und wurde regelrecht hysterisch. Viele hatten gesehen, dass *ich* ins Wasser gegangen war, doch tatsächlich hatte mich niemand zurückkommen sehen. Jeder am Strand war der Meinung, ich konnte nur ertrunken sein. Man begann sofort mit der Suche. Einige Boote fuhren hinaus, um mich zu finden, aber natürlich blieb der ganze Aufwand erfolglos.«

»Meine Güte, das hätte auch schiefgehen können«, warf Jannes ein. »Auf mehreren Ebenen.«

»Ja, das hätte es, aber alles klappte wie am Schnürchen. Während am Strand das Chaos ausbrach und Hertha hysterisch herumschrie, setzte ich mir bereits eine hellblonde Perücke auf und zog die schlichten und sehr unauffälligen Sachen an, die in der Kabine für mich bereitlagen. Ich verließ die Kabine ungesehen auf der Straßenseite. Niemand achtete auf mich, denn alle starrten nur noch wie gebannt auf die Ostsee. Oben an der Promenade stieg ich schließlich in ein bereitstehendes Automobil und wurde direkt zu Olga nach Hamburg gebracht. Dort blieb ich einige Wochen. Man könnte sagen, ich habe mich dort verkrochen.«

»Du hast bei Olga im Bordell gewohnt?«, fragte er ungläubig.

»Ja, das habe ich tatsächlich. Zumindest so lange, bis

Olga mir das Zimmer bei Elsbeth Kruse besorgen konnte, worüber ich wirklich sehr froh war, glaub mir. Außerdem musste ich dringend eigenes Geld verdienen, deshalb war es mir auch so wichtig, die Arbeit im Warenhaus zu bekommen. Ich konnte mein Glück kaum fassen, als auch das dann noch klappte. Alles lief wirklich gut, und selbst wenn mich noch häufig die Angst einholte und ich sehr viele Nächte von Albträumen geplagt wurde, so liebte ich doch mein neues Leben, Jannes. O ja, ich liebe es so sehr. Doch nun ist alles wieder vorbei, und ich weiß wirklich nicht, was ich jetzt tun soll.«

»Du hast also vorhin deinen … Ehemann zusammen mit Georg Tietz gesehen. Habe ich das richtig verstanden?«

»Ja, er stieg zusammen mit ihm und einem weiteren Mann aus dem Fahrstuhl. Nach der Sitzung hatte ich meine Sachen im Konferenzraum vergessen, deshalb bin ich noch einmal dorthin zurückgegangen, um sie zu holen. Anschließend wollte ich Feierabend machen. Ich stand direkt vor deiner Bürotür, als ich plötzlich seine verhasste Stimme hörte und dann auch ganz kurz sein Gesicht sah. Mir blieb gar nichts anderes übrig, als sofort in deinem Büro zu verschwinden und mich dort zu verstecken.«

»Ich verstehe.« Jannes zog die Stirn kraus. »Hältst du es für möglich, dass er dich auch gesehen hat?«

Lotte seufzte. »Ich denke nicht. Alles ging sehr schnell, und die Männer haben sich angeregt miteinander unterhalten und waren abgelenkt. Ich glaube nicht, dass sie überhaupt wahrgenommen haben, dass noch jemand dort war. Niemand von ihnen hat in meine Richtung geschaut.«

»Das ist doch erst einmal gut«, stellte Jannes fest.

»Nein, Jannes, das ist es nicht. Selbst wenn Kollendiek mich heute nicht gesehen hat, so hat er doch jetzt Kontakt zum Chef. Ich kann dir sagen, was das heißt. Sehr wahrscheinlich hat er den Grundstein für eine Geschäftsbeziehung gelegt. Er wird also wiederkommen, damit muss ich nun jederzeit rechnen. Ich weiß genau, wie Edgar Kollendiek vorgeht, und ich weiß auch, wie erfolgreich er in allem ist, was er tut.«

»Ich kann sehr leicht herausfinden, ob Tietz und Kollendiek zusammenarbeiten werden.«

»Natürlich kannst du das, aber das wäre nur eine Bestätigung, nicht mehr und auch nicht weniger.« Lotte schüttelte den Kopf. »Jannes, wir wissen doch beide, wie dringend die Gebrüder Tietz einen weiteren Kredit benötigen. Georg Tietz wird alles tun, um sein liebstes Warenhaus zu halten, bis es mit der Wirtschaft endlich wieder bergauf geht. Und wir wissen auch, dass die anderen Häuser, vor allem die beiden in Berlin, das Kapital der Firma regelrecht auffressen. Bei der Sitzung heute hat Tietz es genau so ausgedrückt.« Als Jannes etwas einwerfen wollte, hob sie die Hand. »Warte, ich bin noch nicht fertig. Edgar ist unfassbar reich. Er ist der Haupteigner einer Lübecker Privatbank, die sich auf Geschäftskunden in derartigen Situationen spezialisiert hat. Ich habe damals eine Menge mitbekommen. Kollendiek hat einen Riecher für Unternehmen, die dringend Kredite benötigen, jedoch von anderen Banken keinen mehr bewilligt bekommen. Er gibt sie ihnen und zieht dann seine eigenen Vorteile daraus, indem er besondere Bedingungen stellt. Auf diese Weise konnte er schon einige Teilhaberschaften in verschiedenen Firmen erlangen. Ich weiß das so genau, weil auch mein Vater einst in Schwierigkeiten steckte und einen Kredit brauchte, um nach einem unverschuldeten Unglück die Firma nicht zu verlieren. In unserem Fall war Kollendiek jedoch nicht an einer Teilhabe interessiert …«

Sie musste schlucken, denn es fiel ihr noch immer schwer, darüber zu sprechen, besonders mit Jannes. Das Gespräch mit Kerstin war ihr deutlich leichter gefallen. Vielleicht lag es daran, dass sie genau wusste, wie sehr Jannes all das verletzen musste. Sein Blick glitt forschend über ihr Gesicht, und sie sah ihm an, dass er bereits ahnte, worauf es hinauslief.

»Du willst mir aber jetzt nicht sagen, dass dein Vater dich …«

»Doch«, unterbrach sie ihn hastig, bevor er aussprach, was ihr noch immer große Seelenschmerzen verursachte.

»In unserem Fall war *ich* die Bedingung«, sagte sie leise. »Freiwillig hätte ich diesen Mann niemals geheiratet, und das hatte ich zuvor schon einige Male deutlich gemacht. Kollendiek wollte mich aber unbedingt zur Frau, und mein Vater gab seinen Segen dazu, um diesen Kredit zu bekommen.«

Offenbar hielt es Jannes jetzt nicht mehr auf seinem Stuhl. Er stand auf und machte ein paar ausladende Schritte durch die Küche, die dafür im Grunde viel zu klein war.

»Das ist grausam und … widerlich«, stieß er irgendwann hervor.

»Ja, das ist es.«

»Hast du deinem Vater denn nicht gesagt, was Kollendiek dir nach der Heirat angetan hat? Vielleicht hätte er dich wieder aus dieser furchtbaren Ehe befreien können.«

Lotte schüttelte den Kopf. »Nein, ich brachte es einfach nicht fertig, mich ihm anzuvertrauen. Eine weitere Enttäuschung hätte ich nicht ertragen können. Außerdem hätte das nichts gebracht, denn auch mein Vater war ja wegen der Kredite von ihm abhängig. Ich fühlte mich grauenvoll, und die einzige Person, der ich noch vertrauen konnte, war meine Zofe Hertha. Sie hat sich schon seit meiner Kindheit um mich gekümmert.« Als Jannes neben ihr stehen blieb, sah sie zu ihm auf. »Meine Mutter starb, als ich noch ein Baby war. Mein Vater war immer alles für mich. Er war meine ganze Familie und mein Fels in der Brandung. Ich habe stets geglaubt, mir könnte nichts passieren, solange er nur in meiner Nähe ist.« Lotte fühlte, wie ihr die Tränen in die Augen stiegen und ihre Kehle eng wurde. »Doch seit er dieses … Geschäft mit Kollendiek gemacht hat, ist all das kaputtgegangen. Mein eigener Vater hat mich an den Teufel verkauft, Jannes. Ich konnte ihm nicht mehr vertrauen und werde es auch niemals wieder tun, egal, was auch passieren mag.«

Jannes kam zu ihr, ging vor ihr in die Knie und griff nach ihren Händen. »Du bist nicht mehr allein, Lotte. Von nun an werde ich an deiner Seite sein und dich mit meinem Leben beschützen, wenn es sein muss. Das verspreche ich dir.«

»Siehst du«, sagte sie. »Genau das habe ich befürchtet.«

Er sah ihr in die Augen und hob einen Mundwinkel. »Du machst dir also Sorgen um mich? Auch wenn das unnötig ist, gefällt es mir trotzdem, das muss ich wohl zugeben.«

»Ich meine das wirklich ernst, Jannes. Du kennst Edgar Kollendiek nicht. Der Mann ist grausam und gefährlich. Er kennt keinerlei Skrupel.«

Jannes erwiderte nichts auf ihre Warnung, sondern fragte: »Wer weiß alles davon?«

»Nur Hertha, Olga und seit einer Weile weiß es auch Kerstin. Sie ist inzwischen meine engste Freundin, ich musste es ihr irgendwann sagen.«

»Das kann ich gut verstehen.« Er hob die Hand, strich ihr eine Haarsträhne aus dem Gesicht und sah dabei sehr nachdenklich aus.

»Was ist mit der jungen Frau, die an deiner Stelle ins Meer gegangen ist?«

»Keine Sorge. Sie war eine enge Vertraute von Olga und lebt inzwischen in der Schweiz. Außerdem kannte sie keinerlei Einzelheiten und wusste noch nicht einmal, wer ich genau war.«

»Wir müssen uns einen neuen Plan zurechtlegen«, sagte er plötzlich. »Ich weiß noch nicht genau, was wir zuerst tun sollten, aber darüber müssen wir nachdenken und zwar möglichst schnell.«

»Wie meinst du das?«

»Nun, im Wesentlichen müssen wir dafür sorgen, dass du endlich völlig frei von ihm sein kannst. Das halte ich für vorrangig.« Über seiner Nasenwurzel zeigten sich die beiden Falten, die sie schon so gut kannte. »Es ist wichtig, dass du so wenig wie möglich alleine bist, bis wir eine Lösung gefunden haben, die dir zu deiner Freiheit verhilft.«

»Das wird kaum möglich sein.«

»Doch, ich muss nur darüber nachdenken, dann finde ich eine Lösung.«

Als er sie ansah, erkannte sie einmal mehr die Liebe in seinen schönen Augen, doch auch die tiefe Ernsthaftigkeit in seiner Miene war nicht zu übersehen.

»Du bist sehr lieb zu mir«, sagte sie. »Ich frage mich die ganze Zeit, ob ich deine Zuneigung wirklich verdient habe.«

Er legte den Kopf etwas schief und lächelte leicht. »Aber natürlich hast du das. An meinen Gefühlen für dich hat sich nichts geändert, Lotte. Es wird sich auch niemals etwas daran ändern, das wusste ich von Anfang an.«

»Ich habe dich die ganze Zeit belogen, Jannes. Du kanntest noch nicht einmal meinen richtigen Namen. Und ich habe auch Herrn Tietz belogen. Er hat mich unter völlig falschen Voraussetzungen eingestellt.«

»Das war doch reiner Selbstschutz. Wäre ich in deiner Lage gewesen, hätte ich ganz genauso gehandelt. Niemand kann und wird dir das jemals übel nehmen und ich schon mal gar nicht.«

Er erhob sich und hielt ihr die Hand hin. Sie stand ebenfalls auf, dann nahm er sie in die Arme. Lotte ließ es geschehen. Es war so wundervoll, von ihm gehalten zu werden, gerade jetzt.

»Wenn wir so weit sind und Georg Tietz die Wahrheit sagen können, wird auch er das verstehen. Ich kenne ihn. Er hat ein gutes Herz«, fuhr er fort. »Außerdem hast du über deine Fähigkeiten nicht gelogen. Du bist doch ausgebildete Schneiderin, nicht wahr?«

Sie sah zu ihm auf. »Natürlich bin ich das. Mein Vater besitzt neben dem Tuchhandel auch ein Modegeschäft und eine Maßschneiderei, dort habe ich meinen Beruf erlernt. Die Geschichte mit der Schneiderin in Kiel ist übrigens nicht so ganz aus der Luft gegriffen. Sie war eine Tante von Hertha und ist tatsächlich bei einem Brand in ihrem Haus umgekommen. Dadurch kamen wir auf die Idee mit dem Findelkind.«

»Ob du nun in Kiel bei deiner angeblichen Adoptivmutter oder bei deinem Vater in Lübeck gelernt hast, ist doch für deinen Beruf völlig irrelevant, das wird Georg genauso sehen. Wir wissen inzwischen alle, was du kannst, denn das hast du oft genug bewiesen.« Jannes ließ seine Hände an ihrem Rücken nach oben gleiten, bis über ihre Schultern, und schließlich legte er sie sanft an ihre Wangen. »Alles wird gut werden, mein Liebling«, flüsterte er. »Ich verspreche es dir.«

Seinen Kuss hatte sie bereits erwartet, ja, sogar ersehnt. Zuerst berührten seine Lippen die ihren nur sanft, fast schon vorsichtig, so als müsste er sich zuerst ihrer Zustimmung versichern. Doch als sie ihm entgegenkam, zog er sie sofort fester an sich und vertiefte den Kuss, bis ihre Zungen sich zu einem immer intensiver werdenden Spiel vereinigten.

Obwohl Lotte schon einmal erlebt hatte, wie stark ihr gesamter Körper auf ihn reagierte, war sie doch überrascht von der Heftigkeit, mit der dies nun erneut geschah. Voller Leidenschaft schlang sie ihre Arme um seinen Nacken. Sie wollte ihm so nah sein, wie es nur ging, und schon in diesem Augenblick wusste sie, dass nichts auf der Welt sie mehr davon abbringen konnte, sich mit jeder Faser Jannes anzuvertrauen. Dieser Mann würde ihr niemals wehtun, und es war fast wie ein Wunder, dass sie keinerlei Ängste verspürte, als sein Atem schneller wurde und sie durch ihre Kleidung fühlte, wie erregt er war. Nein, vor ihm würde sie niemals Angst haben. Im Gegenteil, schon jetzt wollte sie ihn so unbedingt in sich spüren, dass es schmerzte. Dieses unendliche Sehnen ganz tief in ihr hatte sie so noch niemals zuvor empfunden.

Ihre Finger strichen über seinen Nacken und gruben sich in sein weiches dunkles Haar. Lotte seufzte leise, als seine Hände sehr langsam seitlich an ihrem Körper herabglitten und dann ihre Hüften festhielten. Sein Unterleib drückte sich an sie, aber sie war zu klein, um ihn dort spüren zu können, wo sie es sich am sehnlichsten wünschte. Der Kuss hatte sie beide in einen süßen Rausch versetzt, den offenbar keiner von ihnen unterbrechen wollte. Ihre Körper pressten sich aneinander, und das Spiel ihrer Zungen glich inzwischen einer wilden, nahezu unkontrollierten Vereinigung, einem feurigen Tanz. Erst als sie beide schon völlig atemlos waren, löste er sich von ihr.

»Lotte«, stieß er leise keuchend hervor.

Sie sah ihm ins Gesicht, und in seinem Blick erkannte sie das gleiche Feuer, das auch in ihr tobte. Sie nahm seine Hand.

»Komm«, flüsterte sie und zog ihn mit sich in ihr Zimmer. Neben dem Bett blieb sie stehen, dann suchte sie abermals seinen Blick und begann ihre Bluse aufzuknöpfen.

»Ich bin so furchtbar zittrig, Jannes. Hilf mir«, bat sie ihn, als er wie gebannt vor ihr stand und sie mit Blicken zu verschlingen schien.

Mit fahrigen Bewegungen zogen sie sich gegenseitig bis auf die Unterwäsche aus. Als er ihr das Unterkleid ausziehen wollte, hielt sie kurz seine Hände fest.

»Du weißt jetzt, ich habe Narben«, flüsterte sie. »Ich bin nicht besonders schön.«

»Ich liebe alles an dir«, erwiderte er. »Du wirst für alle Zeiten die schönste Frau für mich sein, glaub mir. Daran wird keine Narbe je etwas ändern können.«

Dann zog er ihr mit einer fließenden Bewegung das Unterkleid über den Kopf. Sie hörte, dass er hörbar einatmete, doch dann ging er zum zweiten Mal an diesem Tag vor ihr auf die Knie und küsste die weißen Striemen an ihrem Körper. Jede noch so kleine Narbe bedachte er mit einem sanften Kuss.

»Du bist wundervoll. Ich liebe und begehre dich so sehr, dass ich kaum noch atmen kann«, versicherte er ihr.

Sie löste sich von ihm, zog ihren BH aus und legte sich aufs Bett. Sein glitzernder Blick wanderte einen atemlosen Moment lang über ihren Körper, doch dann entledigte auch er sich seiner Unterwäsche.

Lotte hätte sich nie vorstellen können, dass ein Mann so vollkommen sein konnte, wie er es war. Als er sich neben sie legte, zog er sie sofort wieder an sich und küsste sie erneut. Sie ließ ihre Hände über seinen kraftvollen Rücken gleiten und spürte einen Augenblick lang dem langsamen Spiel seiner Muskeln nach. Gleichzeitig begann auch er damit, ihren Körper zu erkunden, und die vielfältigsten Empfindungen überschwemmten sie fast.

»Entspanne dich«, flüsterte er ihr zu. Er bahnte sich küssend seinen Weg über ihren Hals hinab. »Sei ganz bei mir, mein Liebling, und lass dich einfach fallen. Ich werde dich halten. Immer.«

Ganz zart strich er derweil mit seinen Fingerkuppen über ihre Brüste. Als er seine Lippen zunächst über ihr Dekolleté und danach weiter hinabwandern ließ, um sie letztlich um eine ihrer Brustwarzen zu schließen, glaubte sie fast zu vergehen vor lauter Lust. Sie hatte nicht die geringste Ahnung davon gehabt, dass ihre Brust so empfindsam sein konnte. Seine Zunge liebkoste sie zärtlich, und dabei ließ er seine Finger gemächlich über ihren Bauch streichen. Die Langsamkeit, mit der er ihren Bauchnabel umkreiste, forderte ihre Geduld heraus und ließ ihre Haut erwartungsvoll prickeln. Zärtlich streichelte Jannes sie weiter, fuhr mit seinen Händen über ihre Hüften hinab, und als er die Innenseite ihrer Oberschenkel liebkoste, begann sie sich unweigerlich unter seinen Händen zu winden.

»Das ist viel zu wundervoll«, entfuhr es ihr leise.

»Das ist noch lange nicht alles«, raunte er ihr zu, bevor er seine Hand über ihren Venushügel schob und sie sanft zu massieren begann. »Deine Hitze ... O Lotte, du bist so herrlich heiß und feucht.« Jannes stöhnte auf, und seine Miene wirkte nun angestrengt vor Verlangen. »Noch ein bisschen«, stieß er hervor. »Nur noch ein bisschen.«

»Jannes …«

Neue überschäumende und unendlich herrliche Empfindungen rasten durch sie hindurch und machten sie ganz
schwach. Seine Finger bewegten sich zunächst nur sehr
verhalten, doch dann erreichten sie den Mittelpunkt ihrer
Lust, übten etwas mehr Druck aus, und seine Bewegungen wurden schneller. Lotte war ihm und den Reaktionen
ihres Körpers völlig ausgeliefert, und als sie schon glaubte,
es nicht eine einzige Sekunde länger aushalten zu können,
zog Jannes seine Hand fort.

Am liebsten hätte sie ihn angefleht, doch jetzt nicht auf-
zuhören, aber da schob er sich auch schon über sie, und
sein Blick fing den ihren ein. Mit sanftem Druck spreizte
er ihre Beine noch ein wenig mehr, und eine Sekunde später war er plötzlich in ihr. Wieder stöhnte er dunkel auf
und verharrte kurz, bevor er sich schließlich in ihr zu bewegen begann.

Es war so überraschend wundervoll, ihn in sich zu spüren, dass sie vor Lust nicht mehr ein noch aus wusste. Jannes füllte sie aus und schob sich dabei etwas nach oben. Es
fühlte sich schlicht vollkommen an. Mit jedem seiner Stöße
baute sich die Wonne, die er ihr bereitete, noch ein wenig
mehr auf, bis sie plötzlich an einen ekstatischen Punkt ge-
langte, der ihr den Atem raubte. Für den Bruchteil eines
Augenblicks schien sie in der Luft zu schweben, doch dann
rauschten auch schon die lustvollen Wellen ihres Höhe-
punkts über sie hinweg. Unweigerlich entwich ihr ein lautes
Stöhnen, gleichzeitig hob sie sich ihm entgegen. Im selben
Moment bäumte auch er sich auf und ergoss sich in ihr.

Ein nie gekanntes Glücksgefühl durchströmte sie bis in den entlegensten Winkel ihres Seins. Sie klammerte sich an ihm fest, bis die herrlichen Wellen langsam abebbten und sie nur noch ermattet, aber unfassbar zufrieden daliegen und ihn festhalten konnte.

Ohne sie aus seiner Umarmung zu entlassen, glitt er vorsichtig neben sie. Auch er rang noch immer nach Atem. Sie sprachen kein Wort, hielten einander nur umfangen, bis sie beide wieder etwas ruhiger geworden waren. Schließlich beugte er sich über sie, küsste voller Zärtlichkeit ihre geschlossenen Lider und danach ihre Lippen.

»Ich liebe dich unendlich«, sagte er leise.

»Und ich liebe dich, Jannes«, erwiderte sie. »Von ganzem Herzen.«

Er schloss kurz die Augen. »Ich habe es mir so sehr gewünscht, diese Worte endlich von dir zu hören«, sagte er. »Und du kannst dir nicht einmal annähernd vorstellen, wie oft ich davon geträumt habe, dich so lieben zu dürfen, wie ich es gerade getan habe.«

»Es war so wundervoll.« Sie seufzte und küsste seine nackte Brust. »So unfassbar wundervoll. Ich hätte nie gedacht, dass es so sein kann.«

Er lächelte. »Das liegt allein daran, dass wir füreinander geschaffen sind, Lotte. Wir gehören zusammen. Deshalb wird es zwischen uns auch immer so sein.«

»Versprich es mir.«

»Ich verspreche dir alles, mein süßer Liebling.«

11. Kapitel

Als Jannes am nächsten Morgen erwachte, lag sie eingerollt neben ihm, ihren Rücken dicht an ihn geschmiegt. Anders war es auch kaum möglich, zu zweit in einem Bett zu liegen, das eigentlich nur für eine Person gedacht war. An seinem Oberarm spürte er ihren Atem, und ihr vertrauter süßer Duft stieg ihm in die Nase. Es war der beste Morgen, das herrlichste Erwachen seines bisherigen Lebens. Nie zuvor hatte er sich besser gefühlt. Ganz still blieb er liegen, bis auch sie sich einige Minuten später regte. Sie drehte sich zu ihm herum und legte ihre Arme um seine Taille. Er spürte, wie sie ihre Lippen auf seine Brust drückte und so wohlig leise schnurrte wie eine Katze. Er musste lachen, und natürlich war er schon wieder hart, doch er zwang sich, das zu ignorieren.

»Guten Morgen, mein Liebling«, flüsterte er, neigte sich ihr zu und küsste sie auf die Stirn.

»Guten Morgen.«

Ihre Stimme klang noch sehr verschlafen, er mochte das sehr. Er liebte einfach alles an dieser Frau.

Sie rückte ein Stück von ihm ab, reckte sich ausgiebig und setzte sich danach auf. »Du hast bei mir übernachtet, du verruchter Mann.«

Wieder musste er lachen. »Ja, offenbar habe ich das.«

»Um Gottes willen, wie spät ist es? Müssen wir nicht schon lange auf der Arbeit sein?«

»Heute ist Sonntag, Lotte. Wir müssen nicht los.«

Sie schüttelte den Kopf. »Meine Güte, ich bin noch völlig durcheinander. Ich brauche dringend Kaffee«, stellte sie trocken fest.

»Gute Idee.« Auch Jannes setzte sich nun auf. »Lässt du mich zuerst ins Bad?« Er grinste schief, damit sie verstand. »Es wäre dringend.«

»Ja, geh nur, und mach dich in Ruhe fertig.« Sie stutzte. »Herrje, ich habe keine Zahnbürste für dich.«

Er winkte ab. »Dann muss eben der Zeigefinger mit etwas Zahncreme reichen.«

»Die Zahncreme findest du direkt neben dem Spiegel auf dem kleinen Schränkchen. Im Schrank sind frische Handtücher, du kannst dir davon gerne eins nehmen. Ich werde schon mal Wasser aufsetzen und den Ofen in der Küche anheizen, damit wir es warm haben. Das geht ganz schnell.«

»Das klingt wunderbar.« Doch dann kam ihm ein Gedanke. Er wollte sie auf keinen Fall in Verlegenheit bringen, deshalb fragte er vorsichtshalber nach: »Würdest du heute Morgen dein Frühstück mit mir teilen? Ich muss zugeben, mir knurrt der Magen.«

Sie lachte. »Du armer Mann. Mach dir keine Sorgen, es ist genug im Haus. Ich kann allerdings nur mit Brot, Butter, Marmelade und Käse dienen, wenn dir das reicht. Eier sind leider nicht mehr da.«

»Das reicht mir völlig«, versicherte er ihr. Er stand auf, zog sich schnell seine Hose über und sammelte seine restlichen Sachen ein, bevor er das Schlafzimmer verließ und ins Bad ging.

Kaum zwanzig Minuten später saßen sie zusammen am Küchentisch und frühstückten.

»Wann müssen wir denn mit Fräulein Jansen rechnen?«, fragte er, nachdem sie beide satt waren.

Lotte schenkte ihnen noch einen Kaffee ein. »Kerstin wird erst heute Abend zurückkommen, keine Sorge.«

»Gut«, sagte er. »Dann bleibt uns ja genug Zeit, um einiges zu besprechen. In der vergangenen Nacht habe ich mir die Sache einmal durch den Kopf gehen lassen.«

»Aber du hast nach all der Anstrengung doch hoffentlich auch ein paar Stunden geschlafen?«, fragte sie feixend.

»Ein paar Stunden sind schon noch dabei rumgekommen.« Er zwinkerte ihr zu. »Im Ernst, ich habe mir etwas überlegt. Ich finde, wir sollten tatsächlich darauf achten, dass du in der nächsten Zeit nicht alleine bist.«

»Ich habe dir gestern Abend schon gesagt, dass das schwierig werden könnte.«

»Ja, Lotte, aber ich habe da eine Idee, die das Problem weitestgehend lösen würde. Vermutlich wirst du erst mal dagegen protestieren, aber sobald du dich an den Gedanken gewöhnt hast, wirst du einsehen, dass es eine gute, wenn nicht sogar die beste Lösung für uns ist.«

Lotte verdrehte die Augen. »Jannes, komm auf den Punkt und versuche nicht, deine Idee zu verteidigen, bevor du sie mir überhaupt unterbreitet hast. Das ist albern.«

Sie amüsierte ihn, doch er fühlte sich auch ein bisschen ertappt.

»Entschuldige, du hast recht, das war wirklich albern.« Jannes nahm einen Schluck von seinem Kaffee, vielleicht auch, weil er einen Moment brauchte, um Anlauf für seine Idee zu nehmen. »Du weißt ja, dass ich nach wie vor bei meinen Eltern wohne. Meine Familie besitzt ein recht großes Haus in Harvestehude. Das Haus bietet jede Menge Platz und genug Privatsphäre. Das ist übrigens auch der vorrangige Grund dafür, dass mein Bruder und ich noch nicht ausgezogen sind. Es gibt außerdem vier geräumige Gästezimmer, zwei davon sind sogar mit eigenen Bädern ausgestattet. Ich werde …«

Jannes erkannte an Lottes Miene, dass sie bereits verstanden hatte, worauf er hinauswollte.

»Du hast recht«, unterbrach sie ihn trocken. »Ich protestiere sofort. Wenn du tatsächlich glaubst, dass du mich bei deinen Eltern unterbringen kannst, muss ich dich leider enttäuschen. Das geht überhaupt nicht, Jannes. Auf gar keinen Fall.«

»Bitte lehne es nicht sofort ab, Lotte. Überleg doch mal … Wir könnten jeden Morgen gemeinsam mit meinem Auto zur Arbeit fahren und abends wieder nach Hause. Selbst wenn ich einmal nicht in deiner Nähe sein kann, wäre zu Hause immer jemand da. Meine Eltern sind ganz wunderbare Menschen, und besonders mit meiner Mutter würdest du dich sofort verstehen. Sie wird dich auf der Stelle in ihr Herz schließen, das weiß ich einfach. Außerdem ist es die einzige Möglichkeit, um dich in Sicherheit zu wissen. Ich denke, wir sind uns darüber einig, dass ich kaum hier bei dir einziehen kann. Auch wenn die Zeiten sich geändert haben und alles nicht mehr ganz so streng in unserer Gesellschaft zugeht, gäbe es ganz sicher einen Skandal. Da brauchen wir uns nichts vorzumachen. Wenn du aber bei uns im großen Haus lebst, könntest du ein völlig normaler Hausgast der Familie sein. Niemand würde sich daran stören.«

»Meine Güte, Jannes, wie willst du das denn deiner Familie erklären? Das geht doch nicht. Du kannst ihnen doch nicht einfach so eine wildfremde Person vor die Nase setzen.«

»Ich werde ihnen einfach sagen, dass du die Frau bist, mit der ich mein Leben verbringen will, und dass du im Augenblick unseren Schutz brauchst. Sie werden es sofort verstehen und nicht weiter nachfragen, wenn ich sie darum bitte. Sie kennen mich, und sie vertrauen mir völlig. So ist das bei uns. Meine Familie wird sofort wissen, dass wir ihnen alles erzählen werden, sobald es möglich ist. Wie gesagt, wenn ich sie bitte, dich zu beschützen, werden sie es fraglos tun.«

»Das bedeutet, dass du ihnen praktisch sagst, wir wären so gut wie verlobt, aber das sind wir nicht, Jannes. Ich kann dich nicht heiraten, weil ich bereits verheiratet bin. Das solltest du nicht vergessen. Sobald deine Familie das herausfindet, werden sie mich hassen, weil ich dein Leben ruiniere. Genau so werden sie es sehen.«

»Entschuldige, Lotte, dass ich so freimütig bin, aber das ist vollkommener Unsinn. Und was deine Ehe angeht, müssen wir eben so schnell es geht dafür sorgen, dass sie aufgelöst wird.«

»Du sprichst von einer Scheidung?« Ihre Stimme klang zweifelnd.

»Genau das tue ich. Du bist nicht katholisch, damit fällt schon mal das Getöse der Kirche weg. Dass Kollendiek die Schuld an der Zerrüttung der Ehe trägt, ist ja wohl kaum bestreitbar. Wenn du mich fragst, könnte man in seinem Fall gewiss von Sadismus und damit von einer Störung des Geistes sprechen. Sollte ein Richter Beweise brauchen, reicht gewiss das Gutachten eines renommierten Arztes, der einen Blick auf deine Narben wirft, weil diese leider doch sehr aussagekräftig sind. Eine Scheidung ist für dich die einzige Lösung, um endlich frei von Kollendiek und deiner Angst zu sein, Lotte. Sobald du geschieden bist, können wir heiraten.«

Seufzend schüttelte sie den Kopf. »Mein Liebster, nach allem, was ich dir gestern Abend erzählt habe, unterschätzt du Edgar Kollendiek noch immer. Er würde mich eher umbringen, als mich gehen zu lassen. Selbst wenn ich eine Scheidung durchsetzen könnte, würde das nichts ändern. Ehrlich gesagt, würde ich mich noch nicht einmal sicher fühlen, wenn wir beide bereits verheiratet wären. An seinen Rachegelüsten würde das nämlich nicht das Geringste ändern.«

Ihr Pessimismus und ihre Sturheit forderten seine Geduld heraus. »Wenn ich dir so zuhöre, können wir uns ja gleich in die Elbe stürzen.« Nach einem tiefen Atemzug erhob er sich. »Versuche doch einfach, mir zu vertrauen, Lotte. Ich bitte dich aus tiefstem Herzen, hör bitte dieses eine Mal auf mich. Pack ein paar Sachen und komm mit mir. Auf dem Weg können wir Kerstin Jansen Bescheid geben, dass du vorerst bei mir bleibst, und sobald wir bei mir zu Hause sind, sehen wir weiter.« Er trat hinter seinen Stuhl, schob ihn unter den Tisch und sah sie dabei so eindringlich wie nur möglich an. »Glaub mir, wir können beide viel klarer denken, wenn wir uns ein bisschen weniger Sorgen um deine Sicherheit machen müssen«, fuhr er fort. »Und dann planen wir einen Schritt nach dem anderen.«

Ganz offensichtlich kämpfte sie innerlich mit sich. Um sich irgendwie zu beschäftigen, räumte er das restliche Geschirr ab und stellte es ins Spülbecken. Ohne sich wieder zu ihr umzudrehen, blieb er dort stehen, die Hände auf den Beckenrand gestützt, starrte er ins Spülbecken und wartete bang auf ihre Entscheidung. Sein Kopf fühlte sich wie leer gefegt an. Er hatte alles gesagt, was es im Augenblick zu sagen gab. Die Entscheidung lag letztlich bei ihr, das war ihm klar.

Schließlich hörte er hinter sich das Geräusch ihres Stuhls, als auch sie sich erhob. Im nächsten Moment legte sie ihre Arme um ihn und den Kopf an seinen Rücken. Unweigerlich atmete er tief durch.

»Ich weiß, dass du dir Sorgen machst, Jannes«, sagte sie leise.

»Ich will dich nicht wieder verlieren, Lotte. Das könnte ich nicht ertragen.«

»Mir geht es doch ebenso.«

»Dann komm mit mir, mein Liebling«, bat er sie ein weiteres Mal sehr eindringlich.

»Ja.«

Das kleine Wort der Zustimmung hatte zwar verhalten geklungen, doch sie hatte es ausgesprochen, und er hatte es gehört. Erleichtert drehte er sich innerhalb ihrer Umarmung zu Lotte um und zog sie fest an sich.

»Es ist die richtige Entscheidung. Wir werden eine Lösung finden, das weiß ich. Alles wird gut werden.«

Lotte löste sich aus seiner Umarmung und deutete auf das schmutzige Geschirr. »Meinst du, du kriegst das hin, ohne zu viele Scherben zu hinterlassen?«, fragte sie mit einem frechen Lächeln auf den Lippen.

»Ich denke schon«, erwiderte er schmunzelnd.

»Dann gehe ich derweil ins Schlafzimmer und packe ein paar Sachen zusammen.«

Kaum eine Stunde später saßen sie wieder an einem Küchentisch, doch dieses Mal an dem von Hagen Thomsen. Sie waren mit Kerstin allein, denn Hagen war gerade im oberen Stockwerk, um seinen Sohn für den Mittagsschlaf ins Bett zu bringen. Mit knappen Worten hatte Lotte ihrer Freundin die Lage erklärt. Dass Kerstin bereits über Kollendiek Bescheid wusste, erleichterte die Sache.

»Nun, erst einmal freue ich mich wie verrückt, dass ihr endlich zueinandergefunden habt«, sagte Kerstin lächelnd. »Das war wirklich überfällig.« Ihr Blick glitt zwischen ihr und Jannes hin und her.

In diesem Moment kam Hagen die Treppe herunter und gesellte sich zu ihnen. Für einen kurzen Moment verstummten sie, und Lotte wechselte einen aussagekräftigen Blick zunächst mit ihrer Freundin, dann mit Jannes.

»Ähm, soll ich euch vielleicht wieder alleine lassen?«, fragte Kerstins Verlobter. »Ich habe das Gefühl, dass ich hier gerade störe, und ich ...«

Lotte hob die Hand. »Nein, Hagen, das Gefühl solltest du wirklich nicht haben. Du bist ein Freund. Es ist wohl die einfachste Lösung, wenn auch du Bescheid weißt.«

Kerstin lächelte dankbar und erhob sich, um Wasser aufzusetzen. »Außerdem ist dieser göttliche Mann auch noch Anwalt und kann vielleicht sogar von Nutzen sein«, sagte sie. »Ich werde mal Kaffee machen. Wir sitzen sicher noch eine Weile zusammen.«

Es verging mehr als eine halbe Stunde, bis Lotte Kerstins Verlobten die wichtigsten Dinge erzählt und seine ersten Fragen beantwortet hatte.

»Du weißt, ich halte viel von dir, Hagen. Ich wäre also wirklich dankbar für deine Unterstützung«, fügte sie noch hinzu. »Als Freund, und wenn es sein muss auch als Anwalt.«

»Nach allem, was du mir da gerade erzählt hast, befürworte ich den Vorschlag von Herrn Vossen ausdrücklich, dich bei seiner Familie unterzubringen. Das kann ich schon mal sagen.« Hagens Miene wirkte nachdenklich. »Ich halte es ebenfalls für angebracht, wenn du möglichst nicht mehr alleine bist, solange wir nicht ausschließen können, dass dir Gefahr droht.« Er sah Kerstin an. »Mir wäre es allerdings lieber, wenn auch du dann ganz zu mir kommst, Schatz. Die Vorstellung, dass du unter der Woche abends und nachts allein in eurer Wohnung bist, behagt mir nämlich ganz und gar nicht.«

Lotte nickte. »Hagen hat recht, Kerstin. Ich hatte schon ähnliche Gedanken. Wir dürfen jetzt keinen Fehler machen und irgendein Szenario ausschließen. Das Dilemma besteht vor allem darin, dass wir keine Ahnung haben, was Kollendiek weiß oder ob er überhaupt etwas weiß. Diese Überlegungen haben übrigens auch mich davon überzeugt, auf Jannes zu hören und erst mal bei ihm zu wohnen.«

»Wir sind noch nicht verheiratet, Hagen«, gab Kerstin zu bedenken. »Ich möchte auf keinen Fall, dass dein Ruf als Anwalt wegen mir in Gefahr gerät.«

»Mein liebster Schatz, die letzte Nacht war nicht die erste, die du hier bei mir verbracht hast, richtig? Deine Besorgnis um meine Reputation rührt mich, aber sie ist vollkommen überflüssig. Wir sind verlobt, das stand sogar in der Zeitung, und jeder konnte es lesen. Wenn es dir lieber ist, können wir schon Weihnachten verheiratet sein. Was mich angeht, müssen wir nicht bis zum Frühjahr warten.«

Lotte mochte Hagen sehr. Der Mann war so herrlich pragmatisch.

»Herr Thomsen hat völlig recht«, warf Jannes ein. »Ich würde das genauso sehen, Fräulein Jansen. Auch Sie sollten sich nicht mehr alleine in der Wohnung aufhalten. Nur mal angenommen, Kollendiek bekommt tatsächlich irgendwann heraus, wo Lotte wohnt, dann wären auch Sie dort in Gefahr.«

Hagen Thomsen erhob sich und reichte Jannes die Hand. »Und ich würde vorschlagen, dass wir das Sie mal weglassen, jetzt wo wir eine gemeinsame Aufgabe zu lösen haben. Einverstanden?«

Auch Jannes erhob sich. »Einverstanden und sehr gerne. Ich heiße Jannes.« Dann sah er Kerstin an. »Kerstin?«, fragte er vorsichtig.

»Natürlich, sehr gerne, Jannes«, antwortete sie. »Ich kann dich auf der Arbeit auch gerne weiterhin siezen, das macht mir nichts aus.«

»Blödsinn. Wir sind befreundet, und gut ist es«, antwortete Jannes. »Ich habe überhaupt kein Problem damit, wenn Kollegen das mitbekommen.«

»Dann wäre das geklärt«, sagte Hagen grinsend. »Darf ich euch dann ein paar Vorschläge machen beziehungsweise an meinen ersten Gedanken teilhaben lassen?«

»Unbedingt«, erwiderte Jannes.

Lotte nickte zustimmend, und sie hatte mit einem Mal einen Kloß im Hals. Sie war unsagbar froh darüber, dass sie endlich den Mut gefunden hatte, nicht nur mit Kerstin, sondern auch mit Jannes über das Martyrium ihrer Ehe zu sprechen. Endlich gehörte er zu ihr, und es tat so gut, die Last nicht mehr alleine tragen zu müssen. Doch nicht nur der Mann, den sie über alles liebte, war nun an ihrer Seite. Mit Kerstin und Hagen hatte sie wirklich wunderbare Freunde gefunden.

Hagens Blick richtete sich auf Lotte. »Du erwähntest vorhin, dass deine frühere Zofe zumindest den Verdacht hegt, Kollendiek könnte an deinem Tod zweifeln.«

»Ja, darüber hat mich meine Freundin Olga informiert. Sie steht regelmäßig in Kontakt mit Hertha«, antwortete Lotte.

»Gut. Wir sollten also zunächst einmal herausfinden,

was Kollendiek weiß, oder besser gesagt, ob er überhaupt irgendetwas weiß. Wichtig finde ich es auch aufzuklären, ob seine Geschäftsverbindung zu Tietz zufällig zustande kam und nun in Zukunft für Lotte bedrohlich werden könnte.«

»Du meinst, es könnte auch sein, dass er ganz bewusst den Kontakt zu Tietz hergestellt hat, weil er bereits weiß, dass Lotte im Warenhaus arbeitet?«, fragte Jannes. »Das wäre doch sehr weit hergeholt, meinst du nicht?«

Hagen zog nachdenklich die Stirn kraus. »Vor allem denke ich, wir dürfen nichts ausschließen. Ich habe schon so einiges erlebt, Jannes. Von einem befreundeten Kriminalbeamten weiß ich, dass während einer Ermittlung die Kühnheit der Gedanken ein äußerst wichtiger Beitrag sein kann, um ein Verbrechen lückenlos und möglichst schnell aufzuklären. Ich teile diese Einschätzung. Solange etwas nicht vollkommen unlogisch oder unmöglich erscheint, sollten wir es nicht sofort vom Tisch wischen, genauso wie es auch Lotte vorhin schon gesagt hat. Wir wissen, dass Kollendiek nicht nur sehr reich, sondern auch ein einflussreicher Mann ist. Männer wie er haben ihre Möglichkeiten, da braucht man sich nichts vorzumachen.«

»So etwas in der Art hat Olga auch schon gesagt«, warf Lotte ein.

»Erzähle mir noch einmal genau, was du über Kollendiek weißt«, forderte Hagen sie auf. »Ich meine jetzt keine Details aus deiner Ehe, sondern die ganz allgemeinen Dinge.«

Lotte nickte. »Ich weiß schon, was du meinst. Also …

er ist der Haupteigentümer einer Lübecker Privatbank, die vor allem mit reichen Geschäftskunden zu tun hat. Ihm gehören siebzig Prozent der Bank, seinem jüngeren Cousin dreißig Prozent. Aber Ferdinand Kollendiek, so heißt der Cousin, hat vor einigen Jahren promoviert und ist inzwischen ein junger und aufstrebender Chirurg an einer Lübecker Klinik. Aus dem Bankgeschäft hält er sich völlig raus. In Lübeck ist die Kollendiek-Bank ein echter Begriff. Edgar ist unverschämt reich. Er besitzt zahlreiche Häuser, teilweise sind das äußerst luxuriöse Villen – nicht nur in Lübeck, auch in Berlin, Zürich und sogar in Südfrankreich. Außerdem hält er aufgrund seiner speziellen Bedingungen bei der Kreditvergabe Anteile an verschiedenen Unternehmen, auch an einigen großen Reedereien.«

»Entschuldige meine Nachfragen. Die mögen dir vielleicht eigenartig vorkommen, aber ich möchte mir ein möglichst klares Bild machen. Was die Bank angeht, lässt sein Cousin ihm also freie Hand?«, hakte Hagen nach.

»Ja, ganz und gar. Die beiden haben eine klare Abmachung. Ferdinand Kollendiek hat überhaupt kein Interesse an der Bank, und er versteht im Grunde auch nichts davon. Alles, was er tut, ist, einmal im Jahr einen Blick auf die Bilanzen zu werfen, wenn er das denn überhaupt selbst übernimmt, was ich jedoch bezweifle. Ansonsten streicht er die Gewinne ein, die ihm regelmäßig zufallen, und das war es auch schon.« Lotte nahm einen Schluck von ihrem Kaffee, bevor sie fortfuhr. »Die beiden Männer sehen sich im Grunde so gut wie nie. Ferdinand war zwar Gast bei unserer Hochzeit, verabschiedete sich aber zeitig, und später habe ich ihn nie mehr zu Gesicht bekommen. Er und Edgar haben nichts gemeinsam, und sie verstehen sich auch nicht besonders gut. Das zumindest habe ich ziemlich schnell mitbekommen. Soweit ich weiß, hat das auch mit der ersten Ehefrau von Edgar zu tun. Sie hieß Ilse, und Ferdinand mochte sie wohl sehr. Edgar meinte sogar mal, dass auch Ferdinand an Ilse interessiert gewesen sei und es eine Art Wettkampf um sie gegeben habe.«

»Ähm … Kollendiek war schon einmal verheiratet?«, fragte Jannes hörbar erstaunt. »Das hattest du noch gar nicht erwähnt.«

»Ja, das war er. Verzeih, ich habe wohl einfach nicht daran gedacht«, antwortete Lotte. »Allerdings ist Ilse Kollendiek schon ein knappes Jahr nach der Hochzeit verstorben. Sie kann uns also keine Hilfe mehr sein.«

»Schau an.« Kerstin schüttelte nachdenklich den Kopf. Sie erhob sich und holte die Kaffeekanne vom Herd, um ihnen nachzuschenken. »Woran ist die erste Frau Kollendiek denn gestorben, weißt du das, Lotte?«

»Edgar wollte zunächst gar nicht mit mir darüber sprechen, hat es dann aber doch getan, weil ich einige Male nachgehakt habe. Er erzählte mir, dass sie eines Nachts unglücklich die Treppe hinabgestürzt sei. Dabei habe sie sich das Genick gebrochen, während er selbst geschlafen habe – so ähnlich drückte er sich aus.«

»Ich nehme an, du hast mittlerweile selbst daran gezweifelt, dass diese Darstellung stimmt, oder?«, fragte Jannes. »Das, was ich bisher über den Mann erfahren habe, lässt durchaus auch andere Vermutungen zu.«

»Es ist schon eine Weile her, aber ja, natürlich habe ich mir meine Gedanken zu ihrem Tod gemacht, das muss ich zugeben. Das läuft aber nur auf Vermutungen hinaus, die sich nicht beweisen lassen. Als seine erste Frau ums Leben kam, war er mit ihr allein in einem Sommerhaus an der Nordsee, das ihm damals noch gehörte. Die Köchin und zwei Dienstmädchen waren nur tagsüber im Haus. Wie gesagt, passierte der angebliche Unfall jedoch mitten in der Nacht. Das Sommerhaus hat er übrigens kurze Zeit später verkauft. Offenbar hat damals niemand an Edgars Aussage gezweifelt, da die Umstände für sich sprachen. Ilse Kollendiek hat ziemlich viel getrunken, das war allgemein bekannt. Edgar meinte einmal, sie sei nicht nur sehr schön gewesen, sondern habe leider auch ein äußerst melancholisches Wesen und eine angeschlagene Psyche gehabt.«

»Nun, nach allem, was ich von Kollendiek weiß, kann ich durchaus verstehen, wenn die arme Frau der Melancholie und dem Alkohol verfiel. Nicht jede Frau legt eine derartige Stärke und solch einen Mut an den Tag, wie du es getan hast, Lotte.« Kerstin ließ ein aussagekräftiges Seufzen hören. »Man mag sich gar nicht vorstellen, wie sie vielleicht tatsächlich ums Leben kam.«

»Das geht mir auch so«, gab Lotte zu. »Obwohl ich sie nicht kannte, tut sie mir unglaublich leid. Wenn ich ehrlich bin, habe ich den Gedanken an sie meistens erfolgreich verdrängt.«

»Ich denke, ich werde mal meine Verbindungen zur Polizei spielen lassen. Wir sind hier zwar in Hamburg, aber vielleicht lässt sich trotzdem noch etwas mehr zum

Tod von Ehefrau Nummer eins herausfinden«, erklärte Hagen.

»Das ist eine hervorragende Idee«, bekräftigte Jannes. »Und ich versuche derweil herauszufinden, wie Georg Tietz überhaupt an Kollendiek geraten ist und in welcher Geschäftsbeziehung er zu ihm steht. Natürlich in aller Vorsicht und wie nebenbei. Ihr wisst schon, wie ich das meine.«

»Sehr gut«, erwiderte Hagen und nickte. »Es ist nicht unwichtig zu erfahren, wie der Kontakt zustande kam und von welcher Seite er ausging.«

»Wir könnten auch versuchen, mit Ferdinand Kollendiek zu sprechen«, schlug Lotte vor. »Vielleicht weiß er mehr über die Sache mit Ilse.«

»Das ist ein Risiko, das wir momentan noch nicht eingehen sollten, Lotte.« Jannes schüttelte den Kopf. »Egal, wie er zu seinem Cousin stehen mag, wir können nicht einschätzen, wie er reagieren wird, sobald er erfährt, dass du noch am Leben bist.«

»Nun, das muss er ja nicht«, warf Hagen ein. »Es könnte doch zum Beispiel sein, dass durch neue Erkenntnisse noch einmal polizeiliche Ermittlungen im Fall des Treppensturzes von Ilse Kollendiek aufgenommen wurden. Sollte Ferdinand Kollendiek tatsächlich mehr für diese Frau übriggehabt haben, dürften ihn derartige Neuigkeiten jedenfalls nicht kaltlassen. Es besteht absolut die Möglichkeit, damit seine Auskunftsfreude zu entfachen, ohne dass er überhaupt einen Gedanken an Lotte verschwendet.« Hagen trank seinen Kaffee aus. »Allerdings müsste ich dafür tatsächlich erst einmal mit meinem Kumpel von der Kriminalpolizei sprechen, um einerseits auf der sicheren Seite zu sein und andererseits möglicherweise einen entsprechenden Kontakt zur Lübecker Polizei herstellen zu können. Sobald ich diese Dinge geklärt habe, sehen wir weiter.«

»Ich danke dir, Hagen«, sagte Lotte und schenkte dem Verlobten ihrer Freundin ein Lächeln.

»Was haltet ihr davon, wenn wir uns in einigen Tagen wieder hier zusammenfinden. Wenn wir Glück haben, wissen wir dann schon mehr«, schlug Jannes vor. »Vielleicht wäre es sogar von Vorteil, Olga Rennsteig dazuzubitten.« Jannes sah Lotte an. »Olga weiß über alles Bescheid, war ausschlaggebend in deine Flucht involviert, und du sagtest, dass sie über gute Kontakte in Lübeck verfüge. Ich denke, wir sollten sie nicht ausschließen.«

»Das ist eine gute Idee«, stimmte Lotte zu. »Olga ist immer eine Bereicherung.«

»Gut, dann würde ich vorschlagen, dass wir uns kommenden Sonnabend gleich nach Feierabend wieder hier treffen«, meldete sich nun Kerstin zu Wort. »Wir können zusammen zu Abend essen. Ich kümmere mich darum.«

»Du bist die Beste«, sagte Lotte.

»Und dich melde ich morgen früh erst mal krank, Liebling.« Jannes' warmer Blick fing den ihren ein. »Ich halte es für besser, wenn wir dich einige Tage aus der Öffentlichkeit heraushalten.«

»Das ist Blödsinn«, widersprach Lotte sofort. »Im Warenhaus bin ich doch niemals allein. So etwas wie gestern passiert mir sicherlich nicht noch einmal, darauf kannst du wetten. Ich halte die Augen offen.«

Vehement schüttelte Jannes den Kopf. »Mir würde es überhaupt nicht gefallen, wenn du bei dieser unsicheren Lage im Warenhaus herumläufst. Wir haben doch nun schon mehrmals festgehalten, dass wir praktisch gar nichts wissen. Wir können also auch nicht sicher sein, dass Kollendiek dich gestern Abend tatsächlich nicht gesehen hat, Lotte. Und was auch nicht ganz unwichtig ist: Wir wissen ebenfalls nicht, ob er plötzlich wieder im Warenhaus auftauchen wird. Solange ich nicht herausgefunden habe, in welcher Beziehung er zu Georg Tietz steht, wäre es mir wirklich lieber, du würdest zu Hause bleiben.« Er zog einen Mundwinkel nach oben und neigte sich ein wenig zu ihr. »Ich meine damit natürlich das Haus meiner Familie. Dort bist du nämlich sicher. Meine Familie, allen voran meine Mutter, wird auf dich aufpassen, als wärest du ihr eigen Fleisch und Blut.«

»Ich stimme Jannes auch in diesem Punkt zu«, warf Hagen ein. »Du solltest dich momentan möglichst wenig in der Öffentlichkeit sehen lassen.«

»Ich schließe mich den Männern an.« Kerstin zog die Augenbrauen in die Höhe. »Hör zu, meine Liebe, du bleibst jetzt mal schön ein paar Tage bei Jannes' Familie und versuchst dich dort zu entspannen, so gut es eben geht. Hagen und ich kümmern uns unterdessen darum, dass Olga Bescheid bekommt, damit sie Sonnabend zu uns stoßen kann.«

Seufzend schloss Lotte kurz die Augen, dann nickte sie.

»Gut, ihr habt gewonnen. Aber nur diese eine Woche, Jannes«, sagte sie an ihn gerichtet. »Wenn wir Sonnabend gesprochen haben, sehen wir weiter.«

»Einverstanden.« Er grinste zufrieden. »Dann sehen wir weiter«, wiederholte er ihre Worte.

»Dann wäre das ja geklärt.« Hagen nickte und sah Kerstin an. »Und du wirst ab jetzt hier bei mir wohnen, mein Schatz. Sobald der Junge wach ist, können wir zu eurer Wohnung fahren und ein paar von deinen Sachen holen.«

Wie aufs Stichwort erklang von oben das laute Rufen von Hagens Sohn und brachte sie alle zum Lachen.

12. Kapitel

Etwas angespannt sah Lotte aus dem Fenster des Autos auf das Haus, vor dem Jannes gerade parkte. Er stieg aus, kam um den Wagen herum und öffnete ihr die Tür. Nur zögernd stieg sie aus, während er die Tasche mit ihren Sachen vom Rücksitz hob.

»Bereit?«, fragte er.

»Nein«, erwiderte sie, während ihr ein nervöses Lachen entglitt.

»Sei nicht albern.« Er grinste und reichte ihr seinen Arm. »Du wirst sehr schnell feststellen, wie großartig meine Familie ist.«

Lotte betrachtete das beeindruckende Stadthaus aus dunkelrotem Backstein. Das mächtige dreistöckige Gebäude erinnerte sie entfernt an ihr eigenes Zuhause in Lübeck, in dem sie aufgewachsen war und eine überwiegend glückliche Kindheit verbracht hatte. Man sah auf den ersten Blick, dass hier Menschen lebten, denen es finanziell gut ging. Der gepflegte Vorgarten war von einem schwarzen, kunstvoll geschmiedeten Eisenzaun umgeben, der nur durch eine dazu passende Pforte unterbrochen wurde. Direkt hinter dem Zaun bildete eine Reihe von hochgewachsenen alten Hortensien eine Art Hecke.

Im Sommer, wenn die prächtigen Hortensien blühen, muss es hier wundervoll aussehen, ging es Lotte durch den Kopf.

Jannes öffnete die Pforte, und sie folgten einem breiten Weg aus rötlichen Steinen, der zu einer dreistufigen Treppe und damit zum Eingang des Gebäudes führte. Sie sah zu, wie Jannes einen Schlüssel ins Schloss steckte und die hohe Tür aufschloss. Als er in der offenen Tür stehen blieb und sie auffordernd ansah, trat sie an ihm vorbei ins Haus. Die kleine Eingangshalle war mit ihren zwei großen, wundervoll gerahmten Spiegeln sowie den antiken Kommoden und kleinen Tischen sehr geschmackvoll eingerichtet, das fiel ihr sofort auf.

»Das Haus ist wirklich schön«, sagte sie leise und lächelte zu Jannes auf.

»Ich war mir sicher, dass es dir gefällt«, erwiderte er.

In diesem Augenblick öffnete sich im hinteren Teil der Halle eine Tür, und ein älterer Diener eilte herbei, um ihnen die Mäntel abzunehmen. Jannes reichte ihm auch Lottes Reisetasche.

»Fräulein Kelling wird einige Zeit unser Hausgast sein, Heinrich. Bitte kümmern Sie sich doch darum, dass das große Gästezimmer mit dem angrenzenden Bad im zweiten Stock vorbereitet wird. Unserem Gast soll es an nichts fehlen.«

Der Diener deutete eine Verbeugung in ihre Richtung an. »Wird erledigt, Herr Vossen. Ich schicke sofort zwei der Mädchen nach oben.«

»Danke, Heinrich.«

»Ist der Rest der Familie im Hause?«

»Zurzeit nur Ihre Frau Mama, Herr Vossen.« Der Diener nickte ihnen zu und verschwand mitsamt ihrer Tasche wieder hinter der Tür, durch die er eben gekommen war.

Lotte spürte Jannes' Hand an ihrem Rücken.

»Komm, dann stelle ich dich mal meiner Mutter vor. Um diese Zeit ist sie meistens im Kaminzimmer.«

Kurz darauf betraten sie ein Zimmer, das mindestens so geschmackvoll und einladend eingerichtet war wie die Eingangshalle des Hauses. Auch hier fanden sich hübsche antike Kommoden und Tische, auf denen Porzellanskulpturen, verschiedene Kristallkaraffen und prachtvolle Blumenarrangements genau die richtigen Akzente setzten. Vor einem gemauerten Kamin stand eine Sitzgruppe aus einzelnen Sesseln um einen niedrigen Kaffeetisch aus glänzendem Mahagoniholz.

In einem der Sessel saß eine Frau, die bereits auf den ersten Blick sehr elegant wirkte. Sofort legte sie das Buch beiseite, in dem sie offenbar gerade gelesen hatte, und erhob sich, als Jannes und Lotte hereinkamen. Jannes' Mutter war eine schöne und offensichtlich modebewusste Frau, stellte Lotte sofort fest. Ohne Frage war sie in den Fünfzigern, doch ihr Gesicht war nahezu faltenfrei und ihre Figur schlank, wie die eines jungen, elfengleichen Mädchens. Das schlichte dunkelblaue und sehr schmal geschnittene Kleid mit passendem Taillengürtel und einem zum Saum hin leicht ausgestellten Rock entsprach der neuesten Mode und betonte ihre zarte Figur. Als einzigen Schmuck trug Esther Vossen eine längere silbergraue Perlenkette. Die we-

nigen Silbersträhnen im kinnlangen dunklen Haar unterstrichen ihre elegante Erscheinung und sorgten für einen
reizvollen Kontrast.

»Jannes, wie schön! Du hast Besuch mitgebracht, wie
ich sehe.«

Die Miene der älteren Frau wirkte offen und freundlich.
Lotte spürte, wie ein großer Teil ihrer Anspannung von ihr
abfiel.

»Mama, ich möchte dir Lotte Kelling vorstellen«, sagte
er.

Lotte trat vor und reichte Jannes' Mutter die Hand. »Frau
Vossen, ich freue mich sehr, Sie kennenzulernen«, sagte sie.

»Ich freue mich ebenfalls, Fräulein Kelling. Jannes
hat ...«

»Fräulein Kelling ... also Lotte ... wird für einige Zeit
unser Hausgast sein, Mama, und ich hoffe, du hast nichts
dagegen einzuwenden.« Sein Blick glitt kurz zu Lotte, dann
sah er wieder seine Mutter an. »Ich sage es freiheraus. Sie
ist die Frau, die ich liebe und sobald es möglich ist, auch
heiraten möchte. Lotte braucht im Augenblick dringend
unsere Hilfe und besonders den Schutz unseres Hauses.
Deshalb habe ich sie hergebracht.« Er stockte kurz, und
Lotte bemerkte, dass er tief durchatmete, bevor er fortfuhr.
Er klang halb erleichtert, halb entschlossen. »Die Gründe
dafür sind allerdings sehr persönlich, und wir möchten
noch nicht eingehender darüber sprechen. Ich kann dir
aber versichern, dass wir es sofort tun werden, sobald die
Situation es zulässt.«

»Oh«, entfuhr es Jannes' Mutter.

Ihr Blick fing Lottes ein, und sie erkannte sogleich, wem Jannes seine wunderschönen Augen zu verdanken hatte.

»Ich hoffe ...« Lotte musste schlucken. »Ich möchte wirklich nicht ...«

»Nun suchen Sie doch nicht verzweifelt nach irgendwelchen Höflichkeitsfloskeln, meine Liebe.« Jannes' Mutter lachte leise. »Das ist völlig unnötig. Wenn Jannes sagt, dass er Sie liebt und Sie unsere Hilfe und unseren Schutz benötigen, ist das Grund genug für mich, Sie mit offenen Armen hier im Hause zu empfangen. Alles andere wird sich zeigen. Ich vertraue meinem Sohn und gehe deshalb davon aus, dass seine Entscheidung, Sie hierher zu bringen, voll und ganz gerechtfertigt ist.« Sie sah zu Jannes auf und nickte. »Ich nehme an, du hast Heinrich schon Bescheid gegeben, damit er sich um alles kümmert?«

»Natürlich«, antwortete Jannes. »Und ich wusste, dass ich mich auf dich verlassen kann, Mama.«

Jannes' Mutter trat nah an ihn heran und legte ihm eine Hand auf die Wange. »Nun ja, ich habe mich schon häufiger gefragt, ob du dich überhaupt jemals verlieben und heiraten wirst, doch nun bringst du mir dieses wunderhübsche Mädchen ins Haus und sagst mir zudem geradeheraus, dass du es liebst. Das lässt mein Mutterherz natürlich sofort weich werden. Man könnte sogar sagen, es ist soeben dahingeschmolzen wie Butter in der Sonne, mein Lieber.« Noch einmal lachte sie leise auf. »Habt ihr Hunger oder Durst, Kinder? Soll ich euch Kaffee oder vielleicht lieber Tee und etwas Gebäck kommen lassen?«

Jannes winkte ab. »Kaffee hatten wir heute schon jede

Menge.« Er sah Lotte an. »Möchtest du vielleicht eine Limonade oder einen Tee?«, fragte er.

»Eine Limonade wäre schön.« Lotte lächelte dankbar. Zu ihrer großen Erleichterung war die Begegnung mit Jannes' Mutter viel einfacher gewesen, als sie es sich vorgestellt hatte.

Nachdem Esther Vossen Limonade bei einem herbeigerufenen Dienstmädchen bestellt hatte, machte sie eine einladende Bewegung mit der Hand. »Kommt, setzt euch zu mir.«

Als das Tablett mit einer wunderschönen Karaffe und den passenden Gläsern serviert worden war, übernahm Jannes das Einschenken.

»Könnt ihr mir denn wenigstens erzählen, wie ihr beide euch kennengelernt habt?«, fragte seine Mutter.

Sie mussten beide schmunzeln. Jannes nickte ihr auffordernd zu.

»Wir kennen uns aus dem Warenhaus«, antwortete Lotte daraufhin. »Ich arbeite nun seit fast zwei Jahren dort. Eigentlich bin ich Schneiderin, aber Herr Tietz und Jannes haben mir vertraut und mich damals für die Stoffabteilung eingestellt. Das empfinde ich noch immer als großes Glück. Ich brauchte die Arbeit wirklich dringend.«

»Seit einiger Zeit ist Lotte sogar Abteilungsleiterin«, fügte Jannes hinzu. »Sie ist die einzige Frau im gesamten Unternehmen, die diesen Posten innehat.«

»Schau an. Ich freue mich immer sehr darüber, wenn junge Frauen ihr Leben selbst in die Hand nehmen, so gut es eben geht. Das ist großartig, liebe Lotte.«

»Ja, das finde ich auch«, bestätigte Jannes.

Lotte fand es angenehm, dass Jannes' Mutter sie mit ihrem Vornamen ansprach.

»Seid ihr denn schon länger ineinander verliebt?«, hakte Esther Vossen ohne Umschweife nach.

Jannes sah Lotte erneut an, und sie erkannte die Liebe in seinem Blick. »Ich denke, das ist so. Was mich angeht, muss ich wohl zugeben, dass ich mich auf den ersten Blick in Lotte verliebt habe«, sagte er.

»Sehr viel länger hat es bei mir auch nicht gedauert«, bekannte Lotte schmunzelnd. »Ich musste es mir nur erst einmal eingestehen, und das hat sehr viel Zeit gekostet, eben weil ich auch noch mit … anderen Dingen fertigwerden muss.«

»Nun, was es auch immer ist, das euch jetzt noch im Wege steht, ich bin mir sicher, dass ihr es gemeinsam überwinden werdet. Wir wissen doch alle, dass das Leben uns gerne und immer mal wieder Aufgaben stellt, die wir auf die eine oder andere Art meistern müssen. Wenn so etwas auf einen zukommt, ist es gut, wenn man es nicht allein bewältigen muss. Ich freue mich sehr für euch, denn die Liebe, die ihr füreinander empfindet, ist unübersehbar.«

Es trat eine kurze Gesprächspause ein, doch Lotte empfand sie nicht als unangenehm. Esther schenkte ihnen von der köstlichen Limonade nach, die herrlich nach Zitronen und einem Hauch frischer Minze schmeckte. Lotte fühlte sich wohl und sicher. Sie war schon jetzt froh darüber, dass sie entgegen ihrem ersten Impuls Jannes' Vorschlag, eine Weile hier in seinem Elternhaus zu wohnen, letztlich doch zugestimmt hatte.

»Wo ist eigentlich der Rest der Familie?«, wollte Jannes schließlich wissen. »Heute ist Sonntag. Da sind doch normalerweise alle hier versammelt – zumindest um diese Uhrzeit.«

Esther strich sich eine Haarsträhne hinters Ohr und neigte den Kopf ein wenig zur Seite. »Dein Vater und Werner sind seit gestern in London bei Richard Barkley. Sie werden erst Mittwoch zurück sein.«

Jannes runzelte die Stirn. »Ich dachte, in London ist inzwischen alles Notwendige geklärt.«

»Ja, das ist es auch, aber du kennst ja deinen Vater. Es liegt ihm einfach nicht, Richard die Aufsicht über die Umbauten und Renovierungen des Stadthauses allein zu überlassen. Außerdem verbindet ihn inzwischen eine wirklich gute Freundschaft mit Richard. Sie genießen es sicher, dass sie einmal mehr Zeit für ein ausgiebiges Gespräch haben.« Esther zuckte mit den Schultern. »Wir haben dich gestern den ganzen Tag gar nicht mehr zu Gesicht bekommen, Jannes, deshalb konntest du auch nichts von der Reise wissen. Dein Vater wollte einfach selbst mal nach dem Rechten schauen und hat sich kurzfristig zu der Reise entschlossen. Dass er so schnell eine Passage für sich und Werner bekommen hat, war großes Glück. Dein Bruder wollte euren Vater ohnehin längst einmal begleiten, weil er neugierig war und die Häuser in London endlich mit eigenen Augen sehen wollte.« Sie zögerte kurz, bevor sie weitersprach. »Du kannst mich für verrückt erklären, aber ich habe das starke Gefühl, dass dein Bruder schon seit einiger Zeit mit dem Gedanken spielt, nach London zu gehen und dort das Geschäft zu führen. Das heißt natürlich, sobald du dazu bereit bist, Tietz zu verlassen und in die Firma zurückzukehren.«

Lotte hörte gespannt zu. Bisher hatte Jannes noch nicht mit ihr über eine Verbindung seiner Familie nach London gesprochen. Sie war sich sicher, dass sie ihn als Menschen sehr gut kennengelernt hatte, doch sie wusste nur wenig über ihn und sein Leben außerhalb des Warenhauses. Im Grunde kannte sie nur kleine Bruchstücke davon, die sich dann und wann während ihrer Unterhaltungen ergeben hatten. Allein deshalb fand sie das Gespräch zwischen ihm und seiner Mutter sehr interessant. Seit der vergangenen Nacht wollte sie einfach alles über ihn erfahren.

Jannes stieß ein tiefes Seufzen aus und unterbrach damit ihre abschweifenden Gedanken.

»Genau so etwas in der Art habe ich erwartet, seit Papa mir zum ersten Mal von dem Geschäft und dem Haus in London erzählt hat«, sagte er an seine Mutter gerichtet und schüttelte dabei leicht den Kopf. »Ich wusste sofort, dass damit schon bald eine Situation eintreten könnte, die mich praktisch zwingen würde, meine Stellung bei Tietz früher aufzugeben, als es mir lieb ist. Als ich Papa darauf ansprach, hat er mir zwar sofort den Wind aus den Segeln genommen, aber ich habe trotzdem jeden Tag damit gerechnet.«

Jannes' Mutter winkte ab. »Mach dich nicht verrückt, mein Sohn. Noch ist es ja nicht so weit. Es ist nur ein Gefühl. Vielleicht irre ich mich ja auch.«

»Du irrst dich selten, wenn es darum geht, deine Söhne und deinen Mann zu durchschauen. Das weiß ich aus eigener Erfahrung sehr genau«, erwiderte Jannes schmunzelnd. »Zudem glaube ich wirklich, du könntest recht haben. Für Werner ist Hamburg eng mit Agnes verbunden, und so vieles hier erinnert ihn schmerzhaft daran, was er verloren hat. Ich könnte es gut verstehen, wenn er die Gelegenheit ergreift, um in einer neuen Umgebung ein völlig anderes Leben zu beginnen und auf diese Weise vielleicht ein neues Glück zu finden.«

»Dennoch ist Werner auch ein Familienmensch, so wie wir alle. Wir sind ihm wichtig, das weißt du, und das wird bei seiner Entscheidung – sollte sie denn überhaupt anstehen – sicherlich eine Rolle spielen.«

Esther hatte kaum ausgesprochen, als es an der Tür klopfte und der ältere Diener eintrat, der sie vorhin in der Halle in Empfang genommen hatte.

»Das Gästezimmer im zweiten Stock ist bereit. Eins der Mädchen lässt fragen, ob es die Tasche von Fräulein Kelling auspacken soll.«

»Ich mache das sehr gerne selbst, vielen Dank für Ihre Mühe, Heinrich«, antwortete Lotte sofort. »Und bitte, richten Sie auch den Mädchen meinen Dank aus.«

Die Miene des Dieners hellte sich sichtlich auf. »Sehr wohl, gnädiges Fräulein.« Er nickte ihr zu und verschwand.

»Sie kennen sich offenbar mit Hauspersonal aus, liebe Lotte«, bemerkte Esther lächelnd. »Ich habe das sichere Gefühl, Sie haben unseren Hausdiener soeben sehr geschickt um den Finger gewickelt.«

Lotte musste sich räuspern, doch dann nickte sie. »Ich bin ebenfalls in einem Haus aufgewachsen, in dem es Personal gab«, antwortete sie. »Und ich habe früh gelernt, dass man ihnen stets Respekt und Dankbarkeit entgegenbringen sollte.«

»Das ist wahr und eine äußerst kluge Einstellung«, erwiderte Esther.

»Ich würde vorschlagen, dass wir Lotte jetzt ihr Zimmer zeigen, damit sie weiß, wo sie die nächste Zeit wohnen wird«, warf Jannes ein, zögerte dann jedoch kurz. »Ähm … möchtest du das vielleicht übernehmen, Mama?«

Über Esther Vossens Gesicht huschte ein leichtes Lächeln. Sie schüttelte den Kopf. »Das überlasse ich gerne dir, Jannes. Ich muss mich jetzt ohnehin sputen, weil ich heute Nachmittag noch bei Sara vorbeischauen wollte.« Sie sah Lotte an. »Sara ist meine Schwester. Zusammen mit ihrem Mann Hans wohnt sie ganz in der Nähe«, erklärte sie. »Wie auch immer … Hans ist ebenfalls unterwegs, und ich hatte Sara versprochen, sie heute noch zu besuchen und auch mit ihr zu Abend zu essen. Aber nun seid ihr hier, und ich muss zugeben, ich würde viel lieber mit euch den Abend verbringen.«

»Na, dann gehst du eben auf ein Stündchen bei Tante Sara vorbei und sagst ihr, dass du zum Abendessen leider absagen musst, weil wir spontan einen Gast erwarten«, schlug Jannes vor und zwinkerte seiner Mutter zu. »Du bist doch sonst auch nicht auf den Mund gefallen.«

»Ehrlich gesagt, habe ich das auch schon in Betracht gezogen. Wir wollten sowieso nur ein einfaches Abendbrot zu uns nehmen, ich muss mir also keinerlei Gedanken darüber machen, dass sie eventuell ein aufwendiges Essen vorbereiten lässt.« Esther erhob sich. »Also, Kinder, bis später. Ich sage noch kurz in der Küche Bescheid, dass wir heute Abend zu dritt sind.«

Jannes und Lotte standen ebenfalls auf. »Dann zeige ich Lotte unterdessen ihr Zimmer, und sie kann sich in Ruhe dort einrichten.«

Kurz darauf verließ seine Mutter das Haus, während Jannes Lotte in den zweiten Stock des Hauses führte. Zusammen gingen sie den langen Flur hinunter bis zum größten der drei Gästezimmer, die es in seinem Elternhaus gab. Wie er es sich gedacht hatte, war Lotte hingerissen.

»Meine Güte, das ist ja ein traumhaftes Zimmer«, rief sie voller Begeisterung aus. »Diese Farben sind einfach zauberhaft. Alles passt zusammen – von den Gardinen bis hin zum Bettzeug. Wie wunderschön.«

»Es ist ein Steckenpferd meiner Mutter, die Zimmer nach ihren Ideen zu gestalten. Sie liebt es, sich damit zu beschäftigen. Auch wenn wir eigentlich alle ein recht gutes Auge dafür haben, hat mein Vater meine Mutter sogar schon mit großem Erfolg zurate gezogen, wenn Kunden sich neu einrichten wollten. Dieses Zimmer ist übrigens das Lavendelzimmer.«

»Ja, das passt hervorragend. Die Tapete ist fantastisch. Etwas Vergleichbares habe ich noch nie gesehen. Das muss ein ganz spezieller Druck sein. Die einzelnen Lavendelsträußchen und Blüten sehen fast wie ein Gemälde aus.«

»Die Tapete ist tatsächlich besonders, das hast du gut erkannt. Im Haus gibt es sie auch noch in anderen Ausführungen mit anderen Farben und Motiven. Mein Vater hat sie extra aus Paris kommen lassen. Dort gibt es einen Künstler, der diese Art von Tapeten entwirft.«

»Man sieht eurem Haus an, dass ihr euch mit der Gestaltung von Räumen auskennt. Hier passt jedes Detail. Das ist wirklich beeindruckend.«

Ihre Begeisterung rührte ihn. »Du wirst dich also wohlfühlen, solange du hier bist?«, fragte er.

»Ja, das werde ich«, bestätigte sie und lächelte zu ihm auf. »Ehrlich gesagt, bin ich inzwischen sehr dankbar für dein Angebot. Seit Monaten habe ich mich nicht mehr so sicher gefühlt.«

»Das ist gut. Und ich werde immer in deiner Nähe sein.«

»Wo … ähm …?«

Er wusste sofort, worauf sie hinauswollte. »Ich schlafe ebenfalls hier oben. Auf der anderen Seite des Flurs.« Mit einem leicht schiefen Lächeln erklärte er ihr: »Das Schlafzimmer meiner Eltern befindet sich übrigens im ersten Stock, allerdings auf der gegenüberliegenden Seite des Hauses. Das Zimmer meines Bruders liegt neben dem meiner Eltern.« Er trat näher und hauchte ihr einen Kuss auf die Lippen. »Hier oben sind wir also allein, mein Liebling.«

»Das ist …« Sie stieß ein nervöses Lachen aus.

»Ich weiß, das ist äußerst angenehm.« Auch er musste lachen.

»Du machst mich verlegen«, sagte sie.

»Das ist unnötig.« Da er das dringende Bedürfnis verspürte, sie ein weiteres Mal zu küssen, zog er sie in seine Arme und tat genau das.

Als seine Zunge ihre weichen Lippen teilte, hörte er sie leise aufseufzen. Um ein Haar hätte er sich in dem Kuss verloren, doch dann erklang in seinem Kopf gerade noch rechtzeitig eine kleine Warnglocke. Also klaubte er den Rest seiner Selbstbeherrschung zusammen und löste sich zögernd von ihr.

»Wir sollten uns ein wenig beherrschen«, flüsterte er, noch immer dicht an ihrem Mund. »Es ist noch heller Tag.«

»Du hast recht«, erwiderte sie. Ihre Stimme klang ebenso atemlos wie seine. »Ich mag es so sehr, wenn wir uns küssen«, gab sie zu.

»So geht es mir auch. Ich sehne mich schon seit Stunden danach, es wieder zu tun«, raunte er. »Du ahnst nicht, wie sehr ich dich begehre, meine Lotte, und die vergangene Nacht hat dieses Gefühl nur noch verstärkt.« Auch wenn es ihm schwerfiel, rückte er nun ein weiteres Stück von ihr ab. »Pack in Ruhe aus und richte dich ein. Bei uns gibt es immer gegen sieben Abendessen. Bis dahin sind noch gut eineinhalb Stunden Zeit. Du kannst dich also noch ausruhen und dann einfach herunterkommen. Die Tür direkt neben dem Kaminzimmer führt ins Esszimmer. Ich werde rechtzeitig unten sein und dort auf dich warten, damit du dich gar nicht erst verloren fühlst.«

Er strich ihr übers Haar und spielte selbstvergessen einen Moment lang mit einer ihrer Locken. Sie hielt still und sah zu ihm auf. Noch immer konnte er kaum fassen, dass diese wunderbare Frau nun endlich zu ihm gehörte.

Ich werde sie nie wieder gehen lassen, dachte er.

»Später werde ich dir dann das restliche Haus zeigen.

Und falls es dir an irgendetwas fehlen sollte, sag es mir bitte sofort«, bat er sie. »Es ist mir wichtig, dass du rundum glücklich bist, Liebling.«

»Das bin ich, solange du bei mir bist.«

Er hätte noch stundenlang in ihre glitzernden Augen sehen können, deren Farbe ihn stets an das Wasser der Alster im Sonnenschein erinnerte.

»Ich liebe dich, Charlotte«, flüsterte er.

Es war das erste Mal, dass er sie mit ihrem wahren Namen ansprach, und es fühlte sich gut und richtig an.

Es war nicht zu übersehen, dass es ihr gefiel. Ihr Gesicht war ein einziges Strahlen. »Ich liebe dich auch, Jannes Vossen. So sehr!«

Am nächsten Morgen machte Jannes als Erstes einen Eintrag ins Krankenregister des Warenhauses, um Lotte eine Woche Luft zu verschaffen. Vielleicht würden sie dann schon etwas klarer sehen. Zusammen mit dem Personalleiter stellte er ein paar Dienstpläne um und machte sich dann an seine übliche Arbeit. Heute war nicht allzu viel zu tun, und so schweiften seine Gedanken immer wieder ab.

Trotz Lottes Problemen mit Kollendiek war Jannes heute Morgen ein ziemlich glücklicher Mann, das musste er zugeben. Nachdem sie einen harmonischen und sehr unterhaltsamen Abend mit seiner Mutter verbracht hatten, war er natürlich zu späterer Stunde in Lottes Zimmer gegangen, um bei ihr die Nacht zu verbringen. Auch wenn seine Mutter sehr wahrscheinlich nichts davon mitbekommen hatte, so ahnte sie sicherlich, dass ihr Sohn nach Lottes Einzug nicht mehr in seinem eigenen Bett schlafen würde. Jannes war sich jedoch sicher, dass sie es verstand und deshalb niemals schlecht über ihn oder Lotte denken würde.

Esther war keine Frau, die an überholten und widersinnigen Konventionen hing, die es seit einigen Jahren sowieso nur noch in den sogenannten besseren Kreisen zu geben schien. Sicherlich hatte auch sie als junges Mädchen sehr darunter zu leiden gehabt. Außerdem war die Liebe in seinem Elternhaus stets präsent. Er und sein Bruder hatten sich mehr als nur einmal darüber unterhalten, wie glücklich sie sich schätzten, dass ihre Eltern schon seit über dreißig Jahren miteinander verheiratet waren und noch immer den Eindruck eines frisch verliebten Paares vermittelten. Jannes hatte keinen einzigen Moment daran gezweifelt, dass seine Familie ihn und Lotte unterstützen würde – mit allen ihnen zur Verfügung stehenden Mitteln.

Eine weitere Stunde lang versuchte Jannes, sich auf seine Arbeit zu konzentrieren. Seit einiger Zeit beschäftigte er sich erneut mit anstehenden Umbauten im Haus, die die Gebrüder Tietz trotz der wirtschaftlichen Lage angehen wollten. Da keine großen Investitionen nötig waren, hatten sie sich zu den Neuerungen entschlossen. Die derzeitige Lage erforderte gewisse Veränderungen. Es gab Abteilungen im Hause, die man schlicht nicht mehr oder kaum noch benötigte und deshalb verkleinern konnte, zumindest bis die Zeiten sich änderten. Andere Abteilungen wurden hingegen sogar noch stärker von den Kunden aufgesucht und sollten deshalb erweitert werden. Die Stoffabteilung gehörte dazu. Dort wurden noch immer solide Umsätze verzeichnet. Nach wie vor verkauften sich einige Luxusartikel ganz gut, aber sie hatten aufgehört, sich darüber zu wundern. Es war einfach so.

Georg Tietz hatte sich für den späteren Vormittag angekündigt, und er konnte es kaum noch erwarten, seinem Chef wegen Edgar Kollendiek auf den Zahn zu fühlen.

Es sollte jedoch noch bis in den frühen Nachmittag dauern, bis Georg Tietz endlich auftauchte. Jannes fragte sich gerade, ob sein Chef heute überhaupt noch kommen würde, da klopfte es, seine Bürotür wurde einen Spaltbreit geöffnet, und Georg Tietz steckte seinen Kopf herein.

»Da bin ich, Jannes. Ich bin in Berlin aufgehalten worden, deshalb ist es leider ein bisschen später geworden. Hast du Lust, mit mir einen Kaffee zu trinken? Ich könnte jetzt nämlich gut einen vertragen, und wir können uns währenddessen in Ruhe austauschen.«

Wenigstens brauche ich jetzt keinen Vorwand, um mit ihm ins Gespräch zu kommen, dachte Jannes erleichtert.

»Ja, gerne. Ich bin gleich bei dir, Georg«, antwortete er.

Nur wenige Minuten später saßen sie zusammen im Büro von Georg Tietz. Wie immer, wenn sie sich ein paar Tage nicht gesehen hatten, brachten sie sich gegenseitig auf den neuesten Stand, was das Geschäftliche anging. Jannes wartete auf eine günstige Gelegenheit, um Georg auf Kollendiek anzusprechen, doch als diese sich einfach nicht ergab, beschloss er, geradeheraus nach ihm zu fragen.

»Sag mal, Georg, kennst du zufällig einen Edgar Kollendiek?«

Georg stutzte nur kurz. »Ja, der Mann ist mir bekannt. Warum fragst du?«

Natürlich war Jannes auf diese Frage vorbereitet. »Kürzlich sprach ein Freund aus Lübeck von ihm. Er erwähnte, dass der Mann eine erfolgreiche Privatbank leitet und stets für Investitionen zu haben wäre. Ich dachte, ich bringe den Namen mal ins Spiel. Offenbar ist er ein recht großzügiger Kreditgeber, und mich hat einfach interessiert, ob er dir in dieser Hinsicht irgendetwas sagt.«

Georg Tietz schüttelte leicht den Kopf und legte die Stirn in Falten. »Allerdings. Wenn du es genau wissen willst … Ich hatte schon persönlich mit ihm zu tun, aber der Mann ist mir überhaupt nicht koscher.«

»Nanu, so ein Urteil hört man selten von dir.«

»Kollendiek ist vor einigen Wochen von sich aus auf mich zugekommen, um mir ein Angebot zu unterbreiten. Das fand ich sehr ungewöhnlich. Es hat sich wohl herumgesprochen, dass die großen Banken im Augenblick sehr zurückhaltend sind, sobald es um Millionenkredite geht. Ich habe mich hier in Hamburg mit ihm und einem seiner Mitarbeiter getroffen. Kollendiek ist ein wortgewandter, eleganter und äußerst höflicher Mann, doch er hat etwas an sich, das mich vom ersten Moment an enorm störte, auch wenn sich dieses Gefühl nicht so richtig in Worte fassen oder an etwas Bestimmtem festmachen lässt. Ich kann es schlicht als eine ziemlich starke Abneigung beschreiben. Du weißt ja, ich habe mir mit den Jahren eine gute Menschenkenntnis angeeignet und verlasse mich gerne auf mein Bauchgefühl. Einem Mann wie Kollendiek würde ich jedenfalls niemals vertrauen, so viel kann ich mit Gewissheit sagen.«

»Oha, das klingt eindeutig.«

»Natürlich habe ich mich trotzdem anschließend nach ihm erkundigt, du kennst mich ja. Es hat sich herausgestellt, dass er Kredite überwiegend an Unternehmensbeteiligungen knüpft, die er sich dann aber nicht mehr abkaufen lässt, wenn die Firmen wieder aus den roten Zahlen heraus sind. Im Gegenteil, er benutzt seine Anteile nicht selten, um seinen Einfluss noch auszuweiten. Du weißt so gut wie ich, dass so etwas ein Familienunternehmen wie unseres auf längere Sicht durchaus zerstören könnte. Eine derartige Lösung käme für uns also nicht infrage. Meine Familie und ich sind uns da zum Glück einig.«

Jannes spürte, wie eine Welle der Erleichterung seinen ganzen Körper erfasste. Zumindest dieser Risikofaktor für Lottes Entdeckung war damit gebannt.

»Wenn es so ist, bin ich froh, dass deine Familie sich auf keinerlei Geschäfte mit Kollendiek einlässt.«

»Apropos Familie«, wechselte sein Chef das Thema. »Ich war in der vergangenen Woche mit deinem Vater essen. Es war wirklich schön, mich mal wieder in Ruhe mit ihm auszutauschen. Bei der Gelegenheit hat er mir auch von seinem neuen Geschäft in London erzählt. Ich muss zugeben, dass ich ziemlich beeindruckt bin von seinem Plan. Eigentlich bin ich immer davon ausgegangen, dass dein Vater viel zu sehr an seiner Heimatstadt hängt, als dass er jemals auch nur einen Gedanken daran verschwenden würde, in andere Städte – geschweige denn in ein anderes

Land – zu expandieren. In früheren Zeiten habe ich ihm diesbezüglich einige Vorschläge gemacht, aber er hat sie stets entschieden abgelehnt.«

»Ja, inzwischen sieht er das offensichtlich anders. Er hat sogar ein Haus in Notting Hill gekauft, in dem genug Platz für die gesamte Familie wäre. Vater macht sich schon länger Sorgen um die politische Entwicklung hier im Land. Er glaubt, unsere junge Demokratie wäre in Gefahr. Man könnte also sagen: Gäbe es die Nationalsozialisten nicht, hätte er auf jeden Fall an seiner Einstellung festgehalten, niemals von hier fortzugehen. Er liebt Hamburg nach wie vor und hofft natürlich, dass es nie dazu kommen wird, dass er und meine Mutter tatsächlich nach London umsiedeln müssen. Doch sein Verstand sagt ihm etwas anderes, und da macht er auch keinen Hehl draus. Du kennst ihn, Georg, wenn er sich etwas in den Kopf gesetzt hat, kann er sehr entschieden sein.«

»Wir wissen beide, dass dein Vater mit seinen Befürchtungen schon lange nicht mehr alleine dasteht, Jannes. Viele Juden, die es sich leisten können, schaffen inzwischen zumindest einen Teil ihres Vermögens ins Ausland.«

»Wie siehst du das, Georg?«

Tietz seufzte und legte seine hohe Stirn in Falten. »Ich will noch nicht richtig daran glauben, dass unser Heimatland uns tatsächlich derart im Stich lassen wird, dennoch habe auch ich Vorkehrungen getroffen, Jannes. Natürlich war es mir nur möglich, einen Teil meines privaten Vermögens außer Landes zu schaffen, doch ich habe es getan. Mein Bruder und ich haben schon im vergangenen Jahr entsprechende

Konten in Liechtenstein und sogar in den Vereinigten Staaten eingerichtet. Da wir, der Familientradition entsprechend, schon immer viel von unserem erwirtschafteten Geld zurück in die Firma gesteckt haben, ist es kein großes Vermögen, doch es gibt uns eine gewisse Sicherheit und würde einen Neuanfang für die Familie durchaus erleichtern.« Georg Tietz trank seinen Kaffee aus und schob die leere Tasse beiseite. »Allein schon, dass wir Juden überhaupt mit dem Gedanken spielen, unser Land vielleicht irgendwann verlassen zu müssen, ist vollkommen absurd, findest du nicht?«

»Ja, das ist es. Als mein Vater mir zum ersten Mal von seinen Befürchtungen erzählte, hielt ich sie noch für völlig überzogen, aber wenn ich mir die Entwicklungen der vergangenen Monate so ansehe, muss ich meine Meinung gründlich revidieren. Inzwischen halte ich Vaters Besorgnis durchaus für berechtigt. Die Nationalsozialisten gewinnen immer mehr an Zuspruch.«

»Das ist vor allem dieser verfluchten Wirtschaftskrise geschuldet. Ich habe so sehr gehofft, ja, sogar darum gebetet, dass der beängstigende Aufstieg der Nationalsozialisten nach ein paar Monaten vorbei wäre und diese Brut wieder in der Versenkung verschwindet, aber danach sieht es nun ganz und gar nicht aus. Wir müssen wohl oder übel der Tatsache ins Auge sehen, dass unsere junge Republik kurz vor ihrem Ende steht, Jannes. Da bin ich der gleichen Meinung wie dein Vater. Ich glaube nicht mehr an Wunder. Hitler strebt mit allen Mitteln an die Macht, und sobald er sie hat, wird er sie nicht mehr hergeben wollen. Allein schon die Vorstellung ist mir ein Graus.«

»Das sehe ich genauso. Wenn das eintrifft, müssen wir tatsächlich alle das Land verlassen. Vorstellen mag ich es mir dennoch nicht.«

»Das geht mir genauso, und ich halte mich noch an der verschwindend geringen Hoffnung fest, dass es niemals dazu kommen wird.« Georg stieß geräuschvoll den Atem aus. »Der Bruch der Großen Koalition war leider ein Messerstich ins Herz unseres Landes. Die ständigen Notverordnungen und die Geldpolitik von Reichskanzler Brüning sind schlicht ein Desaster. Inzwischen frage ich mich jeden Tag aufs Neue, warum er damit überhaupt durchkommt. Dabei habe ich den Mann tatsächlich mal für einen fähigen Politiker gehalten. Wahrscheinlich stellt sich die Frage gar nicht mehr, *ob* die Nationalsozialisten an die Macht kommen werden, sondern nur noch *wann*. Dennoch erscheint es mir so widersinnig, wenn nicht sogar vollkommen unlogisch zu sein, dass wir Juden wirklich in Gefahr sind. Nicht wenige von uns bilden doch eine erhebliche Stütze des Landes, vor allem in wirtschaftlicher Hinsicht.«

»Vater meint, dass gerade das diesen Leuten ein Dorn im Auge sei. Sie wollen die Juden vor allem von den einflussreichen Führungspositionen im Land vertreiben und diese mit ihren eigenen Anhängern besetzen. Dass die Nationalsozialisten jeden Tag den Hass gegen die Juden im Land schüren, ist jedenfalls unverkennbar. Selbst wenn sie das im Augenblick etwas unterschwelliger tun, haben sie dennoch Erfolg damit. Meine Mutter berichtete mir erst letzte Woche, dass sie in bestimmten Geschäften schon jetzt nicht mehr gerne gesehen wird, obwohl sie dort jahrelang eine gute Kundin war. Das Gift, das Hitler und seine Anhänger verbreiten, wirkt immer stärker. Der Hass und die Ablehnung sind schon in schrecklich vielen Bereichen zu spüren.«

»Das sind wirklich absurde Entwicklungen. Ich verstehe die Menschen nicht, die sich diese unwürdige Philosophie zu eigen machen«, sagte Georg Tietz und schüttelte resigniert den Kopf.

»Das ist auch nicht zu verstehen.«

Es trat eine Gesprächspause ein, aber Jannes wollte unbedingt noch eine andere wichtige Sache klären, bevor er das Büro seines Chefs wieder verließ.

»Ach, bevor ich es vergesse, Georg … Ich habe noch ein geschäftliches Anliegen. Im Zusammenhang mit den geplanten Umbauten im Hause hätte ich noch eine Bitte …«

13. Kapitel

Der Sonnabend, an dem sie sich erneut in Hagens Haus treffen wollten, war ein verregneter und kalter Tag. Obwohl sie mit Jannes' Automobil fahren würden, zog sich Lotte ihren warmen Wintermantel und gefütterte Stiefel an, bevor sie das Haus verließen.

»Du freust dich sicher, Kerstin wiederzusehen, oder?«, fragte Jannes, als sie nebeneinander im Wagen saßen und er den Motor startete.

»Ja, sehr. Es ist schon etwas ungewohnt, dass wir uns jetzt tagelang nicht gesehen haben. Wir wohnen seit fast zwei Jahren zusammen, und die täglichen Gespräche mit ihr fehlen mir.« Sie sah ihn an und lachte leise. »Nichts gegen dich, mein Schatz.«

»Keine Sorge, ich nehme das nicht persönlich«, entgegnete er auf ihre Neckerei. »Sobald deine Freundin Hagen Thomsen geheiratet hat, wird sie sowieso aus eurer Wohnung ausziehen. Das solltest du nicht vergessen.«

»Ja, das stimmt natürlich. Doch solange sie nicht auch noch ihre Arbeit aufgibt, werde ich sie wenigstens weiterhin jeden Tag im Warenhaus sehen. Ich mag unsere gemeinsamen Mittagspausen. Aber es geht nicht nur um Kerstin, Jannes. Ich fühle mich wirklich sehr willkommen bei deiner Familie, aber die Arbeit hat mir in der vergangenen Woche richtig gefehlt. Es liegt mir nicht, den Tag einfach nur zu verplaudern oder einen Gedichtband oder Roman nach dem anderen zu lesen.« Wieder hatte sie das Gefühl, sie müsste etwas richtigstellen. »Du darfst mich nicht falsch verstehen. Ich mag Gedichte und Romane, trotzdem verbringe ich meine Tage lieber mit produktiver Arbeit.«

»Das weiß ich, und du brauchst es mir gar nicht zu erklären. Im Warenhaus fehlst du auch sehr.« Er sah kurz zu ihr herüber. »Aber du fühlst dich doch wohl bei uns?«

»O ja, natürlich fühle ich mich wohl, Jannes. Ich bin dir und deiner Familie unendlich dankbar für eure Hilfe. Außerdem ist deine Familie wirklich großartig.« Sie sah, dass er zufrieden lächelte.

»Das stimmt, und dafür bin ich jeden Tag dankbar.«

Lotte hatte das nicht nur so dahergesagt, um Jannes glücklich zu machen oder ihn zu beruhigen. Sie meinte es ehrlich. Auch nach einer Woche fühlte sie sich noch immer sehr wohl im Haus der Familie Vossen. Inzwischen hatte sie seinen Vater Karl und Werner, Jannes' älteren Bruder, kennengelernt und beide auf Anhieb ins Herz geschlossen. Die Männer hatten sie ebenso herzlich empfangen, wie Jannes' Mutter es zuvor getan hatte. Nach nur einer Woche hatte es die gesamte Familie geschafft, ihr das wundervolle Gefühl zu vermitteln, dass sie wirklich dazugehörte. Lotte empfand das durchaus nicht als selbstverständlich und sah es – neben ihrer Liebe zu Jannes – als ein weiteres Geschenk des Himmels an. Zudem genoss sie es wirklich, jede Nacht in Jannes' Armen einzuschlafen.

Trotz alledem lag noch immer ein Schatten auf ihrer Seele, der einfach nicht verschwinden wollte, und dieser Schatten hatte einen Namen: Edgar Kollendiek.

Olga war bereits dort, als Jannes und Lotte bei Hagen und Kerstin eintrafen. Sie hatte von Kerstin schon erfahren, was am vergangenen Sonnabend im Warenhaus geschehen war, und daraufhin sofort zugestimmt, heute Abend bei ihrem Treffen dabei zu sein.

Nach einer herzlichen Begrüßung saßen sie nun alle zusammen am Küchentisch, tranken Tee und genossen das abwechslungsreiche Abendbrot, das Kerstin liebevoll für sie zubereitet hatte.

»Mein Sohn ist übrigens übers Wochenende bei meinen Eltern. Wir müssen also keine Bedenken haben, dass uns wütendes Kindergeschrei dazwischenfunkt«, erklärte Hagen grinsend. »Kerstin und ich können morgen ausschlafen. Das wird herrlich.«

Eine Weile plauderten sie über alltägliche Dinge miteinander, doch dann kam Jannes auf den eigentlichen Grund ihres Treffens und berichtete von seinem Gespräch mit Georg Tietz.

»Ich war ziemlich erleichtert, dass mein Chef den Mann überaus unsympathisch fand. Er hat sehr deutlich gemacht, dass eine Zusammenarbeit zwischen den Tietz-Brüdern und der Kollendiek-Bank auf keinen Fall infrage käme.«

»Wir können also davon ausgehen, dass Kollendiek nicht mehr im Warenhaus auftauchen wird«, konstatierte Kerstin. »Das ist doch schon mal gut.«

»Es sei denn, er hat sich gezielt an Tietz gewandt, weil er Lotte auf der Spur ist und sich einen leichteren Zugang zu ihr verschaffen wollte«, warf Hagen ein.

»Das würde den Verdacht von Hertha untermauern. Bevor wir keine weiteren Informationen haben, sollten wir vorsichtig sein und nichts ausschließen«, gab Olga zu bedenken. »Außerdem bleibt die wichtige Frage im Raum stehen, ob er Lotte vielleicht doch gesehen hat, als er letzte Woche im Warenhaus war. Wenn ich Sie richtig verstanden habe, Herr Vossen, ist Kollendiek ja von sich aus auf Tietz zugekommen.«

»Ja, das stimmt allerdings. Unser Chef fand das auch ungewöhnlich, womit er nicht unrecht hat. Normalerweise läuft so etwas nämlich andersherum. Im Großen und Ganzen habt ihr gerade genau die Gedanken zur Sprache gebracht, die Lotte und ich ebenfalls hatten«, fasste Jannes zusammen. Er wandte sich an Hagen. »Bist du eigentlich mit deinem Bekannten von der Kripo weitergekommen?«

»Man könnte sagen, ich bin auf einem guten Weg«, erwiderte Hagen. »Walter Kröger, so heißt mein Kumpel, hat mir versprochen, sich um Einsicht in die Akte zu kümmern. Nach dem Tod von Ilse Kollendiek wird es in jedem Fall eine Untersuchung gegeben haben, da ist er sich sicher. In solchen Fällen gehört das für die Polizei zum üblichen Ablauf. Wie weit diese Ermittlungen gingen, müssen wir allerdings herausfinden, und dafür brauchen wir die Akte. Es kann sein, dass man Kollendieks Aussage gar nicht weiter hinterfragt hat. Möglich ist erst mal alles, meinte Walter. Wie wir von Lotte wissen, war ja leider allgemein bekannt, dass Ilse Kollendiek gerne ein Glas zu viel trank. Es liegt also auf der Hand, dass das mehrere Menschen aus ihrem Umfeld bestätigt haben. Dies würde Kollendieks Geschichte vom nächtlichen Treppenunfall natürlich stützen. Sobald die Akte da ist, gibt Walter mir Bescheid.«

»Du kannst diesem Walter Kröger doch vertrauen, oder?«, fragte Lotte.

»Absolut. Außerdem kennt er keinerlei Einzelheiten. Er denkt, dass sich durch einen meiner Klienten eventuell neue Erkenntnisse in dem Fall ergeben haben. Mehr weiß er nicht. Ich habe ihm klar gesagt, dass ich meinem Klienten gegenüber zum Stillschweigen verpflichtet bin, bevor ich nichts Genaueres weiß. Er kennt die Abläufe und hat nicht nachgehakt.« Hagen grinste und schob sich ein Stück eingelegte Gurke in den Mund. »Aber genau wie ich es mir gedacht habe, hat unser Gespräch ausgereicht, um das kriminalistische Interesse bei Kommissar Kröger zu wecken. So hat er den nötigen Antrieb, um sich möglichst schnell um Einsicht in die Akte zu bemühen.«

»Dann bleibt uns nichts anderes übrig, als geduldig abzuwarten«, seufzte Lotte. »Wenn es nur die geringste Hoffnung darauf gibt, Kollendiek den Mord an seiner ersten Frau nachzuweisen, wären die meisten meiner Probleme mit einem Schlag gelöst.«

»Das ist absolut richtig«, bestätigte Hagen. »Sobald Kollendiek als verurteilter Mörder hinter Schloss und Riegel säße, könntest du dich auf der Stelle scheiden lassen und wärest frei. Meiner Erfahrung nach würde das dann sogar recht schnell gehen.«

Olga ließ ein tiefes Seufzen hören. »Also gut, ich möchte euch erzählen, dass ich schon vor einiger Zeit einen Privatdetektiv auf Kollendiek angesetzt habe.« Sie hob ihre dunkel nachgezogenen Augenbrauen und sah von einem zum anderen. »Gleich nachdem Hertha, also Lottes frühere Zofe, zum ersten Mal ihren Verdacht äußerte, Kollendiek könnte an Lottes Tod zweifeln, habe ich den Mann engagiert. Ich kenne den Detektiv schon lange, weiß um seine Fähigkeiten und vertraue ihm. Seine ersten Ergebnisse sind mir gestern zugegangen. Der Mann bleibt Kollendiek weiterhin auf den Fersen, bis ich ihn zurückpfeife. Er folgt ihm zwar nicht auf Schritt und Tritt, weil das gar nicht möglich wäre, aber er versucht möglichst viel über sein Leben auch außerhalb der Bank herauszufinden, indem er zum Beispiel unauffällig mit Leuten spricht, die mit ihm zu tun haben.«

»Oh«, entglitt es Lotte. »Du hast mir gegenüber ja schon angedeutet, dass andere für dich Augen und Ohren offen halten, aber ich wusste nicht, dass du einen richtigen Detektiv beauftragt hast.«

»Nun ja, wenn wir die Sachlage betrachten, war das gar nicht so verkehrt.« Olga schob sich eine ihrer tizianroten Haarsträhnen aus der Stirn. Die fünf schmalen goldenen Reife an ihrem Arm klirrten dabei leise. »Und wenn du mich jetzt fragst, ob das nicht viel zu teuer ist, bin ich beleidigt, Lottchen. Also frag lieber gar nicht, auch wenn es dir ganz vorne auf der Zunge liegt. Ich kenne dich doch.« Olga verschränkte ihre Hände und legte sie vor sich auf den Tisch. »Ich …«

»Warte einen Moment«, fiel Lotte ihrer mütterlichen Freundin ins Wort. »Ich glaube, wir brauchen eine kleine Pause, um unsere Gedanken zu ordnen.« Lottes Blick glitt zu Jannes: Er blies seine Wangen auf, nickte und atmete geräuschvoll aus. Hagen erhob sich und ging wortlos, aber sichtlich nachdenklich einige Schritte neben dem Küchentisch auf und ab, während Kerstin nur die Augen aufriss und begann, die Teller zusammenzustellen. Lotte stand ebenfalls auf und half ihrer Freundin dabei, den Tisch abzuräumen. Eine ganze Weile sagte niemand ein Wort. Jeder schien mit seinen eigenen Gedanken beschäftigt zu sein.

»Für weitere Enthüllungen können wir alle sicher ein Glas Wein vertragen, was meint ihr?«, fragte Hagen schließlich und sah von einem zum anderen. Alle stimmten begeistert zu. »Gut, ich gehe kurz in den Keller. Bin gleich zurück.«

»Und ich hole die Weingläser aus dem Schrank im Wohnzimmer«, meinte Kerstin.

Jannes, Olga und Lotte nickten nur.

Gleich darauf kam Kerstin mit den Weingläsern zurück, und Hagen brachte zwei Flaschen Rotwein. Er öffnete die erste und schenkte ihnen ein. Lotte bemerkte, dass er Jannes dabei einen Blick zuwarf und kaum merklich nickte.

Offenbar verstand Jannes die Aufforderung. »Na, dann lassen Sie mal hören, Frau Rennsteig«, forderte er Olga auf, nachdem alle wieder Platz genommen hatten. »Was hat Ihr Detektiv bis jetzt herausgefunden?«

»Nennen Sie mich bitte gerne bei meinem Vornamen«, bat Olga. »Das gilt übrigens auch für alle anderen hier.«

Jannes hob sein Glas. »Dann sollten wir auch gleich die förmliche Anrede weglassen, denke ich. Die Sorge um Lotte verbindet uns. Ich heiße Jannes.«

»Sehr gerne«, erwiderte Olga lächelnd. »Es ist mir eine Ehre.«

Kerstin und Hagen stimmten sofort zu und stießen darauf an. Lotte hob ihr Glas und nahm einen Schluck. Der Wein schmeckte fruchtig und wärmte sie.

»Also, Olga«, kam Jannes auf seine Frage zurück. »Was hat dein Detektiv bisher zu berichten?«

»Vieles wissen wir bereits, aber es waren auch einige Neuigkeiten dabei«, begann sie. »Kollendiek ist reich, schwer von sich eingenommen und gilt als absolut rücksichtslos, obwohl er auf den ersten Blick sehr einnehmend agiert. Jeder, der schon mit ihm zu tun hatte, weiß das offenbar. Im geschäftlichen Bereich scheint er sich ebenso zu geben wie im privaten. Er wickelt die Leute um den Finger, um ihnen kurz darauf die Daumenschrauben anzulegen.«

»Das kann ich nur bestätigen«, warf Lotte ein.

»So weit zu dem, was ihr vielleicht schon wusstet. Früher war Kollendiek offenbar ein häufiger Gast in verschiedenen Lübecker Bordellen, doch inzwischen hat er in fast allen Etablissements Hausverbot. Man sagt, es sei immer wieder zu unschönen Vorfällen gekommen, doch niemand wollte ins Detail gehen. Hinter vorgehaltener Hand heißt es, es sollen sogar Frauen verschwunden sein, nachdem Kollendiek ihr Kunde gewesen war. Allerdings ist das Milieu traditionell sehr verschwiegen, und es ist nahezu unmöglich, Genaueres darüber zu erfahren. Lübeck ist eine kleine Stadt, und es gibt nicht sehr viele Bordelle. Das macht es für Männer wie Kollendiek schwer«, fuhr Olga fort. »Wie auch immer ... Der Detektiv hat herausgefunden, dass Kollendiek nur noch von einem einzigen Bordellbesitzer Mädchen bekommt. Der lässt sich natürlich fürstlich dafür bezahlen. Die Frauen werden meist von anderen Orten nach Lübeck gebracht und wissen vorher nicht, was sie erwartet, bis sie sich in der Hölle wiederfinden. Es ist eine Schande.« Olgas Blick glitt zu Lotte. »Das ist im Übrigen ein zusätzlicher Grund, warum ich den Detektiv weiterhin bezahle. Selbstverständlich geht es mir vor allem um deine Sicherheit, aber es sind auch noch andere Frauen betroffen. Zu allem Überfluss scheint dieses Monster von einem Mann viele mächtige Freunde zu haben, das macht die Sache nicht leichter. Kollendiek bekommt immer, was er will, und das darf man doch nicht hinnehmen. Ich kann mir jedenfalls ohne große Mühe vorstellen, wie viele Frauen bereits großes Leid durch ihn erfahren mussten.«

»Das ist einfach grauenvoll«, flüsterte Kerstin. »Was gibt es nur für Menschen?«

»Männer wie Kollendiek sind Bestien« erwiderte Olga. »Und Leute wie diesem Bordellbesitzer sollte man möglichst schnell das Handwerk legen, egal wie. Derartige Kerle gehen über Leichen, und zwar im wahrsten Sinne des Wortes. Frauen sind für sie nur eine Ware oder ein Objekt, an dem sie ihre Gelüste stillen können. Ich könnte ...« Sie stockte, und ihr Blick glitt von Jannes zu Hagen. »Es ist wohl besser, wenn ihr nicht in allen Einzelheiten erfahrt, was ich in dieser Sache unternehmen werde, aber ich kann euch versprechen, dass dieser Bordellbesitzer für seine Unmenschlichkeit bezahlen wird. So, mehr kann und werde ich euch nicht verraten, sonst bringe ich mich noch selbst in Teufels Küche.«

Lotte registrierte, dass Hagen geräuschvoll die Luft einzog und Jannes skeptisch die Stirn runzelte. Sie selbst horchte augenblicklich in sich hinein, doch sie konnte keinerlei Bedenken oder gar Gewissensbisse empfinden – im Gegenteil. Selbst wenn Olga diesen skrupellosen Bordellbesitzer ein für alle Mal aus dem Weg räumen ließ, wäre sie damit vollkommen im Reinen. Während ihrer Zeit in Olgas Haus hatte sie genug mitbekommen, deshalb war sie sich sicher, dass ihre mütterliche Freundin durchaus über gewisse Möglichkeiten und Beziehungen verfügte. Einen Moment lang fragte Lotte sich, ob sie sich ihrer Gefühle schämen sollte, doch dann verwarf sie den Gedanken sofort wieder. Sie war auch nur ein Mensch, und sie wusste nur zu genau, was es hieß, einem Mann wie Kollendiek ausgeliefert zu sein.

»Was mich angeht, empfinde ich keinerlei Mitleid mit diesem Bordellbesitzer«, sagte Kerstin und sprach damit ihre eigenen Gedanken laut aus. Die Miene ihrer Freundin wirkte entschieden. Sie hob ein wenig das Kinn. »Egal, was du mit ihm … vorhast, Olga. Meine Zustimmung hast du, und ich werde dich nicht verurteilen. Da kannst du sicher sein.« Sie wandte sich an ihren Verlobten. »Tut mir leid, mein Schatz, ich weiß, du bist ein Mann, der für das Recht und die Gesetze in unserem Land einsteht, aber in diesem

Fall ist das nun einmal meine Meinung. Wer weiß, wie viele Frauen gerettet werden, wenn dieser Mann ein für alle Mal verschwindet.«

»Keine Sorge«, entgegnete Hagen, und um seine Lippen spielte ein sanftes Lächeln. »Ich kann das gut verstehen, glaub mir.«

»Mir geht es wie Kerstin«, bekannte Jannes schlicht.

Nach so viel Zustimmung fuhr Olga vertrauensvoll fort. »Ihr könnt mir glauben, dass ich schon darüber nachgedacht habe, mit diesem verfluchten Kollendiek ähnlich zu verfahren«, gab sie unumwunden zu. »Doch das ist leider viel zu gefährlich, und das Risiko darf ich nicht eingehen. Bei einem Bordellbesitzer kann man jedes …« Sie zögerte kurz. Offenbar suchte sie nach dem richtigen Wort. »… jedes Eingreifen nach einem Disput im Milieu aussehen lassen. Das ist viel einfacher zu organisieren.« Wieder blieb es eine Weile still am Tisch.

»Wie geht es dir eigentlich inzwischen?«, wandte sich Kerstin an Lotte und wechselte damit das Thema. »Ich habe dich noch gar nicht gefragt, ob du innerlich ein bisschen ruhiger geworden bist?«

»O ja, das bin ich. Jannes' Familie ist wundervoll. Sie haben mich so herzlich aufgenommen, und ich fühle mich sicher und geborgen in ihrem Haus. Natürlich besonders, wenn auch Jannes in meiner Nähe ist.«

»Und ich bin froh, dass du es so siehst«, bemerkte Jannes und schenkte ihr ein warmes Lächeln.

»Dennoch möchte ich Montag unbedingt wieder arbeiten«, schob Lotte nach und bemühte sich, möglichst eindringlich zu klingen. »Mir fehlen das Warenhaus und meine Arbeit wirklich sehr.«

»Meiner Meinung nach bleibt das ein Tanz auf dem Drahtseil, Lotte.« Hagen schüttelte leicht den Kopf. »Wie Olga vorhin schon feststellte, wissen wir noch immer nicht mit Sicherheit, ob Kollendiek tatsächlich den Verdacht hegt, du könntest noch am Leben sein, oder ob er dich vergangenen Sonnabend sogar gesehen hat. Ich spreche diesen Aspekt noch einmal an, weil wir ihn nicht vergessen dürfen.«

»Ich habe dafür schon eine Lösung parat«, erklärte Jannes. »Im Warenhaus stehen wieder mal ein paar Veränderungen an, und die Umstrukturierungen obliegen meiner Aufsicht. Als ich wegen Kollendiek mit Tietz sprach, bat ich ihn darum, mir für die Organisation und die Umsetzung Lotte als meine Assistentin an die Seite zu stellen.« Er sah Lotte an. »Damit würdest du vorerst deine Arbeitstage an meiner Seite und überwiegend in meinem Büro verbringen.« Er zuckte mit den Schultern. »Ich weiß, das entspricht nicht unbedingt deiner üblichen Arbeit, aber wenigstens wärst du wieder im Warenhaus und könntest einer sinnvollen Tätigkeit nachgehen.«

»Was?« Lottes Herz machte einen kleinen Sprung. »Das hast du mir ja noch gar nicht erzählt.«

»Nun ja, ich wollte unser Treffen hier abwarten. Mir war es wichtig, erst einmal herauszufinden, ob sich etwas Neues ergeben hat. Außerdem war es für mich schon schwer genug, dich davon abzuhalten, vorzeitig wieder ins Warenhaus zurückzukommen. Ich hatte das Gefühl, du warst ständig auf dem Sprung, und wenn ich dir davon erzählt hätte, wäre jedes noch so gut gemeinte Argument von mir auf der Stelle verpufft. Dafür hättest du gesorgt, das weiß ich. Ich hoffe, du verzeihst mir diesen kleinen Trick, Lotte. Mir war ja bewusst, dass du deine Arbeit praktisch vom ersten Tag an vermisst hast, doch ich hielt es eben für ausgesprochen wichtig, dich mindestens eine Woche lang aus der Öffentlichkeit herauszuhalten.«

»Ich verstehe. Und ja, ich verzeihe dir, weil deine Sorge mich rührt. Aber mach das nicht zu oft mit mir, hörst du?«

»Es wird überhaupt nicht wieder passieren. Das verspreche ich dir hoch und heilig.« Er grinste. »Es ging mir nämlich überhaupt nicht gut dabei, etwas vor dir zu verheimlichen.« Jannes wandte sich an Kerstin. »Das bedeutet allerdings für dich, dass du noch ein bisschen länger Lottes Vertretung übernehmen musst. Ich habe einiges versucht, Kerstin, aber es war mir leider nicht möglich, eine weitere Gehaltserhöhung für dich herauszuholen. Das ist im Moment einfach nicht drin, meinte Tietz, und es klang äußerst entschieden.«

»Das ist überhaupt kein Problem«, winkte Kerstin lächelnd ab. »Mach dir mal über mich keine Gedanken. Ich übernehme gern Lottes Vertretung, auch ohne Gehaltserhöhung. Das habe ich doch schon häufiger gemacht.«

»Um noch einmal auf das Wesentliche zurückzukommen«, meldete sich Olga zu Wort. »Mein Detektiv wird also noch eine Weile an Kollendiek dranbleiben. Leider konnte auch er nicht eindeutig herausfinden, ob Kollendiek tatsächlich daran zweifelt, dass Lotte tot ist. Er ist jetzt allerdings an einem Angestellten der Bank dran, der ziemlich eng mit Edgar Kollendiek zusammenarbeitet und sogar privat mit ihm verkehrt. Der Detektiv hofft, dass er von diesem Mann einige neue Informationen bekommen kann, und ist auf dem besten Weg, vertrauter mit ihm zu werden.« Olga lächelte. »Stammkneipen sind manchmal enorm praktisch.«

»Das klingt gut«, sagte Jannes. »Ich würde mich übrigens sehr gerne finanziell an den Kosten für den Detektiv beteiligen, Olga.«

»Das ist wirklich nicht nötig«, erwiderte Olga und schüttelte den Kopf. »Aber ich weiß dein Angebot zu schätzen.«

»Es würde mir aber besser gehen, wenn du mir zumindest eine gewisse Beteiligung an den Kosten zugestehst«, erwiderte er. »Bitte lass mich dich in dieser Sache unterstützen, Olga.«

Lotte wusste, dass Olga sehr stolz auf ihre finanzielle Unabhängigkeit war und sicherlich auch deshalb zögerte, auf Jannes' Angebot einzugehen. Sie sah der älteren Frau an, dass diese mit sich kämpfte.

»Spring schon über deinen Schatten, Olga«, versuchte Lotte, ihr auf die Sprünge zu helfen. »Diese Sache betrifft schließlich vor allem Jannes und mich.«

»Du wirst dieses Mädchen doch glücklich machen, Jannes Vossen?«, fragte Olga mit fester Stimme.

»Ich kann dir versichern, Lottes Glück ist das Allerwichtigste für mich, und das wird für alle Zeiten so bleiben. Nichts und niemand wird jemals daran etwas ändern können.« Jannes' Stimme klang fast feierlich, und Lotte wurde sofort warm ums Herz.

Olga zwinkerte ihm zu. »Nun ja, du weißt immerhin, was eine Frau hören will. Das ist doch schon mal was. Dann hast du wohl gewonnen, mein Hübscher.«

Hagen schenkte ihnen noch einmal nach. »Darauf trinken wir«, sagte er und hob sein Glas. »Auf die Liebe und auf die Freundschaft.«

»Hört, hört. Darauf trinke ich gerne«, erklärte Jannes.

Lotte wurde vor lauter Rührung die Kehle eng, und sie sah, dass auch Kerstin sich verstohlen eine Träne aus dem Augenwinkel wischte.

»Ihr seid alle so wundervoll«, flüsterte Lotte.

Als sie sich kaum zwei Stunden später unter ihrer Bettdecke an Jannes' warmen Körper schmiegte, wurde ihr plötzlich bewusst, dass in ihr zum ersten Mal seit Langem ein Funken echter Hoffnung aufkeimte, dass alles sich doch noch zum Guten wenden könnte. Sie hatte Freunde, vor allem aber hatte sie Jannes und seine Liebe. All das machte sie stark.

14. Kapitel

»Wir müssen mit den Ausgaben sehr zurückhaltend sein. Du kennst ja die Zahlen«, sagte Jannes. »Unser Budget ist entsprechend klein.« Er sah von den Plänen auf, die sie in den vergangenen Tagen immer wieder durchgegangen waren. »Jedenfalls werden wir mit den Umbauten noch eine Menge Arbeit haben, das steht wohl fest. Ich denke, wir werden mindestens noch einen Monat investieren müssen, bis alles an Ort und Stelle ist.«

Lotte hob ebenfalls den Kopf und erwiderte seinen Blick. Seit fast zwei Wochen arbeitete sie nun schon wieder, und es war offensichtlich, dass die Ablenkung ihr guttat. Fast täglich versicherte sie ihm, wie gern sie mit ihm zusammenarbeite und wie entspannt sie sich fühle. Natürlich war er froh darüber, dass es ihr so gut ging, dennoch wussten sie beide, dass noch immer eine große Aufgabe vor ihnen lag, die sie irgendwie lösen mussten.

»Ich weiß, dass es dieses Mal eher um schlichtes Umräumen und Abteilungsumzüge innerhalb des Hauses geht, aber einige Kosten werden sich trotzdem nicht vermeiden lassen«, ging sie auf seinen Einwand ein. »Ehrlich gesagt, frage ich mich, warum Tietz in diesen Zeiten überhaupt so umfangreiche Umstrukturierungen in Auftrag gibt, wenn er auf der anderen Seite Löhne kürzt und um jeden Kredit kämpft, den er kriegen kann.«

»Die Gebrüder Tietz haben endlich die Zusage für Kredite in Millionenhöhe von zwei großen Banken bekommen, und das lässt sie wohl erst mal aufatmen. Sie rechnen damit, dass sich nächste Woche noch eine weitere Bank daran beteiligen wird.«

»Oh, das ist gut. Ich bin erleichtert.«

»Ja, ich auch, das muss ich zugeben. Allerdings betrachte ich weitere Schulden noch immer mit einiger Skepsis, aber du kennst ja meine Einstellung zu dem Thema. Zudem wird das Geld noch eine Weile auf sich warten lassen. Die Banken haben es zurzeit auch nicht leicht.«

Er hatte kaum ausgesprochen, als es an der Tür klopfte und Kerstin hereinkam.

»Mahlzeit, meine Lieben«, rief sie fröhlich aus. »Ich soll euch von meinem Zukünftigen mitteilen, dass es Neuigkeiten gibt. Er hat gerade unten vorbeigeschaut, um es mir zu sagen. Habt ihr nach Feierabend vielleicht ein oder zwei Stunden Zeit? Olga weiß schon Bescheid. Hagen hat vorhin einen Boten zu ihr geschickt. Sicherlich wird sie auch wieder dabei sein.«

»Natürlich«, antworteten Jannes und Lotte gleichzeitig und mussten deshalb lachen.

»Wir kommen gerne, Kerstin«, sagte Lotte. »Sollen wir noch etwas mitbringen? Nach Feierabend haben wir sicher alle Hunger.«

»Nein, keine Sorge. Es ist schon für alles gesorgt. Meine zukünftige Schwiegermutter hat uns gestern Abend einen großen Topf Hühnersuppe vorbeigebracht. Brot hat Hagen schon eingekauft.«

»Mh, das klingt sehr gut«, erwiderte Jannes. »Und es passt perfekt. Lotte und ich hatten heute noch nichts Warmes.«

»So, ich musste zwar all meine Überredungskünste einsetzen, aber ich durfte tatsächlich selbst einen Blick in die alte Akte zum Tod von Ilse Kollendiek werfen«, teilte Hagen ihnen am Abend mit.

Gerade hatten Kerstin und Lotte gemeinsam die Teller abgeräumt, und nun saßen sie wieder zusammen am Küchentisch und tranken Tee.

»Im Grunde steht genau das drin, was wir schon erwartet haben. Nachdem durch mehrere Zeugen bestätigt wurde, dass Ilse bereits über Monate vor ihrem Tod auffallend oft und viel Alkohol konsumiert hat, wurde die Sache sehr schnell als Unfalltod zu den Akten gelegt.«

»Das heißt, der Blick in die alte Akte hat uns nicht weitergebracht«, konstatierte Jannes seufzend.

»Das würde ich so nicht sehen. Ich habe euch heute Abend hergebeten, weil ich bei den Protokollen über die Vernehmungen über ein winziges Detail gestolpert bin, das ich euch auf keinen Fall vorenthalten will. Mich lässt es jedenfalls nicht mehr los, seit ich es gelesen habe.« Hagens Blick wanderte zu Lotte, bevor er weitersprach. »Es geht nur um eine kurze Randnotiz, und sie betrifft die Befragung einer damaligen Hausangestellten von Kollendiek. Die betreffende junge Frau bezweifelte offenbar, dass Ilse Kollendiek tatsächlich tot ist.«

»Was?« Lotte spürte, wie ihr Herz ein paar Extraschläge machte, und auch die anderen am Tisch verliehen ihrer Überraschung auf die eine oder andere Art Ausdruck. Lotte schnappte nach Luft. »Das kann doch nicht sein.«

»Beruhigt euch und hört mir weiter zu«, bat Hagen. »Es gab eine tote Frau, die in dieser Nacht am Fuß der Treppe lag, so viel steht fest. Diese Hausangestellte behauptete jedoch, dass es sich dabei nicht um den Leichnam von Ilse Kollendiek gehandelt habe, und bei dieser Aussage blieb sie auch. Die Polizei hat hierzu zwar die besagte Notiz in der Akte vermerkt, ist der Sache aber nicht weiter nachgegangen. Bei der Hausangestellten handelte es sich offenbar um ein geistig zurückgebliebenes Küchenmädchen, dessen Aussage niemand ernst nahm. Es wurde festgehalten, dass die Tote ein Nachthemd von Ilse Kollendiek trug, was das Mädchen sogar bestätigte. Außerdem hat der Ehemann die Tote identifiziert, und die gesamte Auffindesituation war eindeutig und ließ kaum einen Zweifel zu.« Hagen holte hörbar Luft. »Ich finde das im Grunde auch alles einleuchtend, aber dennoch will mir diese Notiz einfach nicht aus dem Kopf gehen. Ich wollte daher mal hören, was ihr dazu sagt.«

»Kennen wir den Namen des Küchenmädchens?«, fragte Jannes.

»Ja, er stand in der Akte«, antwortete Hagen. »Kurz bevor die Akte geschlossen werden sollte, wollte einer der Beamten tatsächlich noch einmal mit dem Mädel sprechen, doch es war schlicht nicht mehr auffindbar. Offenbar weiß niemand, wo die junge Frau abgeblieben ist. Letztlich wurde die Akte irgendwann geschlossen und ins Archiv verschoben.«

»In meinen Ohren klingt das überhaupt nicht gut«, warf Olga ein. »Ich würde sogar sagen, dass die Tatsache, dass das Mädchen verschwunden ist, darauf hinweist, dass an ihrer Aussage von damals etwas dran ist.« Olga kräuselte die Lippen, und ihre Miene wirkte nachdenklich. »Natürlich könnte es auch eine ganz einfache Erklärung für das Verschwinden des Mädchens geben, doch ein merkwürdiges Gefühl hinterlässt diese Geschichte durchaus. Jedenfalls bei mir.«

»Ja, bei mir auch«, bestätigte Lotte. »Es scheint mir auf unerklärliche Art ein wichtiger Hinweis zu sein, obwohl es eigentlich sehr weit hergeholt klingt.« Sie sah Jannes an. »Was meinst du?«

»Ich stimme euch zu. Die Behauptung der jungen Frau zusammen mit ihrem Verschwinden hinterlässt auch bei mir ein ungutes Gefühl. Wir sollten dem Hinweis auf jeden Fall nachgehen, selbst wenn ich im Augenblick nicht einmal im Ansatz eine Idee habe, wie wir das bewerkstelligen könnten.«

»Ich bringe nun doch noch einmal den Namen Ferdinand Kollendiek ins Spiel«, sagte Lotte. »Ihr wart alle nicht begeistert davon, als ich vorschlug, mit ihm zu sprechen, doch so, wie ich das sehe, könnte er vielleicht eine Hilfe sein. Wir wissen ja bereits, dass er in Ilse verliebt war, bevor sie sich für Edgar entschied.« Lotte wandte sich an Hagen. »Du hast doch selbst gesagt, man könnte ihn befragen, ohne dass er davon erfährt, dass ich noch lebe.«

Jannes legte seine Hand auf ihre. »Mir gefällt das immer noch nicht, Liebling. Ich möchte keine schlafenden Hunde wecken.« Er räusperte sich und fuhr sich mit den gespreizten Fingern durchs Haar. »Wenn sie denn überhaupt noch schlafen. Egal, wie ruhig es in den vergangenen zwei Wochen auch gewesen sein mag, ich möchte euch alle noch einmal daran erinnern, dass wir uns nicht in Sicherheit wiegen dürfen.«

»Ich kann euch nur noch einmal versichern, dass Ferdinand und Edgar Kollendiek nichts miteinander gemein haben«, versuchte Lotte, Jannes' Bedenken zu entkräften. »Sie können sich nicht ausstehen, das war immer offensichtlich. In der Öffentlichkeit haben sie höchstens den Schein gewahrt, um dem guten Ruf der Familie und der Bank nicht zu schaden, denn darin besteht ihr einziges gemeinsames Interesse. Außerdem kann ich mich noch sehr genau an Ferdinands fast mitleidigen Blick erinnern, mit dem er mir nach der Hochzeit die Hand geschüttelt hat. Er ahnte sicher schon damals, dass mir nichts Gutes in dieser Ehe widerfahren wird.«

»Wir könnten unseren Detektiv damit beauftragen, ihn zu befragen«, schlug Olga vor. »Dem Mann können wir vertrauen, darauf habt ihr mein Wort.«

»Hm …« Über Jannes' Nase erschien die senkrechte Falte, die Lotte nur allzu gut kannte. »Mir gefällt die Vorstellung noch immer nicht so richtig.«

»Hast du denn einen anderen Vorschlag?«, forderte Lotte ihn heraus. »Es hilft uns doch nichts, wenn wir zwar einen neuen Anhaltspunkt finden, dem aber nicht nachgehen, weil uns alles irgendwie zu heikel erscheint. Dann machen wir im Grunde doch denselben Fehler wie damals die Polizei.«

»Gut, das ist ein Argument. Aber wenn wir schon Ferdinand Kollendiek befragen wollen, übernehme ich das persönlich«, sagte Jannes, und es klang entschieden. »Mich kennt man in Lübeck nicht, und ich könnte … nun ja, wenn auch nicht unbedingt lügen, aber doch den Eindruck vermitteln, als *könnte* ich von der Polizei sein und müsste ein paar neuen Spuren nachgehen, die sich plötzlich ergeben haben – so, wie Hagen es schon bei unserem ersten Treffen als mögliche Erklärung vorgeschlagen hat.«

»Das ist ziemlich verrückt, und außerdem schrammt ein solches Vorgehen hart an der Rechtswidrigkeit entlang«, warf Hagen ein. »Dem würde ich nur ungern zustimmen.«

»Es wäre eine Gratwanderung, das sehe ich ein. Wie schon gesagt, würde ich mich gar nicht ausdrücklich als Polizist ausgeben, und damit wäre es auch keine Amtsanmaßung, soweit ich weiß. Man muss das eben geschickt angehen, aber das traue ich mir durchaus zu. Falls es eng werden sollte, sage ich halt, ich bin Detektiv. Das stimmt ja auch irgendwie, und damit begehe ich keine Straftat.«

»Sobald dein Gegenüber das Wort Polizist ausspricht oder dich direkt fragt, ob du einer bist, musst du klar widersprechen, um nicht den Pfad der Gesetzestreue zu verlassen«, schob Hagen warnend nach. »Wenn du dich allerdings von vornherein als Detektiv ausgibst, wäre das in Ordnung.«

»Dann halte ich mich selbstverständlich an deinen Rat«, versprach Jannes. »Ich nehme vorher gerne noch weitere Belehrungen von dir in Kauf, Herr Anwalt«, feixte er.

»Dann tu meinetwegen, was du nicht lassen kannst.«

Hagen grinste. »Ich möchte nur vermeiden, dass du anschließend einen Anwalt brauchst und ich dich irgendwo rausboxen muss.«

»Ich finde Jannes' Vorschlag gut«, teilte Olga ihnen mit. »Wir könnten das sogar noch geschickter angehen und ihm unseren Detektiv an die Seite stellen, dann wäre Jannes nicht allein. Hans Ricke hat ein gutes Auftreten, viel Erfahrung und besitzt einen ausnehmend klugen Kopf. Er kann dir sicher eine große Hilfe sein, Jannes. Vier Ohren hören bekanntlich mehr als zwei, und er kennt sich mit unauffälligen Befragungen bestens aus. Hinzu kommt noch, dass Polizisten oder Männer in ähnlichen Positionen doch sowieso meist zu zweit auftreten.« Olga sah von einem zum anderen. »Das ist nur so eine Idee.«

»Aber eine gute, Olga. Es wäre auf jeden Fall sicherer, wenn du dich nicht allein mit Ferdinand Kollendiek triffst, Jannes«, sagte Lotte. Sie sah ihn eindringlich an. »Ich würde mir zumindest ein bisschen weniger Sorgen machen, solange du in Lübeck bist.«

»Ferdinand Kollendiek ist Arzt. Er sollte also nicht unbedingt gefährlich sein«, erwiderte Jannes schmunzelnd. »Aber wenn es dich beruhigt, mein Liebling, werde ich selbstverständlich gerne mit dem Detektiv zusammenarbeiten.«

»Dann gib mir Bescheid, wann du es einrichten kannst, nach Lübeck zu fahren, und ich informiere Hans Ricke«, sagte Olga.

»In drei Wochen ist Weihnachten«, wandte Kerstin ein. »Vielleicht verschiebt ihr eure Pläne lieber auf danach oder gleich ins neue Jahr. Ihr könntet euch dann viel besser auf das Gespräch mit Ferdinand Kollendiek vorbereiten.«

»Ja, das wäre sehr gut«, gab Olga Kerstin recht. »Ricke könnte nach Hamburg kommen, und dann habt ihr genug Zeit für die Vorbereitung.«

Wenige Tage vor Weihnachten musste sich Lotte eingestehen, dass sie schwanger war. Schon einige Wochen nach ihrer ersten Nacht mit Jannes war ihr bereits der Verdacht gekommen, doch da ihr monatlicher Zyklus noch nie verlässlich regelmäßig gewesen war, hatte sie die Gedanken daran immer wieder beiseitegeschoben. An diesem Morgen war ihr jedoch plötzlich klar geworden, dass sie sich nicht länger etwas vormachen wollte. Die Gewissheit brach schon in der nächsten Sekunde regelrecht über sie herein. Die körperlichen Veränderungen ließen sich kaum noch ignorieren. Ihre Brüste schienen besonders in den vergangenen Tagen gewachsen zu sein und waren viel empfindsamer als sonst. Außerdem hatte sie das Gefühl, dass sich sogar ihr Bauch schon veränderte.

Um ganz sicher zu sein, konsultierte sie vorsichtshalber einen Arzt, den sie bereits aus der Zeit kannte, in der sie noch in Olgas Haus gelebt hatte. Lotte legte den Arztbesuch in ihre Mittagspause, damit Kerstin sie dorthin begleiten konnte. Nach eingehender Untersuchung bestätigte der Doktor, was sie im Grunde schon gewusst hatte. Sie bekam tatsächlich ein Baby, und diese Tatsache veränderte noch einmal alles. Aus heiterem Himmel wurde sie von einer jungen Frau zu einer werdenden Mutter, und die Gefühle, die damit einhergingen, waren schier überwältigend.

»Was willst du jetzt nur tun?«, fragte Kerstin, als sie nach dem Arzttermin am Ufer der Alster entlang zurück zum Warenhaus spazierten.

»Ich habe keine Ahnung.« Lotte legte leicht den Kopf in den Nacken und hielt ihr Gesicht für einen Moment der Wintersonne entgegen. »Ich sollte wohl zuerst mit Jannes sprechen. Dieses Kind ... ist ein Kind der Liebe. Das ist erst mal das Wichtigste.«

Sie hielt inne, blieb stehen und schaute aufs Wasser hinaus. Es kam ihr vor, als würde sie die Schönheit dieser glitzernden Oberfläche zum ersten Mal richtig sehen, was natürlich albern war, denn sie war schon unzählige Male hier entlanggegangen und hatte sich mindestens ebenso oft daran erfreut. Alles um sie herum – die Alsterschiffe, ja, sogar die schönen und so vertrauten Häuser des Jungfernstiegs – betrachtete sie plötzlich mit ganz anderen Augen.

»Ich mag diese Stadt so sehr, Kerstin. Ich liebe Jannes wie verrückt, und ich liebe auch das winzige Wesen in meinem Bauch schon jetzt so unglaublich. Viel mehr, als ich es jemals in Worte fassen könnte.«

Lotte wartete, bis sie am späteren Abend nebeneinander im Bett lagen. In ihrem Kopf suchte sie gerade nach den richtigen Worten, als Jannes sich leicht aufrichtete, um ihr ins Gesicht sehen zu können.

»Ist alles in Ordnung mit dir, Lotte? Du wirkst schon den ganzen Tag etwas bedrückt. Geht es dir gut?«

Lotte seufzte unweigerlich. Es passte so sehr zu Jannes, dass er sofort spürte, wenn sie etwas umtrieb. Sie beschloss, gar nicht länger nach einer umständlichen Einleitung zu suchen.

»Ich bin schwanger, Jannes«, sagte sie freiheraus.

Er atmete geräuschvoll ein und setzte sich ganz auf, und sie tat es ihm nach.

»Wir bekommen ein Kind?« Im sanften Schein der Nachttischlampe leuchteten seine schönen Augen golden auf.

»Ja, so ist es. Ich war heute Mittag bei einem Arzt. Er hat meinen Verdacht bestätigt. Es ist eindeutig. Wir bekommen ein Baby.«

Jannes neigte sich ihr leicht zu und hauchte ihr einen Kuss auf die Lippen. »Ich weiß gar nicht, was ich sagen soll. Das Gefühl ist einfach … Ich bin überwältigt vor Glück.«

»Ja, ich weiß, was du meinst. So geht es mir auch.«

»Meine Güte, wir hätten damit rechnen müssen, nicht wahr?« Sein dunkles Lachen wirkte ansteckend und zugleich ein bisschen befreiend. »Vor allem in unserer ersten Nacht waren wir nicht besonders … vorsichtig.«

»Das ist wohl so, ja«, entgegnete sie schmunzelnd. »Und ich hätte damit rechnen müssen, dass dich diese Tatsache ebenso mit Glück erfüllt wie mich.«

»Aber natürlich! Du hast doch hoffentlich nicht eine Sekunde daran gezweifelt. Dieses Kind ist das Produkt unserer Liebe, Lotte. Wie könnte mich das nicht glücklich machen?«

»Eben. Genauso sehe ich das auch.« Lotte legte ihm ihre

Hand an die Wange. »Die Frage ist nur, was wir jetzt tun sollen. Schließlich befinden wir beide uns in keiner alltäglichen Situation.«

»Wir müssen unsere Bemühungen eben deutlich verstärken und dich so schnell es irgend geht aus deiner Ehe befreien«, erwiderte er. »Das liegt doch wohl auf der Hand.«

»Aber wie nur, Jannes? Wie nur?«

»Vielleicht müssen wir ein bisschen umdenken, mein Liebling.«

Jannes schob die Bettdecke von sich und stand auf. Er machte ein paar Schritte vor dem Bett hin und her, dann blieb er am Fußende stehen und stemmte die Hände auf seine nackten Hüften.

»Im Zweifel muss Kollendiek doch erfahren, dass du noch lebst. Du könntest noch immer auf Grausamkeit plädieren und die schnelle Auflösung der Ehe beantragen. Du weißt, dass es diese Möglichkeit gibt. Hagen kann uns sicherlich noch mehr dazu sagen.«

Lotte schüttelte den Kopf. »Ich habe dir – euch allen – schon einmal versucht klarzumachen, dass das nicht funktionieren wird. Edgar wird mich auf keinen Fall gehen lassen, und ich wäre niemals vor ihm sicher. Vielleicht würde ich damit sogar unser Kind in Gefahr bringen, und das könnte ich nicht ertragen. Ich weiß genau, dass er eine Scheidung nicht hinnehmen würde. Deshalb habe ich ja meinen Tod vorgetäuscht.«

»Dann verlassen wir eben das Land und gehen nach Übersee. Dort kennt uns niemand, und es ist weit weg. Dann wird er uns niemals finden.« Seine Stimme klang entschlossen. »Es gibt eine Lösung für uns und unser Kind, Lotte. Es *muss* eine geben. Ich glaube fest daran.«

Eine gute Woche nach dem Jahreswechsel fuhr Jannes nach Lübeck, um mit Ferdinand Kollendiek zu sprechen. Noch am selben Abend traf er sich mit Hans Ricke in der Bar des Hotels, in dem sie beide sich ein Zimmer genommen hatten.

»Wie wollen wir vorgehen?«, wollte Ricke wissen, nachdem sie sich miteinander bekannt gemacht und ein paar Höflichkeitsfloskeln ausgetauscht hatten.

Jannes fand Hans Ricke auf Anhieb sympathisch. Die beiden Männer saßen nebeneinander an der Bar und ließen sich den Whiskey schmecken, den der Barmann ihnen empfohlen hatte.

»Nun, wir haben recht schnell herausgefunden, in welcher Klinik Dr. Kollendiek als Chirurg arbeitet. Das ist ja auch kein großes Geheimnis. Schon kurz nachdem ich in Lübeck angekommen bin, habe ich dem Doktor durch einen der Hotelboten eine Nachricht zukommen lassen.«

»Das war klug«, warf der Detektiv ein.

»In der Nachricht habe ich Ferdinand Kollendiek mitgeteilt, dass es eventuell neue Erkenntnisse zum Tod von Ilse Kollendiek gibt und ich ihm diesbezüglich gerne noch einige Fragen stellen würde«, setzte Jannes seine Ausführungen fort. »Ich hatte den Boten gebeten, auf eine Antwort zu warten, und wie erhofft, hat Kollendiek sofort zugesagt. Wir treffen ihn also morgen am frühen Abend hier im Restaurant des Hotels.«

»Das hört sich schon mal gut an. Haben Sie ihm in der Nachricht Ihren richtigen Namen genannt?«

»Ja, das habe ich. Ein Freund von mir ist Anwalt. Er hat mich eindringlich darum gebeten, bei der Wahrheit zu bleiben. Die einzige Flunkerei, die er mir zugesteht, ist, dass ich mich ebenfalls als Detektiv ausgebe. Das wäre rechtlich wohl kein Problem, wie er mir sagte.«

»Das stimmt. Detektiv kann praktisch jeder sein.«

»Wie sind Sie einer geworden, Herr Ricke?«

»Fragen Sie lieber nicht. Die Geschichte ist eher traurig, vor allem das Ende. Ich war mal Polizist, übrigens in Hamburg. Mehr gibt es dazu nicht zu sagen.« Ricke hustete leise. »Wir sollten so diskret miteinander umgehen, wie es nur möglich ist, Vossen. Mit dieser Vorgehensweise bin ich bisher am besten gefahren.«

»Gut, ich nehme das so hin und verlasse mich voll und ganz auf Ihre Erfahrung.«

»Dann sind wir uns einig.« Der Detektiv gab dem Barmann ein Zeichen, und der schenkte ihnen noch mal nach. »Für den Fall, dass unser Doktor intensiver nachfragt – wovon ich ehrlich gesagt ausgehe –, brauchen wir eine glaubwürdige Geschichte. Ich würde vorschlagen, wir beide arbeiten für eine große Detektei in Hamburg, die von einem Anwalt beauftragt wurde. Näheres wissen wir jedoch nicht. Da Sie die Nachricht an Dr. Kollendiek geschrieben haben, würde ich vorschlagen, dass Sie auch das Reden übernehmen. Stellen Sie Ihre Fragen. Ich beschränke mich derweil aufs Zuhören und Notizenmachen. Ansonsten werde ich die Reaktionen des Mannes genau beobachten. Manchmal ist es wichtig, besonders auf kleine Veränderungen in der Mimik, aber auch auf Zwischentöne zu achten. Falls mir selbst eine Frage auf den Lippen brennen sollte, kann ich immer noch eingreifen. Was sagen Sie dazu?«

»Das klingt schlüssig und deckt sich mit den Gedanken, die auch ich mir vorab zum Ablauf gemacht hatte.«

Hans Ricke grinste schief. »Ach ja, noch eine alberne Kleinigkeit, die meiner Erfahrung nach aber bei jeder Befragung helfen kann. Am besten, wir nennen uns nur beim Nachnamen und duzen uns. In den Ohren der allermeisten Menschen klingt das nämlich ungemein abgeklärt und unterstreicht die Überlegenheit, die man als Ermittler vermitteln will. Außerdem werde ich mich bei Bedarf eine deutliche Spur unnahbarer und unfreundlicher verhalten, während Sie die Freundlichkeit in Person bleiben.«

Jannes hob sein Glas und prostete Hans Ricke zu. »Verstanden. Dann auf gutes Gelingen, Kollege.«

Dr. Ferdinand Kollendiek war pünktlich, doch das war zu erwarten gewesen. Jannes und Ricke erhoben sich von ihren Plätzen, als der Mann an ihren Tisch trat und sich vorstellte.

»Bitte nehmen Sie doch Platz«, forderte Jannes den Arzt höflich auf und deutete dabei auf den Stuhl auf der gegenüberliegenden Seite des Tisches.

Kollendiek übergab einem der Kellner seinen Mantel und setzte sich. Dr. Ferdinand Kollendiek war hochgewachsen, wenn auch eher schmal gebaut. Außerdem war er jünger, als Jannes es von einem renommierten Chirurgen erwartet hätte. Der Mann war sicherlich erst Anfang dreißig.

»Schön, dass Sie Zeit für uns gefunden haben, Herr Doktor«, sagte Jannes.

»Falls es tatsächlich neue Erkenntnisse zum Tod von Ilse Kollendiek gibt, ist das für mich eine Selbstverständlichkeit«, erwiderte der Arzt mit angenehm sonorer Stimme. »Sie war schließlich eine Verwandte«, fügte er nach einer kleinen Pause hinzu.

Jannes winkte dem Kellner und bestellte nach kurzer Rückfrage eine Runde Bier. »Möchten Sie vielleicht auch etwas essen, Herr Doktor? Ich könnte uns die Karte kommen lassen.«

»Nein, danke«, winkte Kollendiek ab. »Da ich später noch einmal in die Klinik muss, habe ich vorhin bereits gegessen, um besser durch den Abend zu kommen.« Er zog eine goldene Taschenuhr aus seiner Westentasche und warf einen schnellen Blick darauf. »Ich habe ungefähr eine Stunde für Sie, also stellen Sie Ihre Fragen, meine Herren.«

Als der Kellner die Biergläser brachte, prosteten sie einander kurz zu.

»Sie sind also Polizisten?«, fragte Kollendiek wie erwartet.

Jannes schüttelte sofort den Kopf. »Nein, wir arbeiten für eine renommierte Detektei in Hamburg. Ein Anwalt hat unsere Firma beauftragt, mit Ihnen zu sprechen.«

»Ah ja. Und um welche neuen Erkenntnisse geht es, wenn ich fragen darf?«

»Selbst wenn wir etwas darüber wüssten, dürften wir nicht mit Ihnen darüber sprechen, Dr. Kollendiek. Es tut mir leid.« Jannes musste sich räuspern. Um seine leichte

Nervosität zu überspielen, nahm er einen weiteren Schluck von seinem Bier.

»Wie schon gesagt, stellen Sie einfach Ihre Fragen, und ich werde versuchen, Sie zu beantworten, so gut es geht.«

»Soweit wir wissen, kannten Sie die erste Ehefrau Ihres Cousins recht gut, nicht wahr?«

»Das kann man so sagen. Ich mochte sie sehr.« Kollendiek sah von Jannes kurz zu Hans Ricke, dann wanderte sein Blick wieder zurück zu ihm. Bevor er weitersprach, nahm er einen großen Schluck aus seinem Glas. »Um ganz präzise zu sein: Ich war sogar sehr verliebt in Ilse und hätte sie selbst gerne geheiratet. Mein Cousin und ich … wir haben ihr beide den Hof gemacht. Tatsächlich war Ilse meine große Liebe, und ich war am Boden zerstört, als sie schließlich Edgar vorzog und ihm das Jawort gab. Von ihrem frühen Tod mal ganz zu schweigen.«

»Alle Achtung. Sie nehmen offenbar kein Blatt vor den Mund«, stellte Ricke trocken fest.

»Das ist nicht meine Art«, entgegnete Kollendiek. »Ich sage meist, was ich denke, und bleibe bei den Tatsachen. Außerdem gehe ich davon aus, dass Sie bereits wissen, wie ich zu Ilse stand. Es war allgemein bekannt.«

»Ich nehme an, Ihr Verhältnis zu Ihrem Cousin ist seitdem eher angespannt, nicht wahr?«, hakte Jannes nach.

»Das war es schon immer. Unsere Väter waren Brüder. Sie gründeten einst die Bank, die mein Cousin noch heute führt. Sehr erfolgreich, wie ich zugeben muss. Das alte Familienflaggschiff, wie mein Vater die Bank gerne nannte, ist jedoch alles, was Edgar und mich noch verbindet. Da ich schon früh von der Medizin gefesselt war und keinerlei Interesse am Bankgeschäft aufzubringen vermochte, habe ich ihm bereits vor Jahren den größten Teil meiner Anteile verkauft.«

»Warum nur einen Teil?«, fragte Jannes.

»Es gab verschiedene Gründe, von denen zwei vorrangig waren: Ihm alles in den Rachen zu werfen hat mir schlicht widerstrebt. Vielleicht wollte ich ihm auch einfach keinen weiteren Triumph gönnen. Das dürfen Sie gerne auslegen, wie Sie wollen. Es hatte aber nicht nur mit meinem Verhältnis zu Edgar zu tun, und damit kommen wir zu Grund Nummer zwei. Mein Vater hing sehr an der Bank, da fühlt man sich als Sohn verpflichtet. So einfach kann es manchmal sein.«

»Verstehe.« Jannes konnte kaum fassen, wie auskunftsfreudig Ferdinand Kollendiek auf seine Fragen reagierte. »Damals, also nach dem Tod von Ilse Kollendiek, haben mehrere Zeugen bestätigt, dass die Ehefrau Ihres Cousins ziemlich viel Alkohol konsumierte. Können Sie das bestätigen?«

Kollendiek nickte. »Ja, das kann ich durchaus, und es hat mir nicht nur als Mediziner große Sorgen bereitet. Nach ihrer Heirat habe ich Ilse nicht mehr sehr häufig gesehen, doch bei den wenigen Gelegenheiten fiel es mir auf. Sie trank auffallend viel Champagner, und Edgar sorgte bereitwillig für Nachschub. Es war offensichtlich, wie unglücklich Ilse in ihrer Ehe war und wie sehr Edgar sie gängelte. Das verwunderte mich kaum, denn ich kenne meinen Cousin gut. Schon als Kind hat er es genossen, Schwächere auf die eine oder andere Weise zu quälen. Dabei hat er kaum einen Unterschied zwischen Tieren und Menschen gemacht. Ich habe selbst erleben müssen, wie er einem Spatzenjungen bei lebendigem Leib die Federn und sogar die Beine herausriss, nur um dann dabei zuzusehen, wie das arme Tier sich quälte, bis es tot war. Ich war damals vier oder fünf Jahre alt, und dieser Vorfall hat mich über viele Monate bis in meine Träume verfolgt.« Sein Blick wurde eindringlicher. »Und bevor Sie fragen … nein. Obwohl ich jünger war, hat er mich nie zu einem seiner Opfer gemacht. Edgar konnte schon als Kind sehr genau seine Grenzen einschätzen. Hätte er mir etwas angetan, hätte das unweigerlich den Zorn unserer Väter heraufbeschworen. Vielleicht hätten sie in einem solchen Fall sogar seinen Charakter infrage gestellt, und das durfte er nicht riskieren. Er wollte die Bank, und er wollte die Macht, die damit einherging, mehr hat ihn nie interessiert. Seit er beides hat, führt er das Unternehmen erfolgreich und achtet weitestgehend darauf, sich seinen guten Ruf zu erhalten. Er und die Bank spenden regelmäßig gewisse Beträge an Krankenhäuser, Armenhäuser und sogar an ein Kloster. Er macht kein Geheimnis daraus, dass er verschiedene Institutionen regelmäßig unterstützt, und das macht bei den Leuten Eindruck. Wie gesagt, sein Leumund ist ihm wichtig.«

»Ihr Cousin hat später noch ein zweites Mal geheiratet, nicht wahr?«

»Ja, das hat er. Ein auffallend hübsches Mädel. Sie hieß Charlotte und war die Tochter eines angesehenen Kaufmanns hier in der Stadt. Auch sie ist unglücklicherweise sehr jung ums Leben gekommen, und schon bald machte das Gerücht die Runde, dass es ein Freitod gewesen sein könnte. Jedenfalls handelte es sich um einen Badeunfall in Travemünde. Es ist ein offenes Geheimnis in Lübeck, dass ihr Vater seither ein gebrochener Mann ist. Er tut mir wirklich sehr leid. Wäre Edgar zu dem Zeitpunkt nicht für mehrere Menschen sichtbar in der Bank gewesen, hätte der Tod seiner jungen Frau den einen oder anderen Polizisten – vor dem Hintergrund von Ilses Tod – womöglich aufhorchen lassen, aber so war es nicht. Vielleicht sollte ich freimütig gestehen, dass ich das fast bedauert habe.«

»Wie meinen Sie das denn? Zweifeln Sie etwa am Unfalltod von Ilse Kollendiek?«

»Dazu kann ich wirklich nichts sagen. Das habe ich auch schon damals erklärt. Ich traue Edgar viel Ungutes zu, aber ich kann wirklich nicht beurteilen, ob er auch zu einem Mord fähig wäre. Ein Mensch ist schließlich kein Spatz.«

»Waren Sie bei der Beisetzung von Ilse Kollendiek anwesend?«

»Natürlich. Ich habe sie geliebt und sehr um sie getrauert. Deshalb war es mir wichtig, sie auf ihrem letzten Weg zu begleiten.«

Jannes räusperte sich. »Darf ich fragen, ob Sie die Leiche jemals gesehen haben? Wurde Ilse Kollendiek aufgebahrt?«

Sein Gegenüber schüttelte kaum merklich den Kopf. »Nein, gesehen habe ich sie nicht. Edgar meinte, dass es kein schöner Anblick gewesen sei, da der Treppensturz ihr Gesicht … Nun ja, Sie können es sich denken. Jedenfalls wurde Ilse aus diesem Grunde nicht öffentlich aufgebahrt.

Die Trauerfeier fand mit einem geschlossenen Sarg und in engstem Kreis statt.«

Jannes wandte sich an Hans Ricke, der direkt neben ihm saß. »Hast du eventuell noch eine Frage an den Doktor, Ricke?«

»Nein, ich denke, wir haben jetzt alles, Vossen.« Hans Ricke schloss das kleine Buch, in das er während des gesamten Gespräches immer wieder Notizen gemacht hatte. »Es sei denn, Dr. Kollendiek möchte uns von sich aus noch etwas mitteilen?«

Erneut schüttelte Kollendiek den Kopf. »Da muss ich Sie enttäuschen.«

»Eine letzte, wenn auch ungewöhnliche Frage habe ich noch«, sagte Jannes, nachdem er innerlich Anlauf genommen hatte.

»Ja?«

»Halten Sie es für möglich, dass Ilse Kollendiek noch am Leben ist, Herr Doktor?«

Einige Sekunden lang hing die Frage zwischen ihnen im Raum, und die erdrückende Stille am Tisch war nahezu greifbar. Jannes spürte genau, dass er in seinem Gegenüber etwas ausgelöst hatte.

»Wie kommen Sie nur auf so eine Frage?« Die Stimme des Arztes klang nun gepresst, und er wirkte plötzlich aufgewühlt.

Da der Mann die ganze Zeit einen äußerst selbstbewussten und souveränen Eindruck vermittelt hatte, ließ diese Veränderung Jannes sofort aufhorchen.

»Das ist nur so ein Gedanke, der mich nicht loslässt«, erwiderte er wahrheitsgemäß. »Es hat damals ein Küchenmädchen im Haus gegeben, das wie gewohnt am Morgen zur Arbeit erschien und die Tote gerade noch gesehen hat, bevor sie abgeholt wurde. Das Mädchen soll offenbar vehement bestritten haben, dass es sich bei der toten Frau am Fuße der Treppe tatsächlich um Ilse Kollendiek gehandelt hat.«

»Ich habe davon gehört, aber das arme Mädchen war bekanntermaßen debil, also … geistig deutlich eingeschränkt, und deshalb galt sie nicht als glaubhafte Zeugin. Niemand hat damals ihrer Aussage Glauben geschenkt.«

»Sie auch nicht?«

»Ich denke, das ist nicht relevant. Wie ich schon sagte, Herr Vossen, ich war anwesend, als Ilse beigesetzt wurde.«

»Aber Sie können nicht mit Gewissheit sagen, dass es Ilse war, die in dem Sarg lag.«

»Das werden wir wohl nie erfahren, nehme ich an. Ilses Leiche wurde noch am Tag der Trauerfeier eingeäschert.«

»Und Ihr Gefühl, Doktor Kollendiek? Was sagt Ihnen Ihr Gefühl?«

»Tut mir leid, Herr Vossen, aber ich sollte unsere Unterredung nun beenden. Es ist Zeit für mich, in die Klinik zurückzukehren.« Kollendiek erhob sich. »Meine Herren, ich wäre Ihnen dankbar, wenn Sie mich über einschneidende Ergebnisse in diesem Fall informieren würden.« Dienstbeflissen brachte der Kellner den Mantel, und Ferdinand Kollendiek verabschiedete sich von ihnen.

»Haben Sie bemerkt, wie sich seine Miene und seine Stimme verändert haben, als Sie ihn danach gefragt haben, ob er glaubt, dass Ilse wirklich tot ist?«

»Ja, das war deutlich. Übrigens können wir nun auch gerne beim Du bleiben, Hans.«

»Gerne.« Beide griffen nach ihrem Glas und prosteten sich zu. »Und? Was meinst du?«, fragte Ricke. »Wie war dein Eindruck?« Der Detektiv wischte sich den Bierschaum von den Lippen und schob sein leeres Glas beiseite.

»Ich denke, dass er tatsächlich an Ilses Tod zweifelt. Er hat die Frau geliebt, das war unübersehbar. Vielleicht sagt ihm auch einfach nur sein Gefühl, dass sie noch am Leben sein könnte.«

»Ja, kann sein. Die Liebe macht vieles möglich.«

»Vielleicht wäre es gut, deine, also *unsere* Ermittlungen in diese Richtung zu erweitern, was meinst du? Wir sollten uns Gedanken darüber machen, wo Ilse Kollendiek sein könnte, sollte sie tatsächlich noch am Leben sein.«

»Die Sache ist dir wirklich wichtig, was?«

»Immens wichtig, Hans.«

»Ich werde schauen, ob ich etwas herausfinden kann, und melde mich dann sofort bei Olga.«

»Ich danke dir.«

»Du wirst gleich morgen früh zurück nach Hamburg fahren, nehme ich an?«

Jannes schüttelte den Kopf. »Ich werde sogar noch heute Abend fahren.«

»Es wartet wohl jemand ganz Besonderes auf dich.« Es klang eher nach einer Feststellung als nach einer Frage.

»Ja, aber ich denke, das weißt du bereits. Olga betonte mehrmals, dass sie dir voll und ganz vertraut, und daher gehe ich davon aus, du bist über alles genauestens informiert.«

Hans Ricke schmunzelte und nickte dann. »Gut gefolgert, Jannes. Ich bin mir sicher, aus dir wäre auch ein guter Polizist oder Detektiv geworden.«

Jannes winkte lachend ab. »Das kannst du vergessen. Ich fühle mich mit meiner Arbeit sehr wohl. Das Feld der Ermittlungen überlasse ich weiterhin lieber Männern wie dir.« Er trank ebenfalls sein Bier aus. »Übrigens, falls du mal wieder in Hamburg bist, lass mal von dir hören. Olga weiß, wo du mich finden kannst. Es würde mich wirklich freuen, dich wiederzusehen, Hans Ricke, und das sage ich nicht einfach nur so daher.«

»Ich werde dich beim Wort nehmen, Jannes Vossen. So, dann geh mal deine Siebensachen packen und mach dich auf den Weg zurück nach Hamburg. Dein Mädchen wartet sicher schon sehnsüchtig auf dich.«

15. Kapitel

Lotte hatte schon geschlafen, als sie plötzlich durch die wohlige Wärme von Jannes' Körper an ihrem Rücken geweckt wurde. Noch im Halbschlaf rückte sie ein Stückchen näher an ihn heran, und sein linker Arm schob sich über ihren Leib.

»Du bist da«, flüsterte sie, glücklich darüber, dass er wieder bei ihr war.

»Ja, ich bin wieder da.«

»Wie war es?«, fragte sie.

Seine Lippen berührten sanft ihre Wange. »Schlaf weiter, mein Liebling. Es ist schon spät. Ich erzähle dir alles morgen.«

Die Wärme seines Körpers lullte sie ein, und kurz darauf war sie auch schon wieder eingeschlafen. Als sie erwachte, war er fort, so wie jeden Morgen. Sie hoffte so sehr, dass es irgendwann nicht mehr nötig sein würde, dass er ging. Sie wünschte sich von Herzen, dass sie ihre Liebe schon bald nicht mehr verstecken mussten und es vollkommen selbstverständlich sein würde, morgens als seine Frau neben ihm aufzuwachen.

»Ich würde deiner Familie gerne alles erzählen«, teilte sie Jannes mit, als sie einige Zeit später auf dem Weg zur Arbeit neben ihm in seinem Automobil saß. »Sie sind so lieb zu mir, und ich möchte sie nicht noch länger im Ungewissen lassen, Jannes. Vor allem jetzt nicht mehr, da wir ein Kind erwarten.«

Er nickte. »Das freut mich. Mir würde es auch deutlich besser gehen, wenn sie über alles Bescheid wüssten. Wenn heute Abend alle zum Essen versammelt sind, wäre es eine gute Gelegenheit.« Kurz sah er zu ihr herüber. »Willst du ihnen auch schon von unserem Kind erzählen, oder möchtest du damit noch warten? Falls ja, würde ich das verstehen.«

»Ich denke, sie sollten alles wissen, Jannes.« Sie sah, dass er lächelte. »Wenn schon, denn schon.«

»Wenn du es so entschieden hast, dann werden wir das gemeinsam angehen.«

»Du hast mir noch gar nichts von deinem Gespräch mit Ferdinand erzählt«, wechselte sie das Thema. »Wie war es? Hast du etwas Neues erfahren?«

»Lass uns das in Ruhe im Büro besprechen«, bat er sie. »Ich brauche dringend noch einen Kaffee. Ich hatte beim Frühstück nur eine Tasse, weil es schon so spät war.«

Als sie kurz darauf in seinem Büro saßen, erzählte er ihr von dem Gespräch mit Ferdinand Kollendiek. Er ließ nichts aus und berichtete auch von den gemeinsamen Überlegungen, die er und Hans Ricke im Anschluss angestellt hatten.

»Du mochtest ihn, nicht wahr? Ich meine Olgas Detektiv.«

»Das kann ich nicht abstreiten, aber ich denke, das beruht auf Gegenseitigkeit. Wir haben uns sehr gut verstanden. Manchmal stimmt die Chemie einfach. Hans Ricke macht auf mich einen wirklich kompetenten und verlässlichen Eindruck.«

»Ich habe nichts anderes erwartet. Auf Olgas Urteil kann man sich verlassen. Sie hat eine beeindruckende Menschenkenntnis, das habe ich schon einige Male feststellen dürfen.«

»Er wird sich sofort melden, falls er noch etwas herausfindet.«

»Seit wir zum ersten Mal darüber gesprochen haben, muss ich dauernd daran denken, was es für uns bedeuten würde, wenn Ilse tatsächlich noch am Leben wäre.«

»Ja, ich auch.«

Lottes Blick fiel auf die Akten, die auf seinem Schreibtisch lagen. »Wir sollten langsam mal an die Arbeit gehen«, sagte sie.

»Du hast recht. Ich muss noch die Berichte für Tietz zusammenstellen. Ich denke, er wird spätestens morgen wieder im Haus sein, dann sollten sie fertig auf seinem Schreibtisch liegen.«

»Die Umbauten sind erledigt, Jannes. Ich gehe dann wieder an meine übliche Arbeit. Ich kann mich schließlich nicht ewig hier oben bei dir verstecken. Außerdem glaube ich wirklich nicht mehr daran, dass Edgar weiß, wo ich bin.«

Er nickte. »Gut, aber versprich mir, dass du die Augen offen hältst.«

»Das tue ich sowieso. Man könnte sagen, es ist mir zur zweiten Natur geworden.«

»Essen wir nachher zusammen zu Mittag?«, wollte er wissen. »Kerstin hat ja heute ihren freien Tag.«

»Gerne.« Sie erhob sich und ging um den Schreibtisch herum, um ihm einen schnellen Kuss auf die Lippen zu drücken. »Ich bin gegen Mittag wieder hier, dann können wir zusammen runtergehen.«

Der Abend verlief so, wie Lotte es sich vorgestellt und gewünscht hatte. Gleich nach dem gemeinsamen Abendessen, als sie alle zusammen im Kaminzimmer saßen, weihte sie Jannes' Familie in ihr Geheimnis ein. Jannes half ihr dabei, und als ihr Bericht schließlich endete, sagte eine ganze Weile keiner ein Wort. Nur das angenehme Knistern des Kaminfeuers durchbrach die Stille, und Lotte spürte die Betroffenheit der Familie geradezu körperlich.

»Armes Mädchen«, sagte Esther leise. »Du hast so viel durchlitten. Ich bin sehr froh, dass du jetzt hier bei uns bist, das sollst du wissen.«

»Da gibt es noch etwas, das wir euch sagen möchten.« Sie fing Jannes' Blick ein und sah ihn eindringlich an. Er verstand sofort und nickte.

»Wir sind uns einig, dass wir sofort heiraten werden, sobald sich die Möglichkeit dazu eröffnet«, begann er. »Lotte … also wir …«

»Ich bin schwanger«, platzte Lotte heraus. »Jannes und ich, wir … bekommen ein Kind.«

»Na, schau an«, sagte Werner. Er schenkte seinem Bruder ein breites Grinsen – eines von der Art, wie es nur Brüder oder sehr gute Freunde austauschen. »Gratuliere.«

»Oh.« Esther erhob sich sofort und kam zu dem Sessel, in dem Lotte saß, sodass Lotte unweigerlich ebenfalls aufstand. Plötzlich standen alle um sie herum. Im nächsten Augenblick fand sie sich auch schon in den Armen von Jannes' Mutter wieder. »Das ist eine wundervolle Nachricht. Ich freue mich so sehr.«

»Ein Enkelkind!«, rief Jannes' Vater aus. »Na, wer sagt's denn. Wir werden Großeltern, Esther, das ist grandios.« Nachdem Jannes' Mutter sie aus ihrer herzlichen Umarmung entlassen hatte, umschloss nun Karl Vossen mit seinen kräftigen Händen ihre Schultern und drückte Lotte väterliche Küsse auf beide Wangen. »Was für eine großartige Nachricht. Ich werde vor lauter Aufregung die ganze Nacht nicht schlafen können.«

Auch Werner nahm sie herzlich in den Arm. »Ich wünsche euch dreien von Herzen alles Gute, Lotte«, flüsterte er ihr zu.

Es dauerte noch mehrere Minuten, bis sich alle wieder beruhigt hatten.

»Wann wird es denn so weit sein?«, fragte Werner schließlich. Er hielt gerade die Portweinkaraffe in Händen und schenkte Jannes, seinem Vater und zuletzt sich selbst nach. Lotte und Esther waren bei der frischen Zitronenlimonade geblieben, die sie schon zum Abendessen genossen hatten und die sie beide so sehr mochten.

»Ich denke, im Sommer«, antwortete Lotte. »Der Arzt meinte, das Kind müsste ungefähr Mitte Juli kommen.«

»Eine wunderbare Zeit, um ein Baby zur Welt zu bringen«, sagte Esther.

Lotte beobachtete, wie Jannes sein Glas nahm und für einen Moment die dunkelrote Flüssigkeit darin betrachtete. »Wir hoffen ganz einfach, dass wir bis dahin verheiratet sein können«, sagte er, bevor er an dem Portwein nippte.

»Du weißt sehr genau, dass das kaum machbar ist, mein Sohn.« Karl schüttelte den Kopf. »Lotte ist bereits verheiratet. Das Problem wird nicht in wenigen Monaten zu lösen sein.«

»Vielleicht ja doch«, erwiderte Jannes, und Lotte hörte den hoffnungsvollen Tonfall in seiner Stimme.

»Meiner Meinung nach sollten wir für Lotte eine Lösung bereithalten, falls es bis dahin nicht klappt«, schlug Werner vor. »Wir sollten sie vor dem Gerede beschützen, das unweigerlich über sie hereinbrechen wird, sobald die Schwangerschaft nicht mehr zu übersehen sein wird.«

»Genau. Werner hat recht, das könnte unangenehm werden.« Esther blickte von Werner zu Jannes und sah dann Lotte an. »Wir besitzen ein kleines Haus in der Heide. Früher, als die Jungs noch klein waren, sind wir häufig dorthin gefahren, aber in den letzten Jahren waren wir nicht mehr oft dort. Das Haus ist wunderschön gelegen, und es gibt keine direkten Nachbarn.«

»Worauf willst du hinaus, Mama?«, fragte Jannes.

»Sobald Lottes Schwangerschaft nicht mehr zu verheimlichen ist, könnte ich zusammen mit ihr dorthin fahren, bis das Kind auf der Welt ist. Es ist nur ein Vorschlag, aber man würde auf diese Weise Zeit gewinnen und Lotte vor dem Gerede schützen.«

Lotte dachte kurz nach. Esthers Vorschlag brachte durchaus Vorteile mit sich, und auch Werners Einwand war nicht von der Hand zu weisen.

»Ich möchte euch eine Frage stellen und bitte euch um eine ehrliche Antwort.«

Jannes' Eltern nickten beide und sahen sie erwartungsvoll an.

»Du wirst hier nur ehrliche Antworten bekommen«, erklärte Werner nachdrücklich.

»Wenn das so ist, frage ich freiheraus. Würde es für euch persönlich eine Belastung darstellen, wenn ich hier im Hause bliebe? Ich meine, die ganze Zeit. Solange bis das Kind auf der Welt ist und auch noch darüber hinaus? Könnte meine Schwangerschaft euren guten Ruf oder den eures Geschäfts gefährden? Bitte seid ehrlich und glaubt mir bitte, dass es mir bei dieser Frage nicht um mich selbst, sondern allein um euch geht.«

»Lotte … warum …?« Jannes stand auf. Er kam zu ihr, kniete sich neben sie und nahm ihre Hände in seine.

»Nein, lass nur, Jannes«, unterbrach ihn sein Vater sofort. »Ich finde, Lotte hat jedes Recht dazu, eine solche Frage zu stellen, und ich bewundere sie dafür, dass sie es getan hat.« Karl sah ihr ins Gesicht, und um seinen Mund spielte ein sanftes Lächeln. »Du hast mit deiner Frage noch einmal unterstrichen, was für ein großartiger Mensch du bist, Lotte. Du wirst hier stets willkommen sein. Ich denke, ich kann für uns alle sprechen, wenn ich sage, dass wir dich sehr lieb gewonnen haben. Zudem trägst du das Kind unseres Sohnes unter deinem Herzen, und damit gehörst du ab jetzt ohnehin zur Familie. Niemand in diesem Raum würde es jemals zulassen, dass irgendjemand – egal, wer es auch sein mag – schlecht über dich oder dieses Kind spricht. Das kann ich dir aus vollstem Herzen versichern.«

»Hört, hört«, sagte Werner und erhob sein Glas. »Gut gesprochen, Papa.« Jannes' Bruder sah sie an. »Ich schließe mich den Worten unseres Vaters voll und ganz an.«

Lotte fühlte plötzlich einen dicken Kloß im Hals, und ihre Augen füllten sich mit Tränen. »Danke, liebste Esther, für deinen Vorschlag, aber ich möchte nicht noch einmal fortlaufen.« Um nicht laut aufzuschluchzen, musste sie heftig schlucken. »Ich fühle mich nämlich unsagbar wohl bei euch, und ich weiß, dass mein Kind und ich hier gut aufgehoben sein werden. Nein, ich möchte die Stadt nicht verlassen, nur weil sich vielleicht jemand den Mund über mich zerreißen könnte.«

Ihr Blick glitt zu Jannes. Er nickte ihr zu, und sie sah, dass auch seine Augen verdächtig glänzten. Sie erkannte nicht nur grenzenlose Zustimmung in seinem liebevollen Blick, sondern auch tiefe Bewunderung.

»Ich muss nicht vor dem Gerede geschützt werden, denn das halte ich aus«, fuhr sie fort. Ihre Worte richteten sich vor allem an ihn, doch es war ihr wichtig, dass auch seine Familie sie hörte. »Ich bin so unendlich dankbar für deine Liebe, Jannes. Wir werden das zusammen durchstehen und so lange um unser Glück kämpfen, wie es nötig ist. Ich werde mich an dem Gedanken festhalten, dass wir jede Hürde, die uns noch im Wege steht, gemeinsam überwinden können, und wenn ich unser Baby bekommen muss, bevor wir miteinander verheiratet sind, dann wird es eben so sein. Nichts kann etwas daran ändern, dass ich dich über alles liebe, Jannes Vossen.«

Auch einige Tage nach dem Gespräch mit Jannes' Familie konnte Lotte die Auswirkungen auf sie selbst noch immer spüren. Eine weitere große Last war von ihr abgefallen. Ihr Herz war leichter, und sie fühlte sich zugehörig. Das war eine wundervolle Empfindung, die ihr neue Kraft verlieh. Sie hatte nun wieder eine Familie, und dafür war sie unendlich dankbar. Auch sonst ging es ihr gut. Die Schwangerschaft machte ihr keinerlei Probleme, und die Arbeit verlief nun wieder in gewohnten Bahnen. Der Alltag kam zurück und brachte eine angenehme Gelassenheit mit. Es gab viele Tage, da spürte sie fast so etwas wie Sorglosigkeit.

Anfang März, kurz nachdem Kerstin und Hagen in aller Stille geheiratet hatten, lösten Lotte und ihre Freundin endgültig ihre gemeinsame Wohnung am Gänsemarkt auf und übergaben sie voller Freude, aber auch mit einem Anflug von Wehmut an eine liebe Kollegin weiter, die zusammen mit ihrer Schwester von nun an dort wohnen würde und sogar die meisten ihrer Möbel übernahm.

»Was machen wir hiermit?«, fragte Kerstin, nachdem sie ihre letzten persönlichen Sachen eingepackt hatten.

Lotte war gerade dabei, einen Karton mit Stoffresten in den Flur zu bringen. Ihre geliebte Nähmaschine war bereits am Vortag ins Vossen-Haus umgezogen. Sie drehte sich zu Kerstin um. Ihre Freundin stand vor dem Herd und hielt

Elsbeths alte blau-weiße Teekanne und das dazu passende Stövchen in den Händen.

»Nimm du sie mit«, entschied Lotte lächelnd. »Du hast schon einen eigenen Haushalt, ich noch nicht.«

»Wirklich?«

»Ja, du Liebe. Pack sie schon ein. Aber wenn ich dich ab und zu zum Abendbrot besuchen komme, möchte ich, dass sie auf dem Tisch steht und wir unseren Pfefferminztee zusammen trinken.«

»Abgemacht.« Kerstin schlug die Kanne und das Stövchen vorsichtig in Zeitungspapier ein und legte beides zusammen in einen Korb. »Ich werde sie in Ehren halten.«

»Das weiß ich, Kerstin.«

»Wir werden für alle Zeiten Freundinnen bleiben, versprich mir das.«

Lotte stellte den Karton ab, ging zu Kerstin und nahm sie in den Arm. »Versprochen.«

»Egal, was passiert?«

»Völlig egal.«

Sie lösten sich voneinander und sahen sich in die Augen. »Hagen erzählte mir, dass Jannes' Familie ein Haus und ein Geschäft in London hat. Du wirst doch nicht von hier wegziehen, oder?«

Lotte zuckte mit den Schultern. »Die Frage kann ich dir nicht eindeutig beantworten, Kerstin. Wenn es nach Jannes' Vater ginge, wären wir wohl jetzt schon in London. Wir haben uns innerhalb der Familie aber erst mal darauf geeinigt, noch eine Weile abzuwarten, in welche Richtung sich unser Land entwickelt. Im Augenblick spitzt sich die Lage allerdings mehr und mehr zu, das wissen wir doch alle. Eine Veränderung zum Positiven will sich einfach nicht einstellen.« Lotte seufzte. »Ach, Kerstin, was soll ich groß drum herumreden … Ja, ich kann mir inzwischen sogar sehr gut vorstellen, dass wir vielleicht schon im nächsten Jahr nach London gehen werden.«

»Du hast recht, die Lage wird immer instabiler. Es ist teilweise sehr beängstigend, wie sogar Menschen sich von Grund auf verändert haben, von denen man es nie erwartet hätte. Die Anhänger von Hitler schüren so viel Hass gegen ganz normale Leute, nur weil sie Juden sind. Ich verstehe das einfach nicht. Es kommt mir fast so vor, als ob sich eine unsichtbare Krankheit breitmachen würde, die inzwischen schon viel zu viele Menschen infiziert hat.«

»Das ist ein guter Vergleich. Jannes und ich haben erst gestern Abend darüber gesprochen. Er meinte, dass die nächsten Wahlen zeigen werden, wie viele unserer Landsleute Hitler und seinen Versprechungen tatsächlich Glauben schenken.« Lotte schüttelte leicht den Kopf. »Ich sehe diesen Wahlen mit Besorgnis entgegen, Kerstin. Die Hetze gegen die Juden ist nur die eine Seite. Inzwischen hält Hitler selbst das Thema ja aus seinen Reden fast ganz raus oder macht dazu nur noch sehr subtile Bemerkungen. Auch die restliche Führung seiner Partei ist vorsichtiger geworden, was das angeht, aber viele denken, dass das nur eine Taktik ist, um nicht zu viele Wähler zu verschrecken. Der Mann verspricht den Menschen vor allem Arbeit und damit ein deutlich besseres Leben. Das ist wirkungsvoll, denn den meisten Leuten geht es von Tag zu Tag schlechter. Hitler kann unglaublich gut reden. Karl meinte, Hitlers Rhetorik sei wie ein frisch geschliffenes Schwert: scharf und unerbittlich. Ich finde, damit trifft er den Nagel auf den Kopf.«

Kerstin nickte. »Ja, das stimmt. Wenn es mit der Wirtschaft doch wenigstens wieder bergauf gehen würde, dann könnten wir hoffen, aber so … All das Elend hält nun schon viel zu lange an. Die Menschen sind müde und vor allem mürbe und kraftlos geworden von all dem Verzicht, dem Hunger und der schlechten Lage auf dem Arbeitsmarkt. Da ist es kein Wunder, dass sie empfänglich für die Versprechen dieses Mannes sind.«

»Dazu kommt noch, dass die derzeitige Regierung niemand mehr ernst nimmt. Meiner Meinung nach ist das ein riesiges Problem. Die Führung unseres Landes ist viel zu schwach und dazu auch noch zerstritten. Solche Zustände stärken die Opposition nur noch mehr. Die Regierung schaut machtlos zu, ohne wirklich etwas dagegensetzen zu können.«

Kerstin legte noch ein Geschirrtuch über die Kanne und das Stövchen in ihrem Korb und steckte es rundherum sorgfältig fest.

»Ja, leider«, sagte sie. »Uns und unseren Lieben geht es ja einigermaßen gut. Wir beide haben sogar noch unsere Arbeit und hätten im Augenblick sicherlich auch ohne unsere Männer ein Dach über dem Kopf, doch selbst für uns gibt es keine Sicherheiten, wie lange noch. Alles steht irgendwie auf der Kippe.« Kerstin hob ihre Hände und ließ sie dann wieder fallen. »Schau uns bloß an, Lotte, da stehen wir hier in einer fast leeren Küche herum und reden über Politik. So weit ist es schon mit uns gekommen.«

Kerstin stieß ein kurzes Lachen aus, das in Lottes Ohren bitter klang.

Danach standen sie einen endlosen Moment lang schweigend da.

Schließlich sah Lotte sich noch einmal um und fragte: »Bist du so weit? Wir sollten uns langsam von unserer süßen Wohnung verabschieden. Dein Hagen wird sicherlich gleich da sein, um uns abzuholen.«

Nur wenig später stieg Lotte vor dem Vossen-Haus aus Hagens Auto. Kerstin und Hagen mussten leider sofort weiter, weil das Kindermädchen gleich in den Feierabend gehen würde und sicherlich schon sehnsüchtig auf ihre Rückkehr wartete.

Als Lotte Jannes' Stimme aus dem Kaminzimmer hörte, übergab sie ihren Karton mit den Stoffresten einem der Dienstmädchen und bat es, ihn nach oben in ihr Zimmer zu bringen. Heinrich, der ältere Diener, war ebenfalls herbeigeeilt, um ihr den Mantel abzunehmen.

»Ich danke Ihnen, Heinrich. Es tut immer gut, Sie zu sehen, wenn man abends nach Hause kommt.«

»Sehr gerne, gnädiges Fräulein«, antworte er wie immer, doch sie sah genau, wie sehr ihn ihre Bemerkung freute.

»Es ist noch ein wenig Zeit bis zum Abendessen, gnädiges Fräulein. Soll ich Ihnen einen Tee, einen Kaffee oder doch lieber eine heiße Schokolade bringen lassen?«

Lotte wusste inzwischen, dass Heinrich in früheren Zeiten in den Diensten einer Grafenfamilie gestanden hatte.

Sein Stolz würde es niemals zulassen, dass er seine guten Manieren auch nur eine Sekunde vernachlässigte. Sie waren so fest in ihm verankert wie seine Dienstbeflissenheit und die unerschütterliche Loyalität zu seinem Arbeitgeber. Lotte hatte sich inzwischen daran gewöhnt, dass Heinrich sie fast wie eine Prinzessin behandelte.

»Ach, lieber Heinrich, ich habe Sie doch schon so oft gebeten, mich einfach Fräulein Kelling zu nennen. Ich bin wirklich weit entfernt von einem gnädigen Fräulein.« Sie schenkte dem alten Mann ein sonniges Lächeln. »Aber eine heiße Schokolade wäre jetzt wirklich wundervoll. Draußen ist es leider nur wenig frühlingshaft.«

Wie immer, wenn er um etwas gebeten wurde, deutete Heinrich eine leichte Verbeugung an. »Sehr wohl, gnädiges Fräulein.«

Mit einem leichten, jedoch wohlwollenden Kopfschütteln sah Lotte dem Diener nach, bis er hinter der Tür des Raums verschwand, in dem die Mäntel und Hüte aufbewahrt wurden. Dann klopfte sie an die Tür des Kaminzimmers und öffnete sie.

Sie blieb ein wenig verdutzt stehen und zögerte kurz, weil Jannes zusammen mit einem Mann vor dem Kamin saß, den sie noch nie zuvor gesehen hatte. Als sie jedoch auf die Männer zutrat, erhoben sich die beiden sofort.

»Oh, entschuldige«, sagte Lotte. »Ich wusste nicht, dass du Besuch hast. Ich hoffe, ich störe nicht. Soll ich …?«

»Nein, bitte, komm doch näher«, bat Jannes sie sofort. »Dies ist Hans Ricke. Sein Besuch gilt ja im Grunde uns beiden.«

»Ah, Herr Ricke.« Lotte trat näher, ergriff die dargebotene Hand des Detektivs und schüttelte sie. »Ich freue mich sehr, Sie endlich kennenzulernen«, sagte sie.

»Die Freude ist ganz auf meiner Seite«, erwiderte Ricke und lächelte freundlich zurück. »Nachdem ich nun schon so viel von Ihnen gehört habe, ist es sogar eine ganz besondere Freude«, fügte er noch hinzu.

Nachdem sie seinen Gast begrüßt hatte, hauchte Jannes ihr einen Kuss auf die Wange. »Setz dich zu uns, Liebling. Hans hat wirklich gute Nachrichten mitgebracht.«

»Das klingt vielversprechend«, sagte sie und setzte sich in den Sessel, der neben Jannes' stand.

»Stell dir vor, Hans hat …« Jannes hielt kurz inne, als Heinrich mit einem Tablett hereinkam, auf dem eine hohe Tasse mit dampfender Schokolade stand. Er platzierte es neben Lotte auf einem der kleinen Beistelltische.

»Vielen Dank, Heinrich«, sagte Lotte. »Das duftet wundervoll.«

Heinrich deutete seine übliche Verbeugung an und zog sich zurück.

»Bitte fahre doch fort«, bat Lotte. »Ich platze fast vor Neugierde.«

»Also … Hans hat herausgefunden, dass es seit einigen Jahren im Lüneburger Kloster eine Frau gibt, die keine Ordensschwester ist, aber dennoch dort wohnt und offenbar auch gepflegt wird. Der Zeitpunkt ihrer Aufnahme in dem Kloster deckt sich mit dem des angeblichen Todes von Ilse Kollendiek.«

Lotte brauchte einige Atemzüge lang, um diese Information zu verarbeiten. »Ach«, brachte sie schließlich hervor, und ihr Blick glitt zu Hans Ricke. »In Lüneburg? Hm … Wie haben Sie das denn …?«

»Eigentlich war das ein vollkommen verrückter Zufall«, erklärte der Detektiv. »Und ich muss zugeben, dass ich es noch immer kaum glauben kann, dass mir diese Information sozusagen in den Schoß fiel.« Sein Blick huschte kurz zu Jannes, dann sah er sie wieder an. »Ich hielt mich in einer privaten Angelegenheit in Lüneburg auf. Ich habe einen alten Freund und Kollegen besucht, der in einem Lüneburger Pflegeheim lebt. Ich hatte mich schon von ihm verabschiedet, doch kurz bevor ich gehen wollte, suchte ich noch die Toilette auf. Als ich gerade aus der Tür trat, sah ich auf dem Flur eine junge Novizin mit einer Schwester sprechen. Die angehende Nonne trug einen Korb, in dem verschiedenes Verbandszeug und zwei oder drei braune Medizinflaschen lagen. Die Novizin bedankte sich bei der Schwester und sagte etwas zu ihr, das mich sofort aufhorchen ließ. Da die Frauen mit dem Rücken zu mir standen, hatten sie mich bis dahin nicht bemerkt, also verbarg ich mich sofort wieder hinter der halb offenen Toilettentür.« Hans Ricke lächelte leicht. »Ich bin wahrlich kein gläubiger Mensch, doch alles an diesem Nachmittag erscheint mir im Nachhinein wie von einer höheren Macht eingefädelt, das können Sie mir glauben.« Er räusperte sich leise, bevor er fortfuhr. »Die Nonne bedankte sich also für die Sachen in ihrem Korb und sagte, dass sie ohne die Hilfe der Schwestern in dem Pflegeheim kaum noch in der Lage wären, die arme Frau vernünftig zu versorgen, die nun schon seit mehreren Jahren bei ihnen im Kloster leben würde. Sie erwähnte auch, dass es viel besser für die schwer versehrte Frau wäre, wenn sie endlich in ein richtiges Krankenhaus oder in ein Pflegeheim käme, weil die Ordensschwestern nicht selten mit ihrer Pflege überfordert seien. Abgesehen davon seien sie kaum noch in der Lage, sich selbst zu ernähren und ohne den Klostergarten seien sie schlicht dem Hungertod geweiht. Nun ja ... Die junge Novizin klang insgesamt etwas verärgert, würde ich meinen. Ich schließe daraus, dass kaum jemand im Kloster wirklich glücklich über die offenbar ziemlich pflegebedürftige Bewohnerin ist. So eine Haltung kommt ja nicht von ungefähr.«

Lotte merkte, dass sie vor lauter Anspannung die Luft angehalten hatte, und atmete nun erst einmal tief durch. »Das ist doch ...«

Der Detektiv hob eine Hand. »Warten Sie bitte kurz, bevor Sie Fragen stellen, mein Fräulein, ich bin noch nicht ganz fertig mit meinem Bericht.« Hastig nahm er einen Schluck aus der halb leeren Kaffeetasse, die vor ihm auf dem niedrigen Tisch stand. »Die Krankenschwester fragte die Nonne daraufhin, ob denn der angeblich so reiche Mann aus Lübeck, der ja für die Pflege der Frau aufkäme, nicht mehr genug bezahlen würde. Die junge Ordensschwester erwiderte, dass er das zwar tue und weiterhin auch sehr großzügig spende, doch inzwischen würde das gesamte Kapital nahezu komplett für die Instandhaltung der alten Klostergebäude gebraucht werden. Die Gelder des Ordens seien seit Jahren stark begrenzt, und die Mutter Oberin würde kaum noch einen Ausweg sehen, weil die allgemein miserable Wirtschaftslage auch an dem Kloster nicht spurlos vorbeigehe.« Hans Ricke neigte den Kopf leicht nach links. »Die Krankenschwester entgegnete, dass die Oberin dann eben noch mehr von dem reichen Mann verlangen müsse, denn schließlich sei er derjenige, der die Frau unbedingt hinter Klostermauern wissen wolle.« Ricke seufzte. »Leider beschloss in diesem Augenblick die besagte höhere Macht, dass dies jetzt mehr als genug unerwartete Informationen wären. Eine ältere Krankenschwester kam den Flur entlang und unterbrach die Unterhaltung. Die beiden Frauen verabschiedeten sich voneinander, und die junge Ordensschwester verließ das Pflegeheim. Ich folgte ihr unauffällig durch die Stadt bis zum Kloster. Dort verschwand sie dann durch die eiserne Pforte.«

»Das klingt alles so unglaublich passend, dass man es kaum glauben mag«, sagte Lotte.

»Ja, so ist es, aber ich kann Ihnen versichern, dass es genauso passiert ist. Glauben Sie mir, meine Bemerkung mit der höheren Macht meine ich völlig ernst. Es ist fast so, als hätte das Schicksal uns einen deutlichen Wink gegeben.« Der Detektiv wandte sich an Jannes. »Erinnerst du dich noch daran, wie Ferdinand Kollendiek erwähnte, dass sein Cousin regelmäßig an verschiedene Institutionen spendet, um seinen guten Ruf zu pflegen?«

»Natürlich.« Jannes nickte. »Ich erinnere mich sogar daran, dass er auch ein Kloster erwähnte.«

»Siehst du, und genau das fiel mir eben in der Sekunde ein, als ich die beiden Frauen belauscht habe. Als wir

Dr. Kollendiek befragten, bin ich nicht darüber gestolpert, doch in diesem Moment – versteckt hinter der Toilettentür – ging mir plötzlich ein Licht auf.« Ricke zog seine hellblonden Augenbrauen in die Höhe und schüttelte langsam den Kopf. »Das ist wieder einmal ein gutes Beispiel dafür, dass man bei einer Befragung auf jedes einzelne Wort achten sollte.«

»Sie haben recht, das ist wirklich verrückt«, sagte Lotte. Sie nahm ihre Tasse in beide Hände und gönnte sich einen großen Schluck von dem süßen Getränk. Die Wärme tat ihr gut, und es schmeckte herrlich.

»Ja, aber so etwas kommt durchaus vor. Als ich noch hier in Hamburg bei der Polizei arbeitete, sagten wir bei derartigen Vorfällen, dass uns der allseits beliebte Kommissar Zufall geholfen habe.« Er lachte. »Schließlich wäre ich niemals Zeuge dieser Unterhaltung geworden, wenn ich nicht zufällig genau an diesem Nachmittag meinen alten Kumpel in eben diesem Pflegeheim in Lüneburg besucht hätte. Man könnte diese Gedanken sogar noch ausweiten: der genaue Zeitpunkt, der Gang zur Toilette und so weiter. Da kann man sehr leicht ins Philosophieren geraten.«

»Vielleicht hast du recht«, warf Jannes ein. »Und es gibt doch eine höhere Macht, die auf die eine oder andere Art dafür Sorge tragen will, dass wir das Böse bekämpfen können.«

»Na ja, leider klappt das nicht immer, sonst wäre die Welt eine andere«, entgegnete Ricke. »Aber da kommen dann die niederen Mächte ins Spiel. Die halten ja leider auch nie still.«

»Um mal wieder auf das eigentliche Thema zurückzukommen«, unterbrach Lotte das philosophische Geplänkel der beiden Männer. »Auch wenn alles zu passen scheint, können wir nicht mit Gewissheit sagen, dass es sich bei der Frau im Kloster um Ilse Kollendiek handelt. Das dürfen wir nicht vergessen. Wenn sie es ist, brauchen wir einen Beweis.«

»Andererseits haben wir nun wenigstens einen Verdacht, dem wir nachgehen können«, erwiderte Jannes.

Lotte sah von Jannes zu Hans Ricke. »Vielleicht sollte ich in Betracht ziehen, ins Kloster zu gehen«, schlug sie spaßeshalber vor.

»Das kommt überhaupt nicht infrage«, winkte Jannes sofort ab, der ihre Bemerkung offenbar ernst nahm.

»Ich habe natürlich sofort weiterermittelt und deshalb bereits eine bessere Idee.« Hans Ricke leerte endgültig seine Kaffeetasse. »Und ich sage freiheraus, dass ich darauf sogar ein bisschen stolz bin. Nach dem Vorfall im Pflegeheim habe ich mich zwei Tage lang auf die Lauer gelegt und zusätzlich noch mit einigen Leuten gesprochen. Ich weiß inzwischen, dass es normalerweise die Novizinnen sind, die das Kloster verlassen, um alle notwendigen Besorgungen zu machen. Unter anderem werden sie zweimal wöchentlich losgeschickt, um die umliegenden Geschäfte und Marktstände aufzusuchen und dort um Spenden zu bitten. Jeden Mittwochvormittag und jeden Sonnabendnachmittag gehen die beiden Mädchen jeweils mit einem Korb über dem Arm dieser Aufgabe nach. Die älteren Nonnen verlassen das Kloster zwar auch ab und an, doch die

Besorgungen machen eben nur die Novizinnen. Es gibt derzeit nur zwei angehende Ordensschwestern im Lüneburger Kloster, und eine davon ist sozusagen unsere.« Hans Ricke strich mit Daumen und Zeigefinger über seinen blonden Schnurrbart. »Ich würde also vorschlagen, dass Sie auf irgendeine Art versuchen, mit der Novizin ins Gespräch zu kommen, und ihr schlicht und direkt die Lage erläutern.«

»Sie meinen, ich soll sie ganz unverfroren nach der Frau fragen, die im Kloster lebt?«, fragte Lotte etwas überrascht.

Der Detektiv nickte. »So in der Art, ja. Zunächst hatte ich überlegt, es selbst zu tun, aber ich bin mir sicher, dass eine Frau wie Sie einer jungen Novizin viel weniger Angst einjagt. Ich bin nun einmal ein Mann und könnte mir gut vorstellen, dass Novizinnen vor allem vor uns Männern gewarnt werden.« Ricke sah zu Jannes. »Was das angeht, liegen wir Männer mit Luzifer sicherlich gleichauf in der Gefahrentabelle für junge Ordensschwestern«, feixte er.

»Aber wenn Lotte die Novizin auf die Frau im Kloster anspricht, gibt sie doch viel zu viel über sich selbst preis. Das halte ich für sehr gefährlich«, erwiderte Jannes.

Ricke winkte ab. »Wir sprechen hier über eine angehende Nonne, Jannes. Ich kann mir kaum vorstellen, dass sie darüber sprechen würde, sobald sie erfährt, dass sie Lotte damit in tödliche Gefahr brächte. Das sollte man ihr natürlich klarmachen.«

Eine Weile blieb es still, und Lotte dachte über Hans Rickes Vorschlag nach.

»Ich werde es tun«, entschied sie dann schlicht. »Aber

nicht allein. Ich möchte, dass Jannes in meiner Nähe ist, wenn ich mit der Novizin spreche.«

»Ich würde dich sowieso nicht aus den Augen lassen«, erklärte Jannes mit fester Stimme.

»Wir werden alle beide in Ihrer Nähe bleiben«, versicherte der Detektiv. »Ich muss Ihnen ja sowieso die Novizin zeigen.«

Eine wilde Mischung aus Aufregung und Hoffnung stieg in Lotte auf. Mit funkelndem Blick sah sie Jannes an. »Wann fahren wir nach Lüneburg?«

16. Kapitel

»Wenigstens regnet es nicht«, stellte Jannes lapidar fest.

Nur wenige Tage später hielten sie sich unweit des Lüneburger Rathauses auf und behielten Hans Ricke im Auge, der an der Ecke der schmalen Straße stand, die vom Kloster aus direkt zum Marktplatz führte. Die Geräuschkulisse vor dem Rathaus war beeindruckend. Das Rattern der Räder auf dem Kopfsteinpflaster verband sich mit dem Geschrei der Marktleute und dem Stimmengewirr vieler Menschen zu einem lebhaften Durcheinander.

Es dauerte nicht sehr lange, bis der Detektiv ihnen das verabredete Zeichen gab. Lotte machte sich sofort auf den Weg, und Jannes folgte ihr wie zuvor besprochen in einigem Abstand. Lotte bahnte sich ihren Weg zwischen einigen Marktständen und Menschen hindurch und wartete auf einen passenden Moment, um die Novizin anzusprechen.

Der richtige Augenblick ergab sich schneller, als Lotte es erwartet hatte. Zu ihrer Überraschung bog die Novizin nicht in die nächste Marktgasse ein, sondern schien den Platz verlassen zu wollen. Schließlich blieb sie jedoch an der Rückseite eines größeren Marktstandes stehen und lehnte sich an den Pfahl einer Gaslaterne. Das Mädchen wirkte erschöpft, und es sah fast danach aus, als wollte sie sich der Aufmerksamkeit anderer Menschen entziehen. Als sie Lotte bemerkte, drückte sie sofort ihr Rückgrat durch und strich den Rock ihrer Tracht glatt. Die Geste ließ die tiefe Verlegenheit erahnen, mit der das Mädchen in dieser Sekunde offenbar zu kämpfen hatte.

Lotte trat mit mitfühlender Miene auf sie zu.

»Entschuldigung, aber mir war gerade nicht so gut«, brachte die Novizin leise hervor.

»Keine Sorge, ich kenne solche Augenblicke nur zu genau«, erwiderte Lotte möglichst freundlich. »Sie sehen wirklich erschöpft aus. Das Leben im Kloster ist sicherlich nicht immer leicht.« Lotte deutete auf eine schlichte Holzbank, die ganz in der Nähe stand. »Setzen Sie sich doch einen Moment. Soll ich Ihnen vielleicht etwas zu trinken besorgen?«

»O nein, bitte machen Sie sich keine Mühe, mein Fräulein. Sie sind sehr freundlich, aber ich darf mich dort nicht einfach so hinsetzen. Das dürfen wir in der Öffentlichkeit nicht tun. Die Mutter Oberin wäre fuchsteufelswild, wenn sie davon erführe.« Sie lachte zwar, aber es klang ein wenig traurig. »Und glauben Sie mir, sie würde davon erfahren.«

»Nun, dann bleiben wir eben einen Moment hier stehen, und falls uns jemand sieht, haben Sie ein Gespräch mit jemandem geführt, der *Ihre* Hilfe brauchte.«

Die Novizin lächelte. »Sie sind wirklich freundlich«, wiederholte sie. »Danke.«

»Wenn ich ehrlich bin, wollte ich sowieso im Kloster vorbeischauen, um dort jemanden zu besuchen. Das heißt, wenn das überhaupt möglich ist. Das konnte ich nämlich noch nicht in Erfahrung bringen. Ich kenne mich mit den Gepflogenheiten in Klöstern wirklich nicht aus, müssen Sie wissen. Nun habe ich durch Sie die Möglichkeit, danach zu fragen.«

»Ach, Sie kennen eine unserer Schwestern?«, fragte das junge Mädchen. »Um wen handelt es sich denn?«

»Es geht nicht um eine Ihrer Ordensschwestern.« Lottes Herzschlag beschleunigte sich. Sie machte einen tiefen Atemzug, um die Aufregung in ihrem Inneren unter Kontrolle zu halten. »Es geht um eine Frau, die Sie … beherbergen, vielleicht sogar pflegen.«

Die junge Novizin holte nun ebenfalls geräuschvoll Luft. »Oh! Da … müsste ich erst … nachfragen. Soweit ich weiß …« Abrupt hielt sie inne. »Mir wurde gesagt, dass kaum jemand von dieser Frau weiß und wir sie beschützen müssen.«

»Das mag sein.« Lotte trat noch einen Schritt näher an die Novizin heran. »Ich brauche wirklich dringend Ihre Hilfe, Schwester …?«

»Luise«, antwortete das junge Mädchen. »Ich heiße Luise.«

»Schwester Luise, ich brauche wirklich ganz, ganz dringend Ihre Hilfe. Um genau zu sein, geht es sogar um Leben und Tod.«

Die Augen des Mädchens weiteten sich. »Wie bitte? Aber ich … bin nur …«

»Ich weiß, Sie sind nur eine Novizin und haben kaum Befugnisse, aber Sie kennen sich doch im Kloster aus. Und

Sie kennen auch die Frau, die hinter den Klostermauern – nun, bringen wir es doch auf den Punkt – die dort versteckt wird. Habe ich recht? Luise, bitte, ich muss unbedingt wissen, um wen es sich bei dieser Frau handelt, um mich und meine Lieben zu schützen. Bitte, helfen Sie mir. Mein Leben ist wirklich in Gefahr, glauben Sie mir.« Lotte musste sich räuspern, weil das junge Mädchen vor ihr zutiefst entsetzt wirkte. »Der Mann, der dafür bezahlt, dass die Frau in Ihrem Kloster gepflegt und versteckt wird, bedroht nämlich auch mich. Er ist unglaublich gefährlich, Luise. Wirklich, wirklich gefährlich. Ich übertreibe nicht.«

Das Mädchen seufzte tief, fast schluchzend.

»Es tut mir furchtbar leid, dass ich Sie so bedränge«, fügte Lotte hinzu. »Aber mir bleibt keine andere Wahl. Diese Frau … Sie ist stark versehrt, nicht wahr?«

»Wir dürfen …« Die Novizin sah sich um, bevor sie weitersprach. »Wir dürfen eigentlich gar nicht über diese Frau reden, mein Fräulein.«

»Ich heiße Charlotte. Bitte tun Sie es dennoch, Luise.« Lotte strich sich über ihren bereits sanft gerundeten Bauch. »Im Sommer bekomme ich mein erstes Kind. Damit Sie wissen, wie wichtig es für mich ist, die Identität dieser Frau zu erfahren, verspreche ich Ihnen hiermit, dass ich meinem Kind Ihren Namen geben werde, falls es ein Mädchen wird. Bitte, helfen Sie mir.«

Einige Sekunden lang sahen sie einander in die Augen. Lotte bemühte sich um einen eindringlichen Blick, doch sie erkannte bereits, dass das Mädchen eine Entscheidung zu ihren Gunsten treffen würde. Sie wagte sich noch einen

Schritt weiter vor. »Heißt die Frau vielleicht Ilse mit Vornamen?«

Schwester Luise nickte zaghaft.

»Ja«, flüsterte sie. »Ihren Nachnamen kenne ich leider nicht, aber sie heißt Ilse. Die beiden Schwestern, die sich hauptsächlich um die Frau kümmern, nennen sie jedenfalls so. Das habe ich selbst schon gehört, als ich einmal warmes Wasser in den Raum bringen sollte, in dem die Frau liegt.« Luise schien ein Schauer über den Rücken zu laufen. Sie schüttelte sich leicht. »Sie ist wirklich versehrt, sehr schwer sogar. Sie kann nicht mehr laufen und auch nicht sprechen. Außerdem hat sie ein … deformiertes Gesicht und kann wohl auch nur noch mit einem Auge sehen. Ich hörte, wie eine der Schwestern sagte, dass man die arme Frau fast zu Brei geschlagen habe. Jemand soll ihr so sehr in den Rücken getreten haben, dass er brach. Stellen Sie sich diese Grausamkeit nur einmal vor.«

»Das war ihr Ehemann«, flüsterte Lotte zutiefst berührt. »Ich weiß, wie brutal und grausam er sein kann, und ich selbst musste deshalb vor ihm fliehen. Diese Frau im Kloster tut mir so unendlich leid, und ich würde ihr gerne helfen. Auch deshalb muss ich alles über sie wissen.«

»Ihr Ehemann hat ihr das angetan?« Luise schüttelte den Kopf. »Das wusste ich nicht.«

»Wissen Sie, wer für die Pflege der Frau aufkommt?«

»Ich weiß nur, dass es ein sehr reicher Mann aus Lübeck sein soll. Jeden Monat spendet er einen großen Betrag an das Kloster, aber wie viel, weiß ich leider auch nicht. Das weiß nur die Mutter Oberin.«

Lotte seufzte. »Darauf kommt es auch nicht an.« Sie nahm die Hand des Mädchens in ihre und drückte sie. »Luise, Sie wissen gar nicht, wie sehr Sie mir geholfen haben. Ich werde nun ein glückliches Leben führen können, und das habe ich allein Ihnen zu verdanken.«

»Versprechen Sie mir, dass nie jemand davon erfährt, dass ich Ihnen das gesagt habe«, flüsterte die Novizin eindringlich. »Niemand von uns darf über die Frau sprechen, weil die Gelder sonst ausbleiben, und das Kloster braucht sie wirklich dringend.«

»Ich verspreche Ihnen, dass niemand je von mir erfahren wird, dass *Sie* die Person waren, die mir alles erzählt hat, Schwester Luise. Allerdings werde ich nun etwas unternehmen müssen, um mich und meine Liebsten, aber auch die arme Ilse von dem Mann, der all das verschuldet hat, zu befreien, und das wird natürlich auch Auswirkungen auf das Kloster haben. Aber glauben Sie mir, es gibt für alles eine Lösung.«

Lotte suchte nach den passenden Worten, um das Mädchen darin zu bestärken, dass sie genau das Richtige getan hatte. Dann fiel ihr etwas ein, das Hans Ricke erwähnt hatte, als er Jannes und ihr von dem Gespräch zwischen Luise und der Krankenschwester im Pflegeheim berichtet hatte.

»Ich finde, es ist doch unsere heilige Menschenpflicht, dafür zu sorgen, dass die arme Ilse ärztliche Hilfe bekommt und in ein richtiges Pflegeheim verlegt wird, in dem man ihr viel besser helfen kann als in Ihrem Kloster. Finden Sie nicht auch, Luise?«

»O ja, damit sprechen Sie mir wirklich aus der Seele, Fräulein Charlotte.« Die Novizin wirkte mit einem Mal wieder gehetzt und sah sich gründlich nach allen Seiten um. »Aber ich muss mich jetzt wirklich auf den Weg machen, sonst fällt meine lange Abwesenheit noch auf«, sagte sie.

»Das wäre nicht gut. Ich bin nicht besonders geschickt darin, mir irgendwelche Erklärungen auszudenken.«

»Dann gehen Sie, meine Liebe, damit Sie keine Schwierigkeiten bekommen. Vielen, vielen Dank, Schwester Luise. Und machen Sie sich bitte keine Sorgen, niemand wird jemals von unserem Gespräch erfahren. Ich verspreche es Ihnen.« Lotte bemühte sich um ein besonders herzliches Lächeln. »Ich hoffe, Sie konnten sich auch einen Augenblick erholen und es geht Ihnen nun besser. Und denken Sie daran: Sollte ich ein Mädchen zur Welt bringen, wird es Ihren Namen tragen.«

Nun lächelte auch Luise. »Mein Herz fühlt sich ganz leicht an und ist von tiefer Freude erfüllt. Das ist ein gutes Zeichen, und ich denke, Gott will mir damit sagen, dass ich das Richtige getan habe. Ich bin unsagbar froh, wenn ich Ihnen und der armen Ilse helfen konnte. Auf Wiedersehen, Fräulein Charlotte.«

Lotte sah der jungen Novizin noch einen Moment lang nach, bis sie wieder im bunten Markttreiben verschwunden war. Kurz darauf waren auch schon Jannes und der Detektiv bei ihr.

»Du hattest Erfolg, das sehe ich dir an«, stellte Jannes mit einem breiten Grinsen auf den Lippen fest. In seinen goldenen Augen sah sie tiefe Erleichterung und Glück aufblitzen.

»Ja«, erwiderte sie. »Ich hatte Erfolg, und ich werde frei sein, sobald wir bei der Polizei gewesen sind. Es ist tatsächlich Ilse, die in diesem Kloster vor der Welt versteckt wird, und es ist Edgar Kollendiek, der dafür bezahlt. Ich habe ihr allerdings versprechen müssen, dass niemand je erfahren wird, dass sie es war, die mir all das erzählt hat.«

»Ich wusste von Anfang an, dass Sie das fantastisch machen würden«, sagte Hans Ricke. »Gratuliere. Mir war klar, dass die Novizin reden würde, nachdem ich gehört habe, wie sie mit der Schwester im Pflegeheim darüber gesprochen hat. Offenbar trieb sie Ilses Schicksal wirklich um.«

Lotte nickte. »Ja, so was in der Art hat sie auch zu mir gesagt. Sie schien sehr erleichtert zu sein, dass sie diese Bürde nun los ist.«

»Damit bist du nicht mehr mit Edgar Kollendiek verheiratet, Lotte. Um genau zu sein, du bist es nie gewesen, weil er selbst bei eurer Hochzeit noch verheiratet war. Das wird sich jetzt sehr schnell aufklären.«

»Gewiss«, flüsterte sie, und erst jetzt spürte sie die Tränen der Erleichterung, die schon eine ganze Weile heiß über ihre Wangen liefen. »Ich bin nie mit diesem Mann verheiratet gewesen.«

Auf direktem Weg suchten sie die nächste Polizeistation auf und erstatteten Anzeige gegen Edgar Kollendiek.

Mit großen Augen und noch größerem Interesse hörte sich der diensthabende Beamte ihre Geschichte an. Eifrig nahm er sehr ausführlich die Anzeige auf.

»Wir werden noch heute dafür Sorge tragen, dass die

arme Frau aus dem Kloster abgeholt und in ein Krankenhaus gebracht wird«, versicherte er ihnen mit Nachdruck. »So eine Geschichte ist mir wirklich noch nie untergekommen. Da haben wir schwere Körperverletzung, Erpressung, Nötigung und nicht zu vergessen Ehebruch und Bigamie. Wahrscheinlich wird der Staatsanwalt sogar noch mehr Tatbestände finden. Ich könnte es mir jedenfalls gut vorstellen.«

»Sie informieren doch hoffentlich auch sofort die Kollegen in Lübeck, oder?«, drängte Hans Ricke. »Der Mann gehört so schnell wie möglich hinter Schloss und Riegel. Es ist nun von äußerster Wichtigkeit, Fräulein … ähm … Friedrichs ausreichend zu schützen.«

»Selbstverständlich. Ich gehe davon aus, dass der Mann noch heute verhaftet wird.« Der Blick des Polizisten richtete sich auf Lotte. »Soweit ich weiß, müssen Sie leider noch auf die formelle Entscheidung eines Richters warten, der Ihre Ehe mit dem Beschuldigten für nichtig erklärt. Das wird aber erst geschehen können, wenn offiziell bestätigt wurde, dass der Beschuldigte zum Zeitpunkt Ihrer Vermählung ohne Ihr Wissen bereits verheiratet gewesen ist. Aber das kann ja nicht sehr lange dauern.«

»Das habe ich mir schon gedacht«, sagte Lotte. »Diese Zeit werde ich nun auch noch abwarten können.«

»Darf ich Sie bitten, uns umgehend Bescheid zu geben, sobald Edgar Kollendiek verhaftet wurde?«, meldete sich Jannes zu Wort. »Ach ja, bitte an meine Adresse. Schriftlich oder auch gerne per Fernsprecher, das würde schneller gehen. Sie haben ja bereits alles Nötige notiert.« Dann fiel ihm noch etwas Wichtiges ein. »Ach ja, und bevor ich es vergesse: Informieren Sie bitte Dr. Ferdinand Kollendiek in Lübeck darüber, in welche Klinik die arme Frau gebracht wird. Er hatte viel für Ilse Kollendiek übrig und wird es wissen wollen.«

»Wird erledigt, Herr Vossen«, versprach der Beamte.

»Sobald Ilse Kollendiek in eine Klinik verlegt wurde, möchte ich sie dort besuchen«, teilte Lotte Jannes mit.

Gerade hatten sie sich von Hans Ricke verabschiedet, der mit seinem eigenen Auto aus Lübeck angereist war. Deshalb fuhren sie nun in getrennten Fahrzeugen zurück nach Hamburg.

»Davon bin ich ausgegangen«, erwiderte Jannes lächelnd. »Sobald Dr. Kollendiek Bescheid bekommt, wird er sicherlich alles daransetzen, dass Ilse gut versorgt wird. Sie wird jetzt auf jeden Fall die bestmögliche Pflege erhalten.«

»Ja, das denke ich auch. Für Ferdinand wird es ein Schock sein.«

»Na ja, bei unserem Gespräch vermittelte er mir den Eindruck, dass auch er zumindest ein vages Gefühl hatte, dass Ilse noch leben könnte. Und was Edgar Kollendiek angeht – der wird für viele Jahre, vielleicht sogar lebenslang ins Gefängnis wandern. Wenn Ilses Verletzungen tatsächlich so schwer sind, wie es die Novizin beschrieben hat, könnte ich mir vorstellen, dass der Staatsanwalt auf Mordversuch plädiert. Wenn man dann noch die lange Liste seiner anderen Verbrechen hinzunimmt, wird der Mann jedenfalls für eine sehr lange Zeit weggesperrt werden.«

»Das hoffe ich sehr.«

»Darf ich dir noch eine Frage stellen, Liebling?«

»Aber ja, Jannes, das weißt du doch. Frag mich, was immer du willst.«

»Als wir uns vorhin von Hans Ricke verabschiedet haben, hast du ihn gebeten, deinen Vater zu informieren.«

»Ja, und ich bin froh, dass er sich bereit erklärt hat, das für mich zu übernehmen.«

»Warum willst du nicht selbst mit ihm sprechen, Lotte? Ich würde dich gerne begleiten und dir dabei zur Seite stehen. Immerhin ist er dein Vater, und Ferdinand Kollendiek erwähnte, dass er seit deinem Tod ein gebrochener Mann sei.«

Lotte dachte einen Augenblick darüber nach, wie sie Jannes diese Entscheidung am einfachsten erklären konnte.

»Ich kann mir durchaus vorstellen, dass auch er gelitten hat«, sagte sie nach einer Weile. »Aber ich bin einfach noch nicht so weit, ihm zu verzeihen, Jannes.«

»Ich verstehe.«

»Eines Tages werde ich vielleicht wieder persönlich mit ihm sprechen können, aber jetzt noch nicht. Allein die Vorstellung ist mir zuwider. Ich kann ihm nicht verzeihen, dass er mich sozusagen an Kollendiek verschachert hat, nur um seine verdammte Firma zu retten. Schau dir doch nur mal das Miteinander und die gegenseitige Liebe in *deiner* Familie an, Jannes. Dein Vater hätte so eine Entscheidung niemals treffen können, egal was auf dem Spiel stehen würde. Seine Familie hat für ihn immer oberste Priorität.«

Jannes schenkte ihr einen liebevollen Blick. »Das stimmt allerdings. Ich wollte auch nur deine Beweggründe von dir hören, Lotte. Es ist und bleibt allein deine Entscheidung, wann du mit deinem Vater sprichst, aber du sollst wissen, dass du jederzeit auf meine Unterstützung zählen kannst, falls du deine Meinung irgendwann änderst.«

»Danke, Jannes, das weiß ich. Du bist doch immer da, wenn ich dich brauche.«

»Ich kann halt nicht anders«, erwiderte er lachend. »Ich liebe dich, und das wird immer so sein.«

Es war erst früher Abend, als sie eine gute Stunde später vor dem Haus der Familie Vossen vorfuhren.

»Wir kommen genau richtig zum Abendessen«, stellte Jannes fest. »Ich habe einen Bärenhunger. Dann werden wir der Familie mal unsere guten Nachrichten überbringen. Mir ist nach einem wirklich guten Essen und viel Champagner. Ich hoffe, alle sind zu Hause, und du wirst nun einer offiziellen Verlobung mit mir endlich zustimmen, mein Liebling.«

»Ich kann es kaum erwarten«, erwiderte Lotte. »Doch bitte, mein Schatz, lass uns wenigstens die offizielle Mitteilung des zuständigen Richters abwarten, die ein für alle Mal bestätigt, dass meine Ehe gar keine gewesen ist.«

»Nun gut, ich will mal nicht so sein«, erwiderte Jannes schalkhaft. »Dann habe ich wenigstens noch genug Zeit, um dir den schönsten aller Verlobungsringe zu kaufen.«

Als sie aus dem Auto ausstiegen, waren sie beide glücklich und bester Laune.

Als Lotte am nächsten Morgen die Treppe herunterkam, hörte sie schon auf halbem Weg die Stimme von Jannes, der ziemlich aufgebracht klang. Er stand in der Halle und hatte den Hörer des Fernsprechapparats am Ohr. Offensichtlich hörte er trotzdem ihre Schritte, denn noch während er sprach, drehte er sich zu ihr um. Seine Miene sprach Bände.

»Das kann doch nicht wahr sein«, schimpfte er gerade. »Wie kann denn das passieren?« Lotte kam näher, während er vielsagend die Augen verdrehte. »Ja, natürlich … Ich verstehe … Entschuldigen Sie meine heftige Reaktion, Herr Kommissar, aber Sie können sich sicherlich denken, dass uns diese Mitteilung nicht gefallen kann. Ja, bitte, halten Sie uns unbedingt über alle weiteren Entwicklungen auf dem Laufenden. Während des Tages können Sie mich auch jederzeit im Warenhaus erreichen. Die Fernsprechnummer müsste in Ihren Akten stehen … Ja, genau, die ist es. Auf Wiederhören, Herr Kommissar.«

»Was ist denn nur passiert?«, fragte Lotte bang. Sie ahnte bereits, dass Jannes keine guten Nachrichten hatte.

»Edgar Kollendiek ist offenbar verschwunden«, antwortete Jannes.

»Was? Sie haben ihn noch gar nicht verhaftet?« Innerhalb von Sekunden spürte sie, wie die vertraute Angst zurückkam.

»Nein, bis jetzt noch nicht. Die Beamten hatten sich zuerst um Ilse Kollendiek gekümmert, um sie in Sicherheit und gut versorgt zu wissen.« Jannes zuckte mit den Schultern. »Was ja irgendwie sogar verständlich und nachvollziehbar ist. Die Mutter Oberin und auch einige der anderen Nonnen haben bei ihrer Befragung umfassende Aussagen gemacht, die alles bestätigten, was wir bereits ahnten oder von Schwester Luise gehört hatten. Es sieht allerdings so aus, dass Edgar Kollendiek noch während der Befragungen der Nonnen oder zumindest kurz darauf gewarnt wurde. Der zuständige Kommissar geht offenbar davon aus, dass nur jemand aus dem Kloster dafür infrage kommt. Er hat diesbezüglich schon Ermittlungen aufgenommen, wie er mir soeben versicherte. Jedenfalls ist Kollendiek seit gestern untergetaucht. Niemand weiß, wo er sich aufhält. Laut seiner Sekretärin hat er am Nachmittag einen Anruf erhalten und daraufhin abrupt die Bank verlassen. Das ist auch schon alles, was die Polizei über Kollendieks Verschwinden in Erfahrung bringen konnte. Augenscheinlich ist er nicht einmal mehr bei sich zu Hause gewesen. Von seinen Bediensteten hat ihn jedenfalls niemand zu Gesicht bekommen.« Jannes hob entnervt die Hände und ließ sie wieder fallen. »Was für ein Desaster! Natürlich wird nach ihm gefahndet, doch bisher ohne jeden Erfolg. Der Kerl ist wie vom Erdboden verschluckt.«

»Reg dich nicht auf, Jannes.« Lotte versuchte, ihn zu beruhigen, obwohl sie selbst zutiefst bestürzt war. Solange Edgar Kollendiek auf freiem Fuß war, konnte sie sich niemals sicher fühlen. »Die Polizei wird ihn sicherlich bald finden. Weit kann er ja nicht sein.«

»Das wollen wir doch hoffen.« Er schnaufte. »Na, komm, lass uns frühstücken, Liebling. Wir müssen bald los und haben nicht mehr viel Zeit. Heute ist Abteilungsleiterkonferenz, und Tietz wird auch dabei sein. Bevor ich es vergesse, wir sollen übrigens direkt nach der Konferenz noch zu ihm ins Büro kommen.«

»Wir beide?«

»Ja, er hat mich ausdrücklich darum gebeten, dich mitzubringen. Keine Ahnung, was er jetzt schon wieder vorhat.«

Wenig später saßen sie zusammen mit einigen Abteilungsleitern und Georg Karg, der ebenfalls an diesem Morgen angereist war, im Konferenzraum des Warenhauses und hörten zu, was Georg Tietz ihnen zu sagen hatte.

»Meine Lieben, mir fehlen inzwischen ein bisschen die Worte, und das kommt nicht oft vor, wie Sie wissen. Obwohl die Kredite schon seit Monaten zugesagt wurden, haben die Banken sie noch immer nicht freigegeben. Wir müssen also geduldig bleiben und weiterhin auf die erlösende Entscheidung warten.« Sein Blick glitt kurz zu Jannes. »Wie ich erst heute Morgen erfahren habe, sind die Zahlen noch immer nicht besser geworden, und es sieht nicht danach aus, als könnte sich das in der nächsten Zeit gravierend ändern. So leid es mir tut … wenn das so weitergeht, werden auch wir nicht um weitere Entlassungen herumkommen.« Ein leises Raunen ging durch den Raum, und Lotte atmete tief durch. »Beruhigen Sie sich, Herrschaften«, fuhr Tietz fort. »Auf absehbare Zeit braucht keiner der hier Anwesenden Angst um seinen Arbeitsplatz zu haben, aber das macht die Sache für mich nicht leichter. Es fällt mir unsagbar schwer, eine einfache Verkäuferin oder einen Lagerarbeiter gerade in diesen Zeiten zu entlassen, obwohl ich genau weiß, dass ich damit vielleicht eine ganze Familie ins Unglück stürze. Das ist hart, sehr hart, und allein der Gedanke bereitet mir schlaflose Nächte.«

»Können wir das nicht irgendwie abwenden?«, fragte Willy Konrad, der die Abteilung für Hausrat und Porzellan leitete. »Sie haben doch selbst gesagt, dass Sie Entlassungen so lange wie möglich vermeiden wollen.«

»Sie haben recht, Herr Konrad, das habe ich gesagt, und das ist auch immer noch mein Ziel. Mein Bruder und ich haben uns jetzt allerdings eine zeitliche Grenze gesetzt, und ich wollte Sie rechtzeitig darüber informieren. Inzwischen sind die Gewinne der allermeisten unserer Häuser um mehr als die Hälfte zurückgegangen – in einigen Häusern sogar noch bedeutend mehr. Unser Hamburger Haus steht übrigens noch mit am besten da, obwohl auch hier die Verluste eklatant sind, das möchte ich betonen. Unter den derzeitigen Umständen können wir bis zum Ende des Jahres so weitermachen, aber dann müssen die bereits angesprochenen und sehr unangenehmen Entscheidungen getroffen werden. Sie alle wissen, dass die Gebrüder Tietz stets einen nicht unerheblichen Teil der Gewinne wieder zurück in die Häuser investiert haben. Unsere finanziellen Rücklagen sind deshalb entsprechend überschaubar, und inzwischen betreffen die Ausgaben auch das private Kapital unserer Familien. Mein Bruder und ich müssen zudem das gesamte Unternehmen im Auge behalten und nicht nur jedes einzelne Haus. Anders werden wir diese Krise nicht überstehen.« Georg Tietz sah in die Runde. »Falls jemand von Ihnen einen brillanten Einfall hat, wie wir unsere Kosten ohne Entlassungen deutlich senken könnten, habe ich dafür natürlich ein offenes Ohr.« Tietz griff nach seinem ledergebundenen Taschenkalender, der vor ihm auf dem Tisch lag, und erhob sich. »So, meine Lieben, das war es für heute von mir. Wie immer wünsche ich Ihnen allen noch einen möglichst erfolgreichen Arbeitstag.« Bevor er den Konferenzraum verließ, nickte er Jannes und Lotte noch kurz zu. »Wir sehen uns ja gleich noch«, sagte er.

Nur wenige Minuten später saßen Lotte und Jannes zusammen an dem kleinen Tisch im Chefbüro. Gerade eben hatte sich Georg Karg von ihnen verabschiedet, der noch heute in Berlin erwartet wurde.

»Karg ist unbestritten ein Genie auf seinem Gebiet, aber manchmal ist er mir eine Spur zu ehrgeizig«, bemerkte ihr Chef, nachdem er sich zu ihnen gesetzt hatte. »Ich glaube, wenn es nach ihm ginge, säße er schon lange auf meinem Stuhl.«

Er lachte kurz, doch Lotte hatte das Gefühl, dass Tietz seine Bemerkung tatsächlich ernst meinte.

»Wie geht es der Familie?«, wandte sich Tietz an Jannes.

»Soweit gut. Alle sind gesund und munter.«

»Und das Geschäft?«

»Na ja, das kannst du dir denken, Georg. Du kennst meinen Vater, er lässt sich so schnell nicht unterkriegen.«

»Dein Vater ist ein brillanter Geschäftsmann, mein Junge. Wie ich ihn kenne, hat er gut vorgesorgt.«

»Warum wolltest du uns beide denn sprechen, Georg?«

Lotte war dankbar, dass Jannes diese Frage stellte und

damit das Thema wechselte. Sie fühlte sich immer ein bisschen überflüssig, sobald sich Georg Tietz und Jannes privat unterhielten.

»Erstens wollte ich mich noch einmal bei euch bedanken, dass ihr die Umbauten im ersten Stock so reibungslos und nahezu ohne zusätzliche Kosten organisiert habt. Ich wusste zwar, dass diese Sache bei euch in guten Händen ist, aber ich bin trotzdem froh darüber, dass alles so gut gelaufen ist. Die Abteilungen sehen großartig aus und wirken sehr modern.«

»Wir haben das gerne gemacht«, sagte Lotte. »Es war eine nette Abwechslung im Arbeitsalltag.« Sie sah, dass Jannes zustimmend nickte.

»Tja, und dann würde ich noch gerne erfahren, wann ihr mir eigentlich endlich mitteilen wollt, dass ihr beide … Hm … Ihr versteht schon, was ich sagen will.« Georg Tietz räusperte sich. »Ich habe schließlich Augen im Kopf, wie man so schön sagt.«

Lotte bekam einen kleinen Schrecken und sah Jannes an, um zu sehen, wie er auf die Bemerkung von Tietz reagierte, doch sein Gesicht blieb nahezu unbewegt.

»Wäre das denn ein Problem?«, fragte Jannes nach einem Moment des Schweigens.

»Nicht unbedingt«, erwiderte Tietz. »Ich würde nur gerne wissen, was in meinem Haus vor sich geht. Es ist jedenfalls offensichtlich, wie ihr beide euch anseht.«

»Wir sind so gut wie verlobt«, sagte Jannes mit fester Stimme. »Lotte und ich werden demnächst heiraten.«

Tietz sah Lotte an. »Dann muss ich wohl davon ausgehen, dass Sie uns nach der Hochzeit verlassen werden. Sie wissen, das würde mir sehr leidtun.«

»O nein, Herr Tietz!«, rief Lotte aus. »Ich habe nicht vor, sofort nach der Hochzeit meine Arbeit aufzugeben.«

»Na, na, Fräulein Kelling, Sie haben doch sicherlich vor, recht schnell eine Familie zu gründen, nicht wahr?«

Angesichts seines prüfenden Blicks beschlich Lotte das ungute Gefühl, dass Georg Tietz bereits mehr wahrgenommen hatte, als ihr lieb war.

»Aus meiner Sicht spricht nichts dagegen, dass Lotte nach der Hochzeit weiterhin hier arbeitet«, erklärte Jannes. »Solange du nichts dagegen einzuwenden hast, natürlich. Ich halte Lotte für eine Bereicherung und bin noch immer der Meinung, sie war ein Glücksgriff für uns.« Er lächelte. »Für mich natürlich sowieso, aber ich meinte das jetzt im Hinblick auf das Warenhaus.«

»Ich habe dich schon verstanden, Jannes.« Tietz lächelte ebenfalls. »Und ich bin voll und ganz deiner Meinung.« Wieder sah er Lotte an. »Ich würde Sie nur sehr ungern gehen lassen, Fräulein Kelling, aber ich bin selbst Ehemann und Familienvater und weiß, dass sich für eine Frau sehr viel verändert, sobald sie Mutter wird.«

»Ja, das ist mir schon klar«, erwiderte Lotte, und sie fragte sich, ob jetzt der richtige Zeitpunkt wäre, ihrem Chef ganz offiziell von der Schwangerschaft zu erzählen. »Ich ...«

Georg Tietz hob eine Hand und gebot ihr Einhalt. »Wie ich schon sagte, Fräulein Kelling, ich bin seit vielen Jahren verheiratet. Mehr gibt es im Augenblick dazu nicht zu sagen. Vielleicht nur noch so viel … Solange Sie bei uns arbeiten, bin ich froh darüber, jemanden wie Sie im Haus zu wissen.« Noch einmal wandte er sich an Jannes. »Ich freue mich für euch beide und hoffe, ihr werdet mich zu eurer Hochzeit einladen.«

»Aber natürlich wirst du eine Einladung bekommen, lieber Georg«, versicherte Jannes. »Ich denke, die wird auch nicht mehr allzu lange auf sich warten lassen.«

»So, ihr beiden, dann könnt ihr wieder an eure Arbeit gehen. Ich werde mich demnächst verabschieden. Ich fahre heute noch zurück nach Berlin, denn dort brennt im Augenblick so richtig die Hütte, wie man so schön sagt. Mein Bruder und ich werden uns noch mal alle Bücher zu Gemüte führen müssen.«

Der Nachmittag verlief eher ruhig. Da eine der Schneiderinnen schon seit einigen Tagen krank das Bett hüten musste, half Lotte in der Maßschneiderei aus, nachdem ihre üblichen Arbeiten erledigt waren. Nach wie vor liefen einige Abteilungen im Warenhaus verhältnismäßig gut, und die Maßschneiderei gehörte dazu. Auch als sich das Haus leerte, unten die Türen geschlossen wurden und die anderen Schneiderinnen ebenso wie die Verkäuferinnen schließlich Feierabend machten, blieb Lotte noch an der Nähmaschine sitzen. Jannes würde heute etwas länger brauchen, um die Zeit auszugleichen, die ihn die Konferenz und das anschließende Gespräch mit Georg Tietz gekostet hatten. Sie hatten abgesprochen, dass sie trotzdem auf ihn wartete, damit sie nicht allein nach Hause fahren musste. Solange sie genug zu tun hatte, machte ihr das nichts aus, und er wusste, wo er sie später finden konnte.

Nun saß sie also allein in der Maßschneiderei und kümmerte sich um die letzten Änderungen an einer wunderschönen nachtblauen Abendrobe. Lotte fragte sich unweigerlich, wer in diesen Zeiten überhaupt noch ein solches Kleid in Auftrag geben konnte. Ein Blick in das Auftragsbuch ließ sie schmunzeln. Es handelte sich um Gräfin Cosima von Ronneburg. Lotte kannte die Gräfin sogar persönlich. Sie war eine Stammkundin und die älteste Tochter eines Senators. Sie war eine schwierige, sehr kapriziöse Kundin. Vor etwas weniger als zwei Jahren hatte Cosima in eine schwerreiche Adelsfamilie eingeheiratet und war gleich neun Monate später Mutter einer Tochter geworden. Jeder wusste, dass die Wirtschaftskrise Dynastien wie die des Grafen von Ronneburg nur in einigen und äußerst seltenen Fällen in arge Bedrängnis brachte. Der Familie von Ronneburg ging es offenbar nach wie vor blendend.

Lotte beendete ihre Arbeit und hängte das wunderschöne Seidenkleid auf einem samtbezogenen Bügel zu den anderen abholbereiten Kleidungsstücken. Irgendwie war ihr kalt, und sie fühlte sich auf eine seltsame Art unwohl. Vielleicht sorgte nun doch die Schwangerschaft dafür, dass sie schneller an ihre Grenzen stieß, auch wenn sie es während ihrer Näharbeit gar nicht bemerkt hatte, weil sie so konzentriert gewesen war. Doch nun sehnte sie sich geradezu nach ihrem neuen behaglichen Zuhause, vor allem aber nach Jannes' wärmender Umarmung.

Lotte seufzte und warf einen Blick auf die Uhr. Mit dem

Kleid war sie doch schneller fertig geworden, als sie angenommen hatte. Jannes würde sicherlich noch einige Zeit brauchen. Daher räumte Lotte ein bisschen auf, sortierte Garnrollen in die dafür vorgesehenen Schubladenfächer und schaute anschließend nach, ob es noch etwas für sie zu tun gab, das nicht allzu viel Zeit in Anspruch nehmen würde. Da sie nichts Passendes fand, warf sie einen weiteren Blick auf die Uhr und beschloss, dass es das Beste wäre, rauf zu Jannes zu fahren. Vielleicht konnte sie ihm bei irgendwas helfen. Ansonsten würde sie ihn einfach dazu überreden, endlich Feierabend zu machen.

Sie wollte gerade in den Fahrstuhl steigen, als sie plötzlich hinter sich ein Geräusch hörte. Erschrocken drehte sie sich reflexartig um, und schon in dieser Sekunde gefror alles in ihr zu Eis. Jemand umschlang sie, hielt sie fest, und eine Hand, die offenbar in einem dicken Lederhandschuh steckte, wurde ihr brutal auf den Mund gepresst. Mit hartem Griff drehte die Person sie weiter zu sich herum.

Es dauerte nur den Bruchteil einer Sekunde, um endgültig zu begreifen, dass es sich bei dem Gesicht, das nun ganz dicht vor ihrem eigenen erschien, um das von Edgar Kollendiek handelte.

»Schau an, mein Zuckerstück ist soeben von den Toten auferstanden. Welche Freude.«

Eine wilde Panik raste durch Lottes Körper und raubte ihr den Atem. Schon im nächsten Augenblick begann sie zu kämpfen. Sie versuchte, sich aus seinem festen Griff zu befreien, doch es war sinnlos. Wie Eisenklammern hielten seine Arme sie gefangen. In Edgars blassblauen Augen erkannte sie den Wahnsinn und die vertraute Kaltblütigkeit, die sie schon immer gefürchtet hatte. Pure Todesangst stieg in ihr auf, als sie mit absoluter Gewissheit erkannte, dass er vorhatte, sie zu töten.

»Ich werde dir auf der Stelle ein Messer in den Bauch rammen, wenn du nicht sofort aufhörst, dich zu wehren, Weib«, flüsterte er dicht an ihrem Ohr.

Der Gedanke an ihr Kind ließ sie innerlich aufschreien. Die Angst um ihr Baby verdrängte jeden anderen Gedanken. Schlagartig hörte sie auf, sich zur Wehr zu setzen.

»So ist es brav, mein Schätzchen. Es ist doch wirklich sehr praktisch, dass du offiziell schon tot bist, findest du nicht?«, fuhr er mit leiser Stimme fort. »Das eröffnet völlig neue Möglichkeiten einer lustvollen Begegnung. Ich kann mit dir machen, was immer mir in den Sinn kommt. Eine Leiche kann man schließlich nicht mehr töten.« Er stöhnte auf und rieb sich an ihr.

Nie wieder hatte sie diese verhasste kratzig klingende Stimme hören wollen, doch nun spürte sie Edgars heißen Atem an ihrem Nacken und durch ihrer beider Kleidung hindurch seine Erektion an ihrer Hüfte. Der Ekel verstärkte ihre Angst und lähmte sie nur noch mehr. Übelkeit stieg in ihr auf, und ihr wurde beinahe schwarz vor Augen. Verzweifelt kämpfte sie gegen die drohende Ohnmacht an. Sie wollte auf keinen Fall das Bewusstsein verlieren.

Jannes, wo bist du? Hilf mir!

Doch dann wurde ihr plötzlich klar, dass auch Jannes in Gefahr sein würde, sobald er hier auftauchte. Einerseits wünschte sie, er würde endlich herunterkommen, andererseits fürchtete sie, dass er es tatsächlich tat und dann vielleicht verletzt oder gar getötet werden könnte.

»Der Nachtwächter ist übrigens kein Problem mehr. Auf seine Hilfe brauchst du nicht hoffen, mein Mädchen. Eigentlich wollte ich dich von hier wegbringen, sobald ich dich in meiner Gewalt habe, doch ich überlege gerade, ob es nicht viel angenehmer ist, gleich hier die Nacht mit dir zu verbringen. Ein leeres Warenhaus bietet schließlich alles, was man braucht, und es herrscht hier so eine intime Atmosphäre, findest du nicht? Morgen früh kann ich einfach hinausspazieren, und bis sie dich finden, werden Stunden vergehen, dafür werde ich schon sorgen.«

Lotte war noch immer nah an einer Ohnmacht, doch nun spürte sie, wie ihr Kopf ein wenig klarer wurde. Offenbar hörte sich Edgar wieder einmal gerne selbst reden. Sie kannte das schon. Er tat das ständig, um sich selbst zu versichern, wie großartig er doch war.

»Ehrlich gesagt, konnte ich mein Glück kaum fassen, dass du vorhin einfach sitzen geblieben bist, als alle anderen gingen«, sagte er gerade. »Dabei wollte ich dir folgen, um dich dann irgendwo hinzubringen, wo wir miteinander alleine sein können. Das wäre viel komplizierter gewesen.« Er lachte kurz auf, und es klang schlicht widerlich. »Also wirklich, Weib, nachdem alle schon das Haus verlassen haben, setzt du dich noch an die Nähmaschine. Dir ist wirklich nicht zu helfen. Du warst schon immer viel zu fleißig, wenn du mich fragst.« Die Hand auf ihrem Mund lockerte sich leicht. »Du wirst doch still sein, oder?«

Lotte nickte heftig.

»Ich warne dich noch einmal. Ich habe ein Messer, und ich werde es benutzen, Charlotte. Das war keine leere Drohung. Wenn du schreist oder versuchst wegzulaufen, werde ich dir ohne zu zögern bei lebendigem Leib das fremde Balg aus dem Bauch schneiden. Das verspreche ich dir.«

Wieder nickte sie, auch wenn ihr schon wieder übel wurde. Seine Bemerkung zeigte ihr, dass er mehr über sie wusste, als sie angenommen hatte. Andererseits schien er nicht zu wissen, dass sie nicht alleine nach Hause gehen würde. Offenbar ahnte er nicht, dass Jannes sich noch im Haus befand, denn er hatte nur den Nachtwächter erwähnt. Auch wenn die Angst um Jannes überwältigend war, keimte nun Hoffnung in ihr auf. Wenn Jannes herunterkam, waren sie wenigstens zu zweit.

Tatsächlich nahm Edgar jetzt die Hand von ihrem Mund. Erleichtert schnappte sie nach Luft, denn sein Lederhandschuh hatte ihr die Atmung erschwert.

»Beweg dich ja nicht von der Stelle!«, wiederholte er warnend, bevor er sie aus seinem festen Griff entließ.

Aus seiner Manteltasche holte er nun eine Art Jagdmesser hervor, das in einer Lederscheide steckte. Unweigerlich zuckte sie leicht zusammen. Edgar zog das Messer aus der Scheide und fuchtelte damit vor ihrer Brust herum.

»Damit kann man ganz wunderbar spielen«, flüsterte er.

Wieder stieß er dieses ekelerregende Stöhnen aus. Dann ergriff er ihren Arm und zog sie von dem Fahrstuhl weg, vor dem sie noch immer standen.

»Los, wir gehen zurück auf die andere Seite, wo du vorhin genäht hast. Ich habe dich beobachtet, weißt du? Seit

Stunden bin ich schon hier und habe mich an deinem Anblick erfreut. Manchmal stieg mir sogar dein süßer Duft in die Nase, so nah war ich dir, und du warst völlig ahnungslos, das war sehr erregend. Umkleidekabinen sind herrliche Verstecke. Man ist vor Blicken geschützt, und niemand achtet auf einen, doch man selbst kann den Vorhang gerade so weit offen lassen, um genug zu sehen. Zuletzt war ich in dieser dort, also ganz in deiner Nähe.«

Er deutete auf eine der zwei Kabinen direkt hinter der Maßschneiderei. Sie wurden eher selten benutzt. Eigentlich nur, wenn Kunden ihre Kleidung abholten und sie noch einmal anprobieren wollten. Allein bei der Vorstellung, dass er die ganze Zeit, während sie hier gesessen und gearbeitet hatte, nur wenige Schritte hinter ihrem Rücken in der Kabine gestanden und sie beobachtet hatte, ließ neue Übelkeit in ihr aufsteigen.

Ihr wurde plötzlich so schwindelig, dass sie taumelte, und es fiel ihr schwer, einen Schritt vor den anderen zu setzen. Doch Edgar kümmerte sich nicht darum und zerrte sie zurück in die Ecke mit der Maßschneiderei.

Verzweifelt kämpfte sie erneut gegen eine drohende Ohnmacht an, doch offenbar verlor sie dieses Mal für einige Zeit das Bewusstsein. Als sie wieder zu sich kam, saß sie auf dem Arbeitsstuhl, auf dem sie auch vorhin gesessen hatte, und war mit einigen Stoffbahnen und einer schwarzen Krawatte daran gefesselt.

Edgar stand mit verschränkten Armen vor ihr. Seine rechte Hand umschloss noch immer den Holzgriff des Messers, und die bedrohliche Schneide reflektierte das

Licht der Kronleuchter über ihren Köpfen. Nachdem die Türen des Warenhauses geschlossen waren, wurde stets nur die Hälfte der unzähligen Kronleuchter und elektrischen Wandkandelaber über einen Schaltkasten im Büro des Nachtwächters ausgeschaltet. Es war ein ungeschriebenes Gesetz, dass die Lichter im Warenhaus Tietz niemals vollständig gelöscht werden durften.

»Dich so zu sehen ist ein wahrer Genuss«, sagte er grinsend. »Schön und herrlich hilflos. Genauso wie in den guten alten Zeiten. Ich sehe die Angst in deinen Augen. Ich liebe das so sehr.«

Lotte ging plötzlich auf, dass sie noch kein einziges Wort gesagt hatte, seit er sie in seine Gewalt gebracht hatte.

»Die …« Sie musste sich räuspern. »Die Polizei sucht nach dir«, brachte sie schließlich hervor.

Edgar stieß ein freudloses Lachen aus. »Das weiß ich natürlich. Was hast du erwartet, Charlotte? Natürlich hatte ich von Anfang an eine verlässliche Informantin im Kloster. Maria Benedikt, eine kleine fette Ordensschwester, die in ihren einsamen Zellennächten von äußerst seltsamen Fantasien geplagt wird, hat mich netterweise sofort informiert, als die Polizei so unerwartet ins Kloster einfiel. Es ist ja sonst nicht meine Art, aber seit Jahren muss ich dieser verfluchten Nonne dann und wann unter sehr merkwürdigen Umständen einen sexuellen Höhepunkt verschaffen, um mir ihre Loyalität zu sichern. Ich ging dabei zwar regelmäßig leer aus, aber das arme Ding war mir schon bald völlig verfallen, und das stellte sich letztlich wenigstens als nützlich heraus. Die unersättliche Maria Benedikt war zwar nicht so einfach mit Geld zufriedenzustellen wie die Oberin, doch manchmal muss man im Leben auch Opfer bringen.« Sein kalter Blick fixierte Lotte. »Jedenfalls wurde aus unerfindlichen Gründen Ilses Aufenthaltsort aufgedeckt. Das war äußerst ärgerlich. Ich meine beides – die kleine fette Nonne mit ihren Bedürfnissen ebenso wie Ilses Entdeckung.«

Lotte versuchte, sich ihren Ekel nicht anmerken zu lassen. »Die Polizei wird dich schnell finden, Edgar. Sie fahnden nach dir. Du kannst nicht entkommen, das muss dir doch klar sein.«

»Du hast mich schwer hintergangen, meine Teure, aber du warst auch die Süßeste von allen, das kann ich nicht leugnen. Meine kostbare Praline für besondere Stunden. Du hast mich immer nur verängstigt mit deinen großen Augen angesehen und kaum einen Ton von dir gegeben. Mich hat das schier verrückt gemacht. Das hast du wahrscheinlich nicht gewusst, nicht wahr? Ist es da ein Wunder, dass ich diese unsagbare Lust noch einmal erleben möchte? Ein allerletztes Mal, bevor ich dich langsam und genüsslich in die Hölle schicke. Denn nirgendwo sonst gehörst du hin, du hinterhältiges Miststück.« Seine Stimme veränderte sich. Sie nahm den bedrohlichen Ton an, der ihr nur allzu vertraut war. »Du hättest *alles* von mir haben können. Ich habe dich schier vergöttert, doch du bist nicht mehr als eine heimtückische Hure. Du verdienst es, von mir ordentlich gezüchtigt und dann qualvoll getötet zu werden.«

Edgars Atem beschleunigte sich hörbar. Er redete sich selbst in eine Rage hinein, die er so dringend brauchte wie die Luft zum Atmen. Sie wusste, dass er damit seine Lust anheizte. Innerlich wappnete sie sich bereits gegen den Schmerz, der gleich unweigerlich folgen würde. Doch zu ihrer Überraschung geschah noch nichts. Stattdessen sprach er weiter.

»Ehrlich gesagt, hatte ich schon an meinem Gefühl gezweifelt, dass du noch leben könntest. Doch dann änderte sich plötzlich alles – genau hier, an jenem Tag, als ich den Gebrüdern Tietz ein Angebot unterbreitet habe, das sie nicht annehmen wollten. Juden! Was will man von denen erwarten? Ich hätte es wissen müssen. Leider war ich an diesem Tag nicht allein in Hamburg, das machte es kompliziert. Doch ich war mir sicher, dass es dein Gesicht gewesen ist, das ich für den Bruchteil einer Sekunde am Ende eines langen Flurs gesehen habe. Ich wusste einfach, dass ich dich wiedergefunden hatte. Von da an ließ ich dich beobachten. Ihr Klugscheißer seid nicht die Einzigen, die einen Detektiv beauftragen können. Der Mann fand so einiges über dich heraus, das mir ganz und gar nicht gefiel, aber darauf kommt es ja sowieso nicht mehr an. Du bist tot, Charlotte. So tot, wie man nur sein kann. Eine Lotte Kelling gibt es nicht, das wissen wir beide sehr genau. Es gibt nur eine Charlotte Kollendiek, die Gemahlin eines reichen Bankiers, die leider vor einigen Jahren bei einem Badeunfall ums Leben kam.« Er beugte sich über sie, und sein Gesicht war dem ihren nun ganz nah. An ihrem rechten Ohrläppchen spürte sie die kalte Klinge des Messers in seiner Hand.

»Es gab nie eine Charlotte Kollendiek«, sagte sie leise

und fragte sich, woher sie jetzt noch die Energie nahm, um überhaupt auf seine Tiraden einzugehen. »Du warst noch immer mit Ilse verheiratet. Der Antrag zur Auflösung unserer Ehe liegt bereits auf dem Tisch eines Richters.«

»Halt die Klappe, du mieses Stück Dreck. Für mich bist du meine Frau. Meine tote Frau. Ha!«

In dieser Sekunde hörte Lotte das leise, leicht rauschende Geräusch des Fahrstuhls, doch sie unterdrückte den Reflex, dorthin zu sehen. Seltsamerweise schien Edgar überhaupt nicht darauf zu achten, oder er war so sehr auf sie fokussiert, dass das Geräusch nicht zu ihm durchdrang. Jedenfalls stand er weiterhin über sie gebeugt da und sah sie unverwandt an. Erst als sich die Türen des Fahrstuhls mit dem typisch schleifenden Geräusch öffneten, schreckte Edgar sichtbar zusammen.

»Schau an, wir haben Besuch«, flüsterte er ihr zu.

Ganz langsam, um Edgar ja nicht zu reizen, wandte Lotte den Kopf in die Richtung des Fahrstuhls. Sie sah, dass Jannes heraustrat und wie erstarrt davor stehen blieb und sie fixierte. Offenbar brauchte er einen Moment, um zu verarbeiten, in welcher Situation er sich unvermittelt wiederfand. Die Mischung aus Hoffnung und Angst um den Mann, den sie liebte, überschwemmte sie erneut mit voller Wucht.

»Nehmen Sie sofort Ihre Hände von ihr, Kollendiek«, rief Jannes schließlich mit fester Stimme, während er sehr langsam näher kam.

Lotte verspürte den Drang, ihn aufzuhalten, ihm zuzurufen, dass er sofort weglaufen solle, doch sie brachte keinen Ton heraus. Die Klinge des Messers drückte sich nun leicht in die Haut an ihrem Hals, und sie wagte kaum noch zu schlucken.

»Bleiben Sie stehen, Vossen, sonst stirbt sie auf der Stelle, und Sie dürfen in ihrem Blut baden.«

»Sie haben keine Chance, Kollendiek. Die Polizei ist bereits im Anmarsch.«

»Sie glauben doch nicht ernsthaft, dass ich auf so einen billigen Trick hereinfalle?«

»Sie sollten mich beim Wort nehmen und besser gleich das Messer fallen lassen.« Jannes' Stimme hatte einen warnenden Unterton, und Lotte spürte den Hauch der absurden Hoffnung, er könnte tatsächlich die Wahrheit sagen. »Sobald die Beamten hier eintreffen, könnte sich die Lage sehr schnell zuspitzen, solange Sie mit diesem Messer herumfuchteln. Sie sind doch ein intelligenter Mann, Kollendiek. Betrachten Sie Ihre Lage, und ziehen Sie Ihre Schlüsse daraus. Sie könnten ganz leicht verhindern, dass die Polizisten zu ihren Waffen greifen müssen, meinen Sie nicht?«

Jannes war noch näher gekommen, wenn auch sehr langsam. Inzwischen war er kaum noch zwei Meter von ihnen entfernt.

»Legen Sie das Messer weg, und lassen Sie Lotte gehen, Kollendiek. Dann kommen wir alle hier lebend raus.«

Fast ein wenig überrascht bemerkte Lotte, dass Kollendiek tatsächlich verunsichert wirkte. Nicht nur der Druck der Klinge an ihrem Hals verringerte sich deutlich, auch Edgars Blick wurde unstet, und sein Atem beschleunigte sich. Er stand noch immer direkt vor ihr, doch nun richtete er sich leicht auf, sodass er ihr nicht mehr ganz so nahe war.

Von irgendwoher näherten sich leise Schritte. Jannes hatte tatsächlich nicht gelogen. Sie hatte keine Ahnung, wie und warum er überhaupt in der Lage gewesen war, die Polizei zu informieren, doch offensichtlich hatte er es getan.

»Es ist vorbei, Kollendiek«, hörte sie Jannes sagen. »Lassen Sie endlich das Messer fallen, bevor es zu spät ist.«

In den folgenden Minuten ging alles sehr schnell. Drei Polizisten stürmten mit gezückten Waffen über die Treppe in die Maßschneiderei. Zwei Männer in Zivil waren bei ihnen. Die Polizisten schrien und forderten Kollendiek auf, sofort das Messer fallen zu lassen, weil sie sonst schießen würden.

Für einen unsagbar grauenvollen Moment traf Edgars Blick noch einmal auf Lottes, und sie glaubte schon, dass er sie nun mit in den Tod reißen würde, doch dann warf er plötzlich das Messer beiseite und klappte regelrecht zusammen. Damit hatte sie ganz und gar nicht gerechnet.

Jannes war ebenso schnell bei ihr, wie die Polizisten Kollendiek festsetzten. Er redete sanft auf sie ein und löste ihre Fesseln, bevor er sie fest an sich zog.

»Es ist vorbei«, flüsterte er. »Es ist vorbei, mein tapferer Liebling. Du hast es überstanden.«

Ein heftiger Weinkrampf überfiel sie. Er schüttelte sie regelrecht durch und ließ sie mehrere Male laut aufschluchzen. Doch es dauerte nur eine kleine Weile, bis sie sich in

Jannes' Armen wieder beruhigte. Lediglich am Rande bekam Lotte mit, wie Kollendiek in Handschellen gelegt und abgeführt wurde.

»Freese«, brachte Lotte irgendwann hervor, nachdem sie wieder in der Lage war zu sprechen. »Ich glaube, er hat den armen Mann umgebracht.«

»Nein, keine Sorge.« Jannes schüttelte den Kopf und strich ihr eine Haarsträhne aus der Stirn. »Freese geht es gut. Er ist es gewesen, der mich gewarnt hat. Kollendiek hat ihm eins über den Schädel gegeben und ihn dann an den Schreibtisch gefesselt, doch Freese kam wieder zu sich und konnte sich befreien. Über die hintere Treppe kam er zu mir nach oben, um mir Bescheid zu geben. Wir haben als Erstes die Polizei gerufen. Sie wollten zwar nicht, dass ich zu dir und Kollendiek runtergehe, aber ich konnte nicht anders. Ich hatte so grauenvolle Angst um dich und musste einfach herkommen. Ich gehe davon aus, dass Freese schon ärztlich versorgt wurde. Du brauchst dir um ihn keine Gedanken zu machen.«

Lotte atmete tief durch. »Gott sei Dank«, flüsterte sie.

Plötzlich stand einer der Zivilpolizisten neben ihr.

»Fräulein Kelling. Ich bin Kommissar Möller von der Kriminalpolizei. Ich wollte Ihnen nur sagen, dass der Arzt gleich zu Ihnen nach oben kommen wird, um sich auch um Sie zu kümmern.«

»Mir geht es gut«, sagte sie und winkte ab. »Mein Name ist übrigens Friedrichs, Herr Kommissar. Charlotte Friedrichs.«

Er lächelte leicht und nickte. »Ich weiß, entschuldigen

Sie bitte. Aber glauben Sie mir, es ist besser, wenn Sie sich zumindest kurz mit einem Arzt unterhalten und sich von ihm untersuchen lassen. Uns alle hier würde das sehr beruhigen.«

»Können Sie mir schon sagen, wie es Herrn Freese geht?«, fragte sie.

Der Kommissar nickte. »Es geht ihm gut. Er hat nur eine kleine Kopfwunde, und die wurde bereits verbunden. Er war sehr besorgt um Sie, das war sein größtes Problem. Ich habe bereits einen Beamten nach unten geschickt, der ihn darüber informiert, dass alles gut ausgegangen ist.«

Da auch Jannes darauf bestand, dass ein Arzt sie untersuchte, ließ Lotte es geduldig über sich ergehen. Der ältere Doktor war sehr freundlich und ging äußerst behutsam mit ihr um. Er stellte ihr ein paar Fragen, die sie wahrheitsgemäß beantwortete, fühlte danach ihren Puls und horchte sie kurz ab. Schließlich ließ man sie gehen.

Erst Stunden später, als sie in Jannes' Armen lag und keinen Schlaf fand, erkannte sie plötzlich, dass sie nun endgültig frei war. Frei von allen Ängsten, frei von dem ständigen Druck, auf jedes Wort und jede Tat achten zu müssen, um sich ja nicht zu verraten. Vor allem aber war sie jetzt frei von Edgar Kollendiek und würde es für immer sein. Endlich durfte sie wieder die Person sein, die sie war: Charlotte Friedrichs, eine junge Frau, die einen wunderbaren Mann von Herzen liebte, der es wirklich und wahrhaftig verdient hatte, so sehr von ihr geliebt zu werden. Sie konnte ihre gemeinsame Zukunft kaum noch erwarten.

»Kannst du noch immer nicht einschlafen?«, flüsterte

Jannes. Sein Atem strich sanft über ihre Schläfe. »Es ist vorbei, Liebling. Ich halte dich, du bist sicher. Für immer.«

»Ja«, sagte sie ebenso leise. »Es ist vorbei. Ich bin wohl noch ein bisschen aufgewühlt, aber es wird gleich gehen, ganz bestimmt. Du bist ja bei mir.«

Kurz darauf hörte sie Jannes' gleichmäßige Atemzüge. Doch es dauerte noch eine ganze Weile, bis auch sie endlich in den Schlaf fand.

Bereits zwei Monate nach dem Vorfall im Warenhaus gaben sich Charlotte Friedrichs und Jannes Vossen in der zauberhaften Kirche St. Johannis in Winterhude das Jawort. Ähnlich wie ihre engsten Freunde Kerstin und Hagen Thomsen einige Monate zuvor hatten sie sich auf eine kleine Feier nur im engsten Familien- und Freundeskreis geeinigt. Das schneeweiße und weit ausgestellte Kleid, das Charlotte trug, war zwar außerordentlich vorteilhaft geschnitten, dennoch war leicht zu erkennen, dass die junge Braut bereits guter Hoffnung war. Niemand der Anwesenden störte sich daran. Voller Freude und Erleichterung ließen alle Anwesenden das strahlende junge Paar hochleben. Lotte und Jannes fühlten sich an diesem Tag wahrlich wie die glücklichsten Menschen auf der ganzen Welt. Alles war genau so, wie es sein sollte.

17. Kapitel

Hamburg, im März 1933

»Sie haben uns ins Adlon gebeten«, sagte Georg Tietz. »Morgen ist es so weit. Die wichtigsten Vertreter der großen Banken werden dort sein, um uns ihre Vorschläge zu unterbreiten. Ich sehe dem sogenannten Entschuldungsplan, den sie vorab angekündigt haben, allerdings mit gemischten Gefühlen entgegen, Jannes. Die einzelnen Vorstände haben uns bereits unabhängig voneinander mitgeteilt, dass ein arischer Geschäftsführer eingesetzt werden muss, bevor sie uns die nötigen Kredite gewähren. Ein *arischer* Geschäftsführer – allein diese Wortwahl ist schon zweifelhaft, wenn nicht sogar abscheulich.«

Jannes' Herz war schwer. Es tat ihm unendlich leid, wie sehr Georg Tietz unter der Situation litt. Er kannte seinen Chef nur als aufrechten und ehrlichen Geschäftsmann, der zudem stets um seine Angestellten besorgt war.

»Ich denke tatsächlich, sie wollen euch letztlich zum Verkauf zwingen«, sagte er. »Man hört das in diesen Tagen immer wieder. Jüdischen Geschäftsleuten, Anwälten und sogar Ärzten wird das Leben von Tag zu Tag schwerer gemacht. Kaum einer von ihnen kann noch investieren oder tatsächlich Gewinne machen. Mein Vater meint, die Schlinge um den Hals der Juden in unserem Land zieht sich immer mehr zu, und ich fürchte, er wird recht behalten. Mein Vater hat all das kommen sehen, und nun tritt es schrittweise ein. Schau dich doch um. Nach und nach werden Juden aus den Vorständen gedrängt, und dabei ist es völlig egal, was sie zuvor für ihre Unternehmen geleistet haben.« Er beobachtete, wie Tietz kurz die Augen schloss und dann wortlos nickte. »Euer Konzern wird keine Ausnahme von der nationalsozialistischen Regel sein, Georg«, fuhr Jannes fort. »Eure Familie besteht ausschließlich aus Juden. Meiner Meinung nach werdet ihr kaum eine faire Chance bekommen. Ihr solltet euch nichts vormachen. Selbst wenn sie euch heute etwas versprechen, kann das morgen schon wieder hinfällig sein. Sogar die seit langer Zeit zugesagten Kredite halten sie bisher angeblich aus politischen Gründen zurück. Das ist doch keine einleuchtende Begründung. Für mich klingt das eher vorgeschoben.«

»Ich weiß das alles, Jannes, aber die Hoffnung stirbt bekanntlich zuletzt. Wir sind ein alteingesessenes Unternehmen und haben diesem Land so viel Gutes angedeihen lassen. Das kann doch nicht einfach alles so vom Tisch gewischt werden und plötzlich nichts mehr wert sein. Du weißt, ich bin in Gera groß geworden und habe schon als Kind miterlebt, wie mein Vater mit viel Herzblut und klugem Kopf zuerst ein kleineres Warenhaus und nach und nach immer mehr und immer größere Häuser eröffnet und damit auch jede Menge Arbeitsplätze geschaffen hat. Das ist ihm nur gelungen, weil er die Gewinne immer fast vollständig zurück in die Firma fließen ließ. Sein Bruder, mein Onkel Leonard Tietz, tat es ihm im Süden des Reiches nach.« Georg stieß ein tiefes Seufzen aus. »Als mein Vater dieses Haus hier in Hamburg eröffnete, erfüllte er sich damit einen Lebenstraum. Mein Bruder und ich waren immer froh darüber, dass unser Vater den Aufstieg dieses Kaufhauspalastes noch volle elf Jahre lang miterleben durfte, bevor er starb. Wir wussten beide, wie wichtig ihm dieses Haus war. Viel wichtiger als all die anderen Häuser, die er in seinem Leben hatte bauen lassen. Er liebte es, nicht zuletzt auch weil er diese Stadt liebte, der er es seiner Meinung nach zum Geschenk gemacht hatte. Es folgten grandiose Zeiten, damals in den Zwanzigern. Unsere Warenhauspaläste wurden von Jahr zu Jahr beliebter, schöner, größer und prunkvoller. Natürlich fühlten wir uns fast wie Könige. Meine Güte, wer kann uns das verübeln?«

Jannes kannte die Geschichten schon und hatte sie zum Teil selbst miterlebt, doch er ließ Georg gewähren und hörte ihm geduldig zu, als würde er ihm all das zum ersten Mal erzählen. Jannes hatte das Gefühl, dass sein Chef genau das jetzt brauchte. Wahrscheinlich gehörte das zu dem Prozess, der schmerzhaft, aber dringend nötig war, um sich den unausweichlichen Brüchen stellen zu können, die Georg auf sich zukommen sah. Vielleicht war dies der Anfang vom Ende der Warenhäuser der Gebrüder Tietz. Wenn Jannes ehrlich zu sich war, ging er fest davon aus.

»Die Wirtschaftskrise hat uns in die Überschuldung getrieben, und nun werden vermutlich die Banken ihren Profit machen«, fuhr Georg Tietz fort. »Natürlich greift die

Regierung nicht direkt ein, aber ich weiß genau, dass unser Treffen mit den Banken bereits mit dem Reichswirtschaftsministerium abgesprochen wurde. Darauf würde ich jede Wette eingehen. Die Drecksarbeit werden sie jedoch den Banken überlassen, und die dürfen dafür dann die saftigsten Kirschen von den Bäumen pflücken und unter sich aufteilen.«

»Um wie viel Geld geht es eigentlich?«, hakte Jannes nach. »Könnten die Kredite den Konzern überhaupt noch retten?«

»Ja, das könnten sie durchaus. Unter bestimmten Bedingungen und mit dem Ausblick auf eine wieder ansteigende Konjunktur, die von allen Experten bereits jetzt vorausgesagt wird, wäre das gar kein Problem. Doch um deine andere Frage zu beantworten, Jannes, es geht um viele Millionen. Allein die *Dresdner Bank* hat uns schon vor Monaten einen Kredit von vierzehn Millionen Reichsmark zugesagt, aber wir alle wissen, dass eben diese Bank überwiegend dem Staat gehört.«

»Kann es sein, dass sie euch einen Geschäftsführer vor die Nase setzen, der ihnen genehm ist?«

»Wir haben diesen Fall schon durchgesprochen, und falls es nötig sein sollte, werden wir dafür Karg vorschlagen. Er ist kein Jude, und die Banken werden mit ihm einverstanden sein. Es hilft sicher auch, dass er seit vielen Jahren für uns arbeitet, das Unternehmen gut kennt und eng damit verbunden ist. Ich war in der Vergangenheit nicht immer einer Meinung mit Georg Karg, aber ich weiß, dass er alles für unsere Warenhäuser tun wird, was in seiner Macht steht. Wenn ich eins sagen kann, dann dass ich mich zu jeder Zeit auf ihn verlassen konnte. Natürlich werden mein Schwager Hugo Zwillenberg, mein Bruder Martin und ich unsere Vorstandsposten nicht freiwillig räumen. Schließlich gehört die Firma noch immer der Familie Tietz.«

»Ihr würdet euch aber aus der Geschäftsleitung zurückziehen, falls es nötig ist, richtig?«

»Mein Bruder, mein Schwager und auch mein Onkel Leonard … Wir alle würden eine Menge dafür tun, um das zu verhindern, das kannst du mir glauben, Jannes. Allerdings sieht alles danach aus, als würden sie die Kredite von dieser Entscheidung abhängig machen. Wenn dem so ist, bleibt uns keine andere Wahl.«

»Ich kann wohl nur die Daumen drücken, dass es euch gelingen wird, die Banken zu überzeugen.«

»Tu das, mein Junge.«

Tietz stand auf, ging hinüber zu dem kleinen Tisch an der gegenüberliegenden Wand, auf dem einige Gläser und zwei Karaffen standen. Jannes wusste, dass sich in einer von ihnen ein außerordentlich teurer Cognac befand. Aus dieser Karaffe schenkte Georg jeweils eine großzügige Menge in zwei Kristallschwenker ein. Dann kam er mit den Gläsern in den Händen zurück an den Tisch und stellte eines davon vor Jannes hin, bevor er wieder Platz nahm.

»Auf bessere Zeiten«, sagte er und prostete ihm zu.

Jannes nahm das Glas. »Auf bessere Zeiten, Georg.«

»Wie geht es Lotte und der Kleinen?«, fragte Tietz, nachdem er sein Glas wieder abgestellt hatte.

»Es geht beiden blendend. Lotte ist eine wunderbare

Mutter und unsere Luise ein rundherum zufriedenes Baby. Dennoch genießt es meine kluge Ehefrau sehr, dass sie ein paar Stunden im Warenhaus arbeiten kann. Sie ist dir dafür äußerst dankbar, aber das weißt du ja.«

»Ich habe es ihr sehr gerne ermöglicht, ihre Arbeitszeiten entsprechend anzupassen. Ihre Idee hat mich überzeugt, und wir sehen ja, dass es sehr gut funktioniert. Meiner Meinung nach sollte so etwas viel häufiger umgesetzt werden. Gerade in den Unternehmen, in denen viele Frauen arbeiten, wie es bei uns der Fall ist. Deine Lotte ist ein gutes Beispiel dafür, dass wir uns viel mehr auf die Fähigkeiten unserer Frauen verlassen sollten. Sie hat viel frischen Wind in dieses Haus gebracht. Ich kann mich noch genau an ihre Anfangszeit bei uns erinnern. Lotte war immer schon sehr überzeugend.«

Jannes musste lachen. »Ja, ich erinnere mich auch noch sehr gut an diesen ersten Nachmittag – und wie! Ich denke, ich habe mich auf den ersten Blick in sie verliebt.«

»Das haben wir auf die eine oder andere Weise wohl alle getan. Deine Frau hat ein sehr einnehmendes Wesen und die seltene Gabe, sofort den Eindruck eines durch und durch integren Charakters zu vermitteln. Ich habe das immer an ihr bewundert.« Georg nahm erneut sein Glas und kippte den letzten Schluck Cognac so schwungvoll in sich hinein, als wäre es ein einfacher Schnaps. »Ehrlich gesagt, mag ich noch gar nicht daran denken, dass wir euch beide demnächst verlieren werden. Wie sieht es eigentlich aus mit euren … Reiseplänen?«, fragte er, nachdem er den leeren Cognacschwenker wieder abgestellt hatte.

Jannes war das Thema etwas unangenehm. Es wollte ihm nicht gelingen, das ungute Gefühl abzuschütteln, er würde seinen alten Chef und guten Freund Tietz im Stich lassen.

»Ich denke, wir werden Hamburg spätestens im Herbst verlassen«, sagte er schließlich. »Die Vorbereitungen laufen bereits.«

»Du musst dich mir gegenüber nicht schlecht oder verpflichtet fühlen, mein Junge.« Georg Tietz schien seine Gedanken gelesen zu haben. »Wir haben schon mal vor langer Zeit darüber gesprochen, und ich kann dich sehr gut verstehen. Das musst du mir glauben.«

»Ja, ich denke auch, dass mein Vater von Anfang an recht hatte. Ich bin froh, dass er uns mit seiner Weitsicht rechtzeitig ein zweites Standbein in London aufgebaut hat. Werner ist schon seit einigen Wochen dort. Das Geschäft in Notting Hill läuft unterdessen viel besser als das in Deutschland.« Jannes nippte an seinem Cognac. »Vater löst hier jetzt nach und nach alles auf. Gleichzeitig hat er es sich zur Aufgabe gemacht, jeden jüdischen Geschäftsfreund und alle Familienangehörigen dringend davor zu warnen, weiterhin im Land zu bleiben.«

»Dabei ist er selbst doch gar kein Jude«, warf Georg ein.

»Aber er ist nun einmal mit einer Jüdin verheiratet. Er ist sich sicher, dass das früher oder später zum Problem werden wird, und ich denke, auch damit wird er leider recht behalten. Meine Mutter wird schon im nächsten Monat nach London gehen. Vater will sie in Sicherheit wissen.« Jannes schüttelte leicht den Kopf. »Hast du die letzte Rede von Goebbels gehört? Die ließ schon sehr tief blicken. Er hat darin ganz klar nicht nur die Kommunisten, sondern auch die Juden diffamiert, und das wird fortschreiten, glaub mir.«

»Ja, die habe ich gehört, und mir ist regelrecht schlecht geworden. Ich konnte kaum glauben, was der Mann da von sich gab. Wie kann man nur so viel Menschenhass verbreiten? Alles, was dieser Mann sagt, scheint einem klar gefassten Plan zu dienen, und das ist einfach nur grauenvoll. Schon jetzt besitzt er enormen Einfluss auf die Presse und die Funkstationen. Ich habe gehört, dass inzwischen allein er bestimmt, welche Schauspieler Filme drehen dürfen. Dieser Mann ist eine Schande für unser Land. Vielleicht ist er sogar noch widerlicher als der Reichskanzler selbst.«

»Nun, geht es denn überhaupt noch widerlicher? Schließlich war es Hitler, der Goebbels die Macht verliehen hat, seinen Hass und die elenden Diffamierungen wie eine stinkende Gülle über das ganze Land zu verteilen. Ich bin schon zutiefst angewidert, wenn ich nur an diese machtbesessenen Männer denke.« Jannes hob sein Glas und leerte es nun ebenfalls in einem Zug. »Ich muss langsam los, Georg. Meine beiden Mädchen warten auf mich, aber es war wirklich schön, noch einmal in aller Ruhe mit dir zu reden, bevor du nach Berlin fährst.«

»Halte uns die Daumen, Jannes.«

»Das tue ich. Ich weiß, ihr werdet alles geben, um dieses und die anderen Warenhäuser zu retten. Ich wünsche euch von Herzen Glück und gutes Gelingen. Hamburg wäre nicht mehr dieselbe Stadt und die Alster nicht mehr dasselbe herrliche Gewässer, wenn dieses wunderschöne Haus vom Jungfernstieg verschwinden würde.«

Als Jannes an diesem Tag nach Hause ging, konnte er noch nicht wissen, dass bereits am folgenden Abend der gesamte Vorstand der Gebrüder Tietz zurücktreten würde. Der Entschuldungsplan ließ ihnen keine andere Wahl. Wenige Tage später wurde zudem klar, dass die Familie Tietz alles verlieren würde. Die Banken drängten sie zunächst aus der Geschäftsführung, und kurz darauf blieb der Familie nichts anderes übrig, als auch all ihre Aktienanteile den Banken zu überlassen – und das zu einem lächerlich geringen Preis, der höchstens einen Bruchteil ihres eigentlichen Wertes widerspiegelte.

Jannes saß gerade in seinem Büro, als er von den Ereignissen erfuhr. Eine Stunde später legten er und Charlotte dem neuen Vorstand ihre Kündigungen vor. Sie packten ihre persönlichen Sachen zusammen und machten einen letzten Rundgang durch das Haus. Sie gingen von Abteilung zu Abteilung, verabschiedeten sich, drückten Hände und nahmen hier und da ihre Kollegen in den Arm.

Es machte bereits das Gerücht die Runde, dass das *Warenhaus Hermann Tietz* schon bald Geschichte sein würde.

Doch es sollte anders kommen.

»Wirtschaftsminister Schmitt hat praktisch in letzter Minute dafür gesorgt, dass das Warenhaus erhalten bleibt«, erläuterte Jannes einige Wochen später Lotte und seinem Vater die neuesten Entwicklungen.

Sie hatten gerade gemeinsam zu Abend gegessen und saßen noch eine Weile zusammen. Obwohl Esther und Werner bereits in London waren, hielt der Rest der Familie an dieser lieb gewonnenen Gewohnheit fest. Jannes hatte am Nachmittag einige Besorgungen in der Innenstadt gemacht und zufällig einen früheren Kollegen getroffen, der ihm alles bereitwillig erzählt hatte.

»Nach einer Forderung im Parteiprogramm der Nationalsozialisten sollen offenbar alle großen jüdischen Konzerne zerschlagen werden, um nicht in Konkurrenz zu kleineren und natürlich arischen Gewerbetreibenden zu stehen und ihnen damit das Leben schwer zu machen«, setzte er seinen Bericht fort. »Also eine weitere Farce, um Juden aus dem Geschäftsleben zu vertreiben, wenn ihr mich fragt. Ich wusste noch nicht einmal, dass es so eine Forderung überhaupt gibt. Minister Schmitt hat jedoch lange mit den Banken verhandelt und schließlich vorgeschlagen, den Namen des Warenhauskonzerns zu ändern sowie das gesamte Unternehmen in eine GmbH umzuwandeln. Auf diese Weise konnten sie die Firma endgültig zu einem sogenannten judenfreien Konzern machen und gleichzeitig einen wichtigen Arbeitgeber erhalten. Damit sind die ehemaligen Tietz-Warenhäuser vor einer Auflösung sicher und können gleichzeitig mit notwendigen Krediten versorgt werden.«

»Auch wenn ich mich darüber freue, dass die Häuser erhalten bleiben, klingt das ansonsten einfach nur schrecklich«, befand Lotte und schüttelte den Kopf.

»Da kann ich dir nur zustimmen, meine Liebe«, sagte

sein Vater. »Es ist und bleibt eine Schande, wie sie mit der Familie Tietz umgegangen sind.« Er wandte sich wieder an Jannes. »Wie heißt die Firma denn jetzt?«

»*Hertie Kaufhaus-Beteiligungsgesellschaft mbH*«, antwortete Jannes. »Da der offizielle Name aber so kompliziert ist, wird die Firma kurz *Hertie GmbH* genannt.«

»Hertie? Von Hermann Tietz?«, fragte Lotte.

»Es sieht ganz danach aus.« Jannes seufzte. »Immerhin.«

»Nun ja«, warf sein Vater ein. »In wenigen Jahren wird sich kaum noch jemand an das *Warenhaus Hermann Tietz* erinnern. Name hin oder her.«

»Wir können wohl davon ausgehen, dass genau das auch beabsichtigt ist.« Lotte seufzte. »Das ist alles so traurig. Du hast recht, Karl, die arme Familie Tietz.«

»Hat er dir eigentlich mal von dem Treffen im *Adlon* erzählt?«, fragte Jannes seinen Vater. »Durch die Vorbereitungen auf unsere Abreise bin ich noch gar nicht dazu gekommen, ihn darauf anzusprechen.«

»Ich habe Georg erst letzte Woche gesehen«, sagte Karl, und seine Miene sprach Bände. »Er sagte, dass es äußerst bedrückend und in großen Teilen sogar entwürdigend war. Stell dir vor, als Hugo Zwillenberg, Martin und Georg dort ankamen, nahm man ihnen zunächst die Pässe ab.«

»Wie bitte? Das ist wirklich unwürdig.« Jannes sah Lotte an, und auch sie wirkte erschüttert. »Zudem übt es einen fürchterlichen Druck aus, wenn man unter derartigen Vorzeichen in eine Verhandlung gehen soll.«

»Das kannst du laut sagen. Man ist schon angewidert, wenn man es nur hört«, bestätigte sein Vater. »Da mag man sich gar nicht erst vorstellen, wie sich die drei gefühlt haben. Jedenfalls wurde ihnen sehr schnell klargemacht, dass sie in ihrem eigenen Unternehmen keine Zukunft mehr haben werden. Deshalb kamen die Brüder und Zwillenberg recht schnell zu dem Schluss, dass es die beste Lösung für alle wäre, zu verkaufen. Viel mehr hat Georg nicht erzählt. Ich denke, es wäre auch zu viel für ihn gewesen. Er wirkte ohnehin recht mitgenommen, aber das ist ja in seiner Lage mehr als verständlich. Das Traditionsunternehmen der Gebrüder Tietz steht damit vor dem Aus. Das stolze Erbe von Hermann und vor allem von Oskar Tietz ist damit Geschichte. Eine Schande ist das.« Karl stieß ein Schnaufen aus, das seinem sichtbaren Widerwillen noch mehr Ausdruck verlieh. »Übrigens trägt sich Georg nun doch mit dem Gedanken, das Land baldmöglichst zu verlassen. Es gebe hier nicht mehr viel, wofür es sich zu bleiben lohne, sagte er. Der Rest seiner Familie ist der gleichen Meinung.«

Jannes nickte. »Irgendwann im vergangenen Jahr hat Georg mir erzählt, dass auch sie Geld ins Ausland transferiert haben, vor allem nach Liechtenstein und in die Vereinigten Staaten. Georg und sein Bruder Martin sind sicher froh darüber, dass sie damals so entschieden haben, sodass sie jetzt nicht bei null anfangen müssen.«

»Ich gehe davon aus, dass das Warenhaus schon sehr bald einen neuen Namen bekommen wird«, warf Lotte ein.

»Davon können wir ausgehen.« Karl Vossen lehnte sich zurück und schloss kurz die Augen. »Selbst wenn ich in manch stillen Momenten noch schmerzlich damit hadere, Hamburg wirklich und wahrhaftig zu verlassen, so ist es doch die einzig richtige Entscheidung, nach London zu gehen. Ich befürchte, diesem Land stehen noch einige harte Prüfungen bevor. Und glaubt mir, sollte ich mich irren, wäre ich mehr als nur froh darüber.«

Mehrere Minuten lang sagte niemand von ihnen ein Wort. Sie hingen alle ihren Gedanken nach, doch keiner der drei empfand die Stille als unangenehm. Sie konnten sehr gut miteinander schweigen, und für Jannes waren diese Momente ein Ausdruck ihrer großen Vertrautheit.

Wortlos schenkte sein Vater ein wenig Wein nach, während Jannes seinen Blick durch das Kaminzimmer wandern ließ. So wie in einigen anderen Räumen des Hauses war es auch hier inzwischen deutlich leerer geworden. Viele der Möbel, Bilder und anderen Einrichtungsgegenstände waren unterdessen in ihr neues Zuhause nach London verschifft worden. Seine Mutter machte keinen Hehl daraus, wie viel Freude es ihr bereitete, das neue Wohnhaus auszustatten, damit alles einladend und behaglich war, sobald der Rest der Familie dort eintreffen würde. Hier im Haus schritten die Vorbereitungen nun von Tag zu Tag schneller voran. Nur wenige Dinge, die der neue Eigentümer übernehmen würde, blieben in Hamburg zurück. Am Ende des Monats stand die endgültige Räumung des Hamburger Geschäfts der Familie Vossen an, und einige Tage danach würden sie Hamburg verlassen. Der Gedanke war für Jannes noch immer mit tiefem Schmerz verbunden, und er wusste, dass es Lotte und seinem Vater ebenso erging.

»So langsam wirkt das Haus ziemlich unbewohnt«, sagte Jannes schließlich.

»Wir bleiben ja nicht mehr sehr lange.« Sein Vater nahm sein Glas und nippte daran. »Ehrlich gesagt, werde ich zutiefst erleichtert sein, wenn wir endlich alle auf dem Weg in unser neues Leben sind. Selbst Heinrich ist inzwischen aufgeregt wie ein junger Spund.«

»Apropos, ich hätte fast vergessen, euch zu erzählen, dass wir unser Kindermädchen nun doch nicht verlieren werden. Hertha hat endlich zugestimmt und wird uns nach London begleiten. Darüber bin ich wirklich froh«, teilte Lotte ihnen mit. »Ich konnte ihre Befürchtungen zerstreuen, und die notwendigen Papiere hat sie auch schon zusammen. Es war gut, dass wir sie noch nicht von der Passagierliste haben streichen lassen.«

»Na, was für ein Glück!«, erwiderte Jannes. »Hertha Kelling ist ein wahrer Schatz, und ich hoffe, sie wird uns noch lange erhalten bleiben.«

Lotte lachte. »Ja, es war die richtige Entscheidung, sie nach Hamburg zu holen. Ich vertraue ihr voll und ganz. Schließlich hat sie sich in meiner Kindheit schon um mich gekümmert und war später auch noch für einige Jahre meine Zofe. Hertha war stets ein wichtiger Mensch in meinem Leben, und ich hoffe sehr, dass sie auch Luise noch aufwachsen sieht.«

Die letzten Wochen bis zu ihrer Abreise vergingen wie im Flug, und plötzlich fand sich Lotte neben Jannes auf dem obersten Deck eines großen schneeweißen Schiffes wieder, das schon in wenigen Minuten ablegen würde, um sie in ihre neue Heimat zu bringen. Jannes hatte einen Arm um ihre Schultern gelegt und hielt sie fest an seine Seite gedrückt. Neben ihr, gut zugedeckt in ihrem Kinderwagen, schlief ihre wundervolle kleine Luise – völlig unbeeindruckt von dem neuen und hoffentlich glücklichen Leben, das auf sie zukam. Nur wenige Meter von ihnen entfernt standen Karl Vossen und sein Diener Heinrich Seite an Seite wie zwei alte Freunde, die sie im Grunde auch waren.

Gerade kam Hertha wieder zurück auf das Oberdeck. In ihrer fürsorglichen Art hatte sie zunächst sämtliche Kabinen inspiziert, damit alles gut für die Überfahrt vorbereitet war.

Lotte ließ ihren Blick schweifen. Es erschien ihr fast so, als hätte sich Hamburg für ihren Abschied noch einmal besonders fein gemacht. Die Septembersonne strahlte von einem wolkenlosen Himmel, und sie fand die Türme der Kirchen, die sie von hier aus erblicken konnte und die ihr ein lautloses Auf Wiedersehen zuzuraunen schienen, so schön und würdevoll wie nie zuvor.

Vielleicht war es doch eher ein herzliches Tschüss, dachte Lotte, denn so verabschiedete man sich schließlich in Hamburg. Es meinte: Mach es gut, und komm bald wieder. Besonders der Michel, der Turm von St. Michaelis, hatte es Lotte schon immer angetan. Doch ihr Blick glitt auch hinüber zu St. Nikolai, St. Jacobi, und ja, dort hinten erkannte sie noch die Spitze von St. Katharinen.

»Dir fällt es sehr schwer, nicht wahr?«, hörte sie Jannes fragen.

»Ich glaube, ebenso schwer, wie es dir fällt.« Sie sah zu ihm auf. »Wir lassen nicht nur unsere Stadt, sondern auch unsere Freunde zurück, und das bricht mir fast das Herz«, gab sie zu. »Kerstin, Hagen und der zuckersüße kleine Fratz Jens, der jetzt endlich zu Kerstin Mama gesagt hat … und … o ja, auch Olga! Sie werden mir so sehr fehlen. Überhaupt, diese Stadt, Jannes … Ich wurde in Lübeck geboren und bin dort aufgewachsen, doch Hamburg ist unglaublich schnell zu meiner wahren Heimat geworden.« Sie stellte sich auf die Zehenspitzen und drückte ihm einen Kuss auf die glatt rasierte Wange. »Vielleicht lag es am *Warenhaus Hermann Tietz*, aber vielleicht ja auch an dir. Was meinst du?«

Wie immer, wenn er sie ansah, erkannte sie die Liebe in seinen goldbraunen Augen.

»Eins von beiden wird es sicher gewesen sein«, erwiderte er scherzhaft.

Sie war noch immer völlig hingerissen von ihm, erkannte sie einmal mehr. Jannes Vossen war die Liebe ihres Lebens und würde es für immer bleiben.

»Dann wirst du wohl oder übel dafür sorgen müssen, dass auch London zu einer echten Heimat werden wird, mein Schatz.«

»Ich werde mein Bestes tun, Liebling.«

»Das weiß ich, Jannes.«

»Hast du inzwischen deinem Vater geschrieben?«

»Ja, er weiß jetzt, dass es mir schwerfällt, ihm zu verzeihen, aber ich hätte es dennoch nicht fertiggebracht, ihm zu verschweigen, dass ich zusammen mit dir das Land verlasse. Nun weiß er wenigstens Bescheid.«

»Es war richtig, ihm zu schreiben, Lotte.«

»Ja, ich fühle mich seitdem auch wirklich besser.«

Um sie herum wurden die Passagiere nun merklich unruhiger, und die Besatzung traf geschäftig die letzten Vorbereitungen zum Auslaufen. Hertha, die bisher einige Schritte von ihnen entfernt an der Reling gestanden hatte, kam zu ihnen herüber.

»Ich bring die Lütte mal runter in die Kabine, sonst wird sie von all dem Getöse noch wach«, entschied sie und schnappte sich entschlossen den Kinderwagen.

»Ja, das ist gut. Danke, Hertha«, erwiderte Lotte. »Bitte ruhig einen der netten Decksmatrosen dir den Wagen nach unten zu tragen. Sie werden dir sicher gerne helfen. Vorhin haben sie auch gleich mit angepackt. Sobald wir den Hafen verlassen haben, kommen wir nach.«

Jannes und Lotte traten noch dichter an die Reling heran und sahen zu, wie die Matrosen das Manöver zum Ablegen einleiteten. Die Geräusche der Maschinen tief unter ihnen wurden lauter. Leinen und Fender wurden eingeholt, und kurz darauf entfernte sich das mächtige Schiff auch schon vom Pier. Lottes Herz schlug mit einem Mal schneller, und Jannes' Griff um ihre Schultern wurde noch ein wenig fester.

»Alles wird gut«, sagte er zu ihr. Sie mussten nun lauter sprechen, um sich noch zu verstehen. »Du weißt, ich bin an deiner Seite.«

»Und ich bin glücklich, solange du es bist«, antwortete sie.

Einen langen Moment sahen sie einander in die Augen, doch dann blickten sie in stiller Übereinkunft und nahezu gleichzeitig noch einmal zur Stadt. Stumm verabschiedeten sie sich von Hamburg, das sie beide so sehr liebten.

»Werden wir eines Tages zurückkommen, Jannes?«

Er nickte. »Sicher werden wir das. Alles hat irgendwann ein Ende, auch die dunklen Zeiten. Wir müssen nur fest daran glauben. Eines Tages werden wir zurückkommen und Hand in Hand über den Jungfernstieg und am Ufer der Alster entlangspazieren. Ich verspreche es dir, Charlotte.«

Sie mochte es so sehr, wenn er sie Charlotte nannte.

»Ich liebe dich«, rief sie ihm zu, denn der Fahrtwind riss ihr nun die Worte von den Lippen.

»Und ich liebe dich, meine Charlotte, mein Leben. Daran wird sich niemals etwas ändern. Denk immer daran.«

Anmerkung der Autorin

Liebe Leserin, lieber Leser,

vielleicht haben Sie sich darüber gewundert, dass der Name *Alsterhaus* in diesem Roman gar nicht erwähnt wird. Das liegt einfach daran, dass das *Warenhaus Hermann Tietz* erst im Jahre 1935 umbenannt und zum *Alsterhaus* wurde.

Aber gestatten Sie mir auch noch ein paar sehr persönliche Anmerkungen.

Anfang der 1950er-Jahre begann meine Mutter im Alsterhaus ihre Lehre zur Kauffrau im Einzelhandel mit dem Schwerpunkt Herrenausstattung. Übrigens wurde die Bezeichnung »Kauffrau« damals noch nicht benutzt, aber ich habe mir jetzt mal die Freiheit genommen, den modernen Begriff zu verwenden. Meine Mama hat einige Jahre im *Alsterhaus* gearbeitet und während ihrer dreijährigen Lehre auch mehrere Monate in der damals sehr berühmten Stoffabteilung verbracht.

Selbst als sie später schon lange nicht mehr im *Alsterhaus* tätig war, war es für sie eine Selbstverständlichkeit, zum Beispiel Stoffe für Gardinen stets dort zu kaufen und nirgendwo sonst. Sehr oft bin ich als Kind an der Hand meiner Mutter durch das beeindruckende Warenhaus spaziert, und ich habe immer gespürt, dass diese Besuche für sie etwas ganz Besonderes waren. Gerne wurde dabei auch ein kleiner Plausch mit früheren Kolleginnen gehalten. Bis zu ihrem viel zu frühen Tod im Januar 1982 blieb meine Mama dem *Alsterhaus* verbunden. Von ihr weiß ich auch, dass sogar noch in den 1950er- und 1960er-Jahren der Satz »Wir fahren zu Tietz« durchaus üblich war. Die Bezeichnung *Alsterhaus* wurde lange Zeit als »Naziname« abgetan, und es dauerte einige Jahre, bis er sich auch bei alteingesessenen Hamburgern durchsetzte.

Meine geliebte Tante Lieselotte, die ältere Schwester meiner Mutter, berichtete mir außerdem, dass schon mein Urgroßvater, der ein Fuhrunternehmen mit Lastfahrzeugen und Droschken in Hamburg betrieb, oft »für Tietz« Fahrten übernommen hat.

Seit meiner frühen Kindheit war das *Alsterhaus* also etwas ganz Besonderes für mich, und deshalb hat es mir auch so eine große Freude bereitet, über die Geschichte des Traditionswarenhauses schreiben zu dürfen.

In den 1950er-Jahren brach übrigens für das *Alsterhaus* eine besonders erfolgreiche Zeit an. Doch das ist eine andere Geschichte …

Ihre
Susanne Rubin

Danksagung

Ohne ein herzliches Dankeschön kann ich auch diesen Roman nicht aus der Hand geben.

Wie immer bedanke ich mich bei meiner Agentur Langenbuch & Weiß. Ihr wisst ja, wie froh ich bin, euch zu haben.

Die Zusammenarbeit mit meiner Lektorin Sarah Mainka vom Heyne-Verlag ist ebenso wundervoll wie die mit meiner Außenlektorin Christiane Wirtz. Ihr beide habt auch dieser Geschichte mit Vertrauen, Umsicht und liebevoller Aufmerksamkeit den letzten Schliff verliehen. Danke dafür!

Lennart Graupner und Angelo Winter, die sich auch weiterhin mit beeindruckender Kreativität und dem nötigen Fachwissen um meine Webseite susannerubin.de kümmern. Danke, Ihr beiden!

Auch dieses Mal bedanke ich mich von ganzem Herzen bei meiner großartigen Familie. Wie immer geht ein besonderes Dankeschön an meinen Peter. Ich habe schon viel über meine Liebe zu dir geschrieben, und jedes Wort ist auch heute noch wahr und wird es immer sein.

Susanne Rubin

Starke Frauen, tief liegende Familiengeheimnisse und große Gefühle

978-3-453-42546-0
E-Book: 978-3-641-27305-7

978-3-453-42386-2
E-Book: 978-3-641-25069-0

978-3-453-42313-8
E-Book: 978-3-641-23879-7